AF295439

David Seinsche wurde 1982 geboren und begann bereits in seiner Kindheit, Welten mithilfe seiner Phantasie zu gestalten und auszuschmücken. Später brachte er diese dann zu Papier, erst als Redakteur, dann als Schriftsteller.

Heutzutage reist er oft in die finnische Wildnis, um literarische Ideen zu entwickeln.

Sein Debut-Roman *Sternenfinsternis* erschien im Jahr 2018, gefolgt von den Thrillern *Der Kreuziger* im Jahr 2020, *Die Bestie* im Jahr 2022 sowie *So tödlich der Wald* und *Ihr seid schuldig* im Jahr 2023.

David Seinsche wird vertreten durch die Agentur Ashera.

Mehr Infos über den Autor im Internet unter https://www.david-seinsche.de und auf Facebook unter https://www.facebook.com/DavidSeinscheSchriftsteller/

DAVID SEINSCHE

DER BEISSER

DIESER KILLER
HINTERLÄSST EINE
BLUTSPUR

Vorwort

Lieber Leser,
manchmal nimmt das Leben Bahnen, die völlig von der eigenen Vorstellung abweichen. Als ich vor über einem Jahrzehnt begann, meine eigenen Geschichten zu Papier zu bringen, hätte ich nicht gedacht, dass sich einmal jemand außer mir und meiner Katze dafür interessieren würde. Und nun sind es bald acht Romane und mehrere Novellen, die Du im Laden finden kannst!
Zu sehen, dass es Menschen wie Dich gibt, die meine Werke lesen wollen, zaubert mir jeden Morgen ein Lächeln auf das vom Schlaf zerknautschte Gesicht.
Hätte ich die Möglichkeit, würde ich bei jedem einzelnen Leser vorbeikommen und mich persönlich bedanken. Da dies nicht möglich ist, sage ich auf diesem Wege an alle: Vielen herzlichen Dank!

Dein
David Seinsche

Prolog

Wie in jeder Nacht der vergangenen vier Monate klingelte William Tones Wecker pünktlich um drei Uhr morgens. Tone, der schon vor einigen Minuten aufgewacht war und gerade am Küchentisch saß, um seinen Kaffee zu trinken, hastete so schnell und so leise wie möglich ins Schlafzimmer. In der Dunkelheit tastete er nach dem Schalter, der das Gerät zum Schweigen bringen würde. Während er noch nach dem Knopf suchte, wurde er immer nervöser, denn die Frau neben ihm im Bett fing an, sich unruhig zu bewegen. Endlich ertastete er den Schalter und drückte ihn so fest, dass das Gehäuse des Analogweckers schmerzhaft knackte. Tone atmete leise durch und rieb sich mit den Handflächen über das stoppelige Gesicht und den kahlrasierten Kopf, dann warf er einen Blick auf die auf der anderen Seite des Bettes liegende Frau. Georgina war anscheinend wieder eingeschlafen. Er hatte sie vor fünf Jahren kennengelernt, und schon, als er sie das erste Mal gesehen hatte, hatte er sich Hals über Kopf in sie verliebt. Sie war schlank und durchtrainiert. Ihre Figur erinnerte ihn an eine griechische Statue, die er einmal beim Besuch des Metropolitan Museum in New York gesehen hatte. Ihr langes, lockiges, schwarzes Haar wallte um ihren Kopf und umrahmte ihn wie ein Heiligenschein. William liebte sie abgöttisch. Bis heute wusste er nicht, warum sie sich zu jener Zeit ausgerechnet für ihn entschieden hatte, denn Bewerber hatte es mehr als genug gegeben, und einigen war er seiner Ansicht nach klar unterlegen gewesen. Als er seinen Blick weiter schweifen ließ, blieb dieser unweigerlich an dem kleinen, zarten Wesen hängen, welches in einem von ihm selbst gebauten Gitterbettchen lag. Der gelb-schwarze Schnuller mit dem Bild einer lächelnden Biene, den William und Georgina während der Vorbereitungen für die Geburt gekauft hatten, war unmittelbar neben dem kleinen Mund des Kindes postiert und wartete dort geduldig auf seinen Einsatz. Francis war vor etwas mehr als vier Monaten zur Welt gekommen und seitdem das größte Glück des Pärchens. Dass William wegen dieses kleinen Wonneproppens einen Job hatte annehmen müssen, der ihn um drei Uhr morgens aus dem Bett warf, war zwar anstrengend, aber er tat es gern. Schließlich wollte er nicht den Fehler wiederholen, den sein eigener Vater gemacht hatte, als William erst vier Jahre alt gewesen war. Sein Erzeuger, wie er ihn nur nannte, hatte sich damals darauf verlegt, sich auf das Trinken zu konzentrieren und eines Nachts dann einfach davonzuschleichen.

William überlegte, ob er noch seinen Kaffee austrinken sollte, entschied sich aber nach einem Blick auf die Uhr dagegen. Stattdessen tappte er auf Zehenspitzen ins Badezimmer, darum bemüht, keinen Lärm zu machen, der seinen Jungen oder seine Frau wecken würde. Er schloss die Tür hinter sich und spülte sich das Gesicht ausgiebig mit Wasser ab, trocknete es mit einem

Handtuch und betrachtete anschließend die Stoppeln, die sich auf Kinn und Wangen gebildet hatten. Er würde sich bald wieder rasieren müssen, denn seine Frau mochte es nicht, wenn sich seine Haut wie ein Reibeisen anfühlte. Aber jetzt hatte er keine Zeit dafür, denn er musste sich beeilen, wenn er pünktlich auf der Arbeit sein wollte. Als er die Badezimmertür wieder öffnete, geschah etwas, das er unbedingt hatte vermeiden wollen: Die Tür knarzte. Zwar nur leicht, aber das reichte schon aus. Im Gitterbett regte sich sofort etwas. Stumm fluchend schloss William die Augen und hoffte, dass der kleine Racker nicht aufwachen würde. Doch seine Hoffnung zerstob, als der Junge die Augen aufschlug, tief einatmete und dann einen lauten Schrei ausstieß. Georgina erwachte augenblicklich und griff nach dem wütend umherschlagenden Händchen ihres gemeinsamen Sohnes.

»Tut mir leid«, sagte William und blickte betreten zu Boden.

»Schon gut«, murmelte sie, während sie nach dem Schnuller tastete. »Musst du schon los?«

»Ja«, lautete die kurze Antwort.

Als Georgina schließlich den Sauger gefunden und dem Kleinen in den Mund gesteckt hatte, wandte sie sich William zu und stützte sich auf einen Ellbogen auf. »Du machst dich noch kaputt«, flüsterte sie.

»Ich bin hart gesotten«, versicherte er ihr ebenso flüsternd mit einem Lächeln. »Außerdem seid ihr es mehr als wert.«

»Du solltest Urlaub nehmen, und dich ein wenig erholen.«

»Ich habe genug Erholung«, wiegelte William ab.

Seine Frau setzte sich auf und legte den Kopf schief. »Wann denn?«, fragte sie skeptisch.

»Na ja, zum Beispiel, wenn ich mit dem Bus zur Arbeit unterwegs bin, und heute bin ich sogar der Fahrer bei der Tour, also kann ich es etwas ruhiger angehen lassen.«

»Wenn du meinst ...«

»Hör mal«, antwortete er in beschwichtigendem Tonfall. »Nur noch wenige Monate, dann schläft Francis durch. Danach wird es ruhiger, und ich kann mich nach einem anderen gut bezahlten Job umsehen, bei dem ich trotzdem noch Zeit mit ihm verbringen kann.«

Er trat zu ihr und drückte ihr einen Kuss auf die Stirn, bevor er sich zu seinem Jungen hinabbeugte, der inzwischen schon wieder eingeschlafen war.

»Wir sehen uns nachher«, verabschiedete er sich.

»Hoffentlich bald«, antwortete sie und legte sich wieder hin.

»Guten Morgen«, sagte William zu seinem Kollegen Fred, einem fülligen Weißen.

»Morgen«, raunzte Fred zurück.

»Schlecht geschlafen?«

»Nee«, antwortete sein Kollege gedehnt. »War mit ein paar Jungs auf Tour. Ich glaube, ich werde langsam zu alt dafür.«

William wusste, was Fred mit *Tour* meinte. Er und einige ehemalige Schulfreunde trafen sich traditionell einmal im Jahr zu einer Kneipentour in der Stadt und ließen es dabei ziemlich krachen.

»Ich glaube nicht, dass du zu alt wirst«, beschwichtigte er seinen Kollegen.

»Versuch nicht, mich aufzumuntern«, erwiderte Fred mürrisch. »Wenn ich mir Fotos von mir von vor zwanzig Jahren anschaue, sehe ich doch die voranschreitende Verwelkung.«

»Du bist gerade mal vierzig«, antwortete William. »Du wirst doch nicht etwa jetzt schon eine Midlife-Crisis entwickeln?«

Daraufhin musste Fred grinsen. »Vielleicht bin ich auch einfach nur nicht mehr gewöhnt, so viel zu saufen.«

»Komm, lass uns fahren«, forderte William ihn auf. »Wo ist eigentlich Tom?«

»Der hat sich krankgemeldet.«

»Echt jetzt?«

»Ja, irgendwas mit Erkältung.«

»Haben wir denn einen Ersatz?«

»Nope«, antwortete Fred. »Nur du und ich.«

»Na super.«

»Jammere nicht, das macht nur Falten«, sagte sein Kollege und runzelte zur Verdeutlichung seine Stirn.

»Schon gut«, wiegelte William ab. »Wir schaffen es auch so. Jetzt aber los, sonst kriegt der Boss wieder hohen Blutdruck.«

»Das wollen wir ja nicht«, pflichtete ihm Fred grinsend bei und stieg auf den Beifahrersitz des großen, orangefarbenen Müllwagens.

Die Mülltonnen waren wie immer randvoll, obwohl sie erst vor zwei Tagen geleert worden waren.

»Ein Gutes hat dieser Job ja«, sagte William zu Fred, während sie die Mülltonnen eine nach der anderen zum Wagen brachten. »Man bekommt Training.«

Das war nicht gelogen, denn seit er als Müllmann arbeitete, hatte er zwanzig Kilo verloren und einige Muskeln aufgebaut. Er schob die graue Plastiktonne zum Müllwagen, befestigte die Hebeklammern und drückte dann auf den Knopf, der den Behälter nach oben und über seinen Kopf hob, um den Inhalt in den unergründlichen Schlund des Lasters zu schütten. Als er die Tonne zurückgeschoben hatte und sich gerade die nächste vornehmen wollte, sah er im Halbdunkel der schmalen Gasse, in der er sich gerade befand, ein Paar Füße hervorragen.

»Hey Fred, wieder einer von den Pennern«, rief er seinem Kollegen zu. Mit der Spitze seines Schuhs trat er gegen einen der Füße, doch dieser regte sich nicht.

Besinnungslos gesoffen, dachte Tone, und sagte laut: »Hey Mister, aufwachen.« Um besser an den Mann heranzukommen, schob er die Mülltonne ein Stück beiseite. Der Anblick, der sich ihm daraufhin bot, war so verstörend, dass William unwillkürlich aufschrie und einen Satz zurückmachte.

Denn vor ihm lag eine Leiche.

Er versuchte, die in ihm aufsteigende Panik im Zaum zu halten, während er sich den toten Körper genauer ansah. Der Mann war unzweifelhaft tot, denn so verdreht, wie er dalag, konnte er unmöglich nur schlafen. Der Anblick der Leiche brannte sich so sehr in sein Gedächtnis ein, dass er ihn nie wieder vergessen würde.

»Fred«, schrie er, als er sich wieder einigermaßen im Griff hatte. »Ruf die Cops an.«

Kapitel 1

Es war sieben Uhr, als das Telefon von FBI Special-Agent Frank Bernstein zum Leben erwachte. Er selbst war bereits seit zwei Stunden wach, hatte sein morgendliches Work-out hinter sich gebracht und saß nun an seinem Küchentisch und genoss den belebenden Geschmack seines schwarzen Kaffees. Dass sein Handy genau jetzt meinte, klingeln zu müssen, reihte sich in die Dinge ein, von denen er gern als *Murphy's Gesetz* sprach. Gestern Abend hatte er mit seiner Verlobten und einigen Freunden seinen Abschluss an der FBI-Akademie gefeiert, und es war ziemlich spät geworden. Er nahm noch einen Schluck von dem dampfenden Gebräu, bevor er sein Smartphone ergriff und einen Blick auf das Display warf. Der Name seiner Vorgesetzten Sarah Penske wurde angezeigt. Mit vierundfünfzig Jahren war sie zwar bei Weitem nicht die jüngste Abteilungsleiterin der FBI-Geschichte, aber dafür war sie die erste Frau gewesen, die diesen vergleichsweise hohen Posten erhalten hatte. Nachdem sie vor einigen Jahren bei einer Ermittlung schwer verletzt worden und nach ihrer Genesung vor die Wahl gestellt worden war, ehrenhaft aus dem Dienst auszuscheiden oder in den Innendienst versetzt zu werden, hatte sie sich für Letzteres entschieden.

»Bernstein«, meldete er sich mit einer tiefen Stimme, die so gar nicht zu seinem jugendlichen Aussehen passte.

»Guten Morgen«, antwortete Penske. »Haben Sie gut geschlafen?«

»Es ist gestern ein bisschen spät geworden. Wie kann ich Ihnen helfen?«

»Wir haben einen Mordfall, bei dem ich Sie brauche.«

»Gibt es dafür nicht ein eigenes Team?«, fragte er verwirrt.

»Seit heute früh gehören Sie dazu«, verkündete Penske. »Ich weiß, Sie haben gerade erst die Akademie hinter sich, aber ich dachte, dass Sie vielleicht Lust haben, gleich in die Vollen zu gehen.«

Bernstein spannte sich innerlich an. Ein Mord war ein ganz anderes Kaliber als die Fälle, die er während seiner Zeit bei der Polizei untersucht hatte.

Seine Vorgesetzte betrachtete sein Schweigen offenbar als Zeichen der Zustimmung und fuhr fort. »Ich möchte, dass Sie zur Virginia Avenue, Ecke Fourth Street Southwest fahren. Dort befindet sich der Tatort.«

»Alles klar, ich mache mich gleich auf den Weg.«

»Sehr gut«, lobte Penske. »Treffen Sie sich dort mit Agent Hancock, der wird in dieser Sache Ihr Partner sein.«

»Meinen Sie Pete Hancock?« Bernstein kannte den Kollegen und wusste, dass dieser, wenn man es nett formulierte, als schwieriger Charakter galt.

»Genau den. Haben Sie damit ein Problem?«

»Nein, kein Problem«, antwortete der Agent.

»Gut.« Mit diesen Worten beendete sie das Gespräch.

Bernstein nahm sich Zeit, um sich anzukleiden, denn er wollte bei seinem ersten Einsatz einen guten Eindruck machen. Daher wählte er einen navy-blauen Anzug, ein weißes Hemd und eine gediegene, aber nicht übertrieben wirkende Krawatte, die sich farblich gut einfügte. Eine seiner Ex-Freundinnen hatte vor ihrer Trennung einige Zeit damit verbracht, ihm die Feinheiten guten Aussehens, was Kleidung anbetraf, näher zu bringen. In ihren Augen hatte er sicher noch einiges zu lernen, aber während er sich im Spiegel betrachtete, fand er, dass er ganz gut aussah. Er kämmte sich die kurzen Haare nach hinten und benutzte noch etwas Gel um ihnen Halt zu verschaffen, schließlich wollte er nicht aussehen, als wäre er gerade aus dem Bett gefallen. Zu guter Letzt legte er sich sein Holster um die Schultern und steckte seine Dienstwaffe, eine Glock 22, hinein, nachdem er sich vergewissert hatte, dass sie geladen und gesichert war. Von einem Schränkchen im schmalen Flur nahm er seinen Dienstausweis, dessen Etui nach frischem Leder duftete und verließ die Wohnung.

Die Straßen waren um diese Uhrzeit voll, aber dennoch schaffte es sein Taxifahrer mithilfe einiger Schleichwege, in relativ kurzer Zeit zum Tatort zu gelangen. Dort fiel ihm als Erstes auf, dass die Abriegelung einwandfrei war. Die Polizeiwagen standen dicht an dicht, und dahinter hatten die Einsatzkräfte hölzerne Absperrungen postiert, die alle paar Meter von Uniformierten gesäumt waren. Wie üblich hatten sich einige Schaulustige an den Absperrungen versammelt, einige davon mit Handys in der Hand, die sich auf Zehenspitzen stellten, um verwackelte und unscharfe Aufnahmen machen zu können, die später im Internet landen würden.

»Guten Morgen«, begrüßte er einen der Uniformierten, den er noch von seiner eigenen Zeit bei der Polizei kannte.

»Frank, was machst du denn hier?«, fragte der Polizist, der um die fünfzig war und einen stattlichen Bauch hatte.

»Ich untersuche den Fall hier.«

»Ich dachte, das sei Sache des FBI?«

»Seit gestern gehöre ich offiziell zur Truppe«, erklärte Bernstein stolz.

»Meinen Glückwunsch«, antwortete der Uniformierte. »Wenn du deinen Kollegen suchst, der ist dort hinten.«

Der junge Agent folgte dem ausgestreckten Zeigefinger und sah Hancock einige Meter jenseits der Absperrung, wie er sich gerade über etwas beugte, das unter einer blauen Plane verborgen war. Pete Hancock, der einige Jahre älter war als Bernstein, sah schlampig aus. Sein Anzug saß schlecht, die Krawatte baumelte locker um seinen Hals, und die ehemals schwarzen Lackschuhe waren schmutzig und hätten eine Politur dringend nötig gehabt. Außerdem war dessen Gesicht unrasiert und die lockigen Haare des Agenten standen unordentlich vom Kopf ab und untermalten den Eindruck, dass es sich hier um einen Menschen handelte, der die Kontrolle über sein Leben verloren hatte.

»Guten Morgen«, begrüßte Bernstein den anderen fröhlich, nachdem er durch die Absperrung gelangt war.

»Morgen«, murmelte Hancock, ohne den Blick zu heben.

»Was haben wir denn hier?«, wollte der junge Agent wissen und ging in die Hocke.

»Ziemlich hässliche Sache«, sagte sein Kollege und deutete auf die Plane, unter der sich, dem Abdruck nach zu urteilen, das Opfer befand. »Ein junger Mann, wahrscheinlich um die zwanzig, gut gebaut und mit Bisswunden übersät.«

»Bisswunden?«

»Ja«, bestätigte er. »Sieht aus, als hätte sich ein Tier an ihm gütlich getan, und das ist noch nicht alles. Mindestens zwei Zehen fehlen, und zwar mitsamt Knochen, und wenn ich sage, dass er mit Bissen übersät ist, dann meine ich das auch so. Es scheint so, als sei jede Stelle seines Körpers in Mitleidenschaft gezogen worden.«

»Lassen Sie mich mal sehen.« Bernstein machte Anstalten, die Plane zurückzuziehen.

Hancock ergriff ihn am Oberarm und drehte ihn zu sich um. Sein Gesicht war jetzt nur noch wenige Zentimeter von Bernstein entfernt. Der junge Agent roch dessen nach Alkohol stinkenden Atem.

»Wollen Sie ihn sich wirklich hier ansehen?«, fragte Hancock.

»Klar, warum denn nicht?«

Anstatt zu antworten, machte der ältere Agent eine nickende Kopfbewegung zu den Schaulustigen hinüber, unter denen sich offenbar auch einige Vertreter der örtlichen Presse befanden und fleißig in ihre Mikrofone sprachen, während sie vor Kameras posierten.

Bernstein verstand, was er meinte. Wenn er die Plane hier anhob, würde es garantiert jemandem gelingen, einen Schnappschuss zu machen, und schon in wenigen Stunden wäre das Internet damit geflutet. Er zuckte mit den Schultern. »In Ordnung, lassen wir ihn abtransportieren. Ich schaue ihn mir später an. Wissen wir schon, wer das Opfer ist?«

»Bisher noch nicht«, erwiderte Hancock. »Die Leiche ist komplett nackt, und in der Nähe befinden sich keine Kleider, also hat der Täter sie entweder mitgenommen, oder das Opfer wurde woanders getötet und dann hierhergebracht.«

»Worauf tippen Sie?«

»Dass hier eine Orgie stattfand und dieser Typ offenbar zu schwach war.«

»Wie bitte?«

»Damit will ich sagen, dass es zu früh für irgendwelche Spekulationen ist.«

»Okay, schon verstanden. Dann werden wir ihn eben auf die herkömmliche Art und Weise identifizieren müssen«, überlegte Bernstein. »Fingerabdrücke, Zahnabdruck, das ganze Programm.«

»Ist schon veranlasst. Die Forensiker warten bereits auf den neuen Kunden.«

Der junge Agent nickte und ließ seinen Blick auf der Suche nach Hinweisen durch die Gegend schweifen. Leider gab es nicht viel, was ihnen helfen könnte, herauszufinden, warum das Opfer genau hier lag. Er warf einen Blick auf die rote Backstein-Fassade des vor ihm aufragenden Gebäudes.

»Museum of the Bible«, las er laut das große Schild an der Seitenwand.

»Der perfekte Platz für einen Mord«, merkte Hancock an und griff in seine Hosentasche, um ein Päckchen Zigaretten herauszufischen, nur um sich dann doch dagegen zu entscheiden, denn er wollte den Tatort nicht kontaminieren. »Kann er wenigstens direkt einen Segen erhalten, um in den Himmel aufzufahren.«

»Gibt es Zeugen?«, wollte Bernstein wissen.

»Ein Müllfahrer namens William Tone und sein Kollege Fred Wilkins. Sie befinden sich gerade in psychologischer Betreuung.«

»Sind sie vernehmungsfähig?«

»Vermutlich. Kann aber sein, dass sie noch ein wenig brauchen, um sich von dem Schock zu erholen. Schließlich findet man nicht oft eine Leiche.«

»Punkt für Sie«, gab Bernstein zu. Er blickte erneut auf das Gebäude. »Dieses Museum verfügt doch bestimmt über Videokameras.«

»Daran habe ich auch schon gedacht«, erklärte der ältere Agent. »Es sei denn, die legen ihre Sicherheit ausschließlich in die Hände Gottes.«

Bernstein beäugte seinen Kollegen und überlegte, ob er dessen Zynismus kommentieren sollte, entschied sich aber dagegen. Er wollte es sich nicht sofort an seinem ersten Tag mit einem der alten Hasen der Abteilung verscherzen.

Nachdem der Leichnam abtransportiert worden war und sich sowohl die Nachrichtenteams als auch die Schaulustigen langsam zerstreuten, hakte Bernstein im

Geiste eine Checkliste ab, die er auf der Akademie beigebracht bekommen hatte, während Hancock an einer Ecke stand und gelangweilt umherblickte. Die nähere Umgebung musste überprüft werden. Vielleicht gab es ja Obdachlose unter der südlich gelegenen Unterführung, die etwas gesehen hatten. Der jüngere Agent würde einige Beamte darauf ansetzen.

»Hey, Hancock, wie wäre es, wenn wir ...«, setzte Bernstein an, wurde aber direkt von einem kalten Blick des anderen unterbrochen.

»Lassen Sie uns eines klarstellen«, sagte der ältere Agent zwischen zwei Zügen. »Ich leite die Ermittlungen. Sie laufen schön mit und machen sich Notizen. Penske mag vielleicht der Ansicht sein, dass Sie so weit sind, aber in meinen Augen sind Sie nur ein ahnungsloser Welpe, der viel Führung braucht. Nachdem Sie mir aufs Auge gedrückt wurden, ist es meine Aufgabe, Sie an die Leine zu nehmen. Sie tun nichts, sondern stehen einfach nur neben mir, lächeln freundlich und halten ansonsten die Klappe, bis ich Sie auffordere, etwas zu sagen. Habe ich mich klar ausgedrückt?«

»Vollkommen klar«, erwiderte Bernstein.

Hancock musterte ihn noch einige Sekunden, bevor er sich abwandte. »Wir werden jetzt mal das Museum genauer in Augenschein nehmen. Mal sehen, was wir dort finden.«

Das Bibel-Museum öffnete zwar generell erst am späten Vormittag, aber als Hancock energisch an die Tür hämmerte, öffnete sich diese nach kurzer Zeit und eine Frau von vielleicht sechzig Jahren steckte den Kopf heraus.

»Guten Morgen«, grüßte sie freundlich.

»Guten Morgen«, antwortete der Agent und zog seinen Dienstausweis hervor. »Mein Name ist Special-Agent Pete Hancock, das hier ist Special-Agent Bernstein. Wir haben einige Fragen an Sie.«

»Wir öffnen leider erst um zehn«, erklärte die Dame freundlich. »Mitglieder und Gruppen bekommen bereits ab neun Uhr Zutritt.«

»Wir sind nicht hier, um Ihre Exponate zu betrachten«, erklärte der ältere Agent. »Wir ermitteln bezüglich des Mordes an einem jungen Mann, der gleich hier um die Ecke ums Leben gekommen ist. Haben Sie das nicht mitbekommen?«

Die Frau sah sie mit einem überraschten Gesichtsausdruck an. »Ich habe mich heute früh, als ich ankam, schon gefragt, was die Polizei hier tut. Ein Mord, sagen Sie? Was ist denn passiert?«

»Das wollen wir ja herausfinden. Verfügt Ihr Haus über Überwachungskameras?«

»Ja. Leider ist das heutzutage nötig.«

»Wir müssen uns die Aufnahmen der vergangenen vierundzwanzig Stunden ansehen.«

Die Frau schien zu überlegen. Dabei bewegte sie ihren Kopf leicht hin und her wie ein Huhn auf der Suche nach Nahrung.

Dies gab Bernstein die Zeit, sie genauer zu betrachten. Sie trug ein langes, geblümtes Kleid, das bis zum Kehlkopf zugeknöpft war und ihr bis zu den Knöcheln reichte. Die grauen Haare waren straff zurückgebunden und mündeten in einem Dutt.

»Ich bin mir nicht sicher«, sagte sie schließlich. »Ist das wirklich nötig?«

»Nur, wenn Sie uns helfen möchten, den Täter ausfindig zu machen und seiner gerechten Strafe zuzuführen«, erwiderte der ältere Agent sarkastisch. »Wenn Sie aber lieber die Hände in den Schoß legen und es Gott überlassen wollen ...«

»Agent Hancock, ich arbeite zwar für das Bibel-Museum, und ich glaube aus tiefstem Herzen an Gottes Gerechtigkeit, aber ich bin nicht weltfremd«, antwortete die Frau. »Schon im Buch der Römer steht geschrieben: *Alle, die unter dem Gesetz gesündigt haben, werden durch das Gesetz verurteilt werden.* Ich habe gefragt, ob es nötig sei, weil es nicht ganz einfach ist, an die Aufnahmen unserer Überwachungskameras zu gelangen. Sie müssen wissen, dass diese nicht hier gelagert werden, sondern auf einem Server bei unserem Dienstleister gespeichert werden.«

»Wo befindet sich dieser Dienstleister?«, fragte Hancock ungeduldig.

»Drüben in Arlington. Ungefähr zwanzig Minuten von hier, wenn Sie gut durchkommen. Wenn Sie möchten, rufe ich dort an und kündige Ihr Kommen an. Wissen Sie, man kann dort aufgrund der Sicherheitsmaßnahmen nicht einfach so reinspazieren.«

»Dann tun Sie das bitte«, antwortete der ältere Agent. »Wie lautet die Adresse?«

»Kennen Sie das Ballston Quarter?«

»Ja«, schaltete sich Bernstein ein und erntete dafür einen bösen Seitenblick seines Partners.

»In einem Nebengebäude befindet sich die Firma, die das für uns handhabt«, erklärte die Frau. »Die Firma heißt *US Surveillance Inc.*«

»Vielen Dank«, sagte Bernstein.

Hancock bedankte sich ebenfalls und trat dann mit seinem Partner zurück auf die Straße.

»Was sollte das gerade?«, fragte der jüngere Agent, als sie in Hancocks Wagen, einen alten und nicht gut gepflegten Ford, eingestiegen waren und sich in den Verkehr einfädelten.

»Was meinen Sie genau?«

»Die Art, wie Sie die Frau behandelt und sich über ihren Glauben lustig gemacht haben. Sie war doch bereit, uns zu helfen.«

»Es geht Sie zwar nichts an, aber ich erkläre es Ihnen trotzdem, weil Sie ja jetzt mein Partner sind. Mir geht dieses christliche Gehabe auf den Keks. Ging es schon immer. Sie hat so getan, als würde sie uns einen Gefallen tun.«

»Hat sie doch auch. Sie hätte auch stur sein und ein offizielles Schriftstück verlangen können.«

Hancock zuckte mit den Schultern. »Scheiß drauf. Wir haben die Adresse. Wissen Sie wirklich, wie man dorthin gelangt?«

»Ja«, bestätigte Bernstein. »Als Jugendlicher bin ich oft mit meinen Freunden dort gewesen.«

»Das ist mir egal«, gab Hancock zurück. »Sagen Sie mir einfach, wo ich hinfahren muss.«

Der ältere Agent steuerte den Wagen von der Fourth Street auf die Independence Avenue, die sie am Smithsonian National Air and Space Museum vorbeiführte. Dabei passierten sie auch einige Denkmäler, unter anderem das Washington Monument, einen hundertneunundsechzig Meter hohen Turm in Form eines Obelisken, welcher zu Ehren des ersten Präsidenten der Vereinigten Staaten errichtet worden war, sowie das Lincoln Memorial, welches mit seiner überlebensgroßen Statue des berühmten Staatsmannes Abraham Lincoln einer der Touristenmagnete der amerikanischen Hauptstadt war. Über die Interstate 66, die sie über den Potomac River und in den Bundesstaat Virginia brachte, erreichten sie schon nach wenigen Minuten das Ballston Quarter. Dabei handelte es sich um eine Shopping Mall, wie Bernstein seinem Partner während der Fahrt erklärte. Dieser schien aber nicht zuzuhören, sondern blickte starr auf die Straße und ließ die bebaute Landschaft an sich vorüberziehen.

Schließlich lenkte Hancock den Wagen in eine Parklücke und schickte sich an, auszusteigen.

Bernstein beugte sich vor und öffnete das Handschuhfach.

»Was machen Sie da?«, wollte der ältere Agent argwöhnisch wissen.

»Ich suche nach Kleingeld für die Parkuhr.«

»Wir sind Federal Agents, schon vergessen?«

»Natürlich nicht, aber auch wir müssen uns an die Regeln halten.«

»Wenn Sie meinen ...«, antwortete der Ältere. »Jedenfalls werden Sie da drin kein Kleingeld finden.« Außerhalb des Autos zündete er sich eine Zigarette an und betrachtete die Fassade der Shopping Mall, wo sich der Server-Anbieter befinden sollte. Während ein Teil des Gebäudes aus rotem Klinkerstein errichtet worden war und eher altmodisch wirkte, reckten sich drumherum hohe Türme aus Glas in den Himmel. Die Sonne schien hell an diesem Juni-Tag, und die Strahlen wurden von den Fensterscheiben gespiegelt und auf die Straße geworfen. Der ältere Agent griff in seine Jacketttasche und zog seine Sonnenbrille hervor. Dann ging er ein wenig auf dem Bürgersteig auf und ab, auf der Suche nach einem Firmenschild oder Ähnlichem, das ihm verraten würde, wo sich diese *US Surveillance Inc.* befand.

»Hier«, sagte er schließlich und zeigte auf einen Nebeneingang, an dem in winzigen, mit Maschine geschriebenen Buchstaben der Firmenname zu lesen war.

Als sein Partner nicht antwortete, drehte er sich suchend um. Bernstein stand vor einem Parkautomaten und war gerade damit beschäftigt, ein Geldstück nach dem anderen in den kleinen Geldschlitz einzuwerfen.

»Sind Sie bald fertig, oder wollen Sie sich von jeder Münze einzeln verabschieden?«, kommentierte Hancock das Geschehen.

»Ich möchte nur sichergehen, dass ...«

Mit einer unwirschen Handbewegung gab der ältere Agent seinem jungen Partner zu verstehen, dass dieser den Mund halten sollte. Dann ging er zum Wagen, öffnete die Tür und legte einen augenscheinlich zu oft gefalteten Zettel auf das Armaturenbrett.

»Fertig«, sagte er.

Bernstein betrachtete das Blatt Papier und schüttelte den Kopf. Auf dem Zettel war in krakeliger Handschrift notiert, dass es sich hierbei um ein Polizeifahrzeug handelte und aus Ermittlungsgründen kein Strafzettel ausgestellt werden durfte.

»Zusehen und lernen«, antwortete Hancock auf die unausgesprochene Frage und ging zurück zur Eingangstür der *US Surveillance Inc.*

Da er keine Klingel fand, klopfte er versuchsweise an die Metalltür und war überrascht, wie dumpf das Echo klang. Anscheinend war die Tür dicker, als sie aussah. Er ballte die Hand zur Faust und hämmerte mehrfach gegen die Pforte, in der Hoffnung, von drinnen gehört zu werden. Plötzlich erwachte auf Augenhöhe ein Ausschnitt der Tür zum Leben und offenbarte einen bis dahin unsichtbaren, kleinen Bildschirm. Darauf erschien eine computergenerierte Figur, die an einen Menschen erinnern sollte, für den Agenten aber eher wie eine Comicfigur aussah.

»Name und Ausweis bitte«, verlangte eine angenehm modulierte männliche Stimme, die garantiert genauso unecht war wie die Figur. *So eine schöne Stimme hat niemand*, dachte Hancock.

Die beiden Agents zogen gleichzeitig ihre Ausweise hervor.

»Special-Agents Hancock und Bernstein. Wir kommen gerade vom Bibel-Museum. Uns wurde gesagt, dass wir bereits erwartet werden.«

»Einen Augenblick bitte.«

Der Bildschirm wurde dunkel und nahm wieder das Stahlgrau der Tür an.

Nach wenigen Augenblicken hörten sie ein leises Klacken, dicht gefolgt von einem Geräusch, das sich anhörte, als würde ein Schlüssel im Schloss gedreht werden. Die Tür schwang daraufhin leise nach innen auf und gab den Weg in einen gedämpft, aber immer noch ausreichend ausgeleuchteten Gang frei. Die beiden FBI-Agenten traten ein und waren überrascht über die wohltemperierte und frisch duftende Luft. Zumindest Hancock hatte erwartet, dass es eher muffig riechen würde, und Bernstein musste zugeben, dass er ebenfalls nicht mit so einer guten Sauerstoffzufuhr gerechnet hatte. In seiner Jugend hatte er ein Praktikum bei einer Software-Firma gemacht, und er erinnerte sich noch lebhaft daran, wie muffig und abgestanden die Luft in den Räumlichkeiten generell und in den Server-Räumen im Besonderen gerochen hatte. Von einem über ihnen in die Decke eingelassenen Lautsprecher erklang jetzt wieder die modulierte Stimme.

»Bitte warten Sie hier, Sie werden gleich abgeholt.«

Hancock zuckte mit den Schultern und setzte einen missmutigen Gesichtsausdruck auf. Er wartete nur ungern auf etwas oder jemanden, vor allem nicht, wenn es dabei um Ermittlungen ging.

Nur eine Minute später kam ihnen ein junger Mann mit schulterlangen Haaren entgegen. Sein Lächeln war so breit, dass ihm wahrscheinlich bald der Unterkiefer herunterfallen würde, dachte der ältere Agent und stellte sich die Szene in seinem Geiste vor.

»Guten Tag, Special-Agents Hancock und Bernstein«, begrüßte der junge Mann die beiden Beamten und streckte seine Hand zum Gruß aus. »Willkommen bei *US Surveillance*. Es freut mich, dass Sie den Weg zu uns gefunden haben. Ich heiße Tim Wilson und bin der Leiter der Datensicherheitsabteilung.«

Die Agents ergriffen nacheinander die angebotene Hand und schüttelten sie, wobei der Griff des älteren Agenten so kräftig war, dass Wilson kurz das Gesicht zusammenkniff. Hancock registrierte dies mit Befriedigung.

»Ich werde nicht lange um den heißen Brei herumreden«, riss er das Gespräch an sich. »Wir sind hier, weil wir in einem Mordfall ermitteln. Gestern Nacht ist es in der Nähe des Bibel-Museums an der Virginia Avenue zum gewaltsamen Tod eines Menschen gekommen. Wir möchten daher die Videoaufzeichnungen sehen.«

»Sehr gerne«, erwiderte der Angestellte. »Folgen Sie mir bitte.«

Er drehte sich um und ging beinahe schlendernd den Gang entlang, von dem in regelmäßigen Abständen andere Gänge abzweigten. Vermutlich führten diese zu den Büros, dachte Hancock. Er sah sich aufmerksam um und wäre fast in den Sicherheitsleiter hineingerannt. Dieser schien es nicht bemerkt zu haben, als er sich wieder an die beiden Agenten wandte.

»Um die Aufzeichnungen sehen zu können, müssen wir ins Untergeschoss« erklärte Wilson. »Dort stehen die Terminals, die für die Kunden vorgesehen sind. Sie müssen wissen, dass wir hier sehr viel Wert auf Datenschutz legen und daher nur bestimmte Computer verfügbar sind.«

»Sparen Sie sich bitte die Werbeveranstaltung«, grätschte Hancock dazwischen. »Zeigen Sie uns einfach, wo wir hinmüssen.«

»So einfach ist es bedauerlicherweise nicht. Zuerst müssen wir Ihre Personalien aufnehmen und Ihnen einen Besucherausweis ausstellen. Danach begleitet Sie einer meiner Mitarbeiter zu den Terminals.«

»Wie lange wird das denn dauern?«, fragte der ältere Agent und warf ungeduldig einen Blick auf seine Armbanduhr.

»Nicht lange«, beschwichtigte ihn Wilson. »Aber wie gesagt, wir legen hier sehr viel Wert auf ...«

»Ich weiß, Datenschutz. Bringen wir es hinter uns.«

Dem Gesichtsausdruck nach zu urteilen, war der Datensicherheitsleiter so eine Schroffheit nicht gewohnt, aber er hielt den Mund und führte die beiden FBI-Agenten zum Empfangsbereich.

»So eine Show habe ich ja noch nie erlebt«, murrte Hancock.

»Kommen Sie schon, es ist nur eine kleine Formalität«, versuchte Bernstein, positiv auf seinen Kollegen einzuwirken.

Dieser schnaufte als Antwort nur vernehmlich.

Am Empfangstresen zeigten Hancock und Bernstein erneut ihre Ausweise vor und erhielten nach einer kurzen Einweisung ihre Besucherpässe, die sie sich artig ans Revers klemmten.

»Vielen Dank«, sagte Wilson. »Mein Kollege Jamal Madan wird sich um alles Weitere kümmern. Ich wünsche Ihnen einen schönen Tag.«

Auch Madan, der während der Prozedur zu ihnen getreten war, trug ein so breites Lächeln auf dem Gesicht, dass sich der ältere Agent unwillkürlich fragte, ob es hier eine Einstellungsvoraussetzung war, wie ein Honigkuchenpferd zu grinsen. Dann hätte er garantiert keinen Job hier bekommen, denn Hancock lächelte grundsätzlich nur, wenn es sich nicht vermeiden ließ.

Der Techniker führte die Beamten wieder ein Stück zurück bis zu einer Wand, an der sich ein kleiner Knopf befand. Er presste seinen rechten Daumen auf eine rechteckige und etwa zehn mal fünf Zentimeter große Fläche und wartete auf ein helles *Ping*-Signal, wodurch sich in der Wand ein Spalt öffnete, der rasch größer wurde und einen herabführenden Treppengang freigab.

»Hier entlang bitte«, sagte Madan und machte eine einladende Handbewegung.

»Ziemlich ausgeklügelt«, kommentierte Bernstein bewundernd, wofür er sich einen bösen Blick seines Kollegen einfing.

Madan ging sofort auf das Lob ein und lächelte noch breiter. »Unser Gründer wollte bewusst gegen das muffige Image von IT-Firmen angehen, darum hat er sich dafür entschieden, Eleganz und Nutzen in Einklang zu bringen.«

»Schön für Sie«, sagte Hancock entnervt. »Können wir jetzt endlich zum Wesentlichen kommen?«

»Selbstverständlich. Folgen Sie mir bitte.«

Der Techniker ging die mit indirektem Licht ausgeleuchtete Treppe hinab, gefolgt von Hancock und Bernstein. Unten angekommen, wiederholte er die Prozedur mit dem Öffnungsmechanismus und betrat anschließend einen in angenehme Farben getauchten Raum.

»Setzen Sie sich bitte, ich hole die Computer für Sie«, erklärte der Mitarbeiter.

Die beiden Agenten ließen sich auf den weichen Ledersesseln nieder.

»Darf man hier rauchen?«, fragte Hancock.

»Leider nicht«, erwiderte Madan, ohne sein Lächeln auch nur ansatzweise einzuschränken. »Wir haben hier äußerst empfindliche Geräte, daher sind die Rauchmelder sehr scharf eingestellt.«

»Schade.«

Madan beließ es dabei und ging in den hinteren Bereich des Zimmers, von wo er nach kurzer Zeit mit zwei Laptops unter dem Arm zurückkehrte.

»Die Daten, die Sie möchten, sind bereits auf diese Geräte überspielt worden. Sie können sie sich sofort ansehen.«

»Woher wissen Sie denn, welche Daten wir brauchen?«, fragte der ältere Agent misstrauisch.

Der Techniker grinste noch breiter. »Tim hat mich bereits instruiert.«

»Wann denn?«

»Während er Sie begrüßt und zum Empfang gebracht hat. Wir sind hier mit modernster Technik ausgerüstet. Als Sie mit ihm gesprochen haben, wurde alles in Echtzeit an meinen PDA übertragen. Wir wollen hier so reibungslos wie möglich arbeiten.«

»Faszinierend«, sagte Bernstein.

Hancock warf seinem Kollegen einen weiteren finsteren Blick zu, bevor er sich dem ihm zur Verfügung gestellten Gerät zuwandte.

Der einzige Dateiordner, den er finden konnte, befand sich in der Mitte des Bildschirms, also mussten dies die Daten sein, die er benötigte. Allerdings fragte er sich, wie er den Ordner öffnen sollte, denn an seinem Laptop befand sich keine Maus und auch ein Touchpad suchte er vergebens. Madan schien seine Verwirrung bemerkt zu haben, denn er beugte sich leicht zu dem Beamten hinüber und sagte: »Das ist ein Touchscreen«.

Hancock streckte den Zeigefinger aus und tippte versuchsweise auf den Ordner. Dieser verschwand sofort und machte Platz für eine ganze Ladung von Dateien, die fein säuberlich und chronologisch aufgelistet waren.

»Wollen wir mal sehen«, sagte der Agent zu sich selbst und drückte auf eine Videodatei, die den Titel trug. Dies teilte ihm mit, dass es sich dabei um eine Aufnahme vom Bibel-Museum um zehn Uhr abends am fünften Juni handelte, also gestern nach Einbruch der Nacht. Hancock war erfahren genug, dass er wusste, dass Morde meist um diese Zeit oder noch später geschahen. Selten kam es früher zu solchen Taten, denn auch wenn die Sonne bereits untergegangen war, befanden sich bis etwa zweiundzwanzig Uhr noch oft Leute auf den Straßen. Die Datei öffnete sich nun und zeigte die Gasse, in der das Opfer gefunden worden war. Die Ausleuchtung war nur schwach und ließ leider nicht viel erkennen, aber das musste sie auch nicht, denn der Beamte sah auch so, dass sich dort noch keine Leiche befand. Er ließ die Aufnahme weiterlaufen und warf verstohlen einen Blick auf seinen Kollegen. Dieser hatte sich über seinen eigenen Laptop gebeugt und betrachtete die ihm gezeigten Szenen konzentriert.

»Haben Sie schon etwas gefunden?«, wollte er von Bernstein wissen.

»Leider nicht«, erklärte dieser. »Sie?«

»Nope.«

Damit wandte er sich wieder seinem Computer zu und ließ die Aufnahme weiterlaufen. Wenn das so weiterging, würden sie noch Stunden hier verbringen müssen, dachte Hancock missmutig.

Erneut schien Madan seine Gedanken gelesen zu haben. »Wenn Sie nach etwas Bestimmtem suchen, würde ich vorschlagen, dass Sie die Abspielgeschwindigkeit verdreifachen. Dann können Sie immer noch

genau sehen, was passiert, aber Sie sparen sich einiges
an Zeit.«

»Das wollte ich gerade tun«, log Hancock und suchte
den Bildschirm nach der genannten Funktion ab.

»Hier«, mischte sich Bernstein ein und zeigte auf die
untere linke Ecke von Hancocks Laptop. Der ältere
Agent drückte mit dem Zeigefinger auf den Bildschirm
und war erfreut, dass alles so funktionierte, wie er es
wollte. Als die Aufzeichnung endete, ohne etwas Interessantes zu offenbaren, schloss er die Datei und betrachtete die Liste. Er öffnete die nächste Datei und
folgte der gleichen Prozedur. Bei der dritten Videoauf-
zeichnung, die den Titel

Museum of the Bible_06/05/21_12am

trug, wurde er schließlich fündig. Nicht lange nach Mit-
ternacht regte sich plötzlich etwas am Eingang der
Gasse. Er schaltete die Wiedergabe wieder auf normale
Geschwindigkeit und beobachtete das Geschehen.

*Die Uhr an der Mittelkonsole seines Pick-ups zeigte 00:15,
als er in der Gasse anhielt. Er drehte den Zündschlüssel und
schaltete den Motor aus, dann streifte er sich seine ledernen
Handschuhe über, zog die Kapuze über den Kopf und öffnete schließlich die Fahrertür. Als er ausstieg, platschte es
leise unter ihm. Der Regen, der vor wenigen Minuten auf-
gehört hatte, hatte eine große Pfütze genau unter ihm gebildet. Da er schwere Arbeitsschuhe trug, konnte ihm die
Feuchtigkeit allerdings nichts anhaben. Er blickte sich aufmerksam um, sah aber niemanden. Er ging um den Wagen
herum und öffnete die Klappe der Ladefläche, auf der sich*

unter einer Plane etwas befand, was er dringend loswerden wollte. Mit Schwung zog er es zu sich heran und ließ es dann auf den Asphalt fallen. Das Geräusch, das es beim Aufprall verursachte, hörte sich an, als würde ein Stück Fleisch von der Küchenanrichte auf den gefliesten Boden klatschen. Im Endeffekt handelte es sich ja auch um nichts anderes, zumindest nicht für ihn. Er zog die Plane in eine kleine Nische rechts von sich, schlug sie dann beiseite und schälte den verdrehten Körper heraus. Natürlich würde er die Verpackung wieder mitnehmen, denn wenn er sie gewaschen hatte, würde er sie weiterhin gut gebrauchen können. Er warf noch einen letzten Blick auf den toten Körper vor sich, schnaufte verächtlich und stieg wieder in seinen Wagen. Dann setzte er zurück und fuhr in die Nacht hinaus.

Danach änderte sich nichts mehr an dem Bild. Hancock ließ die Datei dennoch weiter vorlaufen, für den Fall, dass der Täter noch einmal zurückkäme oder sich sonst etwas ereignete. Doch leider geschah nichts mehr. Als die Datei geendet hatte, warf er einen Blick auf seinen Partner.

»Hey, Bernstein, ich habe unseren Mann gefunden«, erklärte er.

Der jüngere Beamte blickte auf. »Haben Sie etwas erkennen können, was uns weiterhilft?«

»Nur wenig«, gab Hancock zu. »Aber wir wissen jetzt wenigstens, dass er einen Pick-up Truck fährt, oder zumindest gestern Nacht einen fuhr. Er war schlau genug, eine Kapuze zu tragen, damit wir nicht erkennen können, wie er aussieht. Sein Truck ist vorwärts in die Seitenstraße gefahren, das heißt, dass wir das Nummernschild ebenfalls nicht sehen können. Wir wissen lediglich die Marke des Fahrzeugs.«

»Aber das ist doch schon etwas«, sagte Bernstein in dem Versuch, optimistisch zu klingen. »Wir können die Datenbank abfragen, wie viele solche Trucks es in Washington gibt und anschließend deren Halter aufsuchen.«

»Sie werden garantiert ganz viel Freude dabei haben, die Tausenden Besitzer abzuklappern«, gab der ältere Agent zurück. »Wenn Sie sich die Bänder richtig angeschaut hätten, hätten Sie bestimmt bemerkt, dass die Aufnahmen in Schwarz-Weiß sind. Wir können also nur raten, welche Farbe der Pick-up hat. Nein, das hilft uns überhaupt nicht weiter.«

»Aber so viele Trucks kann es hier doch nicht geben«, wandte Bernstein ein.

Hancock schüttelte über so viel Naivität nur den Kopf. »Wenn Sie schon so lange dabei wären wie ich, dann wüssten Sie, dass es in den vergangenen Jahren einen regelrechten Boom gab. Jeder will einen Pick-up fahren, um seinen kleinen Pimmel damit zu kompensieren.«

»Lassen Sie uns bitte trotzdem die Datenbank anzapfen. Vielleicht finden wir ja etwas, was uns später weiterhilft.«

»Natürlich werden wir das«, meinte der ältere Agent. »Aber versprechen Sie sich nicht zu viel davon.«

»Wollen wir uns noch mehr ansehen?«

»Ich glaube nicht, dass noch viel zu sehen ist, aber wenn Sie nichts anderes vorhaben, fühlen Sie sich frei. Ich gehe jetzt erst einmal eine qualmen.«

Mit diesen Worten erhob sich Hancock.

Madan, der sich bis dahin ruhig verhalten hatte, sprang sofort auf. »Kann ich etwas für Sie tun?«, fragte er pflichtbewusst.

»Für den Anfang reicht es, wenn Sie mir sagen, wo ich hier eine rauchen kann.«

»Wir haben eine Terrasse mit sehr schöner Aussicht. Wenn Sie kurz warten, rufe ich einen Kollegen, der Sie hinbringt.«

»Meinetwegen«, beschied Hancock.

Zwei Minuten später trat eine schlanke und mit einem knapp geschnittenen Kostüm bekleidete Frau zu ihnen.

»Agent Hancock, mein Name ist Sharon Wilco«, stellte sie sich vor. »Folgen Sie mir bitte.«

»Sehr gern«, erwiderte der Beamte.

Während er hinter ihr die Treppe hinaufging und ihr dann weiter durch das Gebäude folgte, bewunderte er ihre Figur. Sie war nicht älter als Mitte Zwanzig, und ihr langes, blondes Haar fiel geschmeidig über ihre Schultern und ihren Rücken. Er musste zugeben, dass der Ausblick wirklich sehr schön war.

Das Gebäude war nicht besonders hoch, aber das galt für die meisten Bauten in dieser Gegend, daher hatte er einen guten Blick über die gesamte Stadt. In der Ferne meinte er sogar den Arlington Nationalfriedhof erkennen zu können. Hier wurden seit über einhundertfünfzig Jahren Militärangehörige der USA beerdigt, und auch zwei Präsidenten waren hier begraben. Nicht, dass dieser Umstand Hancock dazu verleitet hätte, den

Friedhof zu besuchen. Er hielt von der Politik im Allgemeinen nicht viel, und auch das Soldatentum hatte es ihm nie wirklich angetan.

Er zog genüsslich an seiner Zigarette, während er sich überlegte, was sie wirklich an Informationen hatten. Es war leider nicht viel. Was er seinem Kollegen gesagt hatte, war die Wahrheit gewesen. Sie mussten hoffen, dass die Forensik etwas herausfand. Am wichtigsten war es, zu erfahren, wie das Opfer hieß und woher es stammte. Dann könnte er die Verwandten des Toten ausfindig machen und diese befragen, was ihm vielleicht weitere Spuren bescheren würde. Bisher wusste er nur eines, aber das mit Sicherheit: Jemand, der seinem Opfer solche Wunden zufügte und ihm obendrein noch Gliedmaßen entfernte, war nicht einfach nur ein Krimineller. Derjenige, der für die Tat verantwortlich war, befand sich erst am Anfang. Unwillkürlich erschauderte Hancock bei dem Gedanken daran, dass es bald noch mehr Morde geben würde. Er zweifelte keinen Augenblick daran, während er den Rauch inhalierte und langsam durch die Nase ausstieß.

»Hey«, sagte Bernstein, der soeben hinter ihm auf die Terrasse getreten war.

»Was ist los?«, wollte Hancock wissen.

»Ich habe mir noch mehrere Aufnahmen angesehen, aber es scheint nichts Interessantes mehr zu finden zu sein.«

»Das habe ich mir fast gedacht. Wir werden aber dennoch alle Aufnahmen konfiszieren und sie in der Zentrale auswerten lassen.«

»Glauben Sie nicht, dass dieser Wilson etwas dagegen hat, wenn wir die Videos mitnehmen?«

»Es ist mir ehrlich gesagt scheißegal, ob er ein Problem damit hat«, antwortete der ältere Agent unwirsch. »Wir sind Federal Agents, und wenn wir sagen, dass wir diese Bänder wollen, dann kriegen wir sie auch. Wenn dieser Penner protestiert, kriegt er die *Wir sorgen uns um Datenschutz und wollen nicht, dass die Hinterbliebenen durch irgendjemand anderen als uns davon erfahren*-Keule um die Ohren gehauen. Kümmern Sie sich darum.«

»Alles klar«, lenkte Bernstein ein. »Noch etwas?«

»Ich möchte, dass Sie die Forensik darüber informieren, dass wir in einer halben Stunde da sind. Bis dahin will ich, dass Ergebnisse vorliegen.«

»Wird gemacht.«

Da Hancock nichts mehr sagte, tat Bernstein wie befohlen und ging in die gegenüberliegende Ecke, um zu telefonieren, bevor er sich wieder nach unten begab, um Wilson über die Entscheidung in Kenntnis zu setzen.

Hancock wandte sich nun der jungen Frau zu. »Miss Wilco, darf ich Sie etwas fragen?«

»Selbstverständlich«, antwortete sie mit einem sanften Lächeln.

Anscheinend waren die Frauen hier instruiert, nicht so übertrieben breit zu grinsen wie die Männer.

»Haben Sie einen Freund?«

»Nein, ich habe eine Freundin.«

»Oh«, meinte der Agent. »Nichts für ungut.«

»Keine Ursache«, sagte sie und winkte ab. »Mister Hancock?«, fragte sie.

»Ja?«

»Haben Sie eine Freundin?«

»Nein. Ich hatte eine Frau, aber die wollte mich irgendwann nicht mehr. Vielleicht war ich einfach zu hübsch für sie.«

»Da bin ich mir ganz sicher«, erwiderte sie lächelnd.

Er quittierte ihre Aussage mit einem schiefen Grinsen. Er wusste ganz genau, dass weder sein Körper in Form war noch, dass sein Gesicht hübsch war, und dass seine Frau ihn ganz bestimmt nicht verlassen hatte, weil sie neidisch auf ihn gewesen war. Ganz im Gegenteil, sie hatte sich mit den Worten *Leck mich am Arsch, du hässliches Schwein* von ihm verabschiedet. Das Letzte, was er von ihr gehört hatte, war, dass sie sich in Kalifornien niedergelassen und einen reichen Schönheitschirurgen geheiratet hatte. Wenigstens hatte er sich dadurch die Alimente gespart.

»Ich bin dann mal weg. Sie müssen mich nicht hinausbegleiten, ich finde den Weg schon allein«, sagte er und wandte sich in Richtung der Treppe.

»Es ist mir eine Freude, Sie zu begleiten«, sagte Wilco und trat hinter ihn. »Außerdem ist uns der Datenschutz ...«

»... sehr wichtig«, vervollständigte Hancock seufzend den Satz.

Als sie wieder an ihrem Wagen angelangt waren, warf Hancock einen Blick auf die Windschutzscheibe. Unter einem Scheibenwischer war fein säuberlich ein amtlich aussehendes Papier eingeklemmt worden, das in einer Plastikhülle steckte, um vor den Witterungseinflüssen geschützt zu sein. Mit einer Handbewegung riss er den Zettel ab, schaute kurz darauf und ließ ihn dann mit einem abschätzigen Grunzen auf den Boden fallen.

»Was machen Sie denn da?«, wollte Bernstein entsetzt wissen.

»Sie glauben doch nicht im Ernst, dass ich den Wisch bezahle«, erwiderte Hancock. »Da hat irgendeine übereifrige Streife wohl gemeint, sich profilieren zu müssen. Kollegenschwein.«

»Vielleicht wollte dieses *Kollegenschwein* ja einfach nur seinen Job machen«, wandte der jüngere Agent ein.

»Soll er mir doch die Eier schaukeln. Ich fahre jetzt.«

Während sie sich durch den Verkehr bewegten, breitete sich Schweigen im Fahrzeug aus. Hancock trommelte im Takt einer Musik, die nur er hören konnte, mit den Daumen auf das Lenkrad, während Bernstein aus dem Fenster blickte und die vorüberziehenden Häuserfassaden betrachtete.

»Hier habe ich früher oft mit meinen Freunden abgehangen«, brach er das Schweigen, als sie an einem Sportplatz vorbeifuhren.

Als Hancock nichts darauf erwiderte, fuhr der jüngere Agent fort: »Es waren schöne Jahre. Wir hatten viel Spaß, und in der Zeit habe ich mir auch meine Hörner abgestoßen.«

»Warum erzählen Sie mir das alles?«, fragte Hancock mürrisch.

»Weil ich denke, dass Sie wissen sollten, wer ich bin. Schließlich bin ich nun Ihr Partner.«

»Falls Sie mich vorhin nicht richtig verstanden haben, will ich es gern noch einmal klarstellen: Penske hat Sie mir aufs Auge gedrückt. Warum, weiß ich nicht, und es interessiert mich noch viel weniger. Sie sind vielleicht offiziell mein Partner, aber in meinen Augen sind Sie einfach nur ein Grünschnabel, der mich davon abhält, klar zu denken und effektiv zu arbeiten. Ich habe es Ihnen vorhin schon gesagt, und ich sage es Ihnen jetzt noch mal, für den Fall, dass Sie es vergessen haben ... Sie halten die Klappe und schauen zu, wie ich arbeite. Vielleicht, ganz vielleicht, schaffen Sie es ja, sich etwas bei mir abzugucken. Was Sie auf der Akademie gelernt haben, nützt Ihnen nämlich einen Scheißdreck auf der Straße, und wenn Sie tatsächlich cleverer sind, als Sie aussehen, raffen Sie das bald von selbst.«

Bernstein überlegte, ob er eine Diskussion über den Sinn und Zweck der FBI-Akademie mit Hancock anfangen sollte, entschied sich dann aber dagegen. Hancock hatte seine Meinung kundgetan und war offenbar nicht daran interessiert, sich davon abbringen zu lassen. Deshalb schnitt er stattdessen ein anderes Thema an.

»Die Sache mit Ihrem vorherigen Partner tut mir leid«, sagte er und wurde im nächsten Moment hart in seinen Gurt geworfen, als Hancock so abrupt bremste, dass die Reifen quietschten.

Die Fahrzeuge hinter ihnen schafften es gerade noch, rechtzeitig stehen zu bleiben. Das darauffolgende Hupkonzert hätte jedem Orchester zur Ehre gereicht.

»Das geht Sie verdammt noch mal nichts an!«, brüllte Hancock unvermittelt, nur um im nächsten Moment ganz leise und abgehackt zu sprechen. »Sie kannten ihn nicht ... Sie haben keine Ahnung, wie er war und was ihm passiert ist ... ich will nicht über ihn reden, und erst recht nicht mit Ihnen. Haben wir uns da verstanden?«

»In Ordnung, ist ja gut«, antwortete Bernstein beschwichtigend und hob entwaffnend die Hände. »Ich dachte nur ...«

»Maul halten«, forderte ihn der ältere Agent wütend auf und fuhr wieder weiter.

Das nachfolgende Schweigen hielt an, bis sie bei der städtischen Forensik angekommen waren.

Das Gebäude zählte zu den jüngeren Bauten der Stadt und war an der East Street Southwest erbaut worden, welche wiederum nahe der Interstate 395 lag. Das FBI-Hauptquartier war nur rund zwei Kilometer entfernt. Agent Hancock parkte den Wagen auf einem für die Federal Agents reservierten Parkplatz direkt vor dem Gebäude und stieg aus. Er blickte an der Fassade hoch und stellte erneut fest, dass ihm das Äußere des Gebäudes nie wirklich gefallen hatte. Der größte Teil bestand aus weißem, glatt geschliffenem Gestein, allerdings hatte sich der Architekt – oder derjenige, der den Bau später zu modernisieren gemeint hatte – gedacht, dass es wohl gut sei, den der East Street zugewandten Teil mit einer Glasfront zu versehen. Dabei hatte derjenige aber anscheinend nicht bedacht, dass sich die Innenräume gerade bei starkem Sonnenschein extrem aufheizen würden. Die Folge war, dass eine Klimaanlage aufwendig hatte nachgerüstet werden müssen, um die Mitarbeiter zumindest ansatzweise davor zu bewahren, den Hitzetod zu sterben.

Glücklicherweise mussten sie sich heute nicht in den noch immer stickigen Büros aufhalten, sondern konnten direkt in die Räumlichkeiten im Untergeschoss gehen, wo die eigentliche Arbeit stattfand. Dort war es angenehm kühl und die Luft war getränkt von Formaldehyd, um die zahlreichen dort aufbewahrten Leichen vor zu schnellem Verfall zu schützen. Hancock, der sich auskannte und wusste, wo sich die Mordopfer befanden, stapfte durch die Gänge, dicht gefolgt von Bernstein. Der jüngere Agent war im Gegensatz zu seinem Partner noch nie zuvor hier gewesen. Während der Ausbildung in der Akademie war er zwar immer wieder auf einer so genannten *Body Farm* gewesen und hatte unter Anleitung der Ausbilder Leichen in verschiedenen Stadien der Verwesung untersucht, aber in eine echte Leichenkammer hatte es ihn noch nicht verschlagen.

»Ich hoffe, Ihnen wird nicht schlecht«, sagte Hancock über seine Schulter hinweg.

»Keine Sorge, mein Magen ist hart im Nehmen«, antwortete Bernstein.

»Wenn Sie das sagen ...«

Der ältere Agent blieb vor einer Stahltür stehen und drückte auf eine daneben angebrachte Klingel. Kurz darauf schob sich die Tür zur Seite auf.

»Hallo Pete«, sagte der ältere, in einen weißen Kittel gekleidete Mann, der dahinter zum Vorschein kam.

»Helmut«, sagte Hancock und hob zum Gruß kurz die Hand.

»Kommst du wegen unseres neuesten Gastes?«, fragte der Pathologe.

»Na, bestimmt nicht wegen der guten Aussicht«, gab der Agent zurück.

»Dann komm mal rein. Willst du einen Kaffee?«

»Nein, danke.«

»Und Sie?«, wandte sich der Mann nun an Agent Bernstein.

»Sehr gern«, antwortete dieser.

»Bringen Sie mir einen mit?«, fragte der Mann im weißen Kittel.

Bernstein war sich unsicher, was er darauf antworten sollte. Der Forensiker kicherte. »Nur ein Scherz. Wir dürfen hier unten keinen Kaffee trinken, das könnte die Toten wecken.«

Der jüngere Agent lächelte steif.

»Jetzt kommen Sie schon rein, es wird schon warm hier drin«, sagte Helmut und machte zur Unterstreichung eine einladende Handbewegung nach drinnen.

»Ich will ihn mir ansehen«, schaltete sich Hancock ein, als die drei Männer zu den blank polierten Stahltischen gingen.

»Kein Problem«, antwortete der Forensiker. »Ich bin gerade dabei, ihn auseinanderzunehmen.«

»Sagen Sie, Mister ...«, setzte Bernstein an.

»Helmut Schneider. Nennen Sie mich ruhig Helmut.«

»Okay, Helmut. Sagen Sie mal, hatten Sie schon die Möglichkeit, das Opfer zu identifizieren?«

»Wir arbeiten daran. Die Zahnabdrücke sowie eine Genprobe sind schon genommen worden. Beides ist gerade in der Aufbereitung und wird danach in die Datenbank eingespeist. Sollte nur noch wenige Stunden dauern, bis wir wissen, wen wir hier vor uns haben.«

Wie Hancock und Bernstein bekannt war, war in den vergangenen Jahren ein großer Aufwand betrieben worden, um die diversen Datenbanksysteme des Bundes und der Staaten zu vereinheitlichen. Das Projekt lief zwar immer noch, trug aber bereits Früchte.

»Und sonst?«, schaltete sich Hancock wieder ein. »Was hast du an dem Opfer gefunden?«

»Weißt du was, schau ihn dir doch einfach selbst an«, antwortete der Forensiker und führte die beiden Beamten zu einer auf einem langen Metalltisch liegenden Leiche, die von einem weißen Tuch bedeckt war.

Als Schneider das Tuch zurückschlug, stockte Bernstein unwillkürlich der Atem, während Hancock stoisch blieb. Wie der ältere Agent am Morgen bereits gesagt hatte, war der Leichnam mit Bisswunden übersät. Augenscheinlich war keine Körperstelle ausgelassen worden. Manche Abdrücke waren nur oberflächlich, einige andere aber schienen durch die Haut bis zum Muskel hindurchgedrungen zu sein. Das offenliegende Fleisch war durch die Einwirkung von Sauerstoff und den diversesten Bakterien dunkel gefärbt und ließ den Toten wie einen chaotisch Tätowierten aussehen.

»Wer tut denn so etwas?«, fragte der jüngere Agent schockiert, nachdem er den aufsteigenden Brechreiz wieder unter Kontrolle gebracht hatte.

»Gute Frage«, antwortete Hancock und trat an die Leiche heran, um sie näher in Augenschein zu nehmen. »Helmut?«

»Der Mann ist unseren Schätzungen zufolge ungefähr zweiundzwanzig Jahre alt, er ist einssiebenundsiebzig groß, und wie ihr sehen könnt, äußerst gut trainiert. Ich tippe auf Laufen in Verbindung mit etwas Kraftsport. Wenn man sich die Gesichtszüge, oder was noch davon übrig ist, ansieht, bemerkt man, dass er durchaus gut aussehend ist ... *war*.«

Bernstein trat näher und musterte das ebenfalls von Bisswunden zerstörte Gesicht. »Moment mal ... Ich kenne ihn!«

»Wie bitte?«

»Ich kenne diesen Mann. Das ist William Fitzroy junior, der Sohn von Senator William P. Fitzroy.«

»Wer soll das denn bitte schön sein?«, fragte Hancock.

»Sie kennen Senator Fitzroy nicht?«, wollte Bernstein wissen und sah den Mann ungläubig an.

»Nein, sonst würde ich ja wohl kaum fragen.«

»Senator Fitzroy ist einer der einflussreichsten Politiker in Washington und geht im Weißen Haus ein und aus. Er sitzt schon seit mehr als zwanzig Jahren im Senat.«

»Da sind Sie sich ganz sicher?«

»Ja, bin ich. Ich kenne mich ein wenig in der Politik aus und ...«

»Das habe ich nicht gemeint«, unterbrach ihn der ältere Agent. »Ich meinte damit, ob Sie sich sicher sind, dass es sich bei der Leiche wirklich um den Sohn des Senators handelt.«

»Ziemlich«, entgegnete Bernstein. »Er sieht ihm jedenfalls sehr ähnlich. Schauen Sie ... dieses Muttermal über seiner rechten Augenbraue, und der dunkle Fleck an seinem Kinn.«

»Sieht für mich wie ein Pickel aus«, sagte Hancock und wandte sich an den Forensiker. »Helmut, ich will, dass du das überprüfst. Von diesem Fitzroy wird es ja garantiert Zahnunterlagen geben.«

»Ich kümmere mich sofort darum«, antwortete Schneider und ging zu seinem Schreibtisch hinüber, auf dem sich ein altertümlicher Computer befand.

»Bernstein, wenn das wirklich wahr ist, haben wir eine Riesenscheiße am Hals«, wandte sich der ältere Agent an seinen Kollegen.

»Warum?«

»Weil wir dann nicht nur einem Senator mitteilen müssen, dass sein Sohn ermordet worden ist, sondern weil dann auch ganze Heerscharen von Presseleuten hinter uns her sein werden.«

»Ist das denn so schlimm?«

»Natürlich ist es das«, sagte Hancock unwirsch. »Der Wichser, der diesen jungen Burschen auf dem Gewissen hat, ist schließlich nicht einfach nur ein normaler Irrer, sondern ein komplett Wahnsinniger. Wenn er mitkriegt, dass seine Tat so hohe Wellen schlägt, wird er sich garantiert geschmeichelt, und zugleich herausgefordert fühlen, noch einen oben drauf zu setzen. Solche Typen leben von Aufmerksamkeit, und je mehr, desto besser, und die wird er unweigerlich bekommen, wenn etwas davon an die Presse durchsickert. Lassen Sie uns also direkt etwas vereinbaren: Außer uns Dreien«, er zeigte zuerst auf sich, dann auf den jungen Agenten, und zuletzt auf Schneider, der auf der Tastatur seines Computers herumhackte, »darf niemand etwas davon erfahren.«

»Was ist mit Penske?«

»Okay, die von mir aus auch. Aber erzählen Sie es sonst niemandem. Keinem Kollegen, nicht Ihrer Mutter, nicht mal Ihrem Goldfisch. Wenn ich mitkriege, dass Sie geplaudert haben, reiße ich Ihnen den Arsch so weit auf, dass ein Zug durchfahren kann. Kapiert?«

»Klar und deutlich«, antwortete Bernstein.

»Pete?« Schneider hatte seine Abfrage beendet und trat wieder zu den Agenten.

»Und?«, fragte Hancock den Forensiker.

»Der Junge hat recht. Es ist Fitzroy junior.«

»Fuck.«

Nachdem auch Schneider von Agent Hancock instruiert worden war, kein Wort nach außen dringen zu lassen, verließen die beiden FBI-Agenten das Gebäude. Vor dem Eingang zündete sich Hancock sofort eine Zigarette an und ging dann schweigend zum Wagen. Bernstein folgte ihm und setzte sich auf den Beifahrersitz. Mit quietschenden Reifen fuhr Hancock los und fädelte sich in den regen Verkehr ein.

»Wo fahren wir denn jetzt hin?«, wollte der jüngere Agent wissen.

»Zu Senator Fitzroy.«

»Wissen Sie denn, wo er wohnt?«

»Nö, aber das finde ich gleich heraus«, gab Hancock zurück und nahm das in das Armaturenbrett eingebaute Funkgerät zur Hand. Zwar hätte er auch sein Handy nehmen können, aber aus nostalgischen Gründen benutzte er lieber das altertümliche Gerät. Mit der anderen Hand tippte er eine kurze Nummer ein.

»Vielleicht sollten Sie lieber das Lenkrad im Griff behalten«, meinte der jüngere Agent.

»Habe ich doch«, erwiderte sein Kollege und nickte nach unten.

Er hatte die Knie ein wenig angezogen und damit die Lenkung mehr schlecht als recht fixiert.

Bevor Bernstein etwas sagen konnte, erwachte das Funkgerät zum Leben.

»FBI-Auskunft, was kann ich für Sie tun?«, meldete sich eine weibliche Stimme.

»Pete Hancock«, informierte der Agent die Frau und gab im Anschluss seine Identifikationsnummer durch. »Ich benötige die Anschrift von einem gewissen Senator William P. Fitzroy.«

»Sehr gerne. Einen Moment bitte.«

Der Agent legte die Sprechmuschel in seinen Schoß und fuhr weiter. Er musste nur wenige Sekunden warten.

»Die Adresse lautet: 5632 Potomac Avenue Northwest. Möchten Sie, dass ich Sie durchstelle?«

»Nein, auf Wiederhören.« Der ältere Beamte hängte die Sprechmuschel wieder an das Funkgerät und nahm zur Erleichterung seines Partners das Steuer wieder in die Hände.

»Die Adresse ist drüben in den Palisades«, erklärte Bernstein.

»Sie sind ein ziemlicher Klugscheißer, was?«, fragte Hancock.

»Nein, ich kenne mich nur ...«

»Das war eine rhetorische Frage«, gab der andere kund.

Ohne den Blinker zu setzen, bog er an der nächsten Kreuzung ab, von wo aus sie zum gehobenen Stadtteil namens *The Palisades* gelangen würden.

»Ist dieser Fitzroy junior eigentlich berühmt?«, wollte Hancock wissen, während er den Wagen durch von hochgewachsenen Laubbäumen gesäumte Alleen lenkte.

»Nein, er ist nicht so sehr in der Öffentlichkeit bekannt«, antwortete Bernstein. »Aber er ist im Hintergrund sehr aktiv. Kommt nach seinem Vater.«

»Und was heißt das?«

»Er betreibt viel Lobby-Arbeit. Hat gute Kontakte in die NRA, die National Rifle Association, und wenn man da einmal drin ist und deren Meinung bei jeder sich bietenden Gelegenheit vertritt, hat man deren Unterstützung sicher. Soweit ich weiß, kandidiert Fitzroy junior ebenfalls für den Senat.«

»Kandidierte«, warf der ältere Agent ein.

»Wie bitte?«

»Präteritum. Er ist tot, schon vergessen?«

»Natürlich nicht«, erklärte Bernstein.

»Aber wenn er nicht so in der Öffentlichkeit stand, wie kommt es dann, dass Sie über ihn Bescheid wissen?«

»Wie ich schon sagte, ich interessiere mich für Politik, und besonders für den Nachwuchs. In meiner Jugend habe ich mich ebenfalls politisch engagiert. Allerdings nicht für die NRA«, fügte er nach einem Seitenblick seines Kollegen schnell hinzu. »Sondern mehr für Umweltthemen.«

»Dann sind Sie also einer dieser Ökos. Ist mir aber auch egal. Mir ist nur wichtig, dass wir Fitzroy senior ein wenig über seinen Sohn ausquetschen. Sein Junge ist bestimmt nicht zufällig gestorben. Da steckt noch etwas anderes dahinter. Entweder hat es mit seinem Papa zu tun, oder der Junge hatte Dreck am Stecken. Unser Job ist es, herauszufinden, warum gerade er sterben musste.«

»Das sehe ich ganz genauso.«

»Das freut mich aber«, sagte Hancock ironisch und zeigte dann auf ein Haus vor ihnen. »Wir sind da.«

Er stoppte den Wagen vor einer Villa, welche einige Meter zurückgesetzt von der Straße erbaut worden war. Die Beamten stiegen aus und nahmen die Umgebung genauer in Augenschein. Der ältere Agent stellte sofort fest, dass es hier, was den Verkehr anging, sehr ruhig war. Zahlreiche Vögel saßen unbehelligt in den Bäumen und trällerten ihre Lieder, während in der Ferne der Potomac River rauschte. Obwohl ganz in der Nähe eine Brücke über den Fluss führte, waren die dort fahrenden Autos nicht zu hören. Er wandte sich dem Gebäude zu und nahm die Fassade in Augenschein. Das Haus war aus weiß getünchtem Holz erbaut worden, zweistöckig und verfügte über einen großen Balkon, der den Eingangsbereich überragte. Der Eingang selbst war von einigen Säulen eingerahmt, die ihm fast den Eindruck eines griechischen Tempels verliehen. Der vorgelagerte Garten war nicht allzu groß, aber er bot genug Platz, um ein gemütliches Barbecue mit mindestens zwanzig Gästen abhalten zu können. Umrahmt wurde das Gelände von einer hüfthohen Mauer aus hellgrauem Stein. Hancock ging davon aus, dass hier öfter inoffizielle Veranstaltungen mit Vertretern diverser Lobbys abgehalten wurden. Natürlich waren es, wenn jemand fragte, nur einfache Treffen unter Freunden.

Schließlich hatte jeder Politiker eine blütenreine Weste, dachte der ältere Agent verbittert.

Als er im Kopf grob überschlug, was allein ein Quadratmeter dieses Grundstücks kostete, kam er zu dem

Schluss, dass es sein Jahresgehalt garantiert um mindestens das Doppelte übersteigen würde.

»Wollen Sie klingeln, oder soll ich das übernehmen?«, fragte er seinen Partner, während sie die wenigen Steintreppen zum Haus hinaufgingen.

»Ich mache das gerne«, antwortete Bernstein.

»Können Sie vergessen. Ich leite die Ermittlungen und ich rede.«

Am oberen Treppenabsatz angekommen, streckte Hancock seinen Zeigefinger aus und drückte den Klingelknopf tief in die Fassung hinein. Ein melodisches Glockengeläut in Form der amerikanischen Nationalhymne setzte ein, was seine Abneigung gegen die in seinen Augen verlogenen Politiker nur noch mehr vertiefte. Drinnen hörte er nun einen Hund bellen.

Na super, dachte er, *jetzt haben wir es auch noch mit einer Töle zu tun.*

Als sich die Tür öffnete, sahen sich die Agenten einem schlanken Mann im Alter von gut fünfundsiebzig Jahren gegenüber. Das schlohweiße Haar war leicht lockig, aber so kurz geschnitten, dass es nicht vom Kopf abstand. Eingerahmt wurde das kantige Gesicht von einem ebenso blütenweißen Bart, der sich am Unterkiefer entlang hangelte und so sauber geschnitten war, dass man den Eindruck bekommen konnte, er sei gezeichnet worden. Was Hancock allerdings wirklich beeindruckte, war der wache Blick aus den hellblauen Augen des Senators. Er fühlte sich, als würde er in den wenigen Millisekunden, die sein Gegenüber ihn musterte, vollständig durchleuchtet, abgeschätzt und für unwürdig befunden werden. Plötzlich fühlte er sich unwohl in seiner zugegebenermaßen unordentlichen Kleidung.

Hancock gab sich einen Ruck. »Senator Fitzroy?«, fragte er.

»Ja, der bin ich und wer sind Sie?«

Die Stimme war tief und genau richtig moduliert.

»Mein Name ist Special Agent Pete Hancock vom FBI, und das hier ist Special Agent Frank Bernstein. Wir sind hier wegen Ihres Sohnes.«

»Will? Was ist mit ihm?«

»Können wir lieber reingehen? Ich denke nicht, dass hier der richtige Ort für eine solche Unterhaltung ist.«

»Nun gut«, antwortete der Senator und schob die Tür weiter auf, um den Beamten Platz zu machen.

Der Innenbereich des Hauses stand dem äußeren Erscheinungsbild in nichts nach. Auch hier fand sich eine weiße Holzvertäfelung, dazu schwere Teppiche, die jeden Lärm unterdrückten, sowie einige Kunstgegenstände, die für Hancock irgendwie Griechisch anmuteten. Sein Blick schweifte zurück zu den Wänden, an denen zahlreiche Bilder in unterschiedlichen Höhen angebracht worden waren. Die meisten davon zeigten Fitzroy in unterschiedlichen Altersstadien neben berühmten Personen. Hancock war erstaunt, als er auf einem Foto den Senator neben den ehemaligen Präsidenten Bush senior und Bill Clinton sah. Anscheinend war die Macht dieses Mannes größer, als er vermutet hatte. Er nahm sich vor, dies bei dem folgenden Gespräch zu bedenken.

»Schön haben Sie es hier«, kommentierte er, als sie in ein ausladendes Wohnzimmer geführt wurden, in dem eine Sitzecke so platziert war, dass die Sitzenden einen guten Blick nach draußen hatten.

»Danke. Hat viel Arbeit gemacht«, antwortete Fitzroy.

Sicher nicht für dich selbst, dachte Hancock.

»Möchten Sie etwas trinken?«

»Nein, danke«, sagte der ältere Agent und gab seinem Kollegen mit einem kurzen Blick zu verstehen, dass dieser auch nichts wollte.

»Bitte setzen Sie sich«, forderte der Senator die beiden auf.

Als sich alle hingesetzt hatten, beugte sich Fitzroy ein wenig nach vorne.

»Agent Hancock, Sie habe gesagt, dass Sie wegen meines Sohnes hier sind. Was ist mit Will?«

»Es tut mir leid, Ihnen dies sagen zu müssen, aber Ihr Sohn ist vergangene Nacht Opfer eines Verbrechens geworden.«

»Sind Sie sicher, dass es sich wirklich um ihn handelt?«

»Es müssen zwar noch weitere Untersuchungen stattfinden, aber es ist so gut wie sicher, dass er es ist.«

»Geht es ihm gut?«

»Leider nein, er ist tot.«

In all den Jahren seines Lebens, die Hancock der Verbrechensbekämpfung gewidmet hatte, hatte er gelernt, genau auf die Reaktion seines Gegenübers zu achten, wenn er vom Tod eines Angehörigen berichtete. Man konnte viel herauslesen, wenn man genau hinsah. Er wurde nicht enttäuscht, denn Fitzroy blickte ihn zuerst ungläubig an, bevor er sich langsam zurücklehnte und den angehaltenen Atem geräuschvoll aus seinem Mund entweichen ließ. Sein Blick wurde trüb, als er den Kopf in Richtung Fenster drehte und irgendetwas fixierte, was nur er selbst sehen konnte.

Hancock ließ das darauffolgende Schweigen in der Luft hängen und nahm jedes Detail sorgsam in sich auf.

»Wenn das ein Witz sein soll, ist er Ihnen nicht gelungen«, sagte der Senator schließlich.

»Wenn ich humoristisch veranlagt wäre, wäre ich nicht zum FBI gegangen«, antwortete der ältere Beamte. »Leider ist es die Wahrheit. Ihr Sohn wurde in einer Seitenstraße gefunden. Er war nackt und schon seit einigen Stunden tot, bevor er entdeckt wurde.«

»Das kann nicht sein. Das *darf* nicht sein. Er hatte doch erst gerade begonnen, auf den rechten Weg zu kommen und etwas aus sich zu machen.«

»Der Tod sucht sich seine Opfer nicht gezielt aus«, gab ihm Hancock zu verstehen.

»Wissen Sie, wer dafür verantwortlich ist?«

»Noch nicht, darum sind wir hier. Hören Sie, Senator, ich verstehe, dass dies ein schwerer Schlag für Sie ist, aber ich bitte Sie trotzdem, meine Fragen so gut wie möglich zu beantworten.«

»Aber natürlich«, antwortete Fitzroy, fing sich wieder und setzte eine Miene auf, die undurchschaubar wirkte.

Faszinierend, wie schnell er seine Emotionen wieder unter Kontrolle bekommt, dachte der Agent.

»Wissen Sie, ob Will irgendwelche Feinde hatte?«

»Das ist mir nicht bekannt« antwortete Fitzroy. »Meines Wissens nach war er bei allen, mit denen er zu tun hatte, hoch angesehen, ja sogar beliebt. Er hatte ein sanftes Wesen, müssen Sie wissen.«

»Inwiefern?«

»Nun, er hatte immer ein offenes Ohr für die Anliegen anderer. Er hat sich stets die Zeit genommen, zuzuhören und Ratschläge zu erteilen.«

»Hat er sich politisch engagiert?«

»Ja«, bestätigte der Senator.

»Wofür genau?«

Fitzroy schwieg.

Hancock entschied sich vorerst, etwas anderes zu probieren, aber bald wieder auf die Frage zurückzukommen.

»Sagen Sie, Senator, wo ist eigentlich Ihre Frau?«

»Helena ist leider bereits vor einigen Jahren von uns gegangen«, antwortete Fitzroy.

»Das tut mir sehr leid. Wie ist es passiert?«

»Krebs. Als er erkannt wurde, war es bereits zu spät.«

»Und jetzt ist auch noch Ihr Sohn tot.«

Fitzroy schwieg erneut, aber in seinen Augen konnte der Agent deutlich sehen, dass er einen wunden Punkt getroffen hatte. »Haben Sie danach wieder jemanden kennengelernt?«

»Nein, dafür habe ich keine Zeit. Meine Arbeit im Kongress ist sehr wichtig, daher habe ich mich damals dafür entschieden, allein zu bleiben.«

»Es hatte nicht vielleicht etwas damit zu tun, dass Sie Ihre Frau geliebt haben und der Meinung waren, nie wieder jemanden zu finden, der ihr das Wasser reichen könnte? Oder hat man, wenn man in der Politik unterwegs ist, keine Zeit für die Liebe?«

»Worauf wollen Sie hinaus?«, fragte Fitzroy und verengte seine Augen zu Schlitzen.

»Nun ja, ich meine ja nur ...«

»Agent Hancock, Sie kommen zu mir und berichten mir von Wills Tod, und dann fangen Sie an, mich über mein Privatleben auszufragen. Sagen Sie bitte klar und deutlich, was Sie von mir wollen.«

»Ich will nur herausfinden, wer Ihren Sohn auf dem Gewissen hat.«

»Dann fangen Sie besser mal damit an.«

»Das habe ich bereits. Auf meine Frage, wofür sich Ihr Sohn engagiert hat, haben Sie mir allerdings noch nicht geantwortet. Sagen Sie es mir also bitte.«

»Mit Verlaub, das sind Dinge, über die ich nicht reden möchte.«

»Ich muss es aber wissen, damit ich weiter ermitteln kann.«

»Agent Hancock, Ihre Aufgabe ist es, den Täter ausfindig zu machen. Sie haben sicher viel Erfahrung in solchen Dingen. Also nutzen Sie diese.«

»Senator, ich werde offen zu Ihnen sein. Ich möchte, dass Sie mir uneingeschränkt Informationen geben, denn ansonsten könnte ich in Versuchung geraten, Sie wegen Behinderung der Justiz zu belangen.«

»Ja, das könnten Sie, aber wissen Sie, wohin das führen würde? Ich würde nicht nur nicht belangt werden, sondern ich würde auch dafür sorgen, dass Sie von diesem Fall abgezogen würden. Mit etwas Glück würde es Ihnen vielleicht noch erlaubt werden, bis zu Ihrer Rente Strafzettel zu verteilen, aber davon sollten Sie nicht ausgehen. Wahrscheinlicher wäre es, dass Sie unehrenhaft entlassen und auf die Straße gesetzt würden. Also sollten Sie es sich lieber zwei Mal überlegen, ob Sie mir drohen wollen.«

»Ich will nur die Wahrheit herausfinden.«

»Dann sitzen Sie nicht hier herum. Der Mörder meines Sohnes ist noch auf freiem Fuß, und Sie verplempern Ihre Zeit, indem Sie mir indirekt vorwerfen, nur wegen des eigenen Vorteils geheiratet zu haben. Ich möchte, dass Sie mein Haus verlassen, und zwar auf der Stelle!«

»Sir«, schaltete sich nun Bernstein hastig ein. »Mit Verlaub, wenn wir unseren Job korrekt machen wollen, benötigen wir Ihre Hilfe.«

»Ich habe Ihnen alle Hilfe gegeben, die ich Ihnen geben kann«, antwortete Fitzroy. »Nun sind Sie an der Reihe. Schnappen Sie diesen Mistkerl, der Will getötet hat. Ich wiederhole nun meine Aufforderung: Verlassen Sie mein Haus.«

Bernstein wollte noch etwas erwidern, aber Hancock war bereits aufgestanden, also folgte der jüngere Agent seinem Beispiel.

Als sie an der Haustür angelangt waren, drehte sich der ältere Beamte noch einmal um. »Senator Fitzroy, nur noch eine Frage: Wie ist es so in den heiligen Hallen der Macht? Befriedigt Sie das?«

»Das ist ja unerhört. Gehen Sie jetzt!«

Hancock hob die rechte Hand an die Stirn, deutete ein Salutieren an und trat dann nach draußen, gefolgt von seinem Partner. Die Tür schloss sich daraufhin geräuschvoll hinter ihnen. Während sie ins Auto stiegen und Hancock den Motor startete, bemerkte er, dass der Senator sie von einem Fenster aus beobachtete.

»Was hatten denn die Bemerkungen über seine Frau und die Politik für einen Sinn?«, fragte Bernstein, während sie zurück in die Stadt fuhren.

»Mir war einfach danach«, gab Hancock zurück.

»Denken Sie nicht, dass es besser gewesen wäre, Ihrem Impuls nicht zu folgen und die Befragung ganz normal durchzuführen?«

»Ich kann dieses Gockel-Gehabe von solchen Leuten einfach nicht ausstehen. Nur, weil sie reich sind und Kontakte in die obersten Kreise haben, benehmen sie sich, als seien sie etwas Besseres.«

»Glauben Sie, dass Fitzroy uns etwas verschweigt?«

»Haben Sie nicht aufgepasst?«, stellte der ältere Agent die Gegenfrage. »Er hat massiv abgeblockt, als ich ihn nach dem politischen Engagement seines Sohnes gefragt habe. Ich glaube, dass da auf jeden Fall mehr dahintersteckt. Fitzroy kommt mir nicht vor wie jemand, der bescheiden ist. Ist Ihnen aufgefallen, dass es im ganzen Haus kein einziges Bild gab, welches ihn nicht mit irgendeiner bekannten Persönlichkeit gezeigt hat? Von seiner Frau keine Spur, ebenso wenig wie von seinem Sohn. Der Senator ist ganz sicher kein Familienmensch, und ich glaube, er schämt sich sogar für seinen Sohn. Warum er das tut, weiß ich allerdings noch nicht. Was er da sagte von wegen *sanftes Wesen* und *auf den rechten Weg gekommen*? Da steckt irgendetwas dahinter, was wir nicht wissen sollen. Leute wie er leben davon, sich in Schweigen zu hüllen und anderen das Gefühl zu geben, unterlegen zu sein.«

»Sie meinen also, dass Sie die Politiker durchschaut haben?«

»Um in eine solche Position zu kommen, wie er, muss man rücksichtslos sein. Politik auf solchen Ebenen ist ein Grabenkrieg, da werden keine Gefangenen gemacht und jeder nutzt den anderen aus, wo er nur kann.«

»Ich glaube, Sie haben zu viele schlechte Filme gesehen«, gab Bernstein kund.

»Und ich glaube, dass Sie zu wenig davon gesehen haben«, schoss Hancock zurück.

»Agent Hancock für Zentrale, bitte kommen«, knarrte das Funkgerät jetzt.

Hancock nahm die Sprechmuschel zur Hand. »Hier Hancock, was gibt es?«

»Fahren Sie unverzüglich zur folgenden Anschrift: 4444 Arlington Boulevard, Arlington, Virginia.«

»Warum sollte ich das tun?«, gab der Agent unwirsch zurück.

»Dort hat sich ein weiteres Ereignis nach Ihrem Geschmack zugetragen.«

Hancock schwieg zwei Sekunden, bevor er antwortete. »Verstanden, wir sind auf dem Weg.«

»Was ist denn damit gemeint?«, wollte Bernstein wissen.

»Ein weiterer Mord, augenscheinlich nach demselben Muster wie bei unserem ersten Kunden.«

»Oh mein Gott«, entfuhr es dem jungen Beamten.

»Der hat damit wahrscheinlich am wenigsten zu tun«, antwortete Hancock und wendete das Fahrzeug, was ihm ein Hupkonzert der ihn umgebenden Autos einbrachte.

Im Gegensatz zu der Leiche von Fitzroy junior war das zweite Opfer nicht in einer Seitengasse aufgefunden worden, sondern am Rande eines Parkplatzes unweit der *Unitarian Universalist Church* in Arlington. Die Polizei hatte das Areal bereits großflächig abgeriegelt und achtete peinlich genau darauf, dass niemand Unbefugtes die Absperrung überwand. Dennoch hatten es sich die örtlichen Medien nicht nehmen lassen, mindestens genauso zahlreich und mit voller Ausrüstung zu erscheinen wie diverse Schaulustige.

»Aasgeier«, kommentierte Hancock, als er den Wagen parkte und ausstieg. Die Szenerie glich beinahe einem Volksfest. Überall standen Menschen herum, unterhielten sich und schienen sich sogar gegenseitig den einen oder anderen Witz zu erzählen. Nur so konnte er sich erklären, dass immer wieder ein Lachen an seine Ohren drang. »Kaum verreckt jemand, kommen sie wie die Fliegen zum Fleisch. Oder wie die Nutten zum Geldschein.«

»Ignorieren Sie die Leute einfach«, riet ihm Bernstein, während sich beide den Weg zur Absperrung bahnten und dort einem der Uniformierten ihre Marken zeigten.

»Wer ist hier der zuständige Beamte?«, wollte der ältere Agent wissen.

»Detective-Lieutenant Wells«, antwortete der Polizist und wandte sich dann an einen nahe bei ihm stehenden Kollegen. »Mike, führe die beiden Herren bitte zum Detective.«

»Was haben wir?«, fragte Agent Hancock, als er gemeinsam mit dem Detective und seinem Kollegen neben der mit einer groben Plane bedeckten Leiche stand.

»Eine junge Frau, ungefähr dreißig Jahre alt. Sieht übel aus«, antwortete Wells.

»Wie übel?«

»Sehen Sie selbst.«

Der Detective schlug die Plane vorsichtig ein Stück
weit zurück, wobei er darauf achtete, die versammelte
Presse jenseits der Absperrung zwischen sich und der
Abdeckung zu haben. Der Anblick der Leiche verursachte bei Bernstein ein Übelkeitsgefühl. Die junge
Frau war ebenfalls über und über mit Bisswunden
übersät, die aussahen, als wäre ein tollwütiger Hund
über sie hergefallen.

»Fehlen Gliedmaßen?«, fragte Hancock.

»Ja, drei Finger an der linken Hand sind weg, und ein
Finger der anderen Hand. Woher wissen Sie das?«

»Gut geraten«, log Hancock und ging in die Hocke, um
sich das Opfer genauer anzusehen. »Sieht genauso aus
wie bei dem anderen«, murmelte er, als er die Wunden
genauer betrachtete. »Hey, Welpe, kommen Sie mal
her.«

Der jüngere Agent, der sich einige Meter entfernt
hatte, um frische Luft zu bekommen, holte ein Taschen-
tuch hervor und hielt es sich vor Mund und Nase, bevor
er nähertrat und ebenfalls in die Hocke ging.

»Kennen Sie diese Person auch?«, wollte der ältere
Agent von ihm wissen.

»Ich bin mir nicht sicher«, antwortete Bernstein und
versuchte, sich zu konzentrieren. »Warten Sie mal …
das ist Iris Delano. Kongressabgeordnete seit zwei Jahren. Stammt ursprünglich aus Iowa.«

»Sind Sie sich sicher?«

»Nein«, gab er zu. »Es ist nicht so einfach, jemanden
zu identifizieren, der so zugerichtet ist.«

»Punkt für Sie«, gab Hancock zurück. »Okay, schauen
wir mal, ob Sie was können. Ich will, dass Sie die Spu-

rensicherung darauf ansetzen, in der näheren Umgebung nach Reifenspuren zu suchen. Die sollen mit denen von unserem anderen Tatort abgeglichen werden. Kümmern Sie sich persönlich darum, das macht immer einen guten Eindruck. Außerdem will ich, dass Sie die Presseleute verscheuchen.«

»Wie soll ich das denn machen?«

»Lassen Sie sich etwas einfallen. Erzählen Sie den Typen irgendeine Story, aber erwähnen Sie bloß nicht, dass es noch ein Opfer gibt. Wir wollen es den Fritzen nicht leichter machen als unbedingt nötig.«

»Alles klar, und was machen Sie währenddessen?«

»Ich rauche eine«, sagte Hancock.

Der jüngere Agent führte die Anweisungen seines Kollegen innerhalb weniger Minuten durch und ging zu einem der Streifenwagen, um in den Scheiben zu überprüfen, ob seine Haare noch immer so lagen, wie er es wollte, und ob auch sein Anzug noch immer korrekt saß. Schließlich wollte er kein schlechtes Bild abgeben, wenn er mit der Presse sprach. Anschließend betrachtete er die Sendewagen eingehend und suchte sich schließlich einen Sender aus, den er für seriös hielt. Mit *BNN*, einem größeren Regionalsender, hatte er gefunden, was er suchte und trat an die Absperrung.

Der Reporter, der bis gerade eben noch in die mitgebrachte Kamera gesprochen hatte, drehte sich hastig um, als sein Assistent die Kamera leicht senkte und ihn mit einem Fingerzeig auf die Anwesenheit des Agenten aufmerksam machte.

»Haben Sie Lust auf ein paar Informationen?«, fragte ihn Bernstein.

»Aber klar doch«, antwortete der Reporter.

»In Ordnung. Soll ich einfach loslegen, oder haben Sie vorab Fragen?«

»Legen Sie einfach los. Bill, nimmst du auf?«

»Natürlich«, antwortete der Kameramann.«

Der Agent räusperte sich kurz. »Heute Vormittag wurde die Leiche einer jungen Frau gefunden. Die ersten Erkenntnisse zeigen, dass sie erst vor wenigen Stunden gestorben ist. Die Ermittlungen laufen selbstverständlich in alle Richtungen, um den Täter schnellstmöglich ausfindig machen zu können.«

»Es handelt sich also um einen Mord?«, fragte der Reporter wissbegierig.

Bernstein biss sich innerlich auf die Lippe. »Ja«, bestätigte er schließlich.

»Weiß man schon, wie das Opfer heißt?«

»Die Identifizierung dauert noch an. Wie gesagt, die Leiche wurde erst vor Kurzem gefunden.«

»Was vermuten Sie, warum sie gerade hier getötet wurde?«, wollte der Reporter wissen.

»Dazu kann ich im Moment noch nichts sagen«, antwortete der Agent. »Wie Sie wissen, stützen wir uns beim FBI nicht auf Vermutungen, sondern auf handfeste Fakten.«

»Was hat denn das FBI mit einem Mord zu tun? Ist das nicht die Aufgabe der normalen Polizei?«

Noch ein Faux pas, schalt sich Bernstein. »Mein Partner und ich waren gerade in der Nähe, als die Meldung hereinkam. Daher dachten wir uns, dass wir die örtlichen Einsatzkräfte vielleicht unterstützen könnten.«

»Ihr Partner ist Pete Hancock, oder?«

»Wie kommen Sie darauf?«

»Weil ich ihn da drüben herumlaufen sehe. Er ist einer der besten Ermittler, die das Bureau zu bieten hat«, meinte der andere. »Ich kann mir nur schwerlich vorstellen, dass er bei so einer – entschuldigen Sie bitte die Ausdrucksweise – Kleinigkeit wie dem Mord an einer jungen Frau ermitteln würde. Kommen Sie schon, erzählen Sie mir die Wahrheit.«

»Ich habe Ihnen alles gesagt, was ich Ihnen zu diesem Zeitpunkt sagen kann«, erwiderte Bernstein in dem Versuch, das Gespräch zu beenden, bevor er noch mehr Details ausplauderte.

»Agent ...«

»Bernstein.«

»Agent Bernstein, ich bin schon seit einigen Jahren im Geschäft, und wenn ich eines dabei gelernt habe, dann ist es die Tatsache, dass die Polizei nie mehr sagt, als sie unbedingt muss, und wenn noch dazu das FBI mit im Spiel ist, ist es noch schwieriger, etwas Brauchbares herauszubekommen. Helfen Sie mir, damit ich unseren Zuschauern etwas Konkretes sagen kann. Die Öffentlichkeit hat schließlich ein Recht darauf, zu erfahren, warum ein Mitglied der Gesellschaft gestorben ist.«

»Sie haben alle Informationen, die uns momentan zur Verfügung stehen. Sie sind doch der Reporter, also machen Sie etwas daraus.«

»Ist das Ihr Ernst?«

»Wie ich bereits sagte«, bestätigte der Agent. »Jetzt muss ich mich wieder den Ermittlungen widmen. Guten Tag!«

Das ist ja wunderbar gelaufen, dachte Bernstein mürrisch, während er zurück zu Hancock ging.

»Wie war es?« wollte der ältere Agent wissen.

»Okay«, antwortete sein Kollege und hoffte, dass Hancock nicht weiter nachfragte. Dieser Gefallen wurde ihm natürlich nicht getan.

Nachdem Bernstein alles berichtet hatte, sah der ältere Agent noch missmutiger drein als gewohnt.

»Habe ich etwas falsch gemacht?«, wollte der jüngere Agent wissen.

»Sie haben dem Typen allen Ernstes gesagt, dass er was daraus machen soll? Können Sie sich vorstellen, was jetzt passieren wird?«

»Er wird wiedergeben, was ich ihm gesagt habe.«

»So einfach ist das nicht, Welpe. Er wird die Fakten nehmen und daraus eine reißerische Story zusammenbasteln, die an der Wahrheit ungefähr so nah dran sein wird wie Sie an einem Vollbart, nämlich gar nicht. Dass Sie ausgeplaudert haben, dass es sich um einen Mord handelt, ist schon schlimm genug, und dass er jetzt weiß, dass Sie vom FBI sind, macht es nicht gerade besser. Er hat jetzt Ihren Namen, und er weiß außerdem, dass ich ebenfalls im Spiel bin. Er wird also Eins und Eins zusammenzählen und uns so richtig auf den Keks gehen. Toll gemacht, Welpe, ganz toll.«

»Es tut mir leid«, sagte Bernstein entschuldigend. »Ich habe mit der Presse noch nicht so viel Erfahrung.«

»Dann hätten Sie das vorher sagen sollen. Woher soll ich denn bitteschön wissen, dass Sie keinen Schimmer haben von dem, was zu Ihrer Arbeit gehört?«

»Auf der Akademie wurde uns beigebracht, wie man gezielt ermittelt, nicht, wie man mit den Medien umgeht«, versuchte sich der junge Agent zu rechtfertigen.

»Verdammt noch mal«, entfuhr es Hancock. »Jeder Mensch mit einigermaßen gesundem Verstand weiß, dass die Presse niemals die volle Wahrheit sagt, sondern sich immer nur einzelne Stücke herauspickt und daraus eine Geschichte strickt. Wie soll ich Ihnen etwas beibringen, wenn Sie Ihr Hirn nicht einschalten?«

»Sie hätten ja auch selbst darauf kommen können, dass ich mich in manchen Dingen noch nicht so gut auskenne«, gab der andere unwirsch zurück.

»Wenn Sie beim FBI sein wollen, müssen Sie immer blitzschnell schalten und sich auf jede Situation sofort einstellen können. Auf der Akademie wurde Ihnen beigebracht, nach dem Lehrbuch zu handeln, aber das können Sie hier draußen vergessen. Nutzen Sie Ihren Kopf, denken Sie nach, und überlegen Sie vor allem, was Sie wem gegenüber sagen. Aber eines habe auch ich daraus gelernt.«

»Was denn?«, fragte Bernstein.

»Dass ich Sie nicht gebrauchen kann. Wenn Sie die Ermittlungen stören, arbeite ich lieber allein.«

»Es tut mir wirklich leid«, wiederholte der jüngere Agent. »Das nächste Mal werde ich Ihnen sofort sagen, wenn ich Unterstützung und Tipps brauche.«

»Das will ich auch hoffen ...«, antwortete Hancock. »... um Ihretwillen. Denn wenn Sie sich noch einmal so einen Schnitzer leisten, sind Sie weg vom Fenster. Die Leiche wird in wenigen Minuten abtransportiert werden. Bis dahin will ich, dass Sie sich still verhalten und mit niemandem mehr reden.«

»Und danach?«

»Danach machen wir Mittagspause.«

»Ernsthaft?«

»Haben Sie etwa noch keinen Hunger?«

»Ein wenig, aber wir müssen doch weiter ermitteln.«

»Ermittlungen sind wesentlich einfacher, wenn man satt ist. Weniger Ablenkung, kapiert?«

»Verstanden.«

Hancock beäugte den jüngeren Agenten abschätzig und gab damit kund, dass er keineswegs davon ausging, dass dieser wirklich verstanden hatte. Danach griff er in seine Jackentasche, zog einen Notizblock heraus und machte sich auf den Weg, um vor dem Abtransport der Toten so viele Details wie möglich erfassen zu können.

Bernstein blieb, wo er war, und dachte über den soeben erfolgten Dialog nach. Er kam zu dem Schluss, dass er tatsächlich nicht korrekt gehandelt hatte, als er mit dem Pressevertreter gesprochen hatte. Er hätte warten sollen, was der Reporter fragte, um dann darauf zu antworten, anstatt frei zu sprechen. Er hatte diese Schelte durchaus verdient. Dennoch fühlte er sich ungerecht behandelt. Schließlich war es sein erster Tag als FBI-Agent, und jedem hätte klar sein müssen, dass er noch einiges zu lernen hatte. Hancock hingegen tat fast so, als würde er erwarten, dass Bernstein vollumfänglich wusste, wann was zu tun war. Dass er ihn die ganze Zeit *Welpe* nannte, zeugte ebenfalls nicht gerade von Respekt. Er nahm sich vor, seinen neuen Partner bei einer guten Gelegenheit darauf anzusprechen.

»Kommen Sie endlich?«, rief Hancock, der seine Notizen anscheinend bereits vervollständigt hatte.

Der jüngere Agent ging eiligen Schrittes zu ihm hinüber und setzte sich auf den Beifahrersitz des wartenden Autos. Hancock startete den Wagen und ließ den Motor aufjaulen, was ihm verwirrte Blicke der versammelten Presse einbrachte.

»Wo werden wir denn essen?«, fragte Bernstein.

»Ich kenne einen guten Imbissstand, die haben die besten Hotdogs der Stadt«, antwortete der andere Agent, der sich inzwischen eine weitere Zigarette angesteckt hatte.

»Sie rauchen viel, oder?«

»Nur, wenn ich in schlechter Gesellschaft bin.«

»Dann müssten Sie ja eigentlich durchgehend rauchen«, gab der jüngere Agent zurück.

»Wie kommen Sie denn darauf?«

»Weil Sie manchmal wirklich ungenießbar sind.«

»Wenn Ihnen meine Nase nicht gefällt, können Sie gern jederzeit aussteigen. Ich tue Ihnen sogar noch einen Gefallen und setze Sie an einem Ort Ihrer Wahl ab.«

»Denken Sie nicht, dass das problematisch werden könnte? Penske hat mich schließlich persönlich angerufen, damit ich Sie bei diesem Fall unterstütze.«

»Geiles Gefühl, wenn sich die eigene Vorgesetzte so um einen sorgt, was? Aber sie wird es bestimmt akzeptieren, wenn Sie nicht mehr mit mir arbeiten wollen. Ob Sie dann allerdings eine weitere Chance erhalten, weiß ich nicht. Penske ist ziemlich hart, und wenn sie merkt, dass Sie zu weich sind, wird sie Ihnen nicht mehr den Rücken decken. Also, was soll es sein?«

»Ich möchte weiterhin mit Ihnen an diesem Fall arbeiten«, antwortete der junge Agent nach kurzer Bedenkzeit. »Ich möchte aber mehr eingebunden werden, und ich möchte, dass Sie mit mir sprechen und mich auch selbst Schlüsse ziehen lassen.«

»Ich will im Gegenzug, dass Sie nicht mehr so eine Scheiße machen wie mit der Presse, und quatschen Sie mich ja nicht noch mal so von der Seite an wie gerade eben, sonst fliegen Sie augenblicklich raus.«

»Einverstanden«, sagte Bernstein und hielt dem älteren Agenten die Hand hin.

Als Hancock die angebotene Hand nicht nahm, ließ der jüngere Agent sie langsam wieder sinken.

Der Imbissstand befand sich mitten in der Stadt, was ihnen eine Fahrt von rund zwanzig Minuten einbrachte. Als die beiden Agenten ausstiegen, wehte ihnen bereits der Duft von gebrühten Würstchen und gebratenem Fleisch entgegen. Bernstein merkte, wie sich sein Magen danach sehnte, mit etwas Herzhaftem gefüllt zu werden.

»Hey Pete«, begrüßte der Besitzer der Bude seinen Kollegen herzlich. »Was geht ab?«

»Alles paletti, Joe«, sagte Hancock und lächelte zum ersten Mal an diesem Tag.

»Wen hast du denn heute mitgebracht?«

»Neuer Kunde für dich. Bernstein, das ist Joe, der verteufelt beste Fleischbräter östlich des Mississippis. Joe, das ist Agent Bernstein, frischgebackener FBI-Agent.«

»Hallo«, begrüßte ihn der jüngere Agent.

»Da haben Sie sich ja einen tollen Begleiter ausgesucht, Bernstein«, meinte Joe ohne jegliche Ironie. »Für einen Anfänger im Dienst gibt es nichts Besseres, als mit Pete Hancock unterwegs sein zu dürfen. Der Kerl ist der beste Ermittler, von dem ich je gehört habe.«

»Ist das so?«, antwortete Bernstein.

Zur Unterstreichung seiner Aussage nickte Joe und ließ dabei sein üppiges Doppelkinn wabbeln. Dann wandte er sich wieder dem älteren Agenten zu. »Wie immer?«

»Klaro.«

Joe machte sich umgehend ans Werk, während die Beamten einen der zwei Stehtische in Beschlag nahmen. Nur wenige Minuten später waren sie damit beschäftigt, sich über ihre Hotdogs herzumachen. Joe hatte für sie beide einen gigantisch anmutenden Korb mit Pommes frites bereitgestellt.

Während sich Bernstein bemühte, keinen Soßenfleck auf seine Bekleidung tropfen zu lassen, schien es Hancock ziemlich egal zu sein, ob sein Hemd schmutzig wurde. Er biss so herzhaft in das Brötchen, dass das Gemisch aus Ketchup und Senf auf der anderen Seite herausspritzte und fast den Anzug des jungen Agenten getroffen hätte.

»Was machen Sie nun aus der ganzen Show?«, fragte Hancock seinen Kollegen zwischen zwei Bissen.

»Wie meinen Sie das?«

»Die beiden Opfer. Sie haben mir gesagt, dass ich Sie Ihre eigenen Schlüsse ziehen lassen soll, also legen Sie mal los.«

»In Ordnung«, antwortete Bernstein. »Beide haben gemeinsam, dass sie auf sehr ähnliche Art und Weise zugerichtet worden sind. Außerdem sind sie verhältnismäßig jung gewesen. Noch dazu sind beide in der Politik tätig gewesen, und zwar auf hoher Ebene.«

»Und weiter?«, ermutigte ihn Hancock, während er sich eine Handvoll Pommes in den Mund stopfte.

»Mehr wissen wir noch nicht.«

»Das ist doch schon mal ein guter Anfang«, lobte ihn der ältere Agent. »Aber es gibt noch einiges mehr, was wir herausfinden müssen. Die beiden Opfer sind Politiker, wie Sie bereits festgestellt haben. Zu beachten ist aber auch, dass die Väter der beiden ebenfalls in der hohen Politik unterwegs sind. Zufälligerweise weiß ich nämlich, dass Iris Delano die Tochter von Senator Francis Ford Delano ist, der im Ausschuss für Innere Sicherheit sitzt. Ist also ein ziemlich hohes Tier. Von dem jungen Fitzroy wissen wir durch die Videoaufzeichnungen, dass er gestorben ist, bevor er in der Gasse abgelegt wurde, und so, wie Delano aussah, war sie auch noch nicht lange dort, wo man sie gefunden hat. In der Akademie haben Sie bestimmt gelernt, wie schnell sich Bakterien und andere Kleinstlebewesen an einem guten Stück Fleisch gütlich tun, vor allem, wenn sich das Fleisch im Freien befindet. Hätte Delano also längere Zeit dort gelegen, hätte sie nicht mehr so frisch ausgesehen. Beide Opfer sind in derselben Region gefunden worden. Worauf deutet das hin?«

»Dass der Täter hier wohnt«, kombinierte Bernstein.

»Nicht unbedingt«, korrigierte ihn der ältere Agent. »Er könnte auch irgendwo in der Pampa leben und nur zu Besuch hierhergekommen sein. Darauf sollten wir uns also nicht verlassen.

Vergessen Sie nicht, dass wir es hier mit einem Wahnsinnigen zu tun haben. Solche Leute haben die leidige Eigenschaft, unzurechnungsfähig zu sein und zugleich äußerst berechnend vorzugehen. Wir sollten also nicht davon ausgehen, dass die Auswahl zufällig stattgefunden hat. Er wusste offenbar ganz genau, wen er töten wollte. Wenn Sie jetzt noch bedenken, dass beide Leichen noch *frisch* waren und nur wenige Meilen voneinander entfernt gefunden wurden, was fällt Ihnen dann auf?«

»Entweder wurden sie zur gleichen Zeit getötet, oder der Täter hat sie gekühlt.«

»Sehr gut, Welpe«, antwortete Hancock. »Sie können also doch denken. Beides ist plausibel, aber ich tippe eher auf Ersteres. Leichen zu kühlen ist ein erheblicher Aufwand. Außerdem war, zumindest bei Fitzroy, keine Spur davon zu entdecken, dass er gekühlt worden ist, denn das hätte Schneider uns gesagt.«

»Also wohnt der Täter doch in der Nähe?«

»Das ist keineswegs gesichert. Wie ich schon sagte, kann er genauso gut vom Arsch der Rocky Mountains her gekommen sein und sich hier ein Zimmer genommen haben. Er hat die beiden Opfer auf jeden Fall irgendwo hingebracht, wo er in aller Ruhe über sie herfallen konnte, ohne dass es jemand mitkriegt.«

»Und was fangen wir jetzt mit diesen Informationen an?«

»Tja«, meinte Hancock und schob sich das letzte Stück seines Hotdogs in den Mund. In seinen Mundwinkeln befanden sich jetzt Ketchup und Senf, was Bernstein ein wenig ablenkte. »Wir wissen, was er für ein Fahrzeug fährt, aber wir kennen nicht die Farbe. Wir wissen, dass er hier zumindest eine Unterkunft hat oder hatte und können das Gebiet auf diese Weise vielleicht ein bisschen eingrenzen, aber helfen wird uns das nicht, denn wir wissen nicht, ob er vielleicht eine private Unterkunft besitzt. Die würde nämlich durch das Raster fallen. Das Einzige, was uns vielleicht helfen kann, sind die Bisswunden. Wenn wir Glück haben, findet sich bei ihnen etwas, was uns auf die richtige Spur bringt.«

»Sie wollen damit also sagen, dass wir momentan keine anderen Anhaltspunkte haben?«

»Doch die haben wir«, erwiderte Hancock und wischte sich mit dem Ärmel den Mund ab. »Francis Ford Delano wird sich wahrscheinlich gerade in Washington aufhalten, also werden wir ihn als Nächstes befragen.«

»Darf ich dieses Mal das Gespräch führen?«

»Warum?«

»Es ist vielleicht besser, wenn Sie sich voll und ganz auf Delanos Reaktion konzentrieren können, anstatt noch zusätzlich die richtigen Worte finden zu müssen.«

Der ältere Agent schien kurz darüber nachzudenken. »Aber versauen Sie es nicht, sonst landen Ihre Eier ganz schnell in der Pfanne«, erklärte er und schob sich noch eine Handvoll Pommes in den Mund.

»Wo ist er?«, fragte Hancock, während er sein Handy ans Ohr presste und neben seinem Auto auf und ab ging.

»Wie ich schon sagte, befindet sich Mister Delano aktuell auf seiner Ranch in Oklahoma«, gab die Sekretärin des Senators kund.

»Wann erwarten Sie ihn denn wieder zurück?«

»Nicht so bald. Ich denke, dass er bis zur nächsten Ausschusssitzung dort sein wird.«

»Wann ist die?«

»Anfang des kommenden Monats.«

»So lange kann ich aber nicht warten. Haben Sie seine Telefonnummer für mich?«

»Nein, tut mir leid. Mister Delano achtet sehr auf seine Privatsphäre, daher habe ich nicht die Befugnis, Ihnen seine Nummer zu geben.«

»Und wenn ich Sie dazu zwinge?«

»Hören Sie, Agent Hancock, ich kann Ihnen leider nicht helfen. Ich habe Ihnen schon mehr gesagt, als ich sollte.«

»Dann rücken Sie die Adresse der Ranch garantiert auch nicht raus, oder?«

»Wie ich Ihnen bereits sagte ...«

»Schon gut«, unterbrach Hancock sie genervt und legte auf.

»Was haben Sie herausgefunden?«, wollte Bernstein neugierig wissen.

»Er ist irgendwo in Oklahoma. Seine Sekretärin meinte, sie darf weder seine Nummer noch seine Adresse rausrücken. Widerliche Schlange.«

»Vielleicht hängt ihr Job davon ab, dass sie sich an diese Anweisungen hält«, vermutete der jüngere Agent.

»Ein Senator muss jederzeit erreichbar sein und man muss wissen, wo er sich befindet. Da wir Federal Agents sind, müssen uns diese Daten zur Verfügung gestellt werden«, erklärte Hancock aufgebracht. »Wir werden wohl selbst herausfinden müssen, wo diese Ranch ist und dann hinfahren.«

»Wollen Sie heute etwa noch nach Oklahoma?«

»Natürlich. Haben Sie ein Problem damit?«

»Naja, es ist schon Nachmittag, und selbst wenn wir sofort einen Flug kriegen, ist es mitten Nacht, bis wir dort sind. Wir sollten ihn nicht abends aufsuchen«, meinte Bernstein. »Lassen Sie mich prüfen, wann morgen der erste Flug geht.«

Der ältere Agent nickte und bestätigte damit, dass er seinem Partner die Freigabe erteilte. Bernstein zückte sein Smartphone und wählte sich über das mobile Internet in die Webseite des Ronald-Reagan Washington National Flughafens ein. Dort erfuhr er, dass der einzige Direktflug aus der Hauptstadt nach Dallas, Texas ging. Von dort aus würden sie also mit einem Mietwagen weiterfahren müssen, was einige Stunden zusätzlicher Zeit beanspruchen würde.

»Buchen Sie den Flug«, verlangte Hancock, als ihm sein Partner die Informationen mitgeteilt hatte. »Wie sieht es mit Rückflügen aus?«

»Leider erst am darauffolgenden Tag«, erklärte Bernstein. »Wir werden also eine Unterkunft benötigen.«

»Suchen Sie ein gutes Hotel aus. Ich habe keine Lust auf eine billige Absteige.«

»Haben wir denn ein bestimmtes Budget?«

»Natürlich, aber lassen Sie das ruhig meine Sorge sein. Buchen Sie einfach, was in Ihren Augen passend erscheint.«

»Alles klar, und was machen wir den Rest des Tages?«

»Wir müssen immer noch herausfinden, wo sich diese Ranch eigentlich befindet. Sie wissen wahrscheinlich nicht, wo die junge Delano gewohnt hat, oder?«

»Leider nicht, aber ich kann versuchen, es herauszufinden.«

»Wie lange wird das denn dauern?«

»Nur kurz. Ich habe ja Zugriff auf die Datenbank des FBI, und dort ist ihre Adresse bestimmt gespeichert.«

»Wie wollen Sie denn von hier aus Zugriff haben? Haben Sie etwa einen Chip im Kopf?«

»Nein«, sagte Bernstein und hielt triumphierend sein Smartphone hoch. »Neueste Technik, und eine absolut sichere Verbindung.«

»Dann zeigen Sie mal, ob das auch wirklich funktioniert, Sie Genie.«

Der junge Beamte ließ sich nicht zwei Mal bitten und wählte sich über ein gesondertes Netzwerk in die Zentraldatenbank des FBI ein. Hierfür musste er sowohl seine Dienstnummer als auch ein selbst gewähltes Passwort eingeben und dann noch seinen Daumen auf das Display halten, um Zugriff zu erhalten.

»Wollen wir mal sehen«, murmelte er und wählte im Menü zuerst die Suchfunktion aus und gab anschließend den Namen des Opfers ein. Als die Datenbank daraufhin kein Ergebnis anzeigte, versuchte er es auf andere Weise. Er trug den Namen ihres Vaters ein, woraufhin die Anschrift seines Büros erschien, gefolgt von der Auskunft, dass er außerdem eine Ranch in Oklahoma besaß. Deren Adresse war durch einen weiteren Code gesichert, den Bernstein allerdings nicht hatte.

»Würden Sie mir bitte mal Ihre Dienstnummer und Ihren Identifizierungscode sagen?«, forderte er den älteren Agenten auf.

»Wozu?«

»Tun Sie es bitte einfach. Ich erkläre es Ihnen später.«

Hancock ratterte die gewünschten Nummern herunter, Bernstein gab sie ein und tippte anschließend den Identifizierungscode seines Partners in das dafür vorgesehene Feld.

»Jetzt bitte noch Ihren Daumenabdruck.«

»Wollen Sie auch einen Penisstempel?«

»Der Daumen genügt vorerst.«

Der ältere Agent presste seinen rechten Daumen übertrieben hart auf das Display. Bernstein meinte, ein leises Knacken von seinem Smartphone zu hören.

Nachdem das Gerät mit der Identifizierung einverstanden war, wurde die Anschrift der Oklahoma-Ranch in leuchtend grünen Buchstaben angezeigt.

»Jetzt wissen wir, wo wir morgen hinmüssen«, rief der junge Agent triumphierend.

»Glückwunsch«, erwiderte Hancock ohne große Euphorie in der Stimme.

Bernstein zog eine Grimasse und versuchte in den darauffolgenden Minuten erfolglos, die Adresse von Iris Delano in Washington, D.C. herauszufinden. Schließlich gab er frustriert auf und loggte sich wieder aus.

»Doch nicht so allwissend, Ihre Technik, was?«

»Anscheinend nicht«, gab Bernstein enttäuscht zu.

»Wenn schon unsere eigene Datenbank keine Informationen hat, wird die Auskunft garantiert erst recht nichts wissen«, erklärte Hancock ernst. »Vielleicht haben wir Glück, und Delano wird uns morgen mehr sagen können.«

»Hoffen wir es.«

»Heute werden wir nicht mehr viel ausrichten können«, sagte der ältere Agent. »Wir sollten also Feierabend machen.«

»Es ist doch noch früh am Nachmittag«, wandte der junge Agent ein.

»Haben Sie vielleicht eine bessere Idee?«

»Was ist mit der Pathologie?«

»Die schnippeln noch am jungen Fitzroy rum, und Delano haben sie bestimmt noch nicht mal auf dem

Tisch, das dauert immer ein wenig. Die sind nicht so schnell wie in den schlechten Krimis, die Sie offenbar gern schauen. Für heute ist Schluss. Ich lasse Sie an der nächsten U-Bahnstation raus, und morgen treffen wir uns direkt am Flughafen. Wann geht denn der Flug?«

»Um acht Uhr dreißig.«

»Früher ging es nicht, was?«, fragte Hancock mürrisch.

»Es gibt noch einen um fünf Uhr morgens«, antwortete Bernstein, ohne den Sarkasmus seines Kollegen zu bemerken. »Soll ich lieber umbuchen?«

»Lassen Sie mal, Sie Humorspritze. Wir treffen uns morgen um acht Uhr am Gate. Aber seien Sie pünktlich, ich warte nicht.«

Er lenkte seinen Wagen an den Straßenrand und ließ Bernstein aussteigen.

»Was machen Sie heute denn noch so?«, wollte der junge Agent wissen.

»Nichts, was Sie etwas angehen würde«, erklärte Hancock und fuhr los, sobald Bernstein die Tür hinter sich geschlossen hatte.

Hancock wachte ruckartig auf. Neben ihm ertönte sein altertümlicher Wecker, den er vor gefühlt einem halben Jahrhundert auf einem Flohmarkt gekauft hatte. Damals war er noch mit seiner Frau zusammen gewesen. Mit einer Mischung aus Melancholie und Verbitterung dachte er an die Zeit zurück, in der er der in seinen Augen glücklichste Mensch auf Erden gewesen war. Er hatte Melanie auf der FBI-Akademie kennengelernt und sofort gewusst, dass sie die Frau seines Lebens war. Sie hatte seine Hobbys geteilt und es genau wie er wunderschön gefunden, abends am Fluss spazieren zu gehen, wenn die meisten Tagesausflügler bereits wieder nach Hause gefahren waren und die Uferwege entsprechend leer waren. Sie hatten es genossen, Hand in Hand zu laufen und sich durch nichts auf der Welt davon abhalten zu lassen, in Ruhe die Natur zu genießen. Meist war es dann auf eine gute Runde Sex im Freien hinausgelaufen. Sie hatte Stellungen gekannt, von denen er noch nie im Leben gehört hatte, und sie hatte immer wieder ausgefallene Orte gefunden, wo sie sich einander hingegeben hatten. Er war zu dieser Zeit wirklich äußerst zufrieden gewesen. Nach dem Abschluss an der Akademie hatte sie eine Bürolaufbahn eingeschlagen, während er seinem Drang nachgegangen war, aktiv im Feld zu arbeiten und Verbrecher quer durch die Staaten zu jagen. Dass er dabei meist spät abends nach Hause gekommen oder sich sogar die ganze Nacht woanders um die Ohren geschlagen hatte, war ihr egal gewesen. Jedenfalls hatte sie das immer behauptet, wenn er sie danach gefragt hatte. Also hatte er sich in seine Arbeit gestürzt, Observationen durchgeführt, einige fantastische Orte Amerikas kennengelernt und dabei auch viele interessante Menschen getroffen ... in der Gewissheit, dass er zu Hause einen sicheren Hafen hatte. Wenn er von einer erfolgreichen Jagd nach Hause gekommen war, hatte Melanie bereits auf ihn gewartet und ihm zugehört, wenn er in allen Details berichtet hatte, wie er einen Mörder, Vergewaltiger oder andersartig verbrecherische Menschen zur Strecke gebracht hatte. Sie waren die Nächte wach geblieben und hatten sich im Wohnzimmer unter einer

Decke aneinander gekuschelt, während sie seinen Geschichten gelauscht hatte.

Eines Abends war er erst spät von einem Einsatz nach Hause gekommen und hatte sich nichts sehnlicher gewünscht, als ins Bett zu gehen und sich an seine Frau zu schmiegen. Doch als er sich in der Dunkelheit in sein Bett legte, hatte er bemerken müssen, dass seine Seite des Bettes wärmer als sonst war. In den Jahren, die er bereits als Ermittler tätig gewesen war, waren seine Sinne so geschärft worden, dass er selbst kleinste Temperaturunterschiede bemerkte. Seine Frau, die dem Wasserrauschen nach zu urteilen gerade unter der Dusche stand, hatte nicht schlecht gestaunt, als sie lediglich mit einem Handtuch um den Kopf gewickelt ins Schlafzimmer getreten und ihn auf der Bettkante hatte sitzen sehen. Normalerweise hätte ihn der Anblick seiner wunderschönen, nackten Frau dazu veranlasst, sich die Klamotten vom Leib zu reißen und mit ihr einen Balztanz aufzuführen, aber dieses Mal war es anders gewesen. Melanie hatte sich zwar sehr schnell wieder gefangen – das Ergebnis jahrelangen Trainings –, doch Hancock war es nicht entgangen, dass sie für einen kurzen Augenblick ertappt ausgesehen hatte.

»Ist der Einsatz schon vorbei?«, hatte sie in dem Versuch gefragt, die Situation zu überspielen.

»War nicht der Typ, nach dem wir gesucht haben«, hatte er erklärt, ohne sie dabei aus den Augen zu lassen.

»Schön, dass du wieder hier bist«, hatte sie daraufhin nicht gerade überzeugend erwidert.

In diesem Moment hatte er sich entschlossen, auf Konfrontation zu gehen. »Mit wem hast du dir hier währenddessen die Zeit vertrieben?«

Er hatte erwartet, dass Melanie lachte und ihn beschwichtigte, dass es außer ihm niemanden in ihrem Leben gab, aber stattdessen hatte sie ihn unverwandt angeblickt. »Woher weißt du es?«

»Das Bett ist noch warm.« Zur Verdeutlichung hatte er eine Handfläche auf das Laken gelegt und sanft darübergestrichen.

»Tut mir leid«, hatte sie nur gesagt.

Das war das Letzte gewesen, was sie in diesen vier Wänden jemals zu ihm gesagt hatte. Sie hatte nicht darauf reagiert, als er sie nach dem *Warum* gefragt hatte. Sie hatte einfach nur ihre Kleidung ergriffen, sich angezogen und dann wortlos das Haus verlassen. Wenige Tage später hatte er im Briefkasten eine Nachricht von ihr gefunden, mit der Bitte, ihre Sachen an ein Umzugsunternehmen zu übergeben, welches in wenigen Tagen eintreffen würde. Als die Umzugsfirma schließlich kam, hatten sie nichts als einen Haufen Asche mitnehmen können. Hancock, der in seinem Job bereits mehrfach als harter Hund bezeichnet worden war, hatte seiner Wut und Enttäuschung freien Lauf gelassen und alle Kleidungs- und persönlichen Erinnerungsstücke seiner Frau im Garten auf einen Haufen geworfen und ein Feuer entzündet, welches jedem Indianerstamm zur Ehre gereicht hätte. Dabei war er nackt mit einer Flasche Scotch um das Feuer herumgetanzt und hatte unanständige Lieder gesungen. Natürlich hatte ihm das einen nächtlichen Besuch der örtlichen Polizei und eine Übernachtung in der Ausnüchterungszelle eingebracht, aber das war es ihm Wert gewesen.

Schließlich hatte sie offiziell die Scheidung eingereicht. Melanie hatte ihm im ersten Gespräch seit Monaten vorgeschlagen, sich gütlich zu trennen, aber Hancock hatte eine Szene gemacht und ihr versprochen, dass er es ihr so schwer wie nur irgend möglich machen würde. Bis die Scheidung durch war, hatte es viele Monate und noch mehr Anwaltsschreiben benötigt, und Kosten verursacht, die ihn beinahe ruiniert hatten. Seitdem hatte er es sich zur Aufgabe gemacht, Gewalttäter und Serienmörder mit aller Härte zu verfolgen und sie dingfest zu machen. Dabei hielt er sich auch nicht zurück, die Grenzen des Gesetzes notfalls zu dehnen oder gar zu überschreiten, wenn es in seinen Augen gerechtfertigt war.

Als er auf seinen Wecker hieb, um ihn ruhig zu stellen, warf er einen Blick auf die Uhr. Es war bereits sieben Uhr dreißig.

Fuck!, dachte er. Glücklicherweise waren seine Reflexe noch immer so gut in Schuss wie früher. Er sprang aus seinem Bett, nahm einen tiefen Schluck aus der halb vollen Schnapsflasche von seinem Nachttisch und zog sich hektisch an. Danach griff er im Vorbeigehen nach seinen Autoschlüsseln und verließ die Wohnung, nicht ohne vorher in eine Pizzaschachtel mit inzwischen gammelig gewordenen Essensresten zu treten. Er ignorierte diesen Umstand und stürmte die vier Treppen hinunter.

»Guten Morgen«, begrüßte ihn eine ältere Nachbarin.

Er antwortete nicht, sondern stieß sie fast die Treppe hinunter, während er an ihr vorbei durch die geöffnete Haustür lief und dann zu seinem Wagen rannte, den er irgendwo um die Ecke geparkt hatte. Mit einer schnellen Handbewegung riss er den Strafzettel unter dem Scheibenwischer hervor, zerknüllte ihn und ließ ihn achtlos auf den Boden fallen, bevor er sich ans Steuer setzte und zum Flughafen raste.

Die gigantische Uhr am Eingang zeigte bereits acht Uhr fünfzehn an, als Hancock mit quietschenden Reifen auf dem ausgedehnten Parkplatz des Ronald Reagan Washington National Airports anhielt. Da er bereits spät dran war, stellte er den Wagen einfach direkt vor der Tür auf einen der Behindertenparkplätze ab, schmiss seinen laminierten Zettel auf das Armaturenbrett und betrat eiligen Schrittes und ohne sich umzusehen das Gebäude. Der Reagan, wie er seit 1998 genannt wurde, befand sich auf einer Halbinsel östlich der Hauptstadt und unterlag einigen der strengsten Sicherheitsvorkehrungen des gesamten Landes, was kein Wunder war, schließlich befanden sich in der Hauptstadt nicht nur der Präsident und der Kongress, sondern auch zahlreiche national und international bekannte Sehenswürdigkeiten. Der Agent wandte sich nun von der Eingangstür des Terminal C nach links und gelangte auf diese Weise zu dem Sicherheitsbereich, von wo aus er zu den Schaltern *seiner* Fluglinie gelangen würde. Er zeigte seinen Ausweis vor und wollte gerade die Sicherheitsschleuse durchschreiten, als er von einem Flughafen-Angestellten aufgehalten wurde.

»Entschuldigen Sie bitte, Sir, aber Sie müssen zuerst alle metallischen Gegenstände ablegen und durch den Scanner treten.«

»Ich habe es aber eilig«, gab er unwirsch zurück.

»Haben wir das nicht alle?«, erwiderte der Sicherheitsmitarbeiter entspannt und postierte sich so, dass an ihm kein Vorbeikommen war.

Der Agent betrachtete seine Armbanduhr und überlegte, ob er sich den Weg einfach freirammen sollte, entschied sich dann aber nach einem prüfenden Blick auf den Flughafen-Mitarbeiter dagegen. Er hätte es vielleicht geschafft, an dem Sicherheitsbeamten vorbei zu gelangen, wäre dann aber garantiert nur wenige Meter weit gekommen, bevor er niedergeschossen worden wäre. Er erinnerte sich noch gut an einen Fall vor einigen Jahren, als er einen Verdächtigen am internationalen Flughafen von Chicago verfolgt hatte. Der Mann hatte es geschafft, die Sicherheitsschleuse zu durchbrechen, nur um direkt danach von zahlreichen Kugeln durchsiebt zu werden. Das hatte zwar den Fall beendet, allen Beteiligten aber viel Ärger eingehandelt. Er wollte nicht als weitere Zahl in einer Statistik enden, also fügte er sich widerwillig seinem Schicksal. Hancock zog den Gürtel aus der Hose, legte seinen Schlüssel und sein altertümliches Handy auf das Rollband und vergaß auch nicht, seine Zigaretten und sein Feuerzeug abzugeben. Auch seinen Flachmann, den er immer in der Jackentasche bei sich trug, legte er dazu. Nur seine Dienstwaffe behielt er im Holster um die Schultern, was ihm einen abschätzigen Blick seitens der Sicherheitsleute einbrachte.

»Ich habe die Erlaubnis, diese Waffe zu tragen«, gab er kund und trat durch die Schleuse.

Selbstverständlich schlug diese sofort Alarm, und als sich ein Schrank von einem Mann mit einem Handscanner näherte, streckte der Agent ohne Widerworte die Arme seitlich von sich und ließ die ganze Prozedur über sich ergehen. Irgendwann schienen die Sicherheitsleute zufrieden zu sein und ließen ihn gehen.

»Mister Peter Hancock, bitte begeben Sie sich umgehend zu Gate Achtunddreißig! Die Türen werden in wenigen Minuten geschlossen! Mister Pete Hancock, zu Gate Achtunddreißig!«

Der Agent legte einen Schritt zu und schaffte es gerade noch so eben zur Gate-Tür, als sich ein jung aussehender Mitarbeiter der Fluggesellschaft daran machte, diese zu schließen.

»Hey, warten Sie«, rief Hancock.

Der Mitarbeiter hielt in seinem Tun inne, als ihm klar wurde, dass der schwitzende Mann, der gerade durch die Gänge stürmte, zu ihm wollte.

»Tür auf, ich muss da rein«, verlangte der Agent, der inzwischen vollkommen außer Atem war.

»Tut mir leid, aber das Gate ist bereits geschlossen«, teilte ihm der Angestellte mit.

Hancock fixierte den Mann wütend. »Ich bin ein Federal Agent, und wenn ich nicht auf diesem Flug dabei bin, müssen Sie sich um mehr als Ihre Frisur Gedanken machen, Freundchen. Also, ich sage es nur noch ein einziges Mal: Machen Sie die Tür auf.«

Anscheinend wirkte der FBI-Agent trotz seiner durchschnittlichen Körpergröße einschüchternd auf den jungen Mann, denn dieser schob die Tür tatsächlich wieder auf und ließ Hancock passieren. Danach nahm er einen Telefonhörer zur Hand und sprach kurz hinein. Anscheinend hatte er die Crew darüber informiert, dass noch ein Passagier kam, denn als der Agent am Ende des Zugangs angekommen war, wurde die Kabinentür von innen geöffnet und gab den Blick auf eine junge, wohl proportionierte Brünette frei. Sie hatte gewisse Ähnlichkeit mit seiner Ex-Frau, was sofort eine gewisse Abneigung in ihm weckte.

»Pete Hancock«, sagte er und beugte sich leicht vor, während er versuchte, wieder zu Atem zu kommen.

»Wir hatten nicht mehr mit Ihnen gerechnet«, erklärte die Flugbegleiterin. »Schön, dass Sie es doch noch geschafft haben. Haben Sie Ihre Bordkarte dabei?«

Der Agent kramte in seinen Taschen und fand schließlich das unordentlich zusammengefaltete Stück Papier. Er reichte es der Flugbegleiterin und wartete, während sie es überprüfte.

»Alles klar«, konstatierte sie. »Kommen Sie bitte herein und setzen Sie sich. Wir sind schon spät dran.«

Hancock ging an ihr vorbei und den schmalen Gang hinunter, bis er schließlich an seinem Platz angelangt war.

»Guten Morgen«, sagte Agent Bernstein fröhlich und lächelte seinen Partner an.

»Morgen«, brummte Hancock und ließ sich schwerfällig auf seinem Sitz nieder, bevor er sich anschnallte.

»Gut geschlafen?«, wollte der jüngere Agent nun wissen.

»Gut gevögelt?«, gab sein Partner bissig zurück.

»Ich hatte schon Sorge, dass Ihnen etwas passiert ist, weil Sie nicht am Gate waren, als der Flug aufgerufen wurde. Ich habe auch versucht, Sie telefonisch zu erreichen.«

»Hab keinen Anruf bekommen«, sagte Hancock. »Außerdem war ich beschäftigt.«

»Das ist seltsam«, erwiderte Bernstein. »Ich habe mehrfach das Freizeichen gehört. Schauen Sie doch mal bitte nach.«

Hancock wandte sich nun zu seinem Kollegen. »Lassen wir die Diskussion und konzentrieren uns lieber auf den Flug, in Ordnung? Ist alles bei unserer Ankunft bereit? Der Mietwagen und die Hotelzimmer gebucht?«

»Alles erledigt«, informierte der jüngere Agent seinen älteren Partner. »Die Adresse der Ranch habe ich außerdem in meinem Smartphone gespeichert.«

»Gut. Dann halten Sie jetzt die Klappe und lassen Sie mich nachdenken.«

Bernstein tat wie verlangt und blickte aus dem kleinen Fenster. Das Flugzeug war fast unmittelbar, nachdem Hancock angekommen war, vom Gate gerollt und befand sich nun auf dem Weg zur Startbahn. Die Maschine musste nur kurz warten und gab dann Schub, bis sie sich schließlich schwerfällig vom Asphalt und in die Luft erhob.

»Immer wieder ein tolles Gefühl, zu fliegen«, sagte Bernstein in Richtung seines Partners.

Doch dieser hing schräg in seinem Sitz und schnarchte.

Kapitel 2

Auf dem rund dreieinhalbstündigen Flug war das größte Ereignis, dass es zwischendurch zu stärkeren Turbulenzen kam, was sowohl die Passagiere als auch die Crew dazu zwang, angeschnallt zu bleiben und sich in die Armlehnen zu krallen. Während Bernstein die Abwechslung durchaus genoss, japste der eine oder andere Passagier immer, wenn das Flugzeug ein wenig nach oben oder unten stieg, erschrocken auf. Hancock bekam davon allerdings nichts mit, denn er schlummerte wie ein Baby. Entsprechend war er äußerst unruhig und wachte immer mal wieder für einen kurzen Moment auf, um lautstark zu meckern, zu furzen und dann wieder einzuschlafen. Als sich die Turbulenzen endlich gelegt hatten und alles wieder seinen gewohnten Gang ging, wurde den Fluggästen ein Frühstück serviert. Pünktlich zur Essensausgabe wachte der ältere Agent auf, gähnte ausgiebig und hob sich ein wenig aus dem Sitz, um sich am Hintern zu kratzen.

»Möchten Sie ein Käse-, oder ein Wurst-Brötchen?«, fragte ihn die Flugbegleiterin, die ihn bereits am Eingang begrüßt hatte und beugte sich leicht vor.

»Am liebsten beides«, antwortete er.

»Tut mir leid, aber das ist nicht möglich«, antwortete
sie freundlich.

»Okay, dann eben Wurst.«

Er nahm sein eingepacktes Brötchen entgegen, dazu
erhielt er noch einen mit dampfenden Kaffee gefüllten
Pappbecher.

»Das Zeug sieht nicht nur aus wie gefärbtes Wasser,
es schmeckt auch so«, gab er mürrisch kund, nachdem
er einen Schluck probiert und den Becher danach
gleich halb geleert hatte. Er stellte den bereits halb
durchgeweichten Behälter auf die Ablage vor sich und
nahm das belegte Brötchen zur Hand, dessen Folie er
umständlich entfernte und achtlos auf den Boden fallen ließ.

»Fantastisch. Gummibrötchen mit angeleimten Säge-
spänen.«

»Sie sind heute wieder richtig gut drauf, was?«, fragte
Bernstein, der sich für ein Käse-Sandwich und einen
Becher Tee entschieden hatte.

»Sagen Sie mir bitte, welchen Grund ich haben sollte,
euphorisch zu sein.«

»Nun ja, wir sind auf dem Weg und werden sicher in
Kürze neue Erkenntnisse haben, die uns helfen werden, dem Täter auf die Spur zu kommen. Außerdem
scheint gerade die Sonne. Das ist doch auch schon etwas.«

»Wenn Sie das sagen ...«, erwiderte Hancock, griff in
seine Jackentasche, holte den Flachmann heraus,
schraubte ihn auf und füllte seinen Pappbecher damit
auf.

»Medizin«, erklärte er beiläufig, als sein Partner den
Behälter kritisch beäugte.

Nachdem der ältere Agent das Gemisch gekostet und für gut befunden hatte, schraubte er den Flachmann wieder zu und steckte ihn zurück in die Tasche.

»Schon besser«, meinte er und trank seinen Becher in einem Zug leer. »Wenigstens sind die Mädels hier ganz ansehnlich, das entschädigt einen für das miese Futter.«

Mit einem Knistern erwachten jetzt die in die Decke eingelassenen Lautsprecher zum Leben. »Sehr verehrte Fluggäste, hier spricht Ihr Kapitän. Wir nähern uns dem Dallas Fort Worth International Airport. Bitte stellen Sie Ihre Sitze in eine aufrechte Position, klappen Sie die Tische vor sich hoch und bleiben Sie angeschnallt, bis wir gelandet sind und unsere endgültige Position erreicht haben. Ich weise Sie darauf hin, dass Sie weiterhin alle elektronischen Geräte entweder in den Flugmodus versetzen oder ausschalten müssen.«

»Ich muss pissen«, sagte Hancock jetzt und schickte sich an, sich abzuschnallen, doch sein Partner hielt ihn zurück.

»Bleiben Sie bitte sitzen, wir wollen doch keinen Ärger bekommen.«

»Ich muss aber ganz dringend.«

»Sie hätten vor wenigen Minuten gehen können.«

»Da musste ich aber noch nicht.«

»Halten Sie es bitte zurück, bis wir gelandet sind.«

»Wenn ich mir in die Hose mache, kaufen Sie mir gefälligst eine neue.«

»Meinetwegen. Aber jetzt bleiben Sie bitte sitzen. Wenn Sie es gar nicht mehr aushalten können, nehmen Sie doch den Kaffeebecher.«

»Da passt doch nichts rein«, konstatierte Hancock.

»Jetzt benehmen Sie sich bitte«, antwortete Bernstein mit einer Spur Verzweiflung in der Stimme.

Der ältere Agent quittierte das Gesagte mit einem Schulterzucken und lehnte sich wieder zurück.

Das Flugzeug nahm merklich Schub weg und neigte sich anschließend leicht nach vorne, was bedeutete, dass der Kapitän und sein Co-Pilot den Landeanflug eingeleitet hatten. Hancock, der am Gang saß, schloss die Augen und wartete darauf, dass sie wohlbehalten aufsetzen würden. Gleichzeitig überlegte er, ob er die Aufforderung, in den Becher zu pinkeln, vielleicht doch annehmen sollte. Bernstein, der sich bei der Buchung extra einen Fensterplatz ausgesucht hatte, blickte fortwährend nach draußen. Er wusste, dass sich der internationale Flughafen ungefähr in der Mitte zwischen den texanischen Metropolen Dallas und Fort Worth befand, aber von zahlreichen kleineren Städten wie Irving im Südosten, Copell im Nordosten und Grapevine im Nordwesten umgeben war, zu dessen Stadtgebiet er auch gehörte. Allerdings war die östliche Landebahn Irving zugehörig, was es bei verwaltungstechnischen Aufgaben für die Behörden nicht gerade leichter machte. Der Flughafen Dallas Fort Worth war mit fast siebzig Quadratkilometern der flächenmäßig zweitgrößte hinter dem Denver International Airport und damit größer als der gesamte New Yorker Stadtteil Manhattan. Außerdem wurden hier pro Jahr rund sechshundertfünfzigtausend Flüge abgefertigt, was ihn weltweit auf Platz vier brachte. Der junge Agent wollte sich gar nicht ausmalen, wie viel Lärm die Anwohner hier täglich ausgesetzt waren, und war froh, in Washington, D.C. außerhalb der Einflugschneisen der drei dortigen Flughäfen zu leben. Der Flieger machte nun einen weiten Bogen und näherte sich der Landebahn von Norden aus. Dabei überflog die Maschine den Lewisville Lake und schnitt den Grapevine Lake, während sie stetig herabsank. Mit einem Mal wurde Bernstein in seinen Sitz gepresst, als das Flugzeug ohne Vorwarnung beschleunigte und die Nase steil nach oben hob. Einige Passagiere schrien wegen dieses Ereignisses erschrocken auf, weil sie offenbar erwarteten, dass der Flieger jeden Moment abstürzen würde. Kurz darauf hatte sich das Flugzeug aber wieder ausgeglichen und lag ruhig in der Luft.

»Hier spricht Ihr Kapitän«, meldete sich der Pilot über Lautsprecher erneut zu Wort. »Wir mussten leider durchstarten, weil sich eine kleinere Maschine unvorhergesehen in unserer Anflugschneise befand. Bitte entschuldigen Sie den Schreck. Wir starten in Kürze einen neuen Versuch. Bitte bleiben Sie weiterhin auf Ihren Plätzen und genießen Sie die Aussicht.«

»Sind wir schon gelandet?«, fragte Hancock verschlafen.

»Haben Sie das gerade etwa nicht mitgekriegt?«, wollte Bernstein fassungslos wissen.

»Nein, was denn?«

Anstatt zu antworten, wandte sich der jüngere Agent wieder dem Fenster zu und sah auf die kleinen Häuser unter sich.

Der zweite Landeversuch war schließlich erfolgreich, und nach rund dreißig Minuten hatte das Flugzeug das vorgesehene Gate im Terminal A erreicht. Noch immer waren einige Passagiere verunsichert, und in der gefilterten Atemluft war schwach der Geruch nach Erbrochenem zu riechen.

Insgeheim war Bernstein froh, dass sich niemand psychisch Labiles an Bord befunden hatte, ansonsten hätten er und sein Partner womöglich noch eingreifen müssen. Da sie im hinteren Bereich des Flugzeugs saßen, gehörten sie zu denjenigen, die den Flieger als Letztes verließen, obwohl sich Hancock direkt nach dem Andocken angeschickt hatte, aufzustehen und das Flugzeug zu verlassen. Bernstein hatte ihn aber mit dem Hinweis zurückgehalten, dass sie trotz der Verspätung noch sehr gut in der Zeit lagen und ihr Mietwagen ganz bestimmt für sie zurückgehalten werden würde, bis sie ihn auslösten.

»Der Wagen ist mir gerade vollkommen egal«, erklärte Hancock, nachdem er sich wieder gesetzt hatte und wartete, dass die anderen Passagiere vor ihm endlich ihre Sachen aus den Gepäckfächern holten und zum Ausgang gingen.

»Sie wollen rauchen, oder?«

»Cleverer Welpe«, sagte der ältere Agent missmutig. »Außerdem platzt mir gleich der Sack.«

»Nur noch wenige Minuten, dann dürfen Sie wieder alles tun, was Sie wollen«, sagte Bernstein.

»Das hat mein Scheidungsanwalt damals auch gesagt.«

Der jüngere Agent sah seinen Partner für einige Sekunden stumm an und überlegte, was wohl mit diesem Menschen passiert war, dass er so geworden war.

Als sie endlich mit dem Aussteigen an der Reihe waren, erhob sich Hancock eilig und ging schnellen

Schrittes den Gang entlang nach vorne. Am Ausgang verabschiedete er sich von der Brünetten, die ihm vor dem Abflug die Tür geöffnet hatte, und betrat die Gangway, die ihn zum Abfertigungsbereich und schließlich nach draußen führen würde. Es kümmerte ihn nicht, ob sein Partner mit ihm Schritt halten konnte, und noch viel weniger interessierte es ihn, ob ihm jemand im Weg stand. Rücksichtslos drängelte er sich durch die Menschenmassen hindurch, ließ die Gepäckbänder links liegen und folgte der Beschilderung, bis er schließlich die Toiletten fand. Er stemmte die Tür auf und suchte sich das nächste freie Pissoir, in das er sich geräuschvoll erleichterte. Zufrieden mit dem Ergebnis, spülte er, wusch sich die Hände eher schlecht als recht und verließ die Toilette wieder.

Das Gate war, wie alle anderen am Flughafen Dallas Fort Worth, halbkreisförmig gebaut, sodass es ziemlich egal war, wo man ankam. Der Weg nach draußen war von überall gleich weit beziehungsweise kurz. Daher stand Hancock bereits kurz darauf an der frischen Luft und kramte in seinen Taschen nach seinen Zigaretten. Da er keine fand, sprach er einen nahe bei ihm stehenden älteren Mann mit Halbglatze an.

»'Tschuldigung, haben Sie eine für mich übrig?«

Der Mann zog eine Schachtel hervor und hielt sie dem Agenten hin. »Brauchen Sie auch Feuer?«, fragte der Mann.

»Habe ich selbst. Danke«, antwortete Hancock, entzündete den Glimmstängel, inhalierte den Rauch tief in seine Lunge und ließ ihn dann langsam durch die Nase entweichen.

»Zum ersten Mal hier?«, wollte der Mann wissen.

»Nein«, sagte der Agent und wandte sich ab, in der Hoffnung, auf diese Weise nicht in ein Gespräch verwickelt zu werden.

Der andere schien den Wink verstanden zu haben, denn er gesellte sich jetzt zu einer adrett gekleideten Frau und zwei jungen Männern. *Vielleicht war das seine Familie*, dachte Hancock. Wäre seine Ex-Frau nicht so ein fremdgehendes Miststück gewesen, hätte er vielleicht auch eine Familie gehabt. Er verwarf diesen Gedanken ebenso schnell wieder, wie er gekommen war und widmete sich gerade dem Rest seiner Zigarette, als Bernstein zu ihm trat.

»Wir müssen mit dem Bus bis zur Mietwagenstation fahren«, erklärte er. »Ich habe dort schon angerufen, sie warten auf uns.«

»Wo fährt denn der Bus?«

»Genau hier«, erklärte der jüngere Agent und zeigte auf ein Schild, welches sich nur zwei Meter von ihm entfernt befand und das internationale Zeichen für *Bushaltestelle* trug.

»Prima. Hoffentlich kommt das Ding bald«, sagte Hancock und warf einen Blick auf seine alte Armbanduhr. »Wie lange müssen wir danach zu der Ranch fahren?«

»Die Delano-Ranch befindet sich nahe der Kleinstadt Ranger, etwas mehr als hundertsiebzig Kilometer westlich von Dallas. Ungefähr zwei Stunden, würde ich sagen, wenn die Straßen frei sind.«

»Dann sollten wir uns sputen, denn es ist schon nach Mittag«, erklärte der ältere Agent und trat unruhig von einem Fuß auf den anderen.

»Glauben Sie denn, dass er uns empfangen wird?«

»Wenn er sieht, dass wir vom FBI sind, wird er garantiert mit uns sprechen. Die Leute kriegen immer Schiss, wenn sie es mit Federal Agents zu tun bekommen.«

»Hat man ja bei Senator Fitzroy gesehen, wie gut das funktioniert«, murmelte Bernstein.

»Sie sind einfach zu pessimistisch«, meinte Hancock.

»Ich dachte, das sei Ihr Job. Schauen Sie mal, der Bus ist da.«

Am Mietwagenschalter ging alles glatt, bis zu dem Augenblick, als es darum ging, wer den Wagen fahren sollte. Bernstein hatte bei der Buchung angekreuzt, dass er der einzige Fahrer sein würde, was dem älteren Agenten ganz und gar nicht gefiel. Es entwickelte sich daraufhin eine Diskussion mit dem Angestellten der Mietwagenfirma, bei der Hancock schnell ausfällig wurde, vor allem, als ihm mitgeteilt wurde, dass ein weiterer Fahrer nur gegen eine Gebühr von einhundert Dollar eingetragen werden konnte. Hancock wurde beinahe handgreiflich, bis der Angestellte schließlich anbot, die Extrakosten zu halbieren.

»Tut mir leid«, sagte Bernstein, als sie auf dem Parkplatz nach ihrem Wagen suchten.

»Hätte vermieden werden können, wenn Sie nicht so dumm gewesen wären, den Wagen nur auf Ihren Namen zu buchen.«

»Ich hatte gedacht, dass es nicht so wichtig sei«, entgegnete der jüngere Agent. »Außerdem hatte ich Ihre Führerscheinnummer und die restlichen Daten doch gar nicht.«

»Das nächste Mal fragen Sie mich einfach. Wo ist denn jetzt die verdammte Karre?«

»Das ist eine gute Frage.«

Der Parkplatz war gigantisch, und überall standen Autos in allen Größen, Formen und Farben herum. Für Hancock sah es so aus, als wären die Fahrzeuge nicht nach einem bestimmten System geordnet, sondern einfach dort abgestellt worden, wo gerade Platz war. Der einzige hilfreiche Hinweis, den sie am Schalter bekommen hatten, war gewesen, dass sie nach einem weißen Ford Fusion Ausschau halten sollten. Das Kennzeichen war zwar auf dem Schlüsselschild zu lesen, aber das half ihnen auch nicht weiter, denn es standen gefühlt Hunderte Fahrzeuge dieser Marke hier herum. Nach einigem Herumirren in der heißen Sonne fanden sie schließlich endlich *ihren* Wagen, setzten sich hinein, gaben die Adresse von Delanos Farm in das eingebaute Navigationssystem ein und konnten endlich losfahren.

Der ältere Agent hielt nur weniger als zwei Kilometer entfernt an einer Tankstelle an und kaufte sich erst einmal zwei Schachteln Zigaretten, da er seine eigenen aufgrund der Eile offenbar beim Durchsuchen mit dem Metalldetektor aus Versehen mit abgegeben und liegen gelassen hatte. Er zündete sich eine an und fuhr den Wagen dann auf die Autobahn in Richtung Fort Worth, von wo aus sie laut des Navigationssystems über die Interstate 20 an ihr Ziel gelangen sollten.

»Ich dachte, das ist ein Nichtraucher-Wagen«, merkte Bernstein an.

»Die Pfeife vom Schalter hat nichts darüber gesagt«, erwiderte Hancock.

»Wahrscheinlich, weil er der Meinung ist, dass sich inzwischen herumgesprochen hat, dass alle Mietwagen und Flugzeuge seit Jahren rauchfrei sind.«

Der ältere Agent schnaubte kurz und blies dann demonstrativ einen Schwall Rauch ins Auto.

»Würden Sie wenigstens die Fenster öffnen?«, bat der jüngere Agent.

»Dann funktioniert die Klimaanlage aber nicht mehr ordentlich«, erklärte Hancock. »Ich habe keine Lust, hier drin gebraten zu werden.«

»Wissen Sie was, es ist sinnlos, mit Ihnen zu diskutieren«, stellte Bernstein fest und blickte aus dem Seitenfenster. Es würde noch mindestens eine halbe Stunde dauern, bis sie Fort Worth hinter sich lassen und in die texanische Prärie fahren würden. Der junge Agent beschloss, die Augen ein wenig zu schließen, denn er war am vorherigen Abend zwar früh zu Bett gegangen, heute aber deutlich früher als sonst aufgestanden, um sicherzugehen, dass er den Flug nicht verpasste. Er wollte seine Konzentration nicht überstrapazieren, denn er würde sie garantiert noch brauchen, wenn sie angekommen waren.

Bernstein musste tatsächlich eingenickt sein, denn als er die Augen wieder öffnete, fuhren sie gerade über eine staubige Straße im Nirgendwo. Um sie herum schien es nichts als Geröll zu geben, hin und wieder unterbrochen von einem vertrockneten Baum. Das Navigationssystem protestierte mit einem stetigen Klingeln und der ebenso stetigen Warnung: *Unbefestigte Straße*. Dem jüngeren Agenten kam es so vor, als ob die Stimme aus dem Gerät ein wenig ungeduldig klang. Natürlich war das Unsinn, Computer hatten schließlich keine Gefühle, aber dennoch hatte er den Eindruck, dass das Navigationsgerät schon seit Längerem dieselbe Nachricht abspulte.

»Wo sind wir hier?«, erkundigte er sich bei seinem Kollegen und rieb sich die Augen.

»Gleich da«, antwortete Hancock einsilbig.

»Wie lange habe ich denn geschlafen?«

»Lange genug, um ein paar geile Weiber zu verpassen, die nackt am Straßenrand rumgehüpft sind.«

»Wenn die so geil waren, warum sitzen wir dann immer noch allein im Auto?«

»Keine Zeit«, konstatierte sein Kollege. »Meine Güte, Delano wohnt echt am Arsch der Welt.«

»Das haben Ranches nun mal so an sich«, belehrte ihn Bernstein.

»Sie entwickeln sich ja noch zu einem richtigen Klugscheißer«, sagte Hancock.

»Bei dem Lehrmeister ...«

»Der Unterschied zwischen uns beiden ist, dass ich wirklich alles besser weiß, Welpe, und jetzt Ruhe, ich muss mich konzentrieren, sonst fahren wir noch aus Versehen an der Farm vorbei. Ich habe nämlich keine Lust darauf, mich in dieser scheißtrockenen Wüste zu verirren.«

Die nächsten Minuten blickte der ältere Agent abwechselnd auf die Straße und auf das Navigationsgerät, welches es inzwischen aufgegeben hatte, auf die Straßenbeschaffenheit hinzuweisen und sich stattdessen darauf verlegt hatte, wieder brav die Wegbeschreibung kundzutun.

»Bei der nächsten Abzweigung links fahren«, erklärte die Maschinenstimme jetzt geduldig.

»Hier dann links«, wiederholte Bernstein.

»Danke, das hätte ich gar nicht gewusst.«

Hancock fuhr auf den schmalen Weg und stellte kurz darauf den Wagen ab. Dann stieg er aus und lehnte sich an die Motorhaube. Sofort wurde er von der Hitze getroffen, sodass ihm der Schweiß ausbrach. Außerdem schien ein Schwarm Mücken auf ihn aufmerksam geworden zu sein und schwirrte um ihn herum auf der Suche nach einer guten Landestelle. Der Agent ließ es stoisch über sich ergehen und zog seine Zigaretten hervor, packte sie aus und ließ den Müll achtlos neben sich auf den Boden fallen. Bernstein stieg ebenfalls aus und stützte sich mit den Händen auf die Motorhaube, nur um einen Sekundenbruchteil später wie von einer Tarantel gestochen zurückzuspringen.

»Aua!«, rief er und rieb sich die Hände.

»Heiß?«, fragte der ältere Agent mit gespielt besorgtem Gesichtsausdruck.

Bernstein schalt sich im Stillen für seine Unachtsamkeit. Natürlich war die Motorhaube heiß, schließlich war es Sommer, und das bedeutete in Texas Temperaturen jenseits der dreißig Grad Celsius. Außerdem waren sie lange gefahren, was zusätzlich für Wärme sorgte, sodass das Wagenäußere mindestens vierzig Grad heiß war.

»Wenn wir die Straße hier runterfahren, müssten wir bald ankommen«, erklärte Hancock und zog an seiner Zigarette. Dann ging er einige Minuten hin und her und begutachtete den Boden.

»Was machen Sie da?«, wollte der jüngere Agent wissen. »Suchen Sie nach irgendwelchen Spuren?«

»Ich muss pissen«, gab Hancock kund. »Und ich habe keine Lust, auf eine Schlange zu pullern.«

»Ihre Blase ist nicht die stärkste, was?«

»Was geht Sie das an? Sind Sie jetzt auch noch Urologe?«

Bernstein wechselte lieber das Thema. »Wie ist eigentlich die Tornadogefahr hier?«

»Minimal«, antwortete sein Partner. »Im August ist es zwar nicht auszuschließen, dass so ein Scheißding hier vorbeischaut, aber es passiert sehr selten. Sie sollten mal im Frühjahr oder Herbst hier sein, da pustet es Ihnen die Mütze runter, und den Kopf gleich mit.«

»Ich glaube, ich verzichte lieber.«

»Weise Entscheidung. Kommen Sie, wir fahren weiter.«

Es dauerte nur noch wenige Minuten, bis die Ranch von Francis Ford Delano am Horizont in Sicht kam, und dann noch etwa zehn Minuten, bis sich vor ihnen ein Haus erhob, welches eher unter die Kategorie *Herrschaftliches Anwesen* fiel. Das Gebäude war dreistöckig, strahlend weiß gestrichen und umgeben von einer Flut grünen Grases, auf welchem eine Herde Longhorn-Rinder friedlich weidete. Bernstein staunte nicht schlecht, als er auf der anderen Seite der Straße, abgetrennt vom restlichen Gebiet, eine kleinere Herde Bisons entdeckte. Er wusste, dass es heutzutage nur noch einen Bruchteil der einstmals gewaltigen Population dieser großen Tiere gab, und war durchaus erstaunt, dass Delano es sich anscheinend zur Aufgabe gemacht hatte, diese Rindergattung zu erhalten.

Hancock parkte den Wagen vor dem Haupteingang, wo er beinahe umgehend von einem Mann in Livree empfangen wurde.

»Guten Tag«, begrüßte der Mann sie höflich.

»Hallo auch«, sagte der ältere Agent.

»Dürfte ich Ihre Namen erfahren?«

»Hancock und Bernstein. Wir möchten mit Mister Delano sprechen.«

»Haben Sie denn einen Termin?«

»Nö.«

»Dann tut es mir sehr leid, aber Mister Delano ist momentan sehr beschäftigt und möchte nicht gestört werden.«

»Wissen Sie was?«, sagte der Agent und beugte sich zu dem Mann hinunter, der ein ganzes Stück kleiner als er selbst war. »Sagen Sie ihm einfach, dass das FBI hier ist und unverzüglich mit ihm sprechen will. Wenn er dann immer noch kein Interesse hat, sagen Sie ihm, dass es um seine Tochter geht.«

»Darf ich bitte Ihre Ausweise sehen?«

»Aber natürlich.«

Beide Agents zückten beinahe simultan ihre Dienstpässe und hielten sie dem Livrierten unter die Nase. Dieser betrachtete die Ausweise ganz genau, bevor er sich zufrieden umdrehte.

»Tut mir leid, aber heutzutage muss man extrem aufpassen«, erklärte er. »Es sind so viele Betrüger unterwegs.«

»Wem sagen Sie das. Jetzt holen Sie bitte Mister Delano, wir haben schon genug Zeit vergeudet.«

Der Mann ging die linke der beiden an der Gebäudefront gewundenen Treppen hinauf, die zum ersten Stock führten und in eine Tür mündeten, die exakt genauso aussah wie diejenige im Erdgeschoss. Hancock und Bernstein mussten nicht lange warten, als vom oberen Treppenabsatz aus eine tiefe Stimme erklang.

»Guten Tag, die Herren.«

Die beiden Beamten wandten ihren Blick von den Weideflächen ab und schauten nach oben.

Francis Ford Delano war eine auffällige Erscheinung. Er war groß, kräftig gebaut und sah sie aus harten stahlgrauen Augen über eine aristokratische Nase hinweg an. Mit seiner Kleidung, die aus einer schwarzen Stoffhose, einem weißen Hemd und einer schwarzen Weste bestand, sowie dem adrett geschnittenen, spitz zulaufenden Kinnbart wirkte er weniger wie ein Senator als vielmehr wie ein Gutsherr des neunzehnten Jahrhunderts.

»Guten Tag, Mister Delano. Mein Name ist Special Agent Pete Hancock, das ist Special Agent Frank Bernstein.«

»Das hat mir Harris bereits mitgeteilt.«

»Dann hat Ihr Lakai Ihnen bestimmt auch gesagt, dass wir wegen Ihrer Tochter hier sind.«

»Ja. Obwohl ich mir nicht vorstellen kann, warum mich das FBI wegen Iris aufsuchen sollte.«

»Das kann ich Ihnen gleich erklären. Aber vielleicht wollen Sie es lieber drinnen erfahren.«

»Bitte, kommen Sie herein«, sagte Delano, der die Aufforderung offenbar verstanden hatte, und ging ohne Umschweife wieder ins Haus, ohne abzuwarten, ob ihm die Agenten folgen würden.

Drinnen fühlte sich Hancock noch mehr an eine Südstaatenvilla aus der Zeit vor dem Bürgerkrieg erinnert. Er war einmal als Kind bei einer Museumsführung gewesen und von dem Anblick damals nachhaltig beeindruckt gewesen. Er musste zugeben, dass es sich heute nicht anders verhielt. Allerdings hatte er sich im Erwachsenenalter wesentlich besser im Griff und blickte sich nicht mit großen Augen um, sondern untersuchte den Raum stattdessen lieber unauffällig auf Merkmale, die ihm bei seinen Ermittlungen behilflich sein könnten.

»Möchten Sie etwas trinken?«, fragte Delano, als sie im als Salon fungierenden Wohnzimmer angekommen waren.

»Nur Wasser«, sagte Bernstein schnell. Er wollte vermeiden, dass sein Kollege etwas Stärkeres bestellte und damit ein schlechtes Licht auf sie beide warf.

»Harris«, sagte der Hausherr nicht laut, aber vernehmlich in Richtung des Livrierten, der sich immer noch im Hintergrund hielt.

Der Mann eilte umgehend hinaus und kam nach nur wenigen Sekunden wieder in das Zimmer zurück. Mit der rechten Hand trug er ein Tablett mit drei Gläsern, die bis knapp unter den Rand gefüllt waren. Während Bernstein nur nippte, schüttete Hancock den Inhalt in einem Zug hinunter und bestellte sogleich ein zweites Glas.

»Sind Sie aus Washington?«, fragte Delano.

»Ja«, bestätigte Hancock. »Woher wissen Sie das?«

»Ich habe es an Ihrem Akzent erkannt«, erklärte der Mann. »Wissen Sie, wenn man so viel herumkommt wie ich, lernt man irgendwann, auf Kleinigkeiten zu achten.«

»Geht mir nicht anders«, erwiderte der ältere Agent.

»Ich kann mir vorstellen, dass es in Ihrem Job sehr hilfreich ist, wenn man ein Auge für Details hat.«

»Sie ahnen ja nicht, wie oft mir das schon den Arsch gerettet hat.«

Bei dem saloppen Synonym für das menschliche Gesäß, zuckte unter Delanos linkem Auge ein Muskel. Hancock sah dies mit Befriedigung.

»Meine Herren, Sie haben einen weiten Weg auf sich genommen, nur um mit mir über Iris zu sprechen. Sie hätten doch auch anrufen können.«

»Das wollte ich, aber Ihre Sekretärin hatte etwas dagegen.«

»Die gute alte Maude«, sagte der Hausherr und schüttelte leicht den Kopf. »Sie nimmt ihre Aufgaben immer sehr ernst, müssen Sie wissen.«

»Das ist mir nicht entgangen. Mister Delano, es ist ja schön, mit Ihnen zu plaudern, aber wie Sie richtig erkannt haben, haben wir einen langen Weg hinter uns. Wenn es geht, würden wir uns gern unter sechs Augen mit Ihnen unterhalten.«

»Harris, bitte sehen Sie nach, ob William und Butch Unterstützung benötigen«, sagte Delano in Richtung des Livrierten.

Dieser neigte kurz den Kopf, verließ das Zimmer und zog diskret die Tür hinter sich zu.

»Nun sind wir allein«, stellte der Senator überflüssigerweise fest.

Bernstein holte Luft und wollte gerade das Gespräch beginnen, doch Hancock kam ihm zuvor.

»Es tut mir leid, Ihnen eine traurige Nachricht überbringen zu müssen: Ihre Tochter ist tot«, kam Hancock ohne Umschweife zur Sache.

»Wie bitte?«

»Ihre Leiche wurde gestern Vormittag gefunden.«

»Ist das ein verspäteter Aprilscherz?«

»Wenn ich einen Scherz machen wollte, hätte ich Sie gefragt, was der Unterschied zwischen einem Eichhörnchen und einem Geier ist«, erwiderte der ältere Agent.

»Wie ist sie gestorben? Weiß man schon, wer der Mörder ist? Nun reden Sie schon, Mann!«

»Sie wurde ermordet«, erklärte Hancock ruhig. »Weiteres darf ich Ihnen zu diesem Zeitpunkt noch nicht sagen, da die Ermittlungen noch andauern. Wichtig für uns ist, ob sie irgendwelche Feinde hatte.«

»Nicht, dass ich wüsste«, erklärte Delano fassungslos, einen Punkt irgendwo an der Wand fixierend.

»Hat sie sich vielleicht auf politischer Ebene mit irgendjemandem angelegt?«

»Iris war eine sehr ruhige Person. Sie hat sich mit ihrer Durchsetzungsfähigkeit zwar nicht viele Freunde gemacht, aber ich kann mir nicht vorstellen, dass ihr irgendjemand den Tod gewünscht hätte.«

»Vielleicht kannten Sie sie nicht so gut, wie Sie denken«, meinte Hancock.

Der Blick des Senators wandelte sich von einem Moment zum anderen in das eines Raubtiers, das gerade eine lohnende Beute entdeckt hatte, und richtete sich nun direkt auf den Agenten. »Wenn Sie damit sagen wollen, dass meine Tochter und ich uns fremd waren, befinden Sie sich auf dem Holzweg. Iris hat mir immer alles erzählt. Ich habe ihre Karriere unterstützt, wo ich nur konnte. Glauben Sie etwa, ihre Kandidatur sei nur durch Spenden finanziert worden? Ich habe einen guten Teil des Familienvermögens dafür aufgewendet,

den Leuten da draußen klarzumachen, dass meine
Tochter ihr Vertrauen verdient.«

»Haben Sie sich dabei Feinde geschaffen? Sind Sie jemandem auf den Fuß getreten, der Ihnen nun eins aus-
wischen wollte?«

»Agent Hancock, ich glaube, Sie haben zu viele politische Filme gesehen. In unseren Kreisen wird zwar hin
und wieder mit harten Bandagen gekämpft, aber niemand geht dabei über Leichen.«

»Was noch zu beweisen wäre.«

»Sie sind nicht gerade gut auf Politiker zu sprechen,
oder?«

»Wie haben Sie das denn erraten?«

»Ihr Verhalten lässt sehr zu wünschen übrig. Unter
diesen Umständen bin ich nicht bereit, weiter mit
Ihnen zu sprechen. Ich möchte, dass Sie mein Grundstück sofort verlassen, und zwar umgehend.«

»Unsere Unterhaltung ist aber noch nicht beendet.«

»Für mich schon«, erklärte Delano entschieden. »Gehen Sie, oder ich lasse Sie rausschmeißen.«

»Und was, wenn ich mit einem Durchsuchungsbeschluss wiederkomme?«

»Dann werde ich diesen anfechten. Sie sind hier nicht
mehr länger erwünscht.«

»Hören Sie bitte, Senator ...«, schaltete sich jetzt Bernstein ein, wurde aber durch einen durchdringenden
Blick des Hausherrn sofort unterbrochen.

»Sie sind hier ebenfalls nicht gern gesehen«, sagte der
Senator. »Nehmen Sie Ihren Partner und verschwinden Sie. Sie können froh sein, dass Sie für mich un-

wichtig sind, sonst würde ich Sie jetzt Ihrem Vorgesetzten melden und dafür sorgen, dass Sie Ihren Job verlieren.«

»Oder würden Sie lieber das Recht der Selbstjustiz anwenden und uns am nächsten Baum aufknüpfen?«, fragte Hancock.

»Kommen Sie«, ermahnte ihn Bernstein. »Wir gehen jetzt lieber, bevor Sie sich noch um Kopf und Kragen reden.«

»Eine weise Entscheidung. Agent Hancock, Sie können von Ihrem Partner noch viel lernen.«

»Eine Frage hätte ich aber noch ...«, hob der ältere Agent an.

»Nein!«, erwiderte Delano. »Ich weiß nicht, für wen Sie sich halten, aber Sie sind ganz sicher kein Inspector Columbo. Verlassen Sie gefälligst mein Haus.«

Als Bernstein die Zimmertür öffnete, wurden sie direkt von Harris empfangen, der sie nach draußen und bis zu ihrem Wagen geleitete.

»Ihr Boss gehört nicht gerade zur freundlichen Sorte«, sagte der ältere Agent zu dem Livrierten.

»Er ist sehr menschlich, wenn man seinen Respekt erst einmal erworben hat.«

»Und das schafft man bestimmt am besten, wenn man ihm in den Arsch kriecht, oder?«

»Nein«, erwiderte Harris. »Durch Leistung und Selbstbeherrschung.«

»Wie auch immer. Schönen Tag noch.«

Hancock stieg ein und startete den Wagen. Sein Partner schaffte es gerade noch, sich auf den Beifahrersitz zu bugsieren, bevor der ältere Agent auch schon in einem Anflug von Trotz das Gaspedal voll durchtrat und eine große Staubwolke aufwirbelte.

»Was ist denn nun der Unterschied zwischen einem Eichhörnchen und einem Geier?«, wollte Bernstein wissen.

»Ich habe nicht die geringste Ahnung«, gab der ältere Agent trocken zurück.

»Hatten wir nicht abgemacht, dass ich dieses Mal das Reden übernehme?«

»Sie sind ja nicht aus den Pötten gekommen.«

»Ich wollte gerade anfangen, als ...«

»Ja ja ja«, erwiderte Hancock, winkte ab und bog auf den Schotterweg ein, der sie zurück zur Interstate und nach Dallas bringen würde.

Das Hotel, welches Bernstein am Vortag für sie ausgewählt hatte, entpuppte sich ganz nach Hancocks Geschmack. Die Außenfassade war, wie für moderne Gästehäuser üblich, schmucklos und ähnelte eher einem Betonklotz als einem gediegenen Hotel. Daher war der ältere Agent mehr als positiv überrascht, als sie ins Foyer traten und sich in einem großen, mit Eiche vertäfelten Raum wiederfanden. Die Lobby war etwa zwanzig Meter lang und fünf Meter breit, sodass die ein- und auscheckenden Gäste mehr als genug Platz hatten, aneinander vorbeizugehen. Die Beamten kamen auf ihrem Weg zum Empfangstresen an einer ausladenden Sitzecke vorbei, wo sich mehrere Zweier- und Dreisitzer-Sofas, einige bequem aussehende mit Stoff überzogene Sessel sowie zahlreiche rund sechzig Zentimeter hohe Tische befanden. Da es inzwischen schon nach zwanzig Uhr war, waren die meisten Gäste bereits angereist und hatten ihr Abendessen zu sich genommen. Einige von ihnen saßen in kleinen Gruppen zusammen und tranken den einen oder anderen Absacker, um den Abend ausklingen zu lassen.

»Lassen Sie mich den Check-in übernehmen«, bat Bernstein seinen älteren Kollegen.

»Von mir aus.«

»Guten Abend«, begrüßte der jüngere Agent den Angestellten am Empfang freundlich, der ebenfalls recht jung war und in seinem dunklen Anzug perfekt zum Ambiente passte.

»Guten Abend die Herren«, erwiderte der Mann, dessen Namensschild an der Brust ihn als *Daniel Sainz* auswies. »Willkommen im Dallas Inn. Wie kann ich Ihnen helfen?«

»Wir haben eine Reservierung.«

»Darf ich bitte Ihre Namen erfahren?«

Bernstein stellte sich und seinen Partner vor, woraufhin sich Sainz ein wenig nach unten beugte, um in dem in den Tresen eingelassenen Computer nach den Reservierungen suchen zu können.

»Ah, hier«, sagte er schließlich.

Dann griff er hinter sich und legte zwei Tablets auf den Tresen. »Bitte geben Sie mir kurz Ihre Ausweise, damit ich diese einscannen kann. Währenddessen füllen Sie bitte das Gästeformular aus.«

Bernstein beugte sich über das Gerät und begann sofort, seine Daten mit einem bereitgelegten Stylus-Stift in die auf dem Display angezeigten Felder einzutragen. Hancock sah sich an, was sein Kollege tat und nahm schließlich ebenfalls einen Stift zur Hand.

»Die wollen wirklich wissen, ob ich Fleisch esse?«, murmelte er leise zu seinem jungen Partner.

»Natürlich«, erwiderte der andere. »Könnte ja sein, dass Sie Vegetarier sind oder eine Allergie auf irgendetwas haben.«

»Würde ich mich von Pflanzen ernähren wollen, wäre ich eine Kuh geworden.«

»Kreuzen Sie bitte die Felder einfach nur wahrheitsgemäß an, dann ist alles in Ordnung.«

Kurz darauf waren sie mit den Eintragungen fertig und schoben die Tablets zurück zu Sainz.

»Vielen Dank«, sagte dieser. »Hier sind Ihre Ausweise und Ihre Schlüsselkarten. Falls Sie Hunger haben, ist die Küche noch bis zweiundzwanzig Uhr geöffnet. Frühstück gibt es ab sieben Uhr.«

»Danke«, sagte Bernstein, nahm eine der Karten und schob seinem Partner die andere hin.

»Welche Zimmernummern haben wir denn?«, wollte Hancock wissen.

»Die ist auf Ihrer Karte verzeichnet.«

»Moment mal«, sagte der ältere Agent laut, nachdem er zuerst seine und dann die Karte seines jüngeren Agenten betrachtet hatte. »Da stehen ja dieselben Nummern drauf.«

»Das ist richtig«, bestätigte Sainz. »Sie haben ein Zimmer für zwei Nächte gebucht.«

»Das ist falsch«, erwiderte der ältere Agent. »Wir haben zwei Zimmer für eine Nacht gebucht. Ist doch so, oder?«, fragte er in Richtung von Bernstein.

»Ganz bestimmt«, bejahte sein Partner. »Ich habe gestern online die Reservierung ausgefüllt und bin mir absolut sicher, dass ich zwei Zimmer für eine Nacht gebucht habe. Vielleicht haben Sie sich geirrt.«

»Ich überprüfe es gern noch einmal, einen Moment bitte«, sagte Sainz und betrachtete eine Weile sein Display, bevor er wieder aufschaute und eine mitleidige Miene aufsetzte, für die der ältere Agent ihm am liebsten die Faust ins Gesicht gerammt hätte. »Ich muss Sie enttäuschen, die Reservierung zeigt ganz klar ein Zimmer für zwei Nächte an.«

»Dann hat Ihr System eben Scheiße gebaut«, antwortete Hancock grimmig. »Glauben Sie wirklich, dass wir zusammen in einem Zimmer pennen wollen, und dann auch noch für zwei Nächte? Sehen wir irgendwie homo für Sie aus?«

»Es liegt mir fern, die Wünsche unserer Gäste zu hinterfragen«, erklärte der Angestellte.

»Dann schauen Sie mal, dass Sie unsere Wünsche jetzt erfüllen. Wir wollen zwei Zimmer! Für eine Nacht.«

»Aber natürlich. Begeben Sie sich doch solange in den Essensraum und nehmen Sie etwas zu sich. Ich kümmere mich derweil um die Umbuchung.«

»Wir warten hier«, erklärte Hancock.

In den kommenden Minuten wurde der ältere Agent immer ungeduldiger, da Sainz anscheinend nicht in der Lage war, dem Reservierungssystem klarzumachen, dass es Änderungen vornehmen sollte. Hancock trommelte entnervt mit den Fingern auf dem Tresen herum und starrte den Hotelangestellten unentwegt an, bis dieser schließlich lächelnd aufblickte.

»Ich habe Ihre Reservierung jetzt angepasst«, sagte er beinahe triumphierend. »Allerdings liegen Ihre Zimmer sehr weit auseinander.«

»Je weiter, desto besser«, erwiderte Hancock mürrisch.

»Geben Sie mir bitte Ihre Schlüsselkarte, dann werde ich diese umprogrammieren.«

Der ältere Agent überreichte dem Angestellten die Karte und trommelte weiter mit den Fingern.

»Im Namen des Dallas Inn bitte ich Sie für die Unannehmlichkeiten um Entschuldigung. Als kleine Geste laden wir Sie auf einen Drink in unsere Hotelbar ein«, sagte Sainz.

»Das ist ein Wort«, erwiderte der ältere Agent jetzt wieder versöhnt. »Wo kann ich den Drink denn abholen?«

»Sie können entweder in der Bar am Ende des Ganges etwas trinken, alternativ haben Sie aber auch eine Minibar auf Ihrem Zimmer.«

»Egal, Hauptsache, ich kriege was in die Kehle. Ist nämlich furztrocken draußen.«

»Das ist mir nicht entgangen, Sir. Kann ich noch etwas für Sie tun?«

»Wie halten Sie es denn hier mit dem Rauchen?«, fragte Hancock.

»Das Hotel ist so gut wie rauchfrei, und in den Zimmern befinden sich äußerst sensible Rauchmelder. Ich wäre Ihnen also sehr verbunden, wenn Sie ausschließlich im Fumoir rauchen würden.«

»Im *Was* bitte?«

»Im Fumoir«, wiederholte Sainz geduldig. »Das ist ein anderer Ausdruck für Raucherraum.«

»Dann sagen Sie das doch einfach, anstatt mit Fremdwörtern um sich zu werfen, die kein Mensch versteht. Wie komme ich denn da hin?«

»Direkt neben der Hotelbar befindet sich ein abgetrennter Raum. Achten Sie einfach auf die Beschilderung, dann werden Sie ihn bestimmt finden.«

»Danke«, sagte der ältere Agent und wandte sich Bernstein zu. »Wann geht morgen unser Flug?«

»Um zehn Uhr dreißig.«

»Wunderbar, dann können wir ja ausschlafen. Ich gehe jetzt erst mal etwas trinken.«

»Ich denke, ich werde noch einen Happen essen gehen und dann auf mein Zimmer verschwinden. War ein langer Tag.«

»So jung und schon so schlapp. Das hätte es zu meiner Zeit nicht gegeben«, gab Hancock kund und wandte sich zu dem Flur, der ihn zur Hotelbar bringen würde.

Bernstein wurde wach, als sein Zimmertelefon klingelte. Nach dem Essen war er auf sein Zimmer gegangen und war, nachdem er sich bettfertig gemacht und noch mit seiner Freundin telefoniert hatte, beinahe umgehend eingeschlafen. Mit müden Augen blickte er auf die auf dem Nachttisch platzierte Digitaluhr. Sie zeigte zwei Uhr dreiundvierzig an. Bernstein rieb sich die Augen und drehte sich um, in dem Vertrauen, dass das Telefon irgendwann schon aufhören würde, zu klingeln. Doch nach drei Minuten gab er die Hoffnung auf, setzte sich aufrecht hin und nahm den Hörer in die Hand.

»Bernstein«, meldete er sich verschlafen.

»Mister Bernstein, bitte entschuldigen Sie die Störung«, sagte die Stimme am anderen Ende der Leitung, dem Anschein nach ein anderer Angestellter als Sainz. »Es geht um Mister Hancock.«

»Was ist mit ihm?«, fragte der junge Agent alarmiert.

»Er weigert sich, die Hotelbar zu verlassen.«

»Ist er etwa immer noch dort?«

»Ja«, bestätigte der andere Mann. »Wir haben ihn mehrfach höflich gebeten, auf sein Zimmer zu gehen, aber er weigert sich vehement. Er ist sogar handgreiflich geworden. Wir wollten bereits die Polizei verständigen, aber dann haben wir gesehen, dass Sie beide vom FBI sind, und darum ...«

»Ich bin gleich unten«, unterbrach ihn Bernstein und legte auf.

Er griff nach seiner Kleidung, die er über den zum Interieur gehörenden Sessel gelegt hatte, schlüpfte in seine Hose, knöpfte sich das Hemd zu und steckte es in den Hosenbund. Dann zog er seine Schuhe über und verließ sein Zimmer, nicht ohne vorher zwei Mal geprüft zu haben, dass er auch wirklich seine Schlüsselkarte bei sich hatte. Schließlich wollte er sich nicht aus Versehen aussperren und mitten in der Nacht zum Empfangsschalter gehen müssen. Am Ende des Flurs rief er den Aufzug und fuhr die vier Stockwerke ins Erdgeschoss. Dort wandte er sich nach links und folgte dem Gang bis zur Hotelbar, die scheinbar bereits geschlossen war. Jedenfalls entnahm er dies der gedimmten Beleuchtung. Er betrat den Raum und orientierte sich kurz. Der Raum war leer, bis auf einen Schemel am Tresen. Der Silhouette der Person nach, musste es sein Partner sein.

Er durchquerte die Bar mit wenigen Schritten und trat zu dem älteren Agenten.

»Hancock?«

»Was wollen Sie denn hier?«

»Mir wurde gesagt, dass Sie sich weigern, auf ihr Zimmer zu gehen.«

»Hat da wieder jemand gepetzt, was?«, entgegnete der ältere Agent. »Sie wollen mich jetzt dazu überreden, oder?«

»Nun ja, ich dachte ...«

»Mir ist scheißegal, was Sie denken«, gab Hancock unwirsch zurück.

Bernstein konnte den Alkohol im Atem des anderen Mannes riechen und musste sich bemühen, nicht angewidert zurückzuweichen.

»Die Bar hat schon geschlossen, und der Mitarbeiter möchte bestimmt endlich Feierabend machen.«

»Dann soll er doch gehen. Hauptsache, ich kann weitertrinken.«

»Wie viel haben Sie denn schon intus?«

»Keine Ahnung, hab nicht mitgezählt.«

Der jüngere Agent wandte sich an den Bartender und sah ihn mit hochgezogenen Augenbrauen an.

»Vier Whiskey, fünf Weinbrand und acht Biere«, erklärte der Mann.

»Heilige ... Hancock, Sie sollten nicht so viel trinken.«

»Sind Sie meine verfickte Mutter, oder was? Es geht Sie überhaupt nichts an, was ich in mich reinschütte.«

»Es geht mich durchaus etwas an«, erwiderte Bernstein. »Denn Sie sind mein Partner, und daher ist es meine Pflicht, auf Sie aufzupassen.«

»Stecken Sie sich Ihre verfluchte Pflicht dorthin, wo die Sonne nicht scheint. Wenn Sie sonst nichts mehr zu sagen haben, schlage ich vor, dass Sie wieder pennen gehen.«

Der jüngere Agent wandte sich erneut an den Bartender und las das Namensschild. »Mister Smith, was halten Sie davon, wenn Sie jetzt nach Hause gehen? Ich kümmere mich um Mister Hancock.«

»Das darf ich leider nicht«, erwiderte der junge Mann. »Damit würde ich meinen Job riskieren.«

»Dann machen wir jetzt einfach eine Anweisung des FBI daraus«, erklärte Bernstein und zückte seinen Dienstausweis. »Ich werde mich um alles Weitere kümmern.«

Smith tat zwar so, als sei ihm unwohl bei der ganzen Sache, aber der jüngere Agent konnte in den Augen seines Gegenübers sehen, dass dieser insgeheim erleichtert war, sich auf diese Weise aus der Affäre ziehen zu können. Er zog seine Jacke unter dem Tresen hervor und verließ die Bar.

»Cleverer Welpe«, kommentierte Hancock, als sie allein waren.

»Danke«, erwiderte Bernstein trocken. »Jetzt erzählen Sie mal, was Sie hier machen, und warum Sie handgreiflich geworden sind.«

»Sind Sie jetzt auch noch mein Beichtvater?«

»Nein, ich möchte einfach nur wissen, was einen erwachsenen Mann dazu treibt, sich die ganze Nacht in einer Hotelbar volllaufen zu lassen und Leute zu bedrohen, die einfach nur ihren Job machen.«

»Wenn Sie es unbedingt wissen wollen ... aber kein Wort zu irgendjemandem, sonst reiße ich Ihnen die Eier ab ...«

»Ehrenwort.«

»Trinken Sie erst mal ein Glas, das schadet nie«, sagte Hancock, wartete aber nicht darauf, ob sein Kollege zustimmte. Stattdessen beugte er sich über die Theke und nahm ein sauberes Schnapsglas, welches er bis zum Rand mit Whiskey füllte und vor Bernstein hinstellte, bevor er sein eigenes Glas auffüllte und in die Hand nahm.

»Prost!«, rief er feierlich und schüttete den Inhalt in einem Zug in sich hinein.

Bernstein nippte kurz und fand, dass der Alkohol durchaus gut schmeckte, dennoch wollte er es nicht übertreiben, daher stellte er das Glas nach dem Schluck wieder vor sich hin.

»Ist es wegen Ihrer Ex-Frau?«, wollte der jüngere Agent wissen.

»Fangen Sie bloß nicht von dieser Schlange an. Ich bin froh, dass ich die Hure los bin.«

»Was ist es dann?«

»Wollen Sie das wirklich wissen?«, fragte Hancock.

»Ja.«

»In Ordnung, meinetwegen. Vor acht Wochen wurde mein Partner erschossen. Sein Name war Leonard Wilson.«

»Das ist ja schrecklich«, sagte Bernstein und meinte es auch so.

Der ältere Agent ging auf die Bemerkung nicht ein, sondern erzählte einfach weiter. »Wir waren gerade dabei, einen Serienmörder einzukreisen, der es auf ältere, alleinstehende Männer abgesehen hatte. Er hatte schon vier auf dem Gewissen, bis wir ihn gestellt hatten. Als wir ihn aufgefordert haben, sich zu ergeben, hat er plötzlich angefangen, wie ein Geisteskranker loszuballern. Lenny wurde aus nächster Nähe von einer Neun-Millimeter-Hohlspitz-Patrone mitten ins Gesicht getroffen. Eine ziemliche Sauerei.«

Bernstein nickte wissend. Auf der Akademie hatte er natürlich auch Waffentraining gehabt und selbst gesehen, was so ein Geschoss anrichten konnte. Es traf das Ziel und detonierte dann pilzförmig, wodurch der angerichtete Schaden noch deutlich verstärkt wurde. Bei seinen Schieß-Übungen hatte er mal mit einem Hohlspitzgeschoss auf eine Wassermelone geschossen, die daraufhin so dermaßen auseinandergerissen worden war, dass es danach Melonensalat gegeben hatte.

»Ich habe den Wichser platt gemacht, aber das hat Lenny natürlich auch nicht mehr geholfen. Auf der Beerdigung, die übrigens sehr gut ausgerichtet war, waren seine Frau und seine zwei kleinen Kinder anwesend gewesen. Sie können sich bestimmt vorstellen, was da abging. Sheryl, so heißt sie, hat geweint wie ein Schlosshund, während die Kinder gar nicht begriffen haben, dass ihr Vater nie mehr nach Hause kommen wird. Sie hat mich noch nie gemocht und mich vor der ganzen Trauergemeinde für Lennys Tod verantwortlich gemacht, bevor sie heulend zusammengebrochen ist.«

»Sind Sie denn verantwortlich gewesen?«

»Scheiße, ich weiß es nicht«, sagte Hancock und nahm einen weiteren Schluck aus seinem Glas, bevor er es erneut nachfüllte.

»Hatten Sie denn die Leitung bei dem Einsatz?«

»Yap«, bestätigte der ältere Agent. »Ich war mir allerdings ziemlich sicher, alles bedacht zu haben. Woher hätte ich wissen sollen, dass der Kerl eine Knarre hat und losballert? Seinem Profil nach zu urteilen, hat er den Nahkampf bevorzugt. Auch seine Freunde und Familie, die wir vor dem Zugriff in die Mangel genommen hatten, haben bezeugt, dass er Feuerwaffen verabscheut hat.«

»Klingt so, als hätten sich alle geirrt«, entgegnete Bernstein in dem Versuch, Hancock ein wenig aufzumuntern.

»Mag sein, aber ich war der Verantwortliche, also hätte ich auf alles vorbereitet sein müssen«, erwiderte der ältere Agent. »Ich habe Scheiße gebaut!«

»Sieht Penske das auch so?«

»Keine Ahnung, hab sie nicht gefragt.«

»Sie hätte Sie bestimmt suspendiert, wenn sie der Meinung gewesen wäre, dass Sie falsch gehandelt haben.«

»Kann schon sein«, gab Hancock zu.

»Dass Sie hier mit mir mitten in der Nacht in einer Hotellobby sitzen und sich betrinken, zeigt doch, dass Penske nicht an Ihnen zweifelt.«

»Möglich. Kann aber auch genauso gut sein, dass sie bereits an meinem Stuhl sägt und Sie als Aufpasser für mich abgestellt hat, der nur darauf wartet, dass ich mir einen weiteren Fehltritt leiste.«

»Ich kann Ihnen garantieren, dass ich nicht Ihr Aufpasser bin. Jedenfalls nicht offiziell«, antwortete Bernstein und grinste leicht.

»Dann trinken Sie jetzt endlich mit mir.«

Der jüngere Agent hob sein Glas und betrachtete die goldbraune Flüssigkeit darin. »Worauf wollen wir anstoßen?«

»Auf die Frauen. Niemand sonst hat die Fähigkeit, zu lächeln und dir gleichzeitig ein Messer in den Rücken zu jagen.«

»Ich trinke lieber auf den Erfolg unserer Partnerschaft.«

»Meinetwegen«, sagte Hancock und trank den Inhalt seines randvoll gefüllten Glases in einem Zug aus.

»Haben Sie eigentlich eine Frau?«, wollte der ältere Agent nun wissen, während er sich einen weiteren Drink einschenkte.

»Eine Freundin«, antwortete Bernstein. »Wir wollen nächsten Monat heiraten.«

»Ich gebe Ihnen einen brandheißen und exklusiven Tipp: Lassen Sie es sein. Frauen tun immer lieb und nett und lesen einem jeden Wunsch von den Augen ab, sind die besten Köchinnen und tollsten Liebhaberinnen, aber sobald sie unter der Haube sind, kommt das Biest in ihnen zum Vorschein. Am Anfang ist alles noch ganz toll, aber dann geht es los mit den kleinen Sticheleien. Der Abstand zwischen den Sexrunden wird jedes Mal ein wenig größer, bis er dann irgendwann ganz aufhört. Stattdessen wollen sie sich plötzlich selbst verwirklichen und fangen an, jeden kleinen Furz an Ihnen zu kritisieren, und bevor Sie sich umschauen, haben Sie eine Hexe im Haus, der Sie immer unterlegen sind, weil Sie hin und wieder mit etwas Essbarem oder einer Drei-Minuten-Bumserei gelockt werden. Irgendwann haben Sie dann die Schnauze voll und stürzen sich nur noch in Ihre Arbeit. Und dann, wenn Sie es nicht kommen sehen, betrügt sie Sie und sorgt anschließend dafür, dass Sie alles verlieren, was Ihnen lieb und teuer ist.«

»Charlene ist eine tolle Frau und unterstützt mich, wo sie nur kann«, widersprach ihm der jüngere Agent. »Sie würde mich niemals hintergehen.«

»Das mag jetzt so sein«, räumte Hancock ein, »aber in einigen Jahren ist es anders, das garantiere ich Ihnen. Merken Sie sich meine Worte.«

»Ich merke nur, dass Sie ein verbitterter Nörgler sind, der andere wie Dreck behandelt. Sie sollten sich einmal selbst zuhören.«

»Sie werden doch nicht jetzt schon betrunken sein und ausfallend werden?«

»Noch nicht, aber ich brauche keinen Alkohol, um ehrlich zu sein. Sie, Pete Hancock, benötigen professionelle Hilfe.«

»Das hat meine Ex auch gesagt.«

»Vielleicht hatte sie recht.«

»Die dumme Sau hatte nicht recht«, erklärte der ältere Agent und nahm erneut die Flasche in die Hand. »Sie hat gelogen und mir etwas vorgespielt. Sie hat mich über viele Jahre hinweg verarscht, und ich Vollidiot habe es erst gemerkt, als es zu spät war.«

»Und weil Sie diese Erfahrung machen mussten, denken Sie jetzt, dass es immer so sein muss?«

»Ich denke es nicht, ich weiß es«, versicherte Hancock seinem Partner. »Fragen Sie mal in der Abteilung rum, wer glücklich verheiratet ist, da werden Sie sich wundern. Und wenn Sie jetzt nicht aufhören, den Hobby-Psychologen zu spielen, haue ich Ihnen so dermaßen eine aufs Fressbrett, dass Ihre Zahnbürste morgen ins Leere greift. Also, entweder trinken Sie jetzt mit mir und halten die Schnauze, oder Sie verpissen sich in Ihr Bett und träumen, wovon auch immer Sie träumen wollen.«

Anstatt zu antworten, nahm sich Bernstein die Flasche und goss sich zwei Finger breit ein.

»Guter Junge«, lobte der ältere Agent und trank ebenfalls.

Noch während sich das Glas an seinem Mund befand, verlor er das Gleichgewicht und fiel von seinem Barhocker. Er lag auf dem Rücken wie ein hilfloser Käfer, zappelte kurz mit den Füßen und schloss dann die Augen, den Schnaps über sein Hemd verteilt. Alarmiert kniete sich Bernstein über ihn und prüfte die Atmung und den Puls seines Partners, bis er ein lautes Schnarchen hörte.

Pete Hancock war inmitten der Hotelbar eingeschlafen.

Trotz der Umstände konnte sich der jüngere Agent ein Lächeln nicht verkneifen, stand auf und ging zurück zur Lobby.

»Ich brauche etwas Hilfe mit meinem Partner«, sagte er zu dem Mitarbeiter.

»Sie meinen Mister Hancock in der Bar? Ist er wieder handgreiflich geworden?«

»Nein«, antwortete Bernstein. »Er schläft jetzt. Ich möchte ihn auf sein Zimmer bringen, aber allein schaffe ich es nicht.«

»Warten Sie einen Moment, ich hole George«, erklärte der Angestellte und ließ den jungen Agenten stehen.

Kurz darauf kehrte er mit einem muskulösen, dunkelhäutigen Mann zurück, für den der Begriff Riese erfunden worden sein musste.

»Ich helfe Ihnen«, sagte George.

Gemeinsam gingen die beiden Männer zurück zur Bar, wo Hancock noch immer friedlich auf dem Boden schlummerte.

»Zimmernummer?«, wollte der Riese wissen.

»Keine Ahnung«, gab Bernstein zu. »Bringen Sie ihn einfach auf mein Zimmer. Dreihundertsieben.«

George nickte, ging in die Hocke und schwang scheinbar mühelos den schlafenden Agenten über die Schulter, bevor er sich wieder erhob und sich anschickte, die Bar zu verlassen.

»Wollen wir?«, fragte er über die andere Schulter hinweg.

»Nach Ihnen«, erwiderte der junge Agent.

Gemeinsam erreichten sie den Aufzug. Während sie auf die Kabine warteten, kam eine Gruppe von zwei Männern und zwei Frauen an ihnen vorbei, die nicht so recht wussten, was sie von der sich ihnen bietenden Kulisse halten sollten.

»Nehmen Sie doch den nächsten Aufzug«, forderte Bernstein sie auf und wandte sich dann demonstrativ ab.

Als sie schließlich im Zimmer des jungen Agenten angekommen waren, legte George den schnarchenden Hancock behutsam auf die Matratze, verabschiedete sich und schloss dann die Zimmertür von außen. Inzwischen war es nach vier Uhr morgens, und Bernstein überlegte, ob es sich überhaupt lohnte, noch mal schlafen zu gehen. Schließlich entschied er sich dagegen und beschloss, die restliche Nacht über seinen Partner zu wachen. Damit würde er auch gleichzeitig dafür sorgen, dass der ältere Agent nicht verschlief.

»Aufwachen!«, rief Bernstein und rüttelte zum wiederholten Male an Hancocks Schulter.

Sein Partner grunzte nur und drehte sich auf die andere Seite.

»Jetzt kommen Sie schon! Machen Sie keine Show, wir müssen langsam los, sonst verpassen wir noch unseren Flieger.«

»Lassmichinruhe«, murmelte der ältere Agent in sein Kissen und versuchte, sich unter der Decke zu verkriechen, aber Bernstein ließ nicht locker.

»Wenn Sie nicht innerhalb von drei Minuten senkrecht stehen, hole ich einen Eimer Wasser und schütte ihn über Ihren Kopf.«

»Das würden Sie nicht wagen«, sagte Hancock, jetzt deutlicher, nachdem er sein Gesicht rund drei Zentimeter vom Kissen erhoben hatte.

»Sie werden ja sehen«, gab der jüngere Agent zurück.
»Fünf Minuten.«
»Vier, und keine Sekunde länger.«
Nach drei Minuten und fünfundvierzig Sekunden stand Hancock neben dem Bett und kniff schmerzerfüllt die Augen zusammen. Obwohl die Vorhänge zugezogen waren, kam es ihm so vor, als würde sich die Sonne direkt in seine Augäpfel brennen wollen. Er hatte einen furchtbaren Geschmack wie von nasser Wolle in seinem Mund, und seine Kehle brannte. Er wollte ins Bad gehen und stolperte dabei gegen einen

Bettpfosten, woraufhin Bernstein sofort zu ihm sprang, um ihn zu stützen.

»Fassen Sie mich an, und Sie fliegen in der Horizontalen nach Hause«, drohte der Ältere und ballte bereits die Fäuste.

Sein junger Partner hob beschwichtigend die Hände und trat einen Schritt zurück. Hancock sammelte sich und schlurfte weiter in Richtung des Badezimmers. Dort angekommen, drehte er den Wasserhahn auf und tauchte seine Handflächen in die eiskalte Flüssigkeit, die er sich danach ins Gesicht schüttete. Anschließend griff er nach links und ertastete ein Handtuch, mit dem er sich fein säuberlich abtupfte. Eigentlich hatte er nicht in den Spiegel sehen wollen, aber noch während er sich wegdrehte, erhaschte er doch einen Blick auf sich. Der Mann – oder das Wrack, wenn man es zugab – sah schrecklich aus. Die Augen waren eingefallen und blutunterlaufen, die Haut runzlig, und die Haare glichen einem Pudel, der zuerst ins Wasser gefallen und dann unter Strom gesetzt worden war, nur um danach in eine Kanone gestopft und abgefeuert zu werden. So ähnlich, wie er aussah, fühlte er sich auch. Aber anstatt sich zu schwören, nie wieder einen Tropfen Alkohol anzufassen, ging er zurück ins Schlafzimmer, kramte in seiner am Boden liegenden Jacke und fand schließlich seinen Flachmann. Entschlossen schraubte er ihn auf und nahm einen ausgedehnten Schluck.

»Ich glaube wirklich, dass Sie …«, setzte Bernstein von der anderen Ecke des Zimmers aus an.

»Ist mir scheißegal, was Sie glauben, Welpe. Sie sind immer noch nicht meine Mutter. Also«, sagte Hancock, nahm noch einen Schluck und griff dann in seine Hosentasche, um seine Zigaretten hervorzuholen.

»Bitte rauchen Sie hier drinnen nicht«, ermahnte sein Partner ihn. »Wir können froh sein, dass es wegen gestern Nacht keinen weiteren Ärger gegeben hat.«

»Sie sind aber auch ein Weichei«, konstatierte Hancock, schob die bereits im Mund befindliche Zigarette aber wieder zurück in die Schachtel. »Wie viel Uhr ist es?«

»Kurz nach sieben. Wir haben noch Zeit, um etwas zu essen, bevor wir zum Flughafen müssen.«

»Dann gehen Sie mal schön futtern. Ich bleibe hier.«

»Damit Sie wieder einschlafen können? Das kommt nicht infrage.«

»Sie tun gerade so, als würden Sie sich um mich sorgen.«

»In gewisser Weise tue ich das tatsächlich«, entgegnete Bernstein. »Sie sind nämlich mein Partner, und ich möchte, dass Ihnen nichts passiert.«

Der ältere Agent schien kurz darüber nachzudenken, bevor er sich leicht vornüberbeugte und einen gewaltigen Furz losließ.

»Jetzt können wir«, erklärte er. »Gehen Sie voraus, ich will nicht, dass Sie umkippen, nur weil Sie hinter mir herlaufen.«

Bernstein ließ sich nicht zwei Mal bitten und verließ zusammen mit seinem Partner das Hotelzimmer. In der Lobby angekommen, wandten sie sich zum Empfangstresen.

»Hatten Sie eine angenehme Nacht?«, fragte der Portier, dessen Namensschild ihn als Ramirez auswies.

»Natürlich, Sie etwa nicht?«, gab Hancock zurück.

»Das freut mich sehr«, antwortete der Angestellte und lächelte pflichtbewusst.

»Wir möchten auschecken«, erklärte Bernstein.

»Selbstverständlich. Wenn Sie mir bitte Ihre Schlüsselkarten aushändigen, werde ich alles veranlassen.«

»Danke.«

»Aus der Minibar hatten wir nichts«, sagte der ältere Agent.

Ramirez nickte und lächelte noch immer sein, wie es Hancock vorkam, falsches Lächeln. Als sich die beiden Agenten abgewandt hatten und in Richtung des Frühstücksraums gingen, murmelte Hancock: »Schwuchtel.« Sein Partner tat so, als hätte er diesen Kommentar nicht gehört und betrat den Essensbereich, wo ihm sogleich der Duft von frisch gebackenem Brot in die Nase stieg.

Das Frühstück war reichhaltig und ließ es an nichts fehlen. Es gab frische Brötchen, perfekt gebräunten Toast, einen riesigen Bottich mit Rührei, eine außerordentlich große Anzahl unterschiedlicher Käse- und Wurstsorten sowie Obst in diversen Formen und Farben. Während sich Bernstein von allem ein wenig gönnte, ging Hancock direkt zu den an der gegenüberliegenden Ecke stehenden Kaffeemaschinen, nahm sich eine Tasse mitsamt Kanne und ging zurück zu ihrem Tisch.

»Meinen Sie nicht, dass jemand die Kanne vermissen wird?«, meinte der jüngere Agent und zeigte mit seiner Gabel missbilligend auf das Gefäß.

»Die haben mehr als genug davon. Außerdem habe ich keine Lust, ständig hin und her zu rennen. Wenn es jemanden stört, wird derjenige schon was sagen.«

Bernstein erkannte, dass eine Diskussion müßig war und begann, sein Frühstück zu verspeisen.

Der ältere Agent trank seine erste Tasse Kaffee beinahe in einem Zug aus und schenkte sich dann nach, während er die sie umgebenden Hotelgäste begutachtete. Eine Dame in einem taubenblauen Kostüm, die bestimmt schon jenseits der sechzig war, sah ihn mit gerümpfter Nase an. Er erwiderte ihren Blick und zwinkerte ihr zu, worauf sie sich empört abwandte und sich mit der Faltung ihrer Serviette beschäftigte.

»Warum bin ich eigentlich in Ihrem Zimmer aufgewacht?«, fragte Hancock seinen Kollegen nun.

»Längere Geschichte. Sie haben sich in der Bar volllaufen lassen und sind dann eingeschlafen.«

»Habe ich Ihnen im Suff irgendwas erzählt?«

»Dies und jenes«, antwortete Bernstein ausweichend.

»Was genau?«

»Nichts von Belang«, sagte der andere, winkte ab und schob sich ein Stück Toast mit Wurstaufschnitt in den Mund.

»Gut«, erklärte der ältere Agent. »Und falls doch, dann will ich, dass Sie niemandem etwas davon erzählen, sonst sind Sie ein toter Agent. Mit dem Problem, dass niemand Ihre Leiche jemals finden wird.«

Bernstein sah Hancock kurz an und suchte nach Humor im Gesicht seines Partners, fand aber keinen. In diesem Moment wusste er, dass es sein Partner ernst meinte und dieser nicht zögern würde, ihn aus dem Weg zu räumen, wenn es sein musste. Er beschloss, sich dies für später zu merken.

»Wir müssen los«, erklärte er, zeigte auf die an der Wand hängenden Digitaluhr und stand auf.

Hancock nahm noch einen großzügigen Schluck aus seiner Tasse und tat es Bernstein dann gleich.

»Jetzt will ich aber eine rauchen«, merkte er an, als sie aus dem Haupteingang in den bereits brennend heißen Vormittag traten.

»Muss das wirklich sein?«

»Ja, und jetzt jammern Sie nicht rum. Wir werden den Flieger schon noch kriegen.«

Bernstein blieb nichts anderes übrig, als auf seinen Partner zu warten und immer wieder auf das Display seines Smartphones zu sehen, wo ihm eine Uhr anzeigte, dass es langsam immer knapper wurde.

Als Hancock endlich aufgeraucht hatte, stiegen sie in ihren vor dem Hotel geparkten Mietwagen und fuhren die wenigen Kilometer bis zur Autovermietung nahe des Flughafens, ohne durch einen Stau oder Ähnliches aufgehalten zu werden.

»Wie hat Ihnen der Wagen gefallen?«, fragte der Angestellte, der auf dem weitläufigen Parkplatz stationiert war und die Schlüssel entgegennahm.

»Schon okay«, erwiderte der ältere Agent. »Hat einen guten Abzug, allerdings ist die Federung verbesserungswürdig. Wir hätten uns fast die Achse gebrochen, als wir über eine Hügelkuppe gedonnert sind.«

»Er macht nur Witze«, beeilte sich Bernstein, zu beschwichtigen, und schob seinen Partner in Richtung der Bushaltestelle.

»Wenn Sie wollen, können Sie mit dem Shuttle fahren«, rief ihnen der Angestellte hinterher. »Damit sind Sie schneller als mit dem Bus.«

»Eine gute Idee, danke!«, rief der junge Agent zurück. »Wo fährt denn der Shuttle?«

»Selbe Haltestelle wie der Bus, aber Sie müssen noch ein paar Minuten warten. Lohnt sich aber.«

»Alles klar.«

Der Van, der als Shuttle fungierte, bot Platz für sechs Fahrgäste und fuhr die einzelnen Terminals des Flughafens Dallas-Fort Worth direkt an. An *ihrem* Terminal stiegen sie aus und sahen sich direkt den Abflugschaltern gegenüber.

»Ich rauche noch schnell eine«, sagte Hancock und zog das zerknautschte Päckchen aus seiner Hosentasche.

»Muss das wirklich sein? Sie haben doch vorhin erst eine gehabt.«

»Ja, muss es. Und jetzt Ruhe, Welpe. Gehen Sie von mir aus schon mal rein, ich komme gleich nach.«

»Ich warte hier bei Ihnen.«

»Was ist los? Haben Sie Angst allein?«, fragte Hancock hämisch.

»Nein«, erwiderte Bernstein. »Ich will vermeiden, dass Sie sich verlaufen und den Weg nach Hause nicht mehr finden.«

»Sie werden ja richtig fürsorglich«, meinte der ältere Agent sarkastisch.

Nachdem er in aller Ruhe seine Zigarette zu Ende geraucht hatte, gab er mit der Hand das Zeichen, dass er bereit war. Im Terminal gingen sie durch den Sicherheitscheck, der dieses Mal problemlos verlief, und fanden nach einem kurzen Blick auf die Anzeigetafel ihr Gate.

»Sehen Sie, wir liegen gut in der Zeit«, sagte Hancock, nachdem er gelesen hatte, dass das Boarding für ihren Flug in zwanzig Minuten beginnen würde.

»Hätte auch anders sein können«, entgegnete der jüngere Agent. »Morgens ist immer besonders viel los an den Flughäfen, und das wissen Sie auch. Es hätte auch passieren können, dass wir den Flug verpassen.«

»Hätte, hätte, hätte. Welpe, Sie sollten sich nicht so viele Gedanken darüber machen, was *hätte* passieren können. Nutzen Sie Ihr Gehirn lieber dafür, sich mit dem Hier und Jetzt zu beschäftigen.«

»Ich dachte, ich sollte mich mehr darauf verlegen, die Vergangenheit zu rekonstruieren? So wird doch ermittelt, richtig?«

»Teils, teils«, gab Hancock zu. »Wenn Sie einem Mörder auf die Schliche kommen wollen, müssen Sie wissen, wie er denkt. Zuerst analysieren Sie, was er getan hat, und dann schließen Sie daraus, was er tun wird. Wenn Sie sich dabei unsicher sind, flutscht er Ihnen durch die Finger, lacht Sie aus und sucht sich das nächste Opfer.«

»Haben Sie es auf diese Weise geschafft, so viele Täter festzunageln?«

»Natürlich. Glauben Sie etwa, dass ich nur Glück hatte?«

»Nein«, sagte Bernstein.

»Besser so. Man braucht nämlich kein Glück, wenn man Fähigkeiten hat. Wie heißt Ihre Freundin eigentlich?«

»Warum wollen Sie das wissen?«

»Einfach nur so.«

»Ich habe Ihnen ihren Namen doch schon einmal gesagt.«

»Ich habe ihn vergessen.«

Bernstein seufzte vernehmlich. »Charlene.«

»Ein schöner Name. Ist sie hübsch?«

»Durchaus.«

»Haben Sie ein Foto?«

»In meiner Brieftasche«, sagte Bernstein und zog sein Portemonnaie aus der Innentasche seines Jacketts. Er nahm das Foto heraus und zeigte es seinem Kollegen.

»Nett«, kommentierte der andere. »Darf ich das behalten?«

»Auf gar keinen Fall!«, erwiderte der jüngere Agent und steckte das Bild hastig wieder ein.

»Schade.«

»Warum sind Sie eigentlich so?«

»Wie bin ich denn?«

»Flegelhaft. Sie benehmen sich manchmal, als wären Sie geistig zurückgeblieben.«

»Und warum sind Sie so?«, fragte Hancock zurück.

»Wie bin ich denn?«

»Tugendhaft. Sie benehmen sich manchmal, als wären Sie der strahlende Ritter, nach dem sich die Welt schon immer gesehnt hat.«

»So bin ich doch gar nicht«, sagte Bernstein.

»Oh doch, genauso sind Sie und wissen Sie was? Das ist in Ordnung. Sie können noch so redlich erscheinen, ich weiß genau, dass tief in Ihnen ein Arschloch steckt.«

»Wie kommen Sie darauf?«

»Weil jeder Kerl so ist. Glauben Sie mir, ich kenne viele Typen, die am Anfang ihrer Karriere aufrecht und ehrlich waren und danach tief gestürzt sind. Früher oder später macht der Job das mit einem.«

»So wie mit Ihnen?«, fragte der jüngere Agent.

»Unter anderem«, erwiderte Hancock. »Ich war mal idealistisch und wollte die Welt verbessern, aber inzwischen bin ich nur noch daran interessiert, die mordenden Irren zu erledigen und mich dabei nicht umbringen zu lassen. In einigen Jahren werden Sie auch so sein ... falls Sie bis dahin überleben.«

»*Alle Passagiere des Flugs Sieben-Drei-Vier-Neun nach Washington, D.C. werden gebeten, sich zum Gate C-Dreißig zu begeben*«, rief eine freundliche weibliche Stimme aus den Lautsprechern.

Ohne ein weiteres Wort stand Hancock auf und begab sich zum Schalter, um sein Ticket vorzuzeigen und das Flugzeug zu besteigen, welches sie wieder in ihre Heimatstadt bringen würde.

Kapitel 3

Der Rückflug verlief problemlos, nicht zuletzt, weil Hancock direkt nach dem Start eingeschlafen war und sich bis nach der Landung nicht geregt hatte. Als der jüngere Agent nach ihrer Ankunft sein Smartphone aus dem Flug- zurück in den normalen Modus umschaltete, sah er, dass jemand mehrfach versucht hatte, ihn zu erreichen.

»Wer hat es denn da so eilig?«, fragte sich Hancock, nachdem er aufgewacht und sein eigenes Handy angeschaltet hatte.

»Zeigen Sie mal die Nummer«, verlangte Bernstein und glich die auf den Displays angezeigten Ziffern miteinander ab.

»Finger weg«, sagte der ältere Agent und riss sein Telefon wieder an sich, drückte einen Knopf und leitete den Rückruf ein.

»Penske«, meldete sich seine Vorgesetzte nach einmaligem Tuten.

»Hancock hier. Was gibt's?«

»Wo stecken Sie denn bloß?«, ereiferte sich die Dienststellenleiterin. »Ich habe mehrfach versucht, Sie beide zu erreichen.«

»Wir waren in Dallas.«

»Warum denn das?«

»Ermittlungen«, erwiderte er. »Also, was ist so wichtig, dass Sie uns beide angerufen haben?«

»Wir haben eine weitere Leiche gefunden. Passt zu dem Schema Ihres Falles.«

»Ernsthaft?«

»Würde ich wegen so etwas Scherze machen, wäre ich bestimmt nicht Ihr Boss. Ich schicke die Adresse des Tatorts an Bernsteins Smartphone. Fahren Sie bitte umgehend dort hin.«

»Alles klar«, erwiderte der ältere Agent und legte auf.

»Was ist los?«, wollte Bernstein wissen.

»Ein neuer Kunde«, erklärte Hancock. »Sie kriegen gleich den Fundort auf Ihr technisches Spielzeug.«

»Du meine Güte.«

Sein Wagen stand noch immer dort, wo ihn der ältere Agent am Tag der Abreise zurückgelassen hatte. Sie stiegen ein, und während sich Bernstein anschnallte, beugte sich Hancock zum Armaturenbrett vor und ergriff den in Plastik eingeschweißten Zettel.

»Öffnen Sie mal das Handschuhfach«, forderte er seinen Partner auf.

Er schmiss den laminierten Zettel hinein und schickte sich dann an, den Zündschlüssel ins Schloss zu stecken.

»Sie haben einen Behindertenausweis gefälscht?«, fragte der jüngere Agent ungläubig.

»Warum denken Sie, dass er gefälscht ist?«

»Wie sollte jemand wie Sie sonst an so einen Ausweis kommen?«

»Beziehungen«, sagte Hancock und setzte den Wagen zurück.

Die Adresse, die Penske ihnen genannt hatte, befand sich in den Außenbezirken der amerikanischen Hauptstadt, genauer gesagt auf der anderen Seite des Anacostia Rivers, der die Stadt von Nordosten nach Südwesten durchschnitt. Dort befanden sich zahlreiche Parks und Naherholungsgebiete, die zu dieser Jahreszeit sowohl von jungen verliebten Paaren als auch von Familien stark frequentiert wurden.

Nachdem die Agenten über die Eleventh Street Bridge gefahren waren, bogen sie in die Good Hope Street Southeast ein und folgten dieser bis zum Anacostia Drive. Dieser führte sie parallel zum Fluss in nördlicher Richtung, bis sie am Ende der Straße an einen kleinen Bahnhof gelangten.

»Aussteigen«, sagte Hancock.

»Hier?«, fragte der jüngere Agent verwirrt.

»Yap. Wir laufen den Rest.«

»Das ist seltsam.«

»Was ist seltsam?«, wollte Hancock wissen.

»Der Fundort. Die anderen beiden Opfer wurden mitten in der Stadt gefunden. Irgendwie ergibt es keinen Sinn, dass einer der Toten hierhergebracht wurde, wo man ihn nur mit Glück findet.«

»Wissen wir denn schon mit Sicherheit, dass es nur Glück war?«, gab der ältere Agent zu bedenken.

»Gutes Argument. Könnte auch ein Tipp vom Täter selbst gewesen sein.«

»Sehen Sie, Bernstein? Sie beginnen langsam, zu denken wie derjenige, den wir jagen.«

»Ich bin mir nicht sicher, ob mir das nicht Angst machen sollte.«

»Solange Sie sich noch davor fürchten, so zu werden, sind Sie auf dem richtigen Pfad. Sobald Sie anfangen, an der obskuren Gedankenwelt von Psychopathen Gefallen zu finden, sollten Sie allerdings schnellstmöglich den Job aufgeben und sich etwas Anständiges suchen.«

»Das werde ich beherzigen. Sehen Sie mal, da stehen einige Polizisten.«

»Bei einem Tatort dieses Kalibers sollte eigentlich alles Mögliche hier sein, angefangen von einem Krankenwagen bis hin zur Spurensicherung.«

Die beiden Agents gingen zu den Uniformierten hinüber, die unweit in einer Gruppe zusammenstanden und miteinander redeten. Hancock konnte zwar nicht verstehen, was gesagt wurde, aber das musste er auch nicht, denn aus den Gesten und der Mimik der Polizisten konnte er lesen, dass sie sich gegenseitig Witze erzählten.

»Hallo zusammen«, begrüßte er die Beamten.

»Hallo auch«, antwortete einer und tippte sich spielerisch an die Mütze.

»Schöner Tag heute, was?«, sagte Hancock.

»Ziemlich. Die Sonne scheint und es ist schon recht warm.«

»Und das ist Grund genug, hier herumzuscherzen und es jedem zu erlauben, ungesehen zum Tatort zu gelangen, anstatt die Umgebung zu sichern?«

Die Polizisten verstummten sofort und beäugten die Neuankömmlinge kritisch.

»Woher wissen Sie davon?«, fragte schließlich derjenige, der zurückgegrüßt hatte und anscheinend der Redeführer der Gruppe war.

Als Antwort zog der ältere Agent seine Dienstmarke hervor und hielt sie hoch genug, damit auch wirklich jeder der Polizisten einen ausführlichen Blick darauf werfen konnte.

»Shit«, murmelte einer der Männer, während ein anderer leise seufzte.

Daraus schloss Hancock, dass die Beamten begriffen hatten, dass sie bei der Vernachlässigung ihrer Pflicht ertappt worden waren, was eine Rüge oder gar eine Degradierung zur Folge haben könnte.

»Wo finde ich den Tatort?«, wollte er nun wissen.

»Folgen Sie dem Anacostia Riverwalk Trail ungefähr einen halben Kilometer flussaufwärts«, sagte der Wortführer nun. »Wenn Sie auf der rechten Seite einen Trampelpfad sehen, der unter dem Freeway hindurchführt, gehen Sie nach links direkt in den Wald hinein, bis Sie zum Fluss gelangen. Von dort aus sehen Sie die Kollegen schon und können sie nicht verfehlen.«

»Danke«, sagte Hancock. »Sie werden jetzt bitte nach Vorschrift die Umgebung absperren und dafür sorgen, dass niemand hier durchkommt, der nicht befugt ist. Dasselbe machen Sie auch am Nordende dieses Pfades. Ich will, dass hier nicht mal ein Mäusefurz durchkommt, ohne dass Sie es bemerken. Kommen Sie, Partner, wir gehen ein bisschen spazieren.«

Als sie sich bereits einige Meter entfernt hatten, rief ihnen der Beamte hinterher: »Bitte melden Sie uns nicht. Wir haben eh schon schlechte Karten beim Deputy Chief.«

»Wahrscheinlich aus gutem Grund«, rief der ältere Agent über die Schulter zurück und folgte dann weiter dem Pfad in den Wald hinein.

Den genannten Trampelpfad fanden sie nach rund zweihundert Metern und schlugen sich nun durch das Unterholz, bis sie schließlich am Ufer des Anacostia ankamen. Wie Hancock wusste, war der Fluss zwar in den vergangenen Jahren das Ziel zahlreicher Umweltprojekte gewesen, um die Wasserqualität wieder auf ein annehmbares Niveau zu bringen, aber er galt immer noch als stark verschmutzt und das würde auch noch einige Zeit so bleiben. Er hoffte nur, dass die Leiche nicht im Wasser aufgefunden worden war, denn dann wären einige Spuren längst verwischt.

Er grinste unwillkürlich wegen dieses kleinen Wortspiels und suchte dann das Ufer nach den Beamten ab, die sich um den Tatort kümmerten. Zwischen den zahlreichen Bäumen, die das Ufer säumten, war es nicht leicht, etwas zu erkennen, aber schließlich fand er, was er gesucht hatte. Im Schatten einiger Bäume standen mehrere Polizisten, schienen allerdings eher gelangweilt als beschäftigt zu sein. Hancock stapfte über den feuchten Boden, der bei jedem seiner Schritte ein matschiges Geräusch von sich gab. Seine Schuhe sanken sofort so weit ein, dass die Feuchtigkeit sowohl seine Socken als auch seine Hosenbeine erreichte.

Super, die Schuhe kann ich wegschmeißen, dachte er mürrisch.

»Agent Hancock und Agent Bernstein«, wies er sich und seinen Kollegen aus, als sie von einem weiteren Uniformierten aufgehalten wurden. »Uns wurde gesagt, dass es hier eine Leiche gibt.«

»Das ist richtig«, antwortete der Polizist und schüttelte den Kopf. »Echt eklige Sache.«

»Noch nie einen Toten gesehen?«, erkundigte sich der ältere Agent.

»Doch, aber noch nie so zugerichtet. Wollen Sie ihn sehen?«

»Ihn?«

»Ja, das Opfer ist männlich.«

»Dann zeigen Sie mal her.«

Die beiden FBI-Agenten traten näher heran und sahen sofort, was der Beamte mit *eklig* gemeint hatte. Der nackte Körper war über und über mit Maden übersäht, die einen chaotischen Tanz aufführten, in der Hoffnung, die beste Stelle zum Stillen ihres Hungers zu finden. Das Gras um die Leiche herum war platt gedrückt, was darauf schließen ließ, dass hier bereits einige Leute herumgelaufen waren.

»Meine Fresse«, entfuhr es Bernstein.

»Das können Sie laut sagen«, entgegnete der Polizist.

»Wo ist der zuständige Detective?«, schaltete sich jetzt Hancock wieder ein.

»Der müsste gleich wieder hier sein. Ist für kleine Mädchen, hat er gesagt, bevor er zwischen den Bäumen verschwunden ist.«

Im nächsten Augenblick trat ein hochgewachsener, sportlich aussehender Mann im Alter von rund dreißig Jahren an einem Baum vorbei auf sie zu.

»Detective-Lieutenant Steve Earnhardt«, stellte sich der Mann vor.

»Detective«, begrüßte ihn Bernstein.

Hancock war nicht so höflich. »Sie wissen, dass Sie mit Ihrer Pisse den Tatort verunreinigen, oder?«

»Die Leiche ist schon so lange hier, da macht es meiner Meinung nach wirklich nichts mehr aus«, gab Earnhardt ruhig zurück.

»Jetzt weiß ich wenigstens, warum Ihre Kollegen am Bahnhof so sind, wie sie sind. Ist die ganze Bande so?«

»Was meinen Sie mit *so*?«, fragte der Detective und schob herausfordernd sein Kinn vor.

Hancock entging es nicht, dass Earnhardt einen kleinen Schritt auf ihn zu machte. Er war zwar kleiner und sicher nicht so muskulös wie der Detective, aber er war trotzdem sicher, den anderen mit einem Schwinger seiner rechten Faust zu Boden schicken zu können, wenn es nötig sein würde.

»Mit *so* meine ich *nachlässig* und *inkompetent*«, antwortete der Agent schließlich. »Ihre Jungs am Bahnhof hätten uns einfach so vorbeigehen lassen, ohne mit der Wimper zu zucken, und Sie lassen hier Ihren Pimmel baumeln, begießen die Umgebung und sorgen damit dafür, dass der Tatort versaut wird. Noch dazu trampeln Sie und Ihre Leute hier so achtlos herum, dass die Spurensicherung nichts Brauchbares mehr finden wird. Wenn es nach mir ginge, wären Sie und Ihre Bande schon längst entlassen.«

»Dann bin ich ja froh, dass es nicht nach Ihnen geht«, antwortete Earnhardt.

»Hören Sie auf, aufeinander loszugehen«, schaltete sich jetzt Bernstein ein. »Hancock, wir sollten uns auf die Leiche konzentrieren, okay?«

»Hancock? Pete Hancock?«, fragte der Detective nun verblüfft. »Sie sind doch dieser FBI-Agent, der seinen Partner auf dem Gewissen hat, oder?«

Bevor sich der ältere Agent eines Besseren besinnen konnte, hatte er auch schon ausgeholt und seine rechte Faust mitten in Earnharts Gesicht platziert. Der Detective taumelte wegen der Wucht des Schlages und wäre beinahe hingefallen, wenn er nicht von einem der Uniformierten aufgefangen worden wäre.

»Jetzt ist aber Schluss!«, brüllte Bernstein und stellte sich zwischen seinen Partner und den Detective. »Sie beide verhalten sich wie kleine Kinder. Detective, Sie gehen jetzt mindestens zehn Meter zurück, und Sie, Hancock, gehen zehn Meter in die entgegengesetzte Richtung.«

»Sonst *was*?«, fragte der Detective angriffslustig, während er sich die Nase hielt, die zu bluten angefangen hatte.

»Sonst schieße ich Ihnen ins Bein«, antwortete der jüngere Agent und zog zur Unterstreichung seiner Aussage seine Dienstwaffe aus dem Holster.

Sowohl Earnhardt als auch Hancock betrachteten Bernstein mit einer Mischung aus Wut und Frustration, gewürzt mit einem Hauch Respekt, während sie überlegten, ob es der Junge mit seiner Drohung wohl ernst meinte. Schließlich schienen beide unabhängig voneinander zu dem Schluss zu kommen, dass man sich nicht mit jemandem anlegen sollte, der eine schussbereite Waffe in den Händen hielt, und taten daher, was der jüngere Agent von ihnen gefordert hatte. Die anderen Polizisten hatten sich das Schauspiel stumm angesehen und sich kollektiv dazu entschieden, sich aus der Sache herauszuhalten. So offensichtlich wie möglich taten sie so, als würden sie sich mit der Umgebung beschäftigen.

»Sie ...«, wandte sich Bernstein nun an einen der Uniformierten. »Warum ist die Spurensicherung nicht hier und warum ist der Tatort nicht abgeriegelt?«

»Weil der Detective meinte, dass das nicht nötig sei«, antwortete der Polizist, dessen Namensschild ihn als Officer Daily auswies.

»Aha«, meinte der junge Agent. »Dann will ich Ihnen jetzt mal etwas über *echte* Polizeiarbeit beibringen. Sie rufen jetzt umgehend die Spurensicherung an und sagen ihnen, dass sie besser früher als später hierherkommen sollen. Erklären Sie ihnen alle Details so knapp wie möglich. Danach nehmen Sie sich zwei Ihrer Kollegen und gehen zu Ihrem Wagen. Holen Sie Absperrband, Sichtschutzwände, das volle Programm. Der Rest von Ihnen ...«, sagte er und wandte sich an die anderen Uniformierten. »... postiert sich in einem Umkreis von zehn Metern mit einem Abstand von drei Metern zueinander. Sorgen Sie dafür, dass niemand näherkommt, als Sie einen Stein werfen könnten. Ich mache Sie alle persönlich dafür verantwortlich, wenn es einem Unbefugten gelingt, einen Blick auf den Tatort zu werfen. Haben Sie mich verstanden?«

»Laut und deutlich«, gaben die Polizisten im Chor zurück und machten sich umgehend ans Werk.

Bernstein betrachtete die Uniformierten noch einen Moment länger, bevor er neben der Leiche in die Hocke ging und diese für einige Minuten sorgfältig begutachtete.

Hancock, der noch immer auf *seiner* Seite des Schauplatzes stand, blickte auf das träge dahinfließende Wasser hinaus. Dabei massierte er seine rechte Hand. Bernstein trat zu ihm.

»Wie geht es Ihnen?«, fragte er seinen älteren Kollegen.

»Geht Sie nichts an«, gab der andere knurrend zurück und blickte weiter geradeaus.

Sie standen einige Minuten lang schweigend da, bevor sich Hancock schließlich seinem Partner zuwandte. »Hätten Sie wirklich geschossen?«

»Vielleicht, vielleicht auch nicht. Wir werden es niemals herausfinden.«

Hancock nickte verstehend. »Übrigens, Respekt für die Show, die Sie da gerade abgezogen haben.«

»Das muss ziemlich schwer für Sie sein«, antwortete Bernstein.

»*Was?*«

»Mir ein Lob auszusprechen.«

»Wie auch immer«, sagte der ältere Agent schulterzuckend. »Haben Sie sich die Leiche schon genauer angesehen?«

»Nur ein wenig«, gab sein junger Partner zu.

»Was halten Sie von dem, was Sie gesehen haben?«

»Ich denke, der Tote liegt schon eine Weile hier.«

»Woraus kombinieren Sie das?«

Unbewusst schaltete Bernstein in einen Modus, den man *den Profi* nannte und sprach ohne Emotionen. »Der Körper ist mit Maden übersät, hier und da sieht man bereits Ansätze der Verwesung, und es sind auch schon etwas größere Stücke herausgebissen worden, was darauf schließen lässt, dass sich Wildtiere an ihm gütlich getan haben. Er liegt also sicher schon einige Tage hier. Aber ich konnte auch Bisswunden erkennen, die eindeutig menschlich sind. Es handelt sich also meiner Ansicht nach um eines unserer Opfer.«

»Da Sie offenbar ein wandelndes Politik-Lexikon sind, wissen Sie bestimmt auch schon längst, wie der Tote heißt«, sagte Hancock herausfordernd.

»Ich muss zugeben, dass ich ihn nicht erkenne«, gab Bernstein zu. »Dafür ist sein Gesicht schon zu sehr in Mitleidenschaft gezogen worden.«

»Und ich hatte so große Hoffnungen in Sie gesetzt«, erklärte Hancock bedauernd. »Dann werden wir wohl auf die Pathologie warten müssen, bis wir wissen, wer unser Kunde ist. Ich würde aber meinen Arsch darauf verwetten, dass er irgendetwas mit der höheren Politik zu tun hatte. Sein Vater ist garantiert auch wieder ein hohes Tier.«

»Ist Ihnen schon mal etwas Ähnliches untergekommen?«, wollte der jüngere Agent wissen.

»Was meinen Sie damit genau?«

»Dass ein Serientäter in so kurzer Abfolge mordet? Okay, dieses Opfer ist schon etwas länger tot, aber die anderen beiden waren ziemlich frisch. Ich dachte immer, dass Serienmörder etwas mehr Zeit zwischen ihren Taten verstreichen lassen.«

»Normalerweise ist das auch so, aber dieses Mal ist es eben anders«, erklärte der ältere Agent. »Ich schätze den Wichser momentan so ein, dass er seine Morde lange im Voraus geplant hat, vielleicht Monate, vielleicht sogar Jahre. Jetzt ist er so weit, seinen Plan in die Tat umzusetzen. Ist nicht untypisch für Psychopathen, sich lange mit der Planung selbst zu beschäftigen, darum liegen solche Mordserien auch normalerweise weiter auseinander. Viele dieser kranken Penner kommen allerdings nie über das Planungsstadium hinaus, teilweise aus Blödheit, teilweise, weil irgendetwas dazwischenkommt. Die Frage, die wir uns nun stellen müssen, ist, wann er fertig ist und ob er jemals damit aufhören wird. Nach allem, was wir wissen, und das ist verdammt wenig, könnte er noch Dutzende weitere Leute auf seiner Liste haben. Umso wichtiger ist es, dass wir herausfinden, welchen Plan er verfolgt. Entweder nimmt er wahllos den Nachwuchs von Politikern aufs Korn, oder er wählt seine Opfer ganz gezielt aus. Ich denke aber, wir können ausschließen, dass er aus einem Impuls heraus handelt, denn dafür sind die Taten zu gut umgesetzt. Wenn wir wissen, nach welchen Kriterien er vorgeht, und wenn wir wissen, welches Statement er damit setzen will, haben wir ihn bei den Eiern.«

»Hoffen wir, dass wir ihm schnell auf die Schliche kommen.«

Der ältere Agent nickte nur stumm.

Die Spurensicherung erschien nur wenig später und hielt sich nicht damit auf, auf dem Parkplatz stehen zu bleiben und den restlichen Weg zu Fuß zurückzulegen. Stattdessen fuhren die Männer und Frauen der Abteilung einfach bis zu der Weggabelung, hielten ihre Wagen dort an und gingen nur noch die letzten Meter. Als sie ihre Ausrüstung aus den Autos holten, wurde schnell klar, warum sie es sich so einfach gemacht hatten. Von kleinen, leichten Dingen wie unterschiedlichen Pinseln und Pulvern sowie Lupen bis hin zu größeren Gegenständen wie einem Metalldetektor war alles dabei.

»Agents«, begrüßte der Leiter des Teams die beiden Agenten und schüttelte ihnen die Hände.

»James, gut, dass du da bist«, grüßte Hancock zurück.

Die beiden kannten sich bereits seit vielen Jahren und hatten in ebenso vielen Fällen erfolgreich miteinander gearbeitet.

»Was haben wir hier?«, wollte James Riekan wissen.

»Männlich, weiß, liegt schon einige Zeit hier«, erklärte der ältere Agent. »Dummerweise ist der Tatort kontaminiert worden, weil dieser beschissene Detective und seine Idiotentruppe hier herumgetrampelt sind und in die Büsche gepisst haben.«

»Es gibt immer solche Typen, die sich nicht um korrekte Ermittlungen scheren«, pflichtete ihm Riekan kopfschüttelnd bei. »Macht es uns nicht gerade leichter, aber wir werden trotzdem unsere Arbeit verrichten. Irgendwas Bestimmtes, was wir prüfen sollen?«

»Das übliche Programm.«

»Alles klar«, sagte der Spurensicherer und ging zu seinem Team hinüber, um die Lage zu besprechen.

»Bernstein«, wandte sich Hancock an seinen Partner. »Machen Sie sich mal nützlich und sprechen Sie mit dem Detective. Wenn ich das tue, haue ich ihn garantiert nur wieder um, und darauf habe ich gerade keine Lust. Vielleicht kommt ja doch noch was Sinnvolles dabei heraus, auch wenn ich es bezweifle.«

»Wird gemacht.«

»In Ordnung. Ich knöpfe mir derweil die Uniformierten vor. Einer von diesen Trotteln ist vielleicht brauchbar und kann uns hilfreiche Informationen geben.«

Der ältere Agent stapfte durch das feuchte Gras und trat zu einem der Beamten, die immer noch die Umgebung sicherten.

»Wie heißen Sie?«, fragte er. »Keine Sorge, ich werde Sie nicht verprügeln.«

»Officer Wilks«, antwortete der Polizist.

»Waren Sie als Erster hier am Tatort?«

»Ja, zusammen mit den anderen Jungs.«

»Wer hat Ihnen gesagt, dass Sie hier antanzen sollen?«

»Die Zentrale wurde von einem Mann angerufen, der meinte, er hätte hier eine Leiche entdeckt.«

»Wo ist dieser Mann jetzt?«

»Keine Ahnung.«

»Was soll das heißen?«, fragte Hancock fassungslos nach.

»Dass ich es nicht weiß. Als wir ankamen, war niemand hier, nur der Tote.«

»Wissen Sie wenigstens, wie dieser Mann heißt?«

»Das müssen Sie die Zentrale fragen«, gab Wilks zurück.

»Phantastisch«, antwortete der ältere Agent ironisch. »Können Sie mir wenigstens sagen, was Sie gemacht haben, als Sie bemerkt haben, dass es sich wirklich um einen Toten handelt?«

»Wir haben die Zentrale informiert, und daraufhin kam Detective Earnhardt. Als Nächstes sind auch schon Sie und Ihr Kollege aufgekreuzt. Was macht das FBI eigentlich hier?«

»Offenbar *Ihre* Arbeit erledigen.«

»Agent, es tut mir leid, dass Sie nicht zufrieden mit dem, was wir hier tun, sind, aber es kommt nicht oft vor, dass wir eine Leiche bewachen müssen. Ehrlich gesagt, ist es das erste Mal für uns.«

»Sie hätten aber zumindest ein wenig nachdenken können. Doch die Hauptschuld trägt der Detective. Er scheint keine Ahnung von seinem Job zu haben.«

»Er ist ein anständiger Kerl«, verteidigte Wilks den Detective.

»Kann schon sein, aber als Polizist ist er offenbar eine Niete. Wie auch immer, ich habe noch zu tun ... und Sie auch.«

Hancock wandte sich ab, zückte sein altertümliches Handy und rief seinen Verbindungsmann bei der Washingtoner Polizei an.

»Pete, was kann ich für dich tun?«, begrüßte Lieutenant Watkins den FBI-Agenten.

»Hey John, alles klar bei dir?«

»Das Bein macht mal wieder Probleme«, antwortete Watkins.

Vor einigen Jahren war er bei einem Routineeinsatz angeschossen und nach der Genesung auf eigenen Wunsch in den Innendienst versetzt worden. Hancock war bei dem Einsatz dabei gewesen und hatte den Lieutenant aus der Schusslinie gezogen. Seitdem waren sie Freunde und hatten auch schon die eine oder andere Nacht durchgezecht.

»Sag deiner Frau, sie soll das Bein gut einreiben. Hör mal, ich brauche ein paar Informationen. Irgendwann heute Vormittag hat jemand bei euch angerufen und einen Toten gemeldet, drüben am Anacostia.«

»Warte einen Moment, ich rufe mir kurz den Vermerk auf«, sagte Watkins und legte den Hörer zur Seite.

Nach wenigen Sekunden war er bereits wieder am Apparat. »Hab es. Was willst du wissen?«

»Wie heißt der Anrufer?«

»Tom Berner.«

»Eine Ahnung, wo er wohnt?«

»Nein, das steht hier nicht. Aber ich habe eine Telefonnummer. Warte, ich gebe sie dir durch.«

Hancock prägte sich die Nummer ein. »Danke Johnny, bin dir was schuldig.«

»Vergiss es. Wenn, dann stehe ich bei dir in der Kreide.«

»Das ist jetzt Jahre her, also vergiss es, okay?«

»Wenn einem das Leben gerettet wird, gibt es nichts, womit man das jemals wiedergutmachen kann«, erklärte der Lieutenant.

»Gib mir demnächst einfach ein paar Drinks aus, und wir sind quitt. Ich muss jetzt weitermachen. Bis bald.«

Hancock beendete das Gespräch und wählte umgehend die ihm mitgeteilte Nummer. Er hörte daraufhin eine automatische Ansage, dass die Nummer nicht in Benutzung sei und legte entnervt wieder auf.

So ein verdammter Mist, dachte er. Er war sich ziemlich sicher, dass er sich die Nummer korrekt gemerkt hatte, verfluchte sich aber dennoch dafür, sie nicht aufgeschrieben zu haben.

»Hancock«, rief Bernstein plötzlich und kam zu ihm hinüber.

»Was ist?«

»Earnhardt war recht gesprächig, nachdem er damit fertig war, mir zu erklären, was er alles mit Ihnen anstellen will. Er hat gesagt, dass er von der Zentrale verständigt worden sei, dass er sich um einen Leichenfund kümmern soll und dass er dann hierhergekommen ist, um die Lage zu prüfen.«

»Das weiß ich schon. Hat er irgendwas Sinnvolles gesagt?«

»Nur, dass er es war, der das FBI informiert hat.«

»Wenigstens das hat er richtig gemacht. Hat sicher noch eine große Karriere vor sich, der Scheißer. Ich bin schon einen Schritt weiter. Ich habe den Namen von demjenigen, der die Leiche gefunden hat. Leider hat er wohl eine falsche Telefonnummer angegeben, sodass wir ihn nicht erreichen können. Oder die Pfeifen von der Zentrale waren zu dumm, sie richtig aufzuschreiben.«

»Geben Sie mir mal den Namen, dann versuche ich, herauszufinden, wo er wohnt.«

»Sie meinen also, dass Sie schlauer sind als die Polizei?«

»Sonst wäre ich wohl nicht beim FBI, oder?«, sagte Bernstein und lächelte verschmitzt.

Hancock gab seinem Kollegen die Daten und empfahl ihm, die Suche vorerst auf die nähere Umgebung einzugrenzen. Denn sollte es sich um einen Spaziergänger handeln, stammte er garantiert aus der Gegend. Der jüngere Agent identifizierte sich schon wie zuvor auf der Plattform und ließ auch Hancock erneut seinen Daumen auf das Display drücken.

»Kann ich so etwas eigentlich auch mit meinem Telefon machen?«, erkundigte sich der ältere Agent.

»Ich glaube, Ihr Handy ist dafür ein wenig zu alt«, antwortete sein Partner diplomatisch und gab diverse Daten in die Suchmaschine der FBI-Datenbank ein. Nach wenigen Sekunden hielt er sein Smartphone triumphierend in die Höhe. »Hab ihn!«, erklärte er.

Hancock warf einen Blick auf das Display und stellte fest, dass er bei der Telefonnummer tatsächlich einen Zahlendreher reingebracht hatte. Natürlich verschwieg er dies seinem Partner. »Geben Sie mal her«, verlangte der ältere Agent. »Ich rufe den Typen mal an.«

Hancock las die Nummer ab und gab sie in sein eigenes Handy ein. Das Freizeichen ertönte drei Mal, bevor sich eine ältere Stimme mit einem »Hallo?« meldete.

»Spreche ich mit Mister Tom Berner?«, begann Hancock das Gespräch.

»Ja, der bin ich. Mit wem spreche ich bitte?«

»Mein Name ist Special Agent Pete Hancock«, stellte er sich vor. »Ich rufe Sie an, um mit Ihnen über die Leiche zu sprechen, die Sie heute gemeldet haben.«

»Ich hatte mich schon gewundert, warum ich noch nicht kontaktiert worden bin«, erklärte der andere.

»Wir sind leider erst jetzt dazu gekommen«, sagte der ältere Agent. Streng genommen hatte er nicht gelogen, auch wenn die Umstände, warum erst jetzt jemand Kontakt mit Berner aufnahm, besser verschwiegen werden sollten, es sei denn, man wollte am nächsten Tag etwas über die Stümperei bei der Polizei in der Zeitung lesen. »Können wir uns treffen?«

»Natürlich. Wann?«

»In zwanzig Minuten bei Ihnen?«

»Ja, ich bin zu Hause. Ich gebe Ihnen die Adresse.«

»Die haben wir bereits, vielen Dank.« Damit zeigte Hancock, dass er bestens informiert war. Diese Taktik wandte er gern an, um zu demonstrieren, dass man, sollte man sich mit dem FBI anlegen wollen, stets den Kürzeren zog.

»Alles klar, ich erwarte Sie dann in zwanzig Minuten.«

Hancock bedankte sich und schob das Handy in seine Jackentasche. »Kommen Sie, Welpe, wir haben ein Date.«

Die Fahrt dauerte weniger als fünfzehn Minuten, was Hancock auch so kalkuliert hatte, denn er wollte vor dem Gespräch noch einen genaueren Blick auf Berners Wohnstätte und die nähere Umgebung werfen. Er stellte den Wagen auf der dem Haus gegenüberliegenden Seite ab. Die Wohnung von Tom Berner war Teil der Stone Ridge Apartments, eines Wohnblocks an der Anacostia Road Southeast. Im Gegensatz zu den Häusern der Politiker, welche die beiden Agents in den vergangenen Tagen besucht hatten, handelte es sich hierbei um schmucklose Backsteinhäuser, die von irgendeinem visionsarmen Architekten geplant und von einem noch weniger fähigen Bauleiter hochgezogen worden waren. Die Straßen waren an einigen Stellen bereits rissig, was davon zeugte, dass in diese Gegend nicht viel Geld investiert wurde. Auf dem Bürgersteig, nur einige Meter vor ihnen, befand sich eine Gruppe Kinder, die sich damit beschäftigte, mit Kreide Bilder auf den Asphalt zu malen. Hancock sah, dass einige der jungen Leute begabter waren als andere, glaubte aber nicht daran, dass auch nur einer von ihnen jemals die Möglichkeit dazu bekommen würde, sein oder ihr Talent zu schulen oder gar damit einen Job zu ergattern. Der ältere Agent hasste es, wenn er sah, wie Geld, Einfluss und auch die Hautfarbe darüber entschieden, was aus einem Menschen wurde und dass Leute, die aus bestimmten Familienverhältnissen stammten, oftmals gar keine Chance bekamen, sich zu verwirklichen, während die wohlhabenden Kinder stets die besten Bildungsmöglichkeiten hinterhergeschmissen bekamen, auch wenn sie vielleicht vollkommen unfähig waren.

»Hier ist es«, sagte Bernstein und zeigte auf eines der Gebäude.

Hancock betrachtete die Kinder noch eine Weile, wandte sich dann ab und überquerte die Straße. Noch bevor er den Klingelknopf drücken konnte, wurde die Tür bereits von innen geöffnet. Ein älterer Mann blickte sie an.

»Tom Berner?«, fragte Hancock.

»Ja, kommen Sie bitte herein«, sagte der Mann und gab den Weg ins Innere des Gebäudes frei.

Die Agents folgten Berner in dessen Wohnung, wo sie sich auf eine Couch setzten.

»Möchten Sie etwas trinken? Ich habe Eistee gemacht.«

»Gern«, sagte Bernstein.

»Okay«, stimmte auch Hancock zu.

»Tut mir leid, aber ich habe momentan nichts zu essen im Haus«, entschuldigte sich der ältere Mann, als er vor jedem Agenten ein Glas platzierte und bis zum Rand füllte. Dann ließ er sich schwerfällig in einen verschlissenen Sessel fallen.

»Kein Problem, wir sind nicht hier, um zu essen«, beschied der ältere Agent und betrachtete sein Gegenüber aufmerksam.

In der Datenbank hatte Hancock gelesen, dass Berner fünfundfünfzig Jahre alt war. Das Gesicht, das ihm entgegenblickte, schien allerdings mindestens zehn Jahre älter zu sein. Er vermutete, dass das Leben nicht übermäßig gut zu ihm gewesen war und für eine vorzeitige Alterung gesorgt hatte. Wahrscheinlich war Alkohol im Spiel, was die Stimmlage erklären würde, und auch das Wirken einer übelmeinenden Frau schloss er nicht aus.

»Mister Berner, ich habe ja bereits am Telefon gesagt, dass wir Sie zu der Leiche befragen möchten, die Sie heute entdeckt haben.«

»Ja«, bestätigte der andere. »Was möchten Sie denn wissen?«

»Zuallererst interessiert mich, wie es dazu gekommen ist, dass ausgerechnet Sie den Toten gefunden haben.«

»Ich gehe gern spazieren«, gab Berner kund. »Seit meinem Unfall vor einigen Jahren bin ich nicht mehr arbeitsfähig und habe daher viel Freizeit. Am liebsten gehe ich am Anacostia entlang. Dort gibt es viele schöne Ecken, wissen Sie.«

»Gehen Sie oft abseits der Wege?«

»Nicht so oft, aber heute war mir danach, einfach mal die unberührte Natur zu genießen.«

»Bei der momentanen Verschmutzung des Flusses bezweifele ich, ob man da von *unberührt* sprechen kann«, entgegnete Hancock.

»Es ist schon viel besser geworden als früher. Sie hätten den Fluss mal vor ein paar Jahren sehen sollen. Da konnten Sie keinen Meter gehen, ohne über irgendwelchen Müll zu stolpern. Aber Sie wollen bestimmt, dass ich zum Punkt komme«, sagte er, als er den ungeduldigen Blick des FBI-Agenten wahrnahm. »Ich bin heute Vormittag am Ufer entlanggegangen und habe etwas im Gras liegen sehen. Ich dachte, dass es vielleicht ein Reh oder so etwas sein könnte. In der Gegend sollen nämlich welche gesehen worden sein. Ich bin also näher herangegangen und habe bemerkt, dass es sich um etwas anderes handeln muss. Zuerst habe ich gedacht, es wäre ein Nudist, aber dann habe ich festgestellt, dass er tot ist.«

»Haben Sie keine Angst gehabt?«, fragte Bernstein.

»Ich war im Irak und in Afghanistan, mein Junge, da habe ich ganz andere Dinge gesehen«, beschied Berner dem jüngeren Agenten und wandte sich dann wieder Hancock zu. »Jedenfalls bin ich sofort zur nächsten Telefonzelle gegangen und habe von dort aus die Polizei verständigt.«

»Und dann?«

»Bin ich nach Hause gegangen und habe darauf gewartet, dass ich angerufen werde.«

»Warum haben Sie nicht am Fundort der Leiche gewartet?«

»Weil ich nicht dazu aufgefordert worden bin.«

Hancock notierte sich im Geiste diese Nachlässigkeit seitens der Polizei und nahm sich vor, später ein wenig Stunk zu machen.

»Ist Ihnen irgendetwas an der Leiche aufgefallen?«

»Meinen Sie etwas bestimmtes?«

»Generell.«

»Abgesehen davon, dass er ein Festessen für Maden war, nicht«, sagte Berner nach kurzer Überlegung.

»Und natürlich die vielen Kratzer ... das sah schon seltsam aus. Meinen Sie, dass das ein Tier war?«

»Möglich«, antwortete Hancock ausweichend. »Mister Berner, es ist von enormer Bedeutung für uns, dass Sie uns jedes Detail sagen, an das Sie sich erinnern können. War irgendjemand in der Nähe, als Sie kamen? Haben Sie irgendwelche Geräusche gehört? Haben Sie irgendetwas gesehen, was Ihnen seltsam vorkam?«

»Nein, das wüsste ich bestimmt noch«, sagte der Mann kopfschüttelnd. »Ich habe ein recht gutes Gedächtnis. Tut mir leid, aber ich kann Ihnen wirklich nicht mehr sagen.«

»Zu schade, aber nicht zu ändern«, erklärte der ältere Agent. »Wenn Ihnen doch noch etwas einfallen sollte, melden Sie sich bitte direkt beim FBI hier in Washington und verlangen Sie nach mir. Verstanden?«

»Natürlich.«

»Schönen Tag noch«, verabschiedete sich Hancock von ihm und stand auf.

Draußen schraubte er erst einmal seinen Flachmann auf und nahm einen großzügigen Schluck. Als er das Gefäß absetzte, bemerkte er, dass ein junges Mädchen von vielleicht sechs Jahren vor ihm stand und zu ihm aufblickte.

»Hallo Kleine«, sagte der Agent und ging in die Hocke.

»Was machst du hier?«, wollte das Mädchen wissen.

»Ich habe jemanden besucht, und was machst du?«

»Ich spiele mit meinen Freunden«, antwortete die Kleine und zeigte mit dem Finger zu der Gruppe, die sie vorhin schon gesehen hatten. Inzwischen waren sie von Straßenmalerei zu Seilhüpfen übergegangen. »Magst du auch mitspielen?«

»Würde ich gern, aber ich habe leider zu tun.«

»Ihr Großen habt immer zu tun«, sagte das Mädchen und zog einen Schmollmund. »Ihr wollt nie spielen. Wenn jeder so ist, wenn er groß ist, will ich lieber klein bleiben.«

»Das kann ich gut verstehen.«

»Bist du dir sicher, dass du nicht mitspielen möchtest?«

»Leider. Aber vielleicht beim nächsten Mal.«

»Das sagt Daddy auch immer«, erklärte die Kleine traurig und ging zu ihren Freunden zurück.

»Manchmal sind Sie mir ein Rätsel, Hancock«, sagte Bernstein.

»Warum?«

»In dem einen Moment sind Sie ein ungehobelter Menschenhasser, und im nächsten sind Sie herzensgut. Woran liegt das?«

»Die Erwachsenen sind es, die ich hasse«, erklärte der ältere Agent daraufhin. »Kinder haben in den meisten Fällen noch keine Ahnung, wie beschissen die Welt sein kann, und darum sollten sie so lange wie möglich vor schlechten Einflüssen geschützt werden.«

»Haben Sie Kinder?«, wollte Bernstein wissen.

»Nein, hat sich leider nie ergeben.«

»Klingt so, als würden Sie das bedauern.«

»War einfach nie die Zeit dafür, und jetzt Schluss mit dem Thema«, antwortete Hancock und überquerte die Straße, um zu seinem Wagen zu gehen.

Bernstein blieb stehen und beobachtete seinen Partner aufmerksam.

»Jetzt bewegen Sie schon Ihren Arsch und steigen Sie ein, sonst fahre ich ohne Sie«, rief der ältere Agent zu ihm hinüber.

Leicht grinsend folgte der jüngere Agent der Aufforderung. »Denken Sie, dass die Identität des neuen Opfers schon bekannt ist?«, fragte er, während Hancock das Fahrzeug startete und losfuhr, wobei er darauf achtete, einen weiten Bogen um die Kinder zu machen. Schließlich wollte er nicht einen von ihnen als Kühlerfigur haben.

»Keine Chance«, gab der andere zurück. »Dafür ist die Leiche zu sehr zugerichtet. Wir werden uns jetzt erst einmal um William Tone und Fred Wilkins kümmern. Die wurden zwar schon befragt, aber ich will wissen, ob denen seit vorgestern noch etwas eingefallen ist.«

»Sie sind der Boss.«

»Gut erkannt, Welpe«, sagte Hancock und fädelte sich in den Zubringer ein, der sie wieder in die Stadt zurückbringen würde. »Rufen Sie mal die Vernehmungsprotokolle auf. Die sind doch sicher auch in der Datenbank.«

Bernstein öffnete das System und rief die Datensätze auf. »Und jetzt?«

»Lesen Sie laut vor.«

»Alles?«

»Natürlich alles. Wir wollen schließlich ganz genau wissen, was gesagt wurde, damit wir darauf aufbauend weitere Fragen stellen können.«

Der jüngere Agent räusperte sich kurz und begann dann, die Transkripte der Vernehmungen von vor zwei Tagen laut vorzulesen. Da es mehr als gedacht war, drehte Hancock noch eine Ehrenrunde um den Block, bevor sie schließlich vor der Wohnung von William

Tone zum Stehen kamen. Die hiesige Umgebung unterschied sich nur marginal von der bei Tom Berner, nur mit dem Unterschied, dass es hier noch heruntergekommener aussah. Kein Wunder, denn nach allem, was die beiden Agents wussten, war Tone der Alleinverdiener der Familie, und als Müllmann verdiente man heutzutage leider nicht viel. Außerdem war er dunkelhäutig, und selbst in einer Weltstadt wie Washington, D.C. gab es immer noch Ressentiments gegenüber dieser Volksgruppe. Man gab zwar heutzutage vor, nicht auf die Hautfarbe zu achten, aber Hancock wusste ganz genau, dass man in seiner Nachbarschaft lieber keine Nicht-Weißen sehen wollte, wenn es sich vermeiden ließ. Er selbst hatte kein Problem mit der Hautfarbe oder der Religion von jemandem, solange man ihn in Ruhe ließ.

»Hätten wir vielleicht vorher anrufen sollen?«, fragte Bernstein, während sie zu dem Etagenhaus gingen, in dem die Tones wohnten.

»Vielleicht, aber jetzt ist es auch egal«, erklärte Hancock und drückte den Klingelknopf tief in die Fassung.

»Wer ist da?«, fragte eine weibliche, wohlklingende Stimme.

»Hancock und Bernstein, FBI«, meldete sich Hancock. »Wir möchten mit William Tone sprechen.«

»Selbstverständlich, einen Moment bitte.«

Kurz darauf wurde der Summer gedrückt, und die beiden Agents schoben die Glastür, durch die sich ein Sprung von einem guten Meter zog, nach innen auf. Ihr Ziel lag im dritten Stockwerk, wo sie bereits von der zu der Stimme gehörenden Frau empfangen wurden.

»Ma'am«, begrüßte Hancock sie.

»Kommen Sie bitte herein«, lud sie die Frau, die sie für Mrs. Tone hielten, in die Wohnung ein. »Ich hole meinen Mann. Er spielt gerade mit Sam, unserem Sohn. Gehen Sie bitte ins Wohnzimmer, er kommt gleich zu Ihnen.«

Die beiden FBI-Agenten betraten das kleine Zimmer, welches eher einer Studentenküche als einem Wohnraum ähnelte, und setzten sich auf das Sofa, wo sich zwischen einigen Kissen ein Haufen Spielzeug türmte. Sie wussten aus dem offiziellen Bericht, dass der gemeinsame Sohn von William Tone und seiner Frau erst vor einigen Monaten auf die Welt gekommen war, und waren beeindruckt, dass er schon jetzt so viel Unordnung machen konnte, obwohl er noch so jung war. Sie räumten die Spielsachen und sonstigen Babyutensilien zur Seite und machten es sich bequem. Kurz darauf erschien Mister Tone im Zimmer und setzte sich ihnen gegenüber auf einen recht unbequem aussehenden ungepolsterten Holzstuhl.

»Guten Tag«, begrüßte er sie. »Meine Frau sagte mir, dass Sie vom FBI sind. Ich schätze mal, Sie wollen mit mir über den Toten sprechen, den ich mit meinem Kollegen Fred entdeckt habe?«

»Richtig«, antwortete Hancock und übernahm das Gespräch. »Im Protokoll steht, dass Sie derjenige waren, der die Leiche zuerst entdeckt hat. Erzählen Sie mir bitte aus Ihrer Sicht, wie es dazu gekommen ist.«

»Das habe ich doch schon dem anderen Polizisten gesagt«, wandte Tone ein.

»Ich weiß, aber ich möchte es gerne noch einmal aus Ihrem Mund hören.«

»Na gut«, lenkte der Mann ein. »Es ist nicht leicht für mich, darüber zu sprechen, wissen Sie.«

»Das verstehe ich durchaus, aber es ist äußerst wichtig, dass Sie uns genau erzählen, was passiert ist. Manchmal kommen nach einigen Tagen noch Erinnerungen hoch, die man vorher im Schockzustand vergessen hatte.«

»Ich war eigentlich als Fahrer eingeteilt, musste aber für einen krank gemeldeten Kollegen einspringen. Wir haben unsere Tour durch die Innenstadt gemacht und sind von Gebäude zu Gebäude, um die Tonnen rauszurollen und in unserem Kipper zu entleeren. Ich hatte gerade in dieser Gasse beim Bibel-Museum die Mülltonne weggeschoben, als ich einen Mann auf dem Boden liegen sah. Zuerst dachte ich, es sei einer von den Pennern ... Entschuldigung, von den Obdachlosen, aber dann habe ich bemerkt, dass er tot war.«

»Woran haben Sie das bemerkt?«

»Er hat sich nicht gerührt, und so, wie er dalag, konnte einfach niemand schlafen.«

»Wie lag er denn genau da?«, hakte Hancock nach.

»Irgendwie seltsam verdreht. Warten Sie, ich zeige es Ihnen«, sagte Tone und legte sich daraufhin auf den Boden, wo er versuchte, die Lage der Leiche nachzustellen.

»Schon gut«, beschwichtigte ihn der ältere Agent. »Stehen Sie bitte wieder auf.«

Der Zeuge folgte der Aufforderung und setzte sich wieder auf seinen Stuhl.

»Erzählen Sie uns bitte, was Sie getan haben, als Sie bemerkt haben, dass es sich um eine Leiche handelt.«

»Ich habe Fred gesagt, er soll die Polizei rufen.«

»Haben Sie noch etwas gemacht?«

»Nein. Ich wollte nichts anfassen, also habe ich gewartet, bis Ihre Leute gekommen sind. Außerdem war ich ziemlich erschrocken. Ich habe noch nie zuvor eine Leiche gesehen.«

»Was hat Mister Wilkins getan, nachdem er die Polizei angerufen hatte?«

»Er kam zu mir und hat mit mir gewartet. Aber wir haben nicht geredet.«

»Sie haben die ganze Zeit, bis die Polizisten kamen, einfach nur stumm dagestanden?«

»Ja«, bestätigte Tone und nickte zur Unterstreichung seiner Aussage.

»Sie haben nicht miteinander gesprochen? Normalerweise, wenn man eine Leiche findet, redet man doch mit jemandem darüber. Das liegt in der menschlichen Natur, dass man das Gesehene verbal verarbeiten muss.«

»Wenn ich es Ihnen doch sage«, antwortete der Zeuge scharf. »Wir waren beide viel zu schockiert. Wir haben natürlich im Internet schon einige Videos gesehen, die Unfallopfer zeigen, und auch in der Realität haben wir schon den einen oder anderen Unfall erlebt, aber so nah waren wir noch nie.«

»Ich glaube ihm«, flüsterte Bernstein seinem Kollegen ins Ohr.

Hancock kam zu demselben Schluss. »Was ist passiert, als die Polizei schließlich eintraf?«

»Wir wurden von einem Ihrer Kollegen zur Seite geführt und befragt, bevor man uns bat, zur nächsten Polizei-Station zu fahren, um dort unsere Aussage zu machen.«

»Haben Sie seit dem Vorfall gearbeitet?«

»Nein, ich war einfach zu sehr mitgenommen von der ganzen Sache. Als ich bei der Polizei fertig war, bin ich direkt nach Hause und habe mich krankgemeldet.«

Georgina Tone betrat nun ebenfalls das Zimmer, blieb hinter ihrem Mann stehen und legte ihm ihre Hände auf seine Schultern. William blickte kurz auf und warf seiner Frau einen liebevollen Blick zu, den sie erwiderte.

»Er schläft jetzt«, sagte sie. »Also sprechen Sie bitte leise.«

»Mister Tone, bitte überlegen Sie noch einmal ganz genau. Haben Sie irgendetwas gesehen? Ist Ihnen irgendetwas Seltsames aufgefallen?«

»Nein, nur die Leiche.«

»Haben Sie, als Sie die Mülltonne zum Wagen gebracht haben, irgendetwas bemerkt, wovon Sie denken, dass es ungewöhnlich ist?«

»Wir schauen nicht in die Mülltonnen hinein, wenn Sie das meinen«, erklärte Tone. »Wir schütten sie einfach nur in den Laster. Von dort aus wird der Inhalt dann entweder zur Deponie oder zur Verbrennungsanlage gebracht.«

»Wie oft geschieht das?«

»Immer zum Schichtende, also jeden Tag.«

Dann können wir es vergessen, den Laster zu durchsuchen, dachte Hancock und fluchte wegen dieses Umstands. Wäre er an dem fraglichen Morgen Herr seiner Sinne gewesen, hätte er sofort die Durchsuchung des Müllfahrzeugs veranlasst. Für Selbstvorwürfe war jetzt allerdings keine Zeit, darum verschob er diese auf später, wenn er mit sich und einer Flasche Scotch allein war.

»Wie ist es mit Ihrem Kollegen?«

»Fred? Keine Ahnung, ehrlich gesagt. Ich habe seit dem Vorfall nicht mehr mit ihm gesprochen.«

»Sie müssen wissen, dass es Will schwer getroffen hat, so etwas zu erleben«, schaltete sich nun Mrs. Tone ein, während sie langsam die Schultern ihres Mannes massierte. »Er ist seitdem nicht aus dem Haus gegangen, sondern zu Hause geblieben und hat mit Sam gespielt. Er schläft nachts schlecht und wacht immer wieder schweißgebadet auf.«

»Der Kleine oder Sie?«, fragte Hancock.

»Sie sehen die Leiche vor sich, stimmt's?«, fragte Bernstein.

»Ja«, bestätigte Tone und ignorierte den Kommentar des älteren Agenten. »Wie ich schon sagte, habe ich zwar schon Unfälle gesehen, aber nie war ich so nahe an einem Toten dran. Es ist ...«

»Wir wissen, wie es sich anfühlt, zum ersten Mal einen Toten aus nächster Nähe zu sehen«, übernahm Hancock wieder das Wort.

»Wissen Sie inzwischen, wer das getan hat?«, fragte Tone.

»Noch nicht«, gestand der ältere Agent. »Aber wir tun unser Bestes, um ihm auf die Schliche zu kommen.«

»Glauben Sie, dass er es auch auf mich abgesehen hat?«

»Wie kommen Sie darauf?«

»Nun, ich bin sozusagen ein Zeuge, und solche Personen sind doch immer gefährdet, wenn der Täter seine Spuren verwischen will. Verstehen Sie mich nicht falsch, mir geht es nicht um mich, sondern um meine Familie. Wenn der Mörder herausfindet, wer ich bin und wo ich wohne, kommt er vielleicht hierher und tut Gigi und Sam etwas an. Nachdem es ja jetzt noch ein zweites Opfer gab, mache ich mir natürlich noch mehr Sorgen.«

»Mister Tone, darf ich Sie William nennen?«, fragte Hancock, der mit so einer Frage gerechnet hatte.

»Ja, kein Problem.«

»Okay, William. Nach allem, was wir wissen, hat es der Mörder auf bestimmte Personen abgesehen, und erfahrungsgemäß interessieren Leute wie ihn keine Zeugen. Im Gegenteil, je mehr Menschen von seinen Taten erfahren, desto besser fühlt er sich. Sie sollten also ziemlich sicher sein.«

»*Ziemlich sicher* bedeutet für mich, dass immer noch ein Risiko besteht.«

»Wenn Sie wollen, fragen Sie bei der Polizei an, ob Ihnen ein Bewacher zugeteilt werden kann. Vielleicht können sie gerade jemanden erübrigen.«

Tone nickte und zeigte damit, dass er verstanden hatte. Seinem Gesichtsausdruck nach zu urteilen, hatte er kapiert, dass ihm niemand helfen würde. Er legte seine rechte Hand auf die Handfläche seiner Frau und drückte sie leicht. In diesem Moment hörten sie von nebenan das Wimmern eines Babys.

»Ich kümmere mich um ihn«, sagte Mrs. Tone und verließ das Zimmer, um sich ihrem Sohn zu widmen.

»William, haben Sie mit Ihrer Frau über den Vorfall gesprochen? Ich meine, haben Sie ihr alles erzählt?«

»Ja, natürlich«, antwortete Tone. »Wir haben keine Geheimnisse voreinander, und sie sollte wissen, was passiert ist.«

»Okay, aber belassen Sie es dabei. Spazieren Sie bitte nicht herum und posaunen in die Welt, was Sie erlebt haben. Und sollte irgendeine Zeitung oder ein Fernsehsender oder sonst irgendjemand bei Ihnen klingeln und Sie um ein Interview bitten, schlagen Sie demjenigen die Tür vor der Nase zu. Vollkommen egal, was Ihnen angeboten wird, Sie werden nicht plaudern. Denn wenn Sie es doch tun, kann es passieren, dass Sie ein Verfahren wegen Behinderung der Justiz an den Hals bekommen. Das gilt auch für Ihre Frau.«

»Ich habe verstanden«, bestätigte der Müllmann.

»Gut«, sagte Hancock und hielt noch einige Sekunden Augenkontakt mit seinem Gegenüber, bevor er fortfuhr. »Wir haben vorerst keine weiteren Fragen. Ich möchte aber, dass Sie die Stadt nicht verlassen und uns zur Verfügung stehen, sollten wir noch etwas von Ihnen wissen wollen.«

»Natürlich«, sagte William Tone und stand auf, um die FBI-Agenten zur Tür zu geleiten.

Dabei konnte Hancock aus dem Augenwinkel sehen, wie Mrs. Tone gerade damit beschäftigt war, den kleinen Sam zu wickeln. Das Baby gluckste vergnügt und genoss es, von Mama sanft gestreichelt zu werden. Für einen Augenblick wünschte sich der ältere Agent, in der Rolle des Babys zu sein und von einer so schönen Frau, wie es Mrs. Tone war, gestreichelt zu werden. Als er merkte, dass sich in seiner Leistengegend etwas regte, wandte er sich schnell ab und ging durch die geöffnete Tür ins Treppenhaus.

»Ich hoffe, Sie schnappen ihn«, sagte Tone.

»Das werden wir«, beschied ihm Hancock und stieg die Stufen hinab, gefolgt von seinem Kollegen.

»Warum haben Sie ihm gesagt, dass es der Mörder nur auf bestimmte Personen abgesehen hat?«, wollte Bernstein wissen, als sie draußen waren.

»Haben Sie nicht gesehen, wie er gezittert hat?«, erwiderte sein Kollege. »Der Kerl hat eine Todesangst, und ich glaube ihm, dass er sich um seine Familie sorgt. In diesem Fall denke ich, dass es okay ist, ein wenig von den Ermittlungen preiszugeben. Er wird nicht gleich zur Presse rennen und erzählen, was er gehört hat. Dafür hat er zu viel Schiss, dass seiner Familie etwas passieren könnte.«

»Haben Sie übrigens ...«

Weiter kam Bernstein nicht, denn das Handy seines Kollegen fing plötzlich an zu klingeln. Hancock nahm den Anruf an und hörte eine Weile zu, bevor er das Telefon wieder in die Hosentasche gleiten ließ. »Das dritte Opfer ist identifiziert worden.«

»Das ging ja schneller als erwartet. Wer ist es?«

»Frank Patrick Rosenberg. Klingelt da was bei Ihnen?«

»Der Sohn der ehemaligen Washingtoner Bürgermeisterin?«

»Bingo.«

»Na großartig«, sagte der jüngere Agent ironisch.

»Wenn Sie so weitermachen, werden Sie doch noch wie ich«, merkte Hancock an.

»Gott bewahre«, sagte Bernstein und machte eine theatralische Geste, als würde er den Teufel abwehren wollen. »Hoffen wir, dass wir den Fall lösen, bevor es dazu kommt.«

»Sehen Sie? Sie machen sich.«

»Hancock?«, fragte der jüngere Agent nun.

»Was denn?«

»Fahren Sie bitte einfach los.«

»Was wissen Sie über Rosenberg?«, fragte Hancock seinen Kollegen, während sie über den Highway fuhren, um zum Haus der ehemaligen Bürgermeisterin zu gelangen. Dieses lag nordöstlich der Hauptstadt, genauer gesagt in der Kleinstadt Maryland City, rund vierzig Minuten vom Washingtoner Stadtzentrum entfernt. Generell war Rosenberg sehr darauf bedacht, ihre Privatsphäre zu wahren, aber eine so wichtige Persönlichkeit wurde natürlich vom FBI überwacht. Daher hatten Sie mit einer kurzen Abfrage der internen Datenbank die aktuelle Anschrift herausbekommen.

»Meinen Sie den jungen oder die alte?«, erkundigte sich Bernstein.

»Den jungen natürlich.«

»Meines Wissens nach hat er wie seine Mutter die politische Laufbahn eingeschlagen und wollte für das Amt des Bürgermeisters kandidieren.«

»Von Washington?«

»Nein«, erwiderte Bernstein. »Von Bethesda.«

»Muss man dafür nicht ein gewisses Mindestalter erreicht haben? Der Knabe ist doch nicht älter als dreißig.«

»Nein, muss man nicht«, erklärte der jüngere Agent. »Der jüngste Bürgermeister in der Geschichte der Vereinigten Staaten war achtzehn Jahre alt, als er ins Amt gewählt wurde. Natürlich schadet es nicht, älter und erfahrener zu sein, aber man kann es schon schaffen, wenn man das gewisse Etwas mitbringt.«

»Oder gute Verbindungen, die einem den Weg ebnen ...«, antwortete Hancock. »Denken Sie, dass er es geschafft hätte?«

»Möglich ist alles«, sagte Bernstein. »Vor allem mit der Unterstützung seiner Mutter. Sie hat als ehemalige Bürgermeisterin natürlich sehr gute Verbindungen.«

»Das kann ich mir vorstellen. Elendiger Sumpf ...«

»Hier müssen wir links.«

»Das weiß ich selber«, brummte Hancock und schlug das Lenkrad ein, ohne den Blinker zu setzen.

Der Weg führte sie größten Teils über den Baltimore-Washington-Parkway, der die beiden im Namen verankerten Großstädte miteinander verband und teilweise durch dichten Wald führte. Der ältere Agent kannte den Weg gut, denn sein Freund und ehemaliger Partner Leonard Wilson hatte in der Nähe eine kleine Wohnung gehabt, die die beiden hin und wieder für ein Männerwochenende genutzt hatten, wenn sie etwas Abstand von ihrem Job – oder Wilson von seiner Frau – gebraucht hatten. Hancock spürte, wie ihn die Erinnerung an diese Zeiten innerlich traurig stimmte. Nur wenige Wochen vor dem Tod seines Partners waren sie noch in der Wohnung gewesen und hatten getan, was Männer dieses Alters nun mal gern tun: Sie hatten Pizza gegessen, Bier getrunken und Videospiele gespielt. Er war froh, dass er seine Emotionen äußerlich so gut unter Kontrolle hatte, sodass sein neuer Partner nichts davon bemerkte. Zumindest hoffte er dies, aber Bernstein bemerkte es entweder tatsächlich nicht, oder er war taktvoll genug, es nicht anzusprechen.

Hancock hatte geplant, den Weg schnell hinter sich zu bringen, aber dazu kam es nicht, denn unvermittelt leuchteten nun die Bremslichter des vor ihm fahrenden Fahrzeugs auf. Der ältere Agent reagierte spontan und stieg mit voller Wucht auf das Bremspedal, sodass die Reifen quietschten und er und sein Partner durch die Fliehkraft in ihre Gurte gepresst wurden. Hancock schaffte es, seinen Wagen nur wenige Zentimeter hinter der Stoßstange seines Vordermanns zum Stehen zu bringen. Das hinter ihm fahrende Auto hatte allerdings nicht so viel Glück und prallte gegen den Wagen des FBI-Beamten. Das Knirschen des sich verbiegenden Metalls hörte sich an, als würde jemand mit einem Stück Kreide über eine Schiefertafel kratzen.

»Verdammte Scheiße!«, schrie Hancock wütend und schnallte sich im selben Moment ab, um auszusteigen und den Hintermann zusammenzustauchen.

Bernstein, der besonnener war, blieb ruhig sitzen und versuchte, seinen Kollegen an der Schulter festzuhalten.

»Lassen Sie mich gefälligst los!«, schimpfte der ältere Agent und schüttelte wütend die Hand des anderen ab, bevor er die Fahrertür aufstieß und auf die Straße trat. Wütend gestikulierend und laut fluchend ging er auf das hinter ihm befindliche Fahrzeug zu und hielt seine Hand dabei reflexartig an seiner Dienstwaffe. Er riss die Tür des anderen Fahrzeugs auf und hob zu einer Tirade an, bevor er erkannte, dass der andere Fahrer stur nach vorne blickte, ohne ihn überhaupt zu bemerken. Er schaute in dieselbe Richtung, und prompt verrauchte sein Zorn. Denn aus dem jetzigen Blickwinkel sah er, dass zwei Autos heillos ineinander verkeilt waren. Von den Insassen war nichts zu sehen, aber das war auch kein Wunder, denn die vorderen Bereiche der

Fahrgastzellen waren so sehr zusammengedrückt, dass man von Glück reden konnte, wenn diejenigen, die drinnen saßen, überhaupt noch in einem Stück waren.

»Rufen Sie einen Krankenwagen!«, rief Hancock seinem Partner zu, der inzwischen ebenfalls ausgestiegen war, und rannte danach so schnell er konnte, zu der Unfallstelle.

Während er dorthin lief, hörte er das Schreien eines Kindes.

Bitte nicht, dachte er und hastete zum hinteren Teil des Wagens, von wo das Geschrei stammte. Mit Gewalt versuchte er, die Tür zu öffnen, doch diese war so verzogen, dass sie sich keinen Millimeter bewegen ließ. Durch die Scheibe, die seltsamerweise nicht geborsten war, konnte er das weinende Gesicht eines kleinen Mädchens erkennen, welches noch immer in ihrem Gurt steckte und verzweifelt versuchte, sich zu befreien.

»Ganz ruhig, Kleine!«, rief er, war aber nicht sicher, ob das Mädchen ihn über ihr Gebrüll hinweg hören konnte.

Mit aller ihm zur Verfügung stehenden Kraft warf er sich gegen die Fensterscheibe, doch diese gab nicht nach. Für einen Moment überlegte er, seine Waffe zu benutzen und das Glas einfach zu zerschießen, entschied sich dann aber umgehend dagegen, aus Angst, ungewollt die Kleine zu treffen. Hektisch sah er sich um und fand schließlich unweit der Unfallstelle eine halbe Stoßstange. Er nahm sie und wog sie kurz in den Händen, um ihr Gewicht zu prüfen. Zurück am Wagen brüllte er dem Mädchen zu: „Duck dich zur Seite und schütze dein Gesicht!«, war sich aber nicht sicher, ob sie ihn hörte oder gar verstand. Er wollte gerade seine Aufforderung wiederholen, sah dann aber, dass sich die Kleine vom Fenster weglehnte und ihren Kopf hinter ihren Armen verbarg. Hancock holte aus und ließ das Metall mit voller Wucht gegen das Fenster niedergehen. Das Glas splitterte knackend, brach aber immer noch nicht. Dennoch hatte Hancock sein Ziel erreicht und stieß die improvisierte Stange der Länge nach in das Zentrum des Spinnennetzes, welches sich durch den Schlag gebildet hatte. Endlich barst die Scheibe, und der Agent konnte hineingreifen. Um sich selbst nicht zu verletzen, zog er sein Jackett aus und wickelte es sich um Hand und Arm, bevor er die Splitter, die noch im Rahmen hingen, wegfegte.

Das Mädchen schrie immer noch wie am Spieß, und jetzt konnte Hancock erkennen, dass ihr Gesicht blutete. Da sich auf ihrer Haut keine Glassplitter befanden, kombinierte er, dass sie sich bei dem Aufprall verletzt haben musste. Er schätzte das Mädchen auf sieben, vielleicht acht Jahre.

»Ganz ruhig«, sagte er noch einmal und legte so viel Ruhe in seine Stimme wie nur möglich.

Irgendetwas in seinem Tonfall schien zu der Kleinen durchzudringen, denn für einen Moment wurde sie tatsächlich etwas ruhiger. Hancock nutzte die Gunst der Stunde und redete weiter auf sie ein.

»Ich will dir nichts tun. Ich bin Polizist. Weißt du, was das ist?«

Das Mädchen nickte leicht.

»Okay. Ich werde jetzt hineingreifen und dich abschnallen. Danach versuchst du, zu mir zu klettern, und ich helfe dir aus dem Auto raus, ja?«

»Wo ist Papa?«, fragte die Kleine jetzt schluchzend.

Hancock warf einen Blick auf den zertrümmerten Vorderbereich und entdeckte eine blutige Hand. »Ihm geht es gut«, log er. »Wichtig ist, dass du erst mal in Sicherheit bist. Wir machen es jetzt so, wie ich gesagt habe. Okay?«

Das Mädchen nickte erneut. Hancock beugte sich in die Überreste des Fahrzeugs und streckte seine Hand aus, um das Gurtschloss erreichen zu können. Mit zwei Fingerspitzen schaffte er es, den Knopf nach unten zu drücken. Die Schlosszunge löste sich zwar, der Gurt bewegte sich aber keinen Zentimeter.

Verdammt, fluchte Hancock im Stillen.

»Wie heißt du?«, fragte er das Mädchen.

»Sharon«, brachte sie hervor, jetzt nicht mehr schreiend, aber dafür ununterbrochen weinend.

Hancock sah, wie die Tränen vertikale Schlieren in das verschmierte Blut auf ihrem Gesicht zeichneten.

»Okay, Sharon. Kannst du dich bewegen?«

»Ja, ich glaube schon.«

»Gut. Dann möchte ich, dass du jetzt langsam aus deinem Sitz kletterst und zu mir kommst. Kannst du das?«

Sharon nickte und machte sich zum Erstaunen des FBI-Agenten sofort ans Werk, wenn auch mit Schwierigkeiten, denn im Fond des Fahrzeugs war es ziemlich eng. Mit einiger Mühe schaffte sie es schließlich, sich aus dem Gurt zu befreien und sich zu ihm zu bewegen. Er streckte die Arme aus und zog Sharon vorsichtig durch die Öffnung zu sich nach draußen, darauf achtend, dass sich kein Glassplitter mehr in der Fensterfassung befand. Eigentlich hatte er vorgehabt, sie sofort abzusetzen, aber sie klammerte sich so fest an ihn, dass ihm nichts anderes übrig blieb, als sich mit ihr auf dem Arm von der Unfallstelle zu entfernen. Bernstein hatte wie befohlen den Rettungsdienst alarmiert und anschließend im Kofferraum von Hancocks Wagen gewühlt, bis er in einem verschlissenen Köfferchen Verbandszeug gefunden hatte, dessen Verfallsdatum allerdings größten Teils bereits abgelaufen war. Da er aber in dieser Situation nicht wählerisch sein durfte, klemmte er sich den Behälter unter den Arm und rannte zu seinem Partner. Er nahm Hancock das Mädchen ab und setzte es behutsam auf den Boden, woraufhin er sich umgehend damit befasste, ihren zierlichen Körper auf Verletzungen zu untersuchen. Inzwischen hatte der Schock bei ihr eingesetzt, sodass sie die Prozedur anstandslos über sich ergehen ließ und dabei einen Punkt irgendwo hinter ihm fixierte.

Hancock, dessen Hemd inzwischen einige Blutflecken aufwies, entfernte sich einige Meter und zündete sich eine Zigarette an, die er innerhalb weniger Züge aufgeraucht hatte, bevor er sich eine weitere ansteckte. In der Ferne hörte er bereits das Heulen von Sirenen. Er warf noch einen weiteren Blick auf die verkeilten Autos, aber sein Instinkt sagte ihm, dass es keine weiteren Überlebenden geben würde.

Schließlich erreichten die Sanitäter den Unfallort und kümmerten sich sofort um Sharon, nachdem sie von Bernstein einige Informationen über den momentanen Zustand des Mädchens erhalten hatten. Einer der Sanitäter legte eine Infusion, während der andere routiniert Puls und Blutdruck prüfte. Danach hoben sie das Kind auf eine Trage und schoben diese in den Rettungswagen. Kurz bevor sie hinter den Türen des Fahrzeugs verschwand, trafen sich ihr Blick und der des älteren Agenten. In ihren Augen meinte er, Dankbarkeit erkennen zu können, aber im nächsten Moment war sie auch schon im hinteren Bereich des Wagens verschwunden. Die Türen wurden zugeworfen, und mit lauter Sirene fuhr der Rettungswagen los.

»Gute Arbeit«, lobte der jüngere Agent seinen Partner.

»Mein Hemd ist versaut«, antwortete Hancock und rauchte eine dritte Zigarette.

»Als Sie das Mädchen auf dem Arm hatten, sah es aus wie das Bild auf einem dieser Anwerbungsplakate.«

»Versuchen Sie etwa gerade, witzig zu sein?«, fragte der ältere Agent. »Vielleicht vergeht Ihnen Ihr Humor, wenn Sie sich klarmachen, dass Sharon gerade ihren Vater verloren hat. Der sitzt nämlich immer noch im Auto und wartet darauf, dass man seine Einzelteile rausholt.«

»Ich meinte es nicht lustig«, erklärte Bernstein. »Ich meinte es wirklich ehrlich. Sie haben gerade heldenhaft reagiert.«

Hancock antwortete nicht, sondern rauchte auf und ging dann zurück zu den Wracks, um sein Jackett zu holen, das er im Eifer der Aktion fallengelassen hatte. Als er es gefunden hatte, klopfte er den Straßenstaub ab und kramte dann in der Innentasche herum, bis er seinen Flachmann gefunden hatte. Er schraubte ihn auf und nahm einen tiefen Schluck. Dass der eine oder andere Mitarbeiter der inzwischen hinzugestoßenen Feuerwehr ihm seltsame Blicke zuwarf, kümmerte ihn nicht.

»Hancock?«, fragte Bernstein, der ihm gefolgt war.

»Was ist denn?«

»Ich denke, dass wir hier erst einmal festsitzen, bis die Straße wieder freigeräumt ist.«

»Cleverer Welpe«, antwortete Hancock. »In der Zwischenzeit rufen Sie schon mal bei der Zentrale an und prüfen, ob das Durchsuchungsteam in der Wohnung unseres neuesten Kunden etwas Brauchbares gefunden hat.«

»Gab es denn bei den anderen etwas Interessantes?«

»Nicht das Geringste, aber es schadet ja nicht«, erklärte der ältere Agent. »Außerdem gehört es zur Standardprozedur, wie Sie als Frischabgänger der Akademie bestimmt wissen. Ich schaue mir jetzt mal mein Auto an.«

Der Schaden war zum Glück geringer als zunächst angenommen. Die Stoßstange war nur leicht eingedrückt, und eines der Rücklichter war aus der Fassung gesprungen und baumelte nun an der Verkabelung. Die Stoßstange war allerdings sowieso nicht mehr die beste gewesen, doch die Beleuchtung würde er reparieren müssen. Das ihm aufgefahrene Auto war ebenfalls nicht im besten Zustand, aber das war ihm egal, schließlich war ihm der andere aufgefahren. Der Fahrer saß noch immer in seinem Fahrzeug, hatte es zwischenzeitlich aber wenigstens geschafft, die Tür wieder zu schließen, also ging der FBI-Agent zu ihm und klopfte mit der Fingerkuppe an das Fenster.

»Hallo«, sagte er, als die Seitenscheibe heruntergelassen worden war.

»Hallo«, antwortete der Fahrer.

»Schöner Tag heute, oder?«

Als der andere schwieg, fuhr Hancock fort: »Sie wissen, dass Sie einen Unfall verursacht und mein Auto in Mitleidenschaft gezogen haben, oder?«

»Ja, tut mir leid. Ich konnte nicht mehr rechtzeitig bremsen«, gab der Fahrer zu.

»Kann ja mal passieren. Aber da Sie mir reingefahren sind, wird Ihre Versicherung für den Schaden aufkommen müssen. Ich schlage deshalb vor, dass wir unsere Kontaktdaten austauschen und es den Versicherungen überlassen, sich zu streiten.«

»In Ordnung«, entgegnete der andere und beugte sich nach rechts zum Handschuhfach hinüber.

Sofort war Hancock alarmiert und griff reflexartig an seine Dienstpistole. Nur zu oft war es geschehen, dass jemand unvermittelt eine Waffe aus dem Fach gezogen und einen Polizisten niedergeschossen hatte. Der Fahrer schien die Reaktion des Agenten gar nicht zu bemerken, er öffnete das Abteil und zog nach kurzer Suche eine Visitenkarte heraus.

»Hier steht alles Nötige drauf«, erklärte der Fahrer und reichte Hancock die Karte.

Der Agent las sie sich kurz durch und wandte sich dann wieder seinem Gesprächspartner zu.

»Mister Hansen, haben Sie Papier und Stift? Ich habe nämlich leider keine Visitenkarte mehr übrig, darum diktiere ich Ihnen meine Daten einfach schnell.«

»Nein, aber ich kann alles in meinem Smartphone notieren.«

»Auch gut«, meinte der Agent und ratterte daraufhin seine Kontaktinformationen herunter. »Ich bin übrigens vom FBI«, schloss er.

Hansen, der bisher fleißig mitgetippt hatte, hielt kurz inne, bevor er auch diesen Hinweis notierte.

»Ich werde meine Dienststelle informieren, die dann alles Weitere veranlassen wird. Sie haben übrigens hoffentlich etwas zu trinken dabei. Die Aufräumarbeiten werden bestimmt etwas dauern. Ich wünsche Ihnen noch einen schönen Tag.«

Der ältere FBI-Agent schlenderte beinahe zu seinem Wagen zurück und setzte sich auf die Motorhaube. Er nahm eine neue Zigarette zur Hand und zündete sie an. Er wusste, dass er zu viel rauchte, aber das hatte ihn schon die vergangenen Jahre nicht dazu gebracht den Konsum zu reduzieren, geschweige denn, ihn vollständig zu beenden. Dafür mochte er das Gefühl des Rauches in seinem Hals viel zu sehr.

»Bernstein«, rief er seinen Partner zu sich. »Schauen Sie mal in Ihrem schlauen Gerät nach, ob es irgendwo eine Möglichkeit gibt, von dieser verdammten Straße runterzukommen. Bis die Burschen mit dem Aufräumen fertig sind, sind wir in Rente.«

»Lassen Sie mich kurz nachsehen«, bat der jüngere Agent und nahm sein Smartphone zur Hand. »Hier, nur wenige Meilen hinter uns gibt es eine Abfahrt. Blöd nur, dass wir nicht zurückfahren können.«

»Wer sagt das?«

»Sehen Sie doch selbst, die Autos stauen sich bereits.«

»Ich sehe aber einen Standstreifen.«

»Sie meinen ...«

»Fällt Ihnen vielleicht etwas Besseres ein?«, fiel Hancock dem anderen ins Wort. »Wir müssen nur eine Stelle finden, wo wir zwischen den Bäumen hindurch fahren und auf die andere Seite kommen können, dann ist alles geritzt. Wenn wir keine Möglichkeit finden, fahren wir halt auf dieser Seite den Weg zurück bis zur Abfahrt.«

»Denken Sie nicht, dass wir damit den Verkehr gefährden?«

»Blödsinn, Welpe. Die anderen Autos stehen sowieso, und ich werde ja nicht schnell fahren. Außerdem habe ich ein Blaulicht dabei, das packen wir einfach aus und die Sache ist erledigt.«

»Schön und gut, aber sollten wir nicht auf die Polizei warten? Hier muss doch einer für Ordnung sorgen«, gab Bernstein zu bedenken.

»Meinetwegen«, gab der andere Agent zurück. »Aber sobald die Jungs da sind, fahren wir.«

»Warum so eilig?«

»Weil wir einen Job zu erledigen haben.«

»Okay, einverstanden.«

Es dauerte noch mehr als zwanzig Minuten, bis die ersten Einsatzfahrzeuge eintrafen und sich umgehend daran machten, die Unfallstelle zu sichern. Bis dahin hatten es sich Hancock und Bernstein zur Aufgabe gemacht, den Ort des Geschehens so gut wie möglich abzuschirmen und den einen oder anderen Ungeduldigen darauf aufmerksam gemacht, dass es massive Strafen regnen würde, sollten sie aus der Reihe tanzen.

Die beiden Beamten wechselten noch mit dem ebenfalls eingetroffenen Einsatzleiter der Polizei ein paar Worte und stiegen dann in ihren eigenen Wagen ein. Hancock zog das kabellose Blaulicht aus dem Fahrzeugfond. Er befestigte es auf dem Dach und aktivierte es. Nach einigem Hin und Her schaffte er es, das Fahrzeug zu wenden und sich zwischen den Polizeiwagen durchzuschlängeln. Nun fuhr er mit etwas mehr als zwanzig Kilometern pro Stunde auf dem Standstreifen an den sich weiterhin stauenden Autos vorbei. Hin und wieder musste er hupen, um diejenigen zu vertreiben, die ausgestiegen waren und versuchten, zu sehen, was eigentlich vorgefallen war.

Da der Wald zu dicht war, machte Hancock seinen Plan wahr und fuhr bis zur nächsten Abfahrt. Dort bogen sie in die Laurel Bowie Road ein, welche sie am östlichen Rand der Stadt Laurel vorbeiführte, bis sie schließlich nach Maryland City und in den Stadtteil Russett kamen, wo den FBI-Angaben zufolge Rosenberg wohnte. Durch die vorangegangenen Ereignisse hatten sie so viel Zeit eingebüßt, dass es bereits später Nachmittag war, bis sie endlich das Haus der ehemaligen Bürgermeisterin erreichten. Es lag am Ende einer Ringstraße und unterschied sich in nichts von den anderen Häusern in der Umgebung.

»Ich hätte nicht gedacht, dass eine so einflussreiche Person wie Rosenberg in einem Fertighaus wohnt«, sagte Hancock, als er den Wagen parkte.

»Vielleicht ist das ja nur eine ihrer Residenzen«, gab Bernstein zu bedenken.

»Wenn es so ist, warum wissen wir dann nur von diesem Haus?«

»Vielleicht will sie nicht, dass man all ihre Wohnorte kennt.«

»Hauptsache, sie ist da, denn ich habe keine Lust, den ganzen Weg wieder zurückzufahren, ohne neue Informationen bekommen zu haben.«

An der Tür befand sich keine Klingel. Stattdessen war fast auf Augenhöhe ein kupferner Türklopfer angebracht. Hancock umfasste ihn und ließ ihn mit Schwung gegen das Holz sausen.

Als die Tür nach innen aufschwang, sah sich der ältere Agent gezwungen, nach unten zu blicken, denn vor ihm stand ein vielleicht sechs Jahre altes Kind mit einer breiten Mehlspur im Gesicht.

»Hallo?«, fragte es schüchtern.

»Hallo. Ist Mrs. Rosenberg zu Hause?«

Ohne zu antworten, ließ das Kind die Tür zufallen. Von drinnen hörte er das Kind laut *Mooooom* rufen.

»Ich wusste gar nicht, dass Rosenberg noch eine Tochter hat, und dass das Kind dunkelhäutig ist, hätte ich auch nicht erwartet«, meinte der ältere Agent zu seinem Partner.

»Ich bin genauso erstaunt wie Sie«, sagte Bernstein.

In diesem Moment schwang die Tür erneut auf, und die ehemalige Washingtoner Bürgermeisterin stand vor ihnen. Ihr ergrautes Haar war locker zusammengebunden, und um ihre Hüften hing eine geblümte Schürze.

»Guten Tag«, sagte sie. »Sie wollen mich sprechen?«

»Ja Ma'am. Wir sind hier, um mit Ihnen über Ihren Sohn zu reden.«

Die Miene der Frau veränderte sich nicht, aber dennoch hatte Hancock das Gefühl, dass es ihr unangenehm zu sein schien, dass er ihren Sprössling erwähnt hatte.

»Was ist mit ihm?«, wollte sie wissen.

»Darüber würden wir gern drinnen mit Ihnen sprechen, wenn es Ihnen nichts ausmacht.«

»Leider ist es gerade etwas ungünstig. Shamala und ich backen Kekse.«

»Es wird auch nicht lange dauern, versprochen«, erklärte der ältere Agent.

»Wer sind Sie überhaupt?«

»Entschuldigung. Mein Name ist Pete Hancock, und das ist Frank Bernstein. Wir sind vom FBI.«

»Oh«, meinte Rosenberg. »Na gut, kommen Sie herein.«

Die beiden Agenten traten über die Türschwelle und fanden sich beinahe umgehend im Wohnzimmer wieder. Anscheinend hatte sich der Architekt gedacht, dass eine Diele unnötig war. Hancock sah sich kurz um, bevor er an einen großen Holztisch dirigiert wurde, wo er auf einem dazu passenden Stuhl Platz nahm. Sein jüngerer Partner tat es ihm gleich.

»Schatz, die beiden Männer wollen mit mir sprechen. Ich bin gleich wieder bei dir, ja?«, sagte Rosenberg zu dem Mädchen, welches mit fragendem Blick in der Tür stand, die unzweifelhaft zur Küche führte.

»Okay«, antwortete die Kleine und verschwand in dem anderen Raum.

»Also, was hat Pat nun wieder ausgefressen?«

»Wie meinen Sie das?«, wollte Hancock wissen.

»Naja, ich meine, dass zwei FBI-Agenten wegen ihm hier auftauchen, ist ziemlich ungewöhnlich, finden Sie nicht?«

»Es hat allerdings einen guten Grund. Er ist tot.«

»Oh«, meinte sie erneut, ließ ihren Blick aber auf dem Agenten haften. »Wie ist es passiert?«

»Die genauen Umstände sind leider noch unklar. Wir wissen nur, dass er ermordet wurde. Es scheint Sie offenbar nicht besonders mitzunehmen.«

»Wie kommen Sie darauf?«, fragte sie.

»Wenn ich einer Mutter die Nachricht vom Tod ihres Sohnes überbringe, bricht sie normalerweise sofort weinend zusammen.«

»Na gut, Sie haben recht. Pat und ich stehen … standen uns nicht besonders nahe.«

»Wenn ich mich richtig erinnere, war er immer an Ihrer Seite, wenn Sie in der Öffentlichkeit erschienen sind«, wandte der ältere Agent ein.

»Damit er keine Dummheiten gemacht hat«, gab die Ex-Bürgermeisterin offen zu. »Wissen Sie, er neigt … neigte immer dazu, sich in Schwierigkeiten zu bringen. Das war schon in der Schule so.«

»Aha«, erwiderte Hancock. »Wissen Sie, ob er Feinde hatte?«

»Wie gesagt, wir standen uns nie sehr nahe, und in den vergangenen Jahren haben wir uns vollkommen entfremdet. Ich habe ihn zwar immer so gut wie möglich aus allem herausgehalten, aber irgendwann war er volljährig, und als er ausgezogen war, habe ich die Kontrolle über ihn vollständig verloren. Seit vier Jahren haben wir nicht einmal mehr miteinander gesprochen.«

»Aber seine Ausbildung und seine Wahlkampagne haben Sie doch bezahlt. Dann hätten Sie ihm doch einfach androhen können, ihm den Hahn zuzudrehen.«

»Damit er sein Leben komplett wegwirft und in der Gosse landet? Nein. Ich hatte vielleicht keine gute Beziehung zu ihm, aber das wäre dann doch zu weit gegangen.«

»Mrs. Rosenberg, wenn ich fragen darf: Was hat Ihrer
Meinung nach den Ausschlag dafür gegeben, dass Sie
nicht mehr miteinander gesprochen haben?«

»Das letzte Mal, als wir geredet haben, hat er mir vor-
geworfen, dass ich mich mit Shamala übernommen
hätte und er es nicht gutheißen könnte, dass eine Frau
in meinem Alter noch ein Kind großzieht. Er wollte,
dass ich sie wieder zurückgebe.«

»Sie ist adoptiert?«, fragte Hancock.

»Denken Sie wirklich, dass ich mit bald siebzig Jahren
noch in der Lage wäre, eigene Kinder zu bekommen?
Und falls es Ihnen noch nicht aufgefallen ist, sie ist
schwarz.«

»War Ihr Sohn denn ein Rassist?«

»Ja, er hat einige Dummheiten gemacht. Dazu gehörte
auch, dass er sich mit Nationalisten eingelassen hat, die
durchaus gegen andere Hautfarben sind.«

»Könnte dies jemanden so gestört haben, dass er Ihren Sohn deswegen ermordet hat?«

»Keine Ahnung«, antwortete Rosenberg. »Ich kann
Ihnen wie gesagt nicht viel über ihn sagen. Wenn Sie
mich jetzt bitte entschuldigen, meine Tochter wartet
auf mich. Guten Tag.«

Sie erhob sich und machte eine eindeutige Geste, welche die beiden Agenten dazu aufforderte, das Haus zu
verlassen. Hancock ging voran und öffnete die Tür.

»Ich möchte Sie aber bitten, in der Stadt zu bleiben,
falls wir noch Fragen haben«, sagte er zu der ehemaligen Bürgermeisterin.

»Bin ich etwa verdächtig?«

»Momentan ist jeder verdächtig, der Ihren Sohn
kannte.«

»Sie haben keinerlei Hinweise, dass ich mit Pats Tod irgendetwas zu tun habe. Sie wissen genauso gut wie ich, dass es rechtlich nicht haltbar ist, wenn Sie versuchen, mich unter Druck zu setzen.«

»Ich will Sie gar nicht unter Druck setzen«, verteidigte sich der ältere Agent. »Ich möchte Ihnen nur klar machen, in welcher Situation wir uns momentan befinden.«

»In welcher Situation *Sie* sich befinden«, korrigierte ihn Rosenberg. »Es ist schließlich Ihr Job, herauszufinden, was passiert ist, und nicht, Unschuldige in die Mangel zu nehmen.«

»Ob Sie unschuldig sind, ist noch nicht geklärt.«

»Gehen Sie jetzt lieber, bevor ich die Polizei rufe«, sagte sie und ließ den beiden Agenten die Tür fast ins Gesicht schlagen.

»Sie haben wirklich ein Händchen dafür, mit Menschen umzugehen«, sagte Bernstein kopfschüttelnd.

»Schnauze halten«, postulierte Hancock mürrisch.

»Was machen wir denn jetzt?«

»Wir fahren in die Zentrale.«

»Was wollen wir dort?«

»Mit Penske sprechen.«

Der jüngere Agent sah auf seine Uhr. »Bis wir dort sind, ist sie bestimmt schon nach Hause gegangen.«

»Ich kenne sie«, erklärte der ältere Agent. »Sie wird da sein.«

Das Hauptquartier des Federal Bureau of Investigation, welches sich inmitten von Washington an der Pennsylvania Avenue befindet, trägt offiziell den Namen *J. Edgar Hoover Building*. Benannt ist es nach dem

Mann, der das FBI im Jahr 1935 aus den Trümmern des *Bureau of Investigation* erschaffen und bis zu seinem Tod im Jahr 1972 geleitet hatte. Von diesem geschichtsträchtigen Gebäude sind es nur rund eineinhalb Kilometer bis zum Weißen Haus. Nicht, dass es den Agenten Bernstein und Hancock irgendetwas gebracht hätte, so nah am Sitz des US-Präsidenten zu sein, denn kleine Fische wie sie sahen das Weiße Haus von innen nur dann, wenn sie eine Besuchertour buchten. Bernstein hatte den Sitz des amerikanischen Präsidenten in seiner Kindheit einmal besucht, während es Hancock vorgezogen hatte, gänzlich auf eine Visite zu verzichten.

»Halten Sie mal Ihren Ausweis aus dem Fenster«, instruierte Hancock seinen Kollegen, als sie die Schranke zur Tiefgarage des FBI-Hauptquartiers erreichten. »Mit diesen Scannern ist nicht zu spaßen.«

»Inwiefern?«

»Ist noch nicht so lange her, da standen hier noch Menschen und haben alles und jeden kontrolliert«, führte der ältere Agent aus. »Das war aber irgendjemandem weiter oben zu unsicher, darum wurden die Jungs durch einen automatischen Scanner an beiden Seiten der Auffahrt ersetzt. Wenn sich irgendein Unbefugter nähert, rauscht in Sekundenschnelle ein massives Metalltor herunter, welches Ihnen den Kopf zerquetscht. Gleichzeitig werden sämtliche Polizeistationen der Umgebung alarmiert, und innerhalb kürzester Zeit wimmelt es hier von Spezialeinheiten. Das kann allerdings auch passieren, wenn man einfach zu schnell fährt. Ich habe das schon einmal während einer Übung erlebt«, führte er weiter aus. »Sah aus wie im Krieg.«

Bernstein beeilte sich, seinen Dienstausweis an seiner Seite des Fahrzeugs so gut wie möglich sichtbar zu halten, während sie mit Schrittgeschwindigkeit in den Sicherheitsbereich einfuhren.

Hancock hatte, trotz seiner inzwischen dreizehn Jahre Dienstzeit und seiner zahlreichen Ermittlungserfolge, nie einen eigenen Parkplatz zugewiesen bekommen, aber es hatte sich eingebürgert, dass er seinen Wagen immer nahe des Aufzugsbereichs parkte. Wenn es mal vorkam, dass ein anderes Auto dort stand, wo er hinwollte, hängte er einfach einen Zettel an die entsprechende Windschutzscheibe, auf dem in gewählten Worten notiert war, mit wem sich der Halter des anderen Fahrzeugs gerade angelegt hatte. Das hatte er zwei Mal machen müssen, und seitdem war es nie wieder vorgekommen, dass sein Platz besetzt war. Da es bereits Nacht war, war die Tiefgarage ziemlich leer. Abgesehen von einigen Bereitschaftsfahrzeugen gab es hier nur noch sehr wenige Autos, die den Agenten gehörten, die entweder eine Nachtschicht einlegten oder kein Zuhause hatten, in das sie zurückkehren wollten. Sie stellten den Wagen ab und gingen zu den Aufzügen hinüber. Bernstein wollte gerade den Rufknopf drücken, aber Hancock kam ihm zuvor.

»Sie brauchen nicht den Gentleman zu spielen«, sagte er zu dem jüngeren Agenten. »Sie sind nicht mein Typ.«

»Ich wollte doch nur höflich sein«, erklärte Bernstein.

»Lassen Sie es einfach.«

Als sich die Fahrstuhltüren öffneten, traten ein Mann in einem gut geschnittenen Anzug und eine Frau in einem ebenso adretten Kostüm heraus und nickten kurz zur Begrüßung, während sich Hancock mit zwei Fingern an die Stirn fasste und sie dann lässig hinabfallen ließ. Dabei fiel ihm auf, dass die Frau sorgsam darauf achtete, ihre Haare nicht zu sehr zu bewegen, so als würde sie darunter etwas verbergen.

»Hey, ist das nicht …?«, setzte Bernstein überrascht an.

»Ja«, antwortete der ältere Agent unwirsch. »Und jetzt kommen Sie, sonst fährt das Ding ohne uns los.«

Er trat in die Kabine, deren Tür sich hinter ihm und Bernstein schloss. Obwohl das Gebäude über die Jahre hinweg immer wieder modernisiert und auf den neuesten Stand der Technik gebracht worden war, rumpelte die Kabine, als ob sie sich gleich von ihren Kabeln losreißen und die Agenten mit sich in die Tiefe stürzen wollte. Zum wiederholten Male nahm sich der ältere Agent vor, beim nächsten Mal die Treppe zu verwenden. Dies würde auch seiner Kondition zugutekommen, obwohl ihm davor graute, die zahlreichen Stufen bis zum vierten Stockwerk erklimmen zu müssen. Während der Fahrt schwiegen sie, wie es in Aufzügen anscheinend Sitte war, und warteten, bis sich die Türen wieder öffneten und sie aus dieser möglichen Todesfalle entließen. Als sie schließlich die Kabine verließen, waren sie im vierten Stock angekommen, wo sich das Herz ihrer Abteilung befand. Auch ihre Vorgesetzte, Sarah Penske, hatte hier ihr Büro. Obwohl Hancock am liebsten arbeitete, ohne dass ihm jemand über die Schultern sah, hatte er Penske in den Jahren, in denen sie seine Vorgesetzte war, als harten, aber fairen Menschen kennengelernt, der nicht nur die herkömmlichen Gesetze aus dem Effeff beherrschte, sondern auch das ungeschriebene Gesetz der Straße kannte. Somit war es für ihn durchaus angenehm, mit ihr zu sprechen, obwohl er dies nach Möglichkeit dennoch vermied.

»Sie warten hier«, beschied er seinem Kollegen.

»Warum?«

»Weil ich mit ihr allein reden will.«

»Ich möchte aber dabei sein.«

»Sie warten!«, wiederholte er und legte so viel Autorität wie nur möglich in seine Stimme.

Dies schien zu wirken, denn Bernstein widersprach ihm nicht mehr, sondern setzte sich auf einen Sessel aus Lederimitat und blickte den anderen Agenten finster an.

Hancock klopfte daraufhin zwei Mal an die Tür seiner Vorgesetzten und trat dann ein.

»Guten Morgen«, sagte er.

»Pete«, grüßte sie zurück. »Es ist mitten in der Nacht. Wo ist Agent Bernstein?«

»Der wartet draußen.«

Der ältere Agent kam nicht umhin, Sarah Penskes Schönheit zu würdigen. Sie trug ihr braunes Haar wie immer kurz geschnitten, und ihr Make-up war so dezent, dass es genau die richtigen Stellen in ihrem Gesicht betonte. Ihre Augen waren blau wie das Meer und blickten wach und berechnend in die Welt, strahlten aber gleichzeitig auch Wärme aus. Hancock wusste, dass sie Single war, aber er hatte nie auch nur einen kleinen Vorstoß gewagt, denn er wusste aus eigener Erfahrung, dass Penske eine unbarmherzige Furie sein konnte, wenn sie gereizt wurde. Außerdem ziemte es sich in seinen Augen nicht, jemanden aus der gleichen Abteilung zu vögeln.

»Was kann ich für Sie tun?«, fragte sie und faltete die Hände vor sich auf der Tischplatte.

»Wir haben die Opfer identifiziert«, begann Hancock, nachdem er sich unaufgefordert auf einen bequem aussehenden Besucherstuhl gesetzt hatte. »Der Name des ersten Opfers ist William Fitzroy junior, das zweite Opfer, eine Frau, heißt Iris Delano. Der dritte hörte auf den Namen Frank Patrick Rosenberg.«

»Der Sohn des Senators, die Abgeordnete und der Sohn der ehemaligen Bürgermeisterin?«

»Wie kommt es eigentlich, dass außer mir anscheinend jeder weiß, wer Fitzroys Vater ist?«

»Das dürfte an Ihrem Mangel an Allgemeinbildung liegen«, gab sie unverblümt zurück.

»Wie auch immer«, antwortete Hancock mit einer wegwerfenden Handbewegung. »Jedenfalls haben wir den Senator besucht und wollten ihn befragen, aber er war nicht unbedingt gesprächsbereit. Bei Delanos Vater war es nicht anders. Wir sind extra zu seiner Ranch in Oklahoma gereist, um mit ihm zu sprechen, aber er war nicht gerade auskunftsfreudig und hat uns später sogar rausgeworfen. Ähnlich ist es mit Rosenberg gelaufen, als wir sie heute Nachmittag besucht haben.«

»Und jetzt kommen Sie zu mir, um sich auszuheulen?«

»Nein«, erwiderte er. »Ich möchte, dass Sie dafür sorgen, dass wir die Informationen bekommen, die wir brauchen, um weiter ermitteln zu können.«

Penske lehnte sich in ihrem großen Sessel zurück, welcher im Gegensatz zu den Möbeln ihrer Untergebenen tatsächlich aus echtem Leder bestand. »Ich denke, da überschätzen Sie meine Macht«, erklärte sie. »Ich habe Kontakte in der Politik, das ist wahr, aber so hohe Tiere stehen immer noch weit über meinem Einflussbereich. Als diese Leute schon in der hohen Politik unterwegs waren, war ich noch ein kleiner Agent. Tut mir leid, aber da kann ich leider auch nichts ausrichten.«

»Und wenn Sie mit dem Boss reden?«

Damit meinte er den aktuellen FBI-Direktor Patrick Haller.

»Ich kann es versuchen, aber wissen Sie, was er sagen wird? Er wird sagen *Finger weg, oder ich hacke sie Ihnen ab.*«

»Na großartig«, kommentierte Hancock. »Also bin ich auf mich gestellt?«

»Sie haben doch noch Ihren Partner«, antwortete sie und deutete mit einem Kopfnicken auf die Tür, hinter der sich der Umriss des jüngeren Agenten abzeichnete.

»Mit Verlaub, aber er ist noch ein Welpe. Frisch von der Akademie und grüner hinter den Ohren als ein Muschelkrebs.«

»Auch Welpen können nützlich sein. Ich habe ihn nicht ohne Grund an Ihre Seite gestellt. Hören Sie, Pete, ich weiß, dass Sie den Verlust Ihres Partners noch nicht überwunden haben, aber ich denke, dass es gut wäre, wenn Sie sich auf Bernstein einlassen. Er hat nicht nur die Akademie hervorragend abgeschlossen, sondern vorher auch im Polizeidienst sehr gute Leistungen erbracht. Er kann Ihnen bestimmt mehr behilflich sein, als Sie glauben.«

»Mal was anderes ...«, lenkte Hancock das Gespräch um. »Haben Sie über meinen Versetzungsantrag nachgedacht?«

»Ja, habe ich«, erklärte sie. »Vorerst brauche ich Sie
hier. Da draußen rennt gerade ein Typ rum, der drei
Menschen innerhalb kurzer Zeit auf grausamste Art
und Weise umgebracht hat. Sie sind einer meiner er-
fahrensten Agents und momentan kann ich nicht auf
Sie verzichten. Sobald Sie den Fall abgeschlossen haben, reden wir noch mal über Ihren Antrag, in Ordnung?«

»Meinetwegen«, brummte der Beamte. Er verstand
ganz genau, was seine Vorgesetzte ihm damit wirklich
sagen wollte. Sie würde seinen Antrag erst dazu benutzen, sich den Hintern damit abzuwischen, und dann
würde der Fetzen im Reißwolf landen. Und Hancock
würde weiterhin die schmutzigsten Jobs bekommen,
weil er nun mal der Beste für solche Aufgaben war. Er
überlegte, ob er sich geschmeichelt fühlen sollte, aber
er tendierte eher zu dem Gefühl, ausgenutzt zu werden.

»Gibt es sonst noch etwas?«, fragte sie in das Schweigen hinein.

»Nein«, antwortete Hancock, stand auf und verließ
grußlos Penskes Büro.

»Wie ist es gelaufen?«, wollte Bernstein wissen, als der
ältere Agent an ihm vorbeiging.

Als Hancock schwieg, stand sein Kollege auf und
folgte ihm zurück in die Tiefgarage.

Erst, als sie beide wieder im Auto saßen und sich den
Weg zurück an die Oberfläche bahnten, brach Hancock
sein Schweigen.

»So eine dumme Kuh!«, schimpfte er.

»Was ist denn passiert?«

»Sie wird uns nicht helfen«, erklärte Hancock. »Sie meint, dass ihr Einflussbereich begrenzt sei und sie nichts ausrichten könne gegen diese hohen Herren.«

»Okay, aber ...«, wollte Bernstein einwenden, wurde aber unterbrochen.

»Sie kapieren gar nichts!«, schimpfte der ältere Agent. »Die stecken doch alle unter einer Decke! Da sind drei Leute getötet worden, die sowohl Kinder von hohen Tieren sind als auch selbst Politik betrieben haben. Wir sollen ermitteln, erhalten aber keinerlei Unterstützung. Das Einzige, was wir kriegen, ist falsches Mitleid, und dann tut Penske noch so, als ginge sie das alles nichts an. Sie will uns nicht helfen, weil sie um ihren eigenen Job besorgt ist. Wenn sie sich für uns einsetzt, wird sie nämlich schneller abgesägt, als wir *Fuck it* sagen können.«

»Glauben Sie, dass Penske wirklich so hinterlistig ist? Ich habe sie bisher als recht seriöse Person kennengelernt.«

»Glauben Sie mir, die rettet als Erstes ihren eigenen Arsch, wenn es hart auf hart kommt. Wie sonst hätte sie als Frau wohl so eine Karriere machen können, ohne die Beine breit zu machen?«

»Sie sind ein ziemlicher Sexist«, erklärte Bernstein. »Und selbstgerecht noch dazu. Ich hatte mir eigentlich vorgenommen, von Ihnen etwas zu lernen und Ihre Marotten einfach zu ertragen, aber was ich bis jetzt von Ihnen mitgekriegt habe, ekelt mich wirklich an. Sie treten immer als harter Bulle auf, trampeln auf den Gefühlen anderer herum und scheren sich nicht einen Deut um die Befindlichkeiten Ihrer Mitmenschen. Als Sie das Mädchen aus dem Auto geholt haben, war ich tatsächlich beeindruckt von Ihnen, aber das war anscheinend nur ein sehr ungewöhnlicher Einzelfall. Sie tun so, als seien Sie immer nur das Opfer und als wäre die ganze Welt gegen Sie. Das ist eine Zeit lang ganz witzig, aber irgendwann wird es anstrengend. Mich behandeln Sie immer noch wie ein kleines Kind, dem Sie die Schuhe zubinden und die Nase putzen müssen!«

»Dann hauen Sie doch ab!«, brüllte Hancock.

»Das mache ich auch«, erwiderte der jüngere Agent. »Lassen Sie mich bitte raus.«

Der ältere Agent lenkte den Wagen an den Straßenrand und hielt an.

»Gute Nacht«, sagte Bernstein und öffnete die Wagentür.

»Sie mich auch«, antwortete der ältere Agent und trommelte ungeduldig auf das Lenkrad.

Als Bernstein ausgestiegen war und die Tür laut hinter sich zugeschlagen hatte, drückte Hancock das Gaspedal durch und rauschte mit quietschenden Reifen davon, ohne sich um das empörte Hupkonzert der anderen Autos zu kümmern.

Der jüngere Agent stand im Schein der Straßenlaternen da und sah dem davonbrausenden Fahrzeug hinterher, bis es um die nächste Häuserecke verschwunden war. Dann drehte er sich um und zog sein Smartphone aus der Tasche, um ein Taxi zu rufen, das ihn nach Hause bringen würde.

In dieser Nacht schlief Bernstein äußerst schlecht. Der Streit mit seinem Partner beschäftigte ihn mehr, als er zugeben wollte, und des Öfteren wälzte er sich von einer Seite auf die andere.

»Was ist denn los?«, murmelte seine Freundin irgendwann verschlafen, die neben ihm im Bett lag.

»Schon gut«, antwortete er und beugte sich zu ihr hinüber. »Schlaf bitte weiter.«

»Wenn du dich so hin und her wälzt, kann ich alles, aber nicht schlafen. Dich beschäftigt doch irgendetwas.«

»Kann schon sein«, antwortete er ausweichend, schlug die Bettdecke zurück und schickte sich an, aufzustehen.

»Ist es wegen deines Falls?«

»Ja«, gab er zu und schaltete die kleine Lampe an, die auf seinem Nachttisch stand.

»Ich weiß, dass du zu den Ermittlungen nichts sagen darfst, solange sie noch andauern. Das hast du ja immer wieder betont, aber du kannst mir doch wenigstens erzählen, was dich so mitnimmt.«

»Es ist Hancock«, sagte er.

»Dein Partner?«

»Ja. Oder eher das, was mir offiziell als Partner zugeteilt worden ist. Eigentlich ist es so, dass er sich aufführt, als wäre er mein Babysitter und ich nur ein Klotz am Bein für ihn.«

»Du hast mir doch erzählt, dass er erst vor Kurzem seinen Partner verloren hat. Das macht ihn bestimmt immer noch fertig.«

»Das schon, aber das gibt ihm doch noch lange nicht das Recht, mich so zu behandeln. Er erniedrigt mich, wo er nur kann. Und weißt du was, Charlene? Er tituliert mich immer wieder als *Welpe*.«

»Naja, streng genommen bist du ja auch noch einer«, antwortete sie in dem Versuch, witzig zu sein.

»Jetzt fang du nicht auch noch damit an«, ermahnte er sie erbost.

»Tut mir leid«, sagte Charlene und legte ihre linke Hand auf seine rechte. »Vielleicht solltest du versuchen, dich mal in seine Lage zu versetzen. Das kannst du doch sonst immer so gut. Sein Partner ist erst vor wenigen Wochen gestorben, und prompt wird ihm jemand zur Seite gestellt, der diesen ersetzen soll. Wenn ich dich richtig verstanden habe, war dieser Wilson nicht nur sein Kollege, sondern auch sein Freund. Vielleicht der Einzige, den er hatte. Wenn mir die einzige Person genommen werden würde, der ich vertraue, und mir stattdessen jemand Wildfremdes zugeschoben werden würde, würde ich wahrscheinlich ähnlich reagieren.«

»Du hast ja recht«, erwiderte Bernstein matt. »Vielleicht sollte ich wirklich mehr auf ihn zugehen und versuchen, seine Sticheleien zu ertragen.«

»Das meine ich nicht. Ich denke, er braucht jemanden, der ihn im Griff hat und ihm ganz offen zeigt, dass er im Begriff ist, zu weit zu gehen. Aber er braucht auch jemanden, der ihm zuhört.«

»Ich habe dir doch erzählt, was in Dallas im Hotel passiert ist. Da habe ich mich um ihn gekümmert.«

»Das war aber eine einmalige Sache«, stellte sie klar. »Ich glaube, dieser Hancock braucht jemanden, auf den er sich zu hundert Prozent verlassen kann. Jemand, den er einschätzen kann, und dafür musst du auf ihn zugehen. Du kannst nicht warten, bis er aus sich herauskommt, denn das wird er nicht tun.«

»Du kennst ihn persönlich, was?«

»Nein, aber ich habe in meinem Job schon mit einigen Menschen zu tun gehabt, die unter ihrer rauen Schale einen ganz weichen Kern hatten.«

Das stimmte, wie Bernstein nur allzu gut wusste. Charlene war seit Ende ihres Studiums als freischaffende Psychotherapeutin unterwegs und hatte innerhalb kurzer Zeit die unterschiedlichsten Charaktere kennengelernt, welche manchmal einfach nur jemanden zum Reden gebraucht hatten. Manch andere waren weitaus schwieriger gewesen, und das eine oder andere Mal hatte sie sogar die Polizei verständigen müssen. Sie wusste also ganz genau, wovon sie sprach.

»Ich habe durchaus den Eindruck, dass Hancock unter seiner harten Schale einen noch härteren Kern verbirgt«, erklärte Bernstein. »Andererseits hat er heute einem kleinen Mädchen das Leben gerettet.«

»Siehst du? Genau das meine ich. Du solltest deinen Zorn auf ihn nutzen und ihn in positive Energie umwandeln. Er ist verbittert, und wenn du so weitermachst, wirst du es irgendwann auch sein, wenn du nicht aktiv dagegen angehst. Wenn ich dir einen Rat geben darf: Sei wie er. Wenn er dich schräg von der Seite anquatscht, dann antworte ihm auf die gleiche Weise. Zeig ihm, wie es ist, wenn man ständig mit Sarkasmus konfrontiert wird.«

»Weißt du, was er zu mir über Frauen gesagt hat? Dass sie bis zur Eheschließung lieb und treu sind, und sobald die Ringe getauscht wurden, verwandeln sie sich in berechnende Biester und saugen uns Männer aus, bis es nichts mehr in uns gibt. Danach ziehen sie dann weiter.«

Anstatt sich darüber zu echauffieren, fing Charlene an, zu lachen.

»Was ist daran so witzig?«, fragte er.

»Er hat dir nur die Wahrheit gesagt«, antwortete sie. »Wir sind tatsächlich so. Aber wir saugen euch Männer eigentlich lieber auf andere Art und Weise aus.«

Jetzt musste auch der junge Agent lächeln. »Ist das so?«

»Soll ich es dir demonstrieren?«

»Ich bin gespannt, Frau Psychologin, wie Sie verhindern wollen, dass ich ein verbitterter Säufer werde.«

»Dann wollen wir mal mit der Therapie anfangen«, erwiderte sie, grinste anzüglich, beugte sich über ihn und schaltete das Licht aus.

Bernstein war gerade dabei, sich zu rasieren, als die Badezimmertür hinter ihm aufging und Charlene in ihrer ganzen Nacktheit auftauchte. Aber anstatt sich an ihn zu schmiegen, ging sie an ihm vorbei, klappte den Toilettendeckel hoch und ließ sich auf der Brille nieder.

»Weißt du was?«, fragte er sie, während er seinen Rasierapparat langsam über sein Gesicht gleiten ließ.

»Nein, was denn?«

»Du bist die tollste Frau, die ich je kennengelernt habe.«

»Dann hast du offenbar noch nicht viele Frauen in deinem Leben gehabt.«

»Sei nicht so«, ermahnte er sie. »Ich liebe dich und ich will den Rest meines Lebens mit dir verbringen.«

»Ich bin gespannt, ob du das immer noch sagst, wenn wir dreißig Jahre verheiratet sind, zwei Kinder in die Welt gesetzt haben und ich so dermaßen aus dem Leim gegangen bin, dass ich einen Tieflader brauche, um aus dem Bett zu kommen.«

»Das wird nicht passieren«, erwiderte er.

»Präzisiere, was genau du meinst.«

»Dass ich dich nicht mehr lieben werde. Egal, was Hancock gesagt hat, ich glaube nicht, dass aus dir irgendwann eine blutsaugende Bestie wird, die mich ins Unglück stürzt.«

»Und ich werde dich auch immer lieben«, erklärte sie, stand auf und drückte den Spülknopf.

Dann ging sie an ihm vorbei und stieß ihn leicht mit der Hüfte an.

»Au!«, zischte Bernstein, dessen Rasierer durch den Stoß abgerutscht war und an seinem Kinn eine Schramme verursacht hatte, die sofort begann, sich rot zu färben.

»Tut mir leid«, sagte Charlene erschrocken. »Lass mal sehen.«

Sie betrachtete die verletzte Stelle und hauchte dann einen sanften Kuss darauf, was den Agenten unwillkürlich zusammenzucken ließ.

»Vorsicht«, sagte er.

»Sieht gar nicht schlimm aus, und Narben machen außerdem sexy.«

»Das werde ich mir merken, wenn ich dich nach unserer Hochzeit täglich verprügle.«

»Dazu wirst du nicht kommen, weil ich dich in unserer Hochzeitsnacht mithilfe meiner Oberschenkel erwürgen werde.«

»Darauf freue ich mich schon«, erwiderte er grinsend.

»Ich muss bald los«, sagte sie. »Kommst du ohne mich klar?«

»Wie kommst du darauf, dass ich es nicht tue?«

»Welpen sind nun mal ziemlich tapsig und schutzlos.«

Anstatt zu antworten, warf er ihr im Spiegel einen finsteren Blick zu, lächelte dann aber, drehte sich zu ihr um und gab ihr einen Klaps auf den Hintern. »Wird schon langsam weich«, kommentierte er.

»Aber nicht so weich wie …«

»Schon gut«, sagte er und hob entwaffnend die Hände. »Du gewinnst.«

Charlene zwinkerte ihm zu und verschwand ins Schlafzimmer, um sich für ihren Arbeitstag fertigzumachen.

Der junge Agent beendete seine Rasur, trocknete sein Gesicht ab, nahm sich einen frisch gebügelten Anzug aus dem Kleiderschrank und zog sich an. Kurz nach seiner Freundin verließ er die gemeinsame Wohnung und tauchte in den Lärm der Großstadt ein. Er streckte den Arm in die Höhe, um ein Taxi anzuhalten. Dies hätte er zwar auch mithilfe seines Smartphones rufen können, aber Bernstein mochte es, manchmal auf die althergebrachte Art und Weise zu handeln. Irgendwie gab ihm dies das Gefühl, nicht vollkommen von der modernen Technik abhängig zu sein.

Das Taxi brachte ihn auf dem schnellsten Wege zur städtischen Pathologie. Auf dem schnellsten Wege bedeutete in diesem Fall, einige schmalere Querstraßen zu befahren, was zwar mehr Weg bedeutete und sich auch auf den Preis niederschlug, dafür aber eine Zeitersparnis von nicht weniger als zwanzig Minuten mit sich brachte. Der Agent bezahlte den angegebenen Preis und legte sogar noch ein ordentliches Trinkgeld oben drauf, bevor er ausstieg und den Kragen seines Mantels hochklappte. Bevor er seine Wohnung verlassen hatte, hatte er den Wetterbericht abgerufen und sich daher auf den angekündigten Regen vorbereiten können. Er mochte keine Regenschirme, da diese immer eine Hand in Beschlag nahmen und er somit nur eingeschränkt handlungsfähig wäre. Außerdem war er schon mehr als einmal mit einem anderen Regenschirmträger kollidiert. Das einzige Mal, wo sich dies als angenehmes Ereignis entpuppt hatte, war gewesen, als er auf diese Weise Charlene kennengelernt hatte.

Er betrat nun das Pathologiegebäude und meldete sich am Empfang an, bevor er ins Untergeschoss fuhr, wo er umgehend vom allgegenwärtigen Geruch nach Formaldehyd umfangen wurde. Zielstrebig ging er auf den Raum zu, den er vor wenigen Tagen bereits besucht hatte, und drückte den Klingelknopf neben der Tür.

»Guten Morgen«, begrüßte ihn Helmut Schneider.

»Morgen«, antwortete Bernstein.

»Wo ist Pete?«

»Der ist anderweitig beschäftigt«, log der Agent und hoffte, dass der Pathologe nicht weiter nachfragte. »Haben Sie schon Ergebnisse bezüglich der Neuzugänge?«

»Natürlich. Kommen Sie rein, es wird Sie bestimmt interessieren, was ich herausgefunden habe.«

Bernstein betrat den kühl gehaltenen Raum. Obwohl es noch früh war, waren auf mehreren Tischen bereits Leichen aufgebahrt, die von einigen Männern und Frauen in weißen Kitteln untersucht wurden. Schneider führte ihn zu einem Tisch am entgegengesetzten Ende des Raums.

»Ich bin fast fertig mit Rosenberg. Die Untersuchung von Delano habe ich gestern schon beendet«, erklärte der Pathologe und zeigte zuerst auf den aufgebahrten Leichnam, und dann auf eine der zahlreichen, an der Wand befindlichen Schubladen.

»Sind beide unserem Täter zuzuschreiben?«

»Darauf können Sie einen lassen. Sie unterscheiden sich zwar in der Hinsicht der fehlenden Gliedmaßen, und Rosenberg ist alles andere als frisch, aber alle drei sind übersäht mit Bisswunden. Die Form der Abdrücke lässt darauf schließen, dass es sich immer um denselben Täter handelt.«

»Okay, das bestätigt wenigstens, dass wir es mit einem Serienmörder zu tun haben. Wie lange war Rosenberg schon tot, bevor er entdeckt wurde?«

»Das ist nicht ganz eindeutig zu sagen«, antwortete Schneider und rieb sich den Nasenrücken. »Ich schätze mal, dass er mindestens eine Woche im Freien herumlag, bis er zu mir kam.«

»Eine Woche? Sind Sie sich da sicher?«

»Ich habe doch gerade erklärt, dass ich es nicht eindeutig sagen kann. Auch wenn es den Eindruck erweckt, ich bin kein allwissender Gott.«

»Schon gut, ich wollte Sie nicht beleidigen«, sagte Bernstein beschwichtigend.

»Tut mir leid, ich bin ein wenig aufbrausend. Seit einigen Tagen schlafe ich sehr schlecht.«

»Haben Sie es schon mal mit einem Schlafmittel probiert?«

»Nein, und das habe ich auch nicht vor. Ich sollte vielmehr den Kaffeekonsum einschränken, aber wenn ich das tue, schaffe ich meine Arbeit nicht mehr.«

»Vielleicht brauchen Sie nur mal etwas Abstand. Ein Urlaub irgendwo, wo Sie noch nicht waren, könnte Ihnen helfen.«

»Wenn Sie jetzt noch vorschlagen, dass ich mich einer Esoterikgruppe anschließen und beruhigende Übungen machen soll, schmeiße ich Sie hier raus.«

»Dann halt nicht«, entgegnete Bernstein und kam zurück zum eigentlichen Grund seines Besuchs. »Können Sie mir sonst noch irgendetwas sagen? Irgendwelche Gemeinsamkeiten zwischen den drei Opfern?«

»Nun ja, als ich mit der Frau fertig war, habe ich mir das erste Opfer noch mal angesehen. Wir Pathologen machen das hin und wieder, wenn wir etwas bestätigen oder entkräften wollen. Dabei ist mir aufgefallen, dass die Bissspuren der Opfer teilweise deckungsgleich sind. Um ganz sicherzugehen, habe ich unseren neuesten Kunden ganz gezielt dahingehend überprüft, und siehe da, auch hier sind einige Bisse an exakt der gleichen Stelle.«

»Wirklich ganz genau?«

»Yap«, bestätigte Schneider.

»Sind Sie sich ganz sicher?«

Der Pathologe antwortete nicht mit Worten, sondern mit einem schiefen Blick.

»Schon verstanden«, erklärte Bernstein. »Sie sind sich absolut sicher. Irgendeine Hypothese, was das Ganze bedeuten soll?«

»Sagen Sie es mir, Sie sind schließlich der Ermittler. Ich schnippele nur an Leichen herum.«

»Natürlich könnte es bei dieser Anzahl von Bisswunden ein Zufall sein, aber irgendwie glaube ich nicht daran.«

»Wenn Sie es wirklich wissen wollen, ich auch nicht«, bestätigte der jüngere Agent. »Für mich sieht es aus wie eine Art Code. Ich habe in meiner Laufbahn bereits einige seltsame Dinge gesehen, und ich weiß, dass gerade Serientäter sich sehr gern wiederholen. Manchmal als eine Art Markenzeichen, manchmal aber auch als Botschaft. In diesem Fall glaube ich, dass es Zweiteres ist.«

»Warum das?«

»Weil es für ein bloßes Markenzeichen zu aufwendig ist.«

Bernstein nickte. »Damit könnten Sie recht haben. Helmut, ich möchte, dass Sie von allen drei Opfern Fotos machen und mir diese zur Verfügung stellen.«

»Wie viele denn?«

»So viele wie möglich. Ich möchte Ganzkörperfotos und Detailfotos, ganz besonders von den Regionen, wo die Bisse deckungsgleich sind.«

»Bis wann?«

»Am liebsten sofort.«

Schneider setzte zu einer Erwiderung an, aber ein Blick in die Augen des Agenten überzeugte ihn davon, dass es nichts bringen würde, sich über den Aufwand zu beschweren.

»In Ordnung«, sagte er stattdessen. »Aber ich werde etwas Zeit brauchen. Wenn ich nichts anderes tue, werde ich dafür ungefähr fünf Stunden benötigen.«

»Alles klar. Rufen Sie mich an, wenn Sie fertig sind«, verlangte Bernstein und zog eine seiner Visitenkarten aus der Tasche.

Schneider nahm sie entgegen und schob sie in die Innentasche seines Kittels.

Der Agent verabschiedete sich und verließ dann ohne Umschweife das Gebäude.

Draußen hatte es inzwischen zu Nieseln begonnen. Sein Magen meldete sich protestierend, denn er hatte heute noch nicht gefrühstückt. Darum beschloss Bernstein, in das kleine Café gegenüber zu gehen und eine Kleinigkeit zu essen.

Gerade, als er das Geschäft betreten wollte, fiel sein Blick zufällig auf einen Zeitungsstand, in dessen Auslage die druckfrischen Ausgaben um Leserschaft buhlten. Eine halb verdeckte Schlagzeile erregte seine Aufmerksamkeit, und er zog die Zeitung neugierig aus dem Ständer hervor.

VERWESTE LEICHE AM FLUSS GEFUNDEN!

und darunter

Polizei verunreinigt Tatort!

Bernstein zuckte innerlich zusammen, als er die ersten Zeilen des Artikels las, in welchem in allen Einzelheiten beschrieben wurde, wie stümperhaft die Polizei am Tatort gehandelt hatte. Dabei berief sich der Autor auf die Aussagen eines nicht namentlich genannten Zeugen.

»Wollen Sie die Zeitung kaufen?«, fragte der Verkäufer. »Wenn nicht, legen Sie sie wieder zurück.«

»Sorry«, murmelte Bernstein, faltete die Ausgabe wieder zusammen und legte sie zum Rest der Auslage.

In dem Artikel wurde weder das Mitwirken des FBI erwähnt, noch war der Name des Opfers genannt worden. Anscheinend wusste die Presse also nur bedingt Bescheid. Für den Moment verspürte Bernstein Erleichterung, aber ihm war klar, dass es bald schwieriger werden würde, die Ermittlungen voranzutreiben. Denn wenn die Presse erst einmal Blut geleckt hatte, war sie schlimmer als ein Krokodil, das sich in sein Opfer verbissen hatte. Mit einem Mal hatte er keinen Appetit mehr und beschloss daher, lieber spazieren zu gehen, bis er die angeforderten Fotos aus der Pathologie erhalten hatte. Dies würde ihm Zeit zum Nachdenken geben. Dass es nieselte, störte ihn nicht.

Nach weniger als vier Stunden klingelte das Telefon des Agenten. Er sah auf das Display und erkannte, dass die Nummer aus Washington, D.C. stammte.

»Bernstein«, meldete er sich.

»Schneider«, antwortete die Stimme am anderen Ende. »Die Fotos sind fertig. Wollen Sie vorbeikommen und sie abholen?«

»Können Sie sie mir auch digital schicken?«

»Ich glaube, das sprengt jede Bandbreite.«

»Und wenn Sie die Bilder in eine Datenbank hochladen?«

»Wir haben hier zwar eine Internetverbindung, aber die ist mehr schlecht als recht«, konstatierte der Pathologe. »Wissen Sie was? Ich ziehe Ihnen die Fotos auf einen Stick, dann können Sie diesen mitnehmen.«

»Okay«, stimmte der jüngere Agent zu. »Ich bin in ein paar Minuten bei Ihnen.«

Bernstein legte auf und setzte sich in Bewegung. Er hatte noch immer sein Smartphone in der Hand. Spontan entschied er sich dafür, die Nummer seines Partners zu wählen, um ihn über die Fortschritte in Kenntnis zu setzen. Das Telefon zwischen Ohr und Schulter geklemmt, lief er über die Straße und lauschte dem Freizeichen. Nach mehrfachem Ertönen desselben legte er schließlich auf und wählte die Nummer noch einmal. So verfuhr er, bis er beim Gebäude der Pathologie angelangt war. Schließlich entschied er sich dazu, eine Kurznachricht zu schicken und Hancock auf diesem Wege darüber zu informieren, wo er sich gerade befand. Außerdem bat er ihn, sich so bald wie möglich bei ihm zu melden. In dem Gebäude verbrachte er nur wenige Minuten, denn es brannte ihm unter den Fingernägeln, die Fotos auf einem hochauflösenden Bildschirm zu betrachten und sie ganz genau zu überprüfen. Der Stick befand sich in der mit einem Reißverschluss gesicherten Innentasche seines Jacketts, als er zur Tür hinaustrat. Dort stand Hancock und lehnte rauchend an der Motorhaube seines Wagens.

»Hallo«, sagte der junge Agent und ging auf seinen Partner zu.

Hancock nickte nur stumm und stieß eine Rauchwolke aus.

»Gut geschlafen?«, wollte Bernstein wissen.

»Was machen Sie hier?«, fragte Hancock jetzt.

»Wie ich Ihnen schon geschrieben habe, habe ich bei Schneider Fotos der Leichen angefordert. Er hat gesagt, dass die Bisswunden teilweise deckungsgleich sind. Ich will sie mir genauer ansehen und dachte mir, dass Sie vielleicht auch Interesse daran haben.«

»Das ist immer noch mein Fall«, erklärte der ältere Agent mürrisch. »Wenn Sie etwas tun, stimmen Sie das gefälligst vorher mit mir ab.«

»Es ist *unser* Fall«, erwiderte Bernstein. »Wir sind gleichberechtigt, ob Ihnen das nun gefällt oder nicht.«

»Oh, der Welpe rebelliert?«

»Hören Sie endlich auf, mich Welpe zu nennen. Ich bin kein Kind mehr, und Sie sind nicht mein Babysitter. Ich will, dass Sie mich endlich als Ihren Partner anerkennen und mich auch so behandeln.«

»Wenn Sie gleichberechtigt sein wollen, dann ...«

»Sie stellen hier keine Bedingungen«, unterbrach Bernstein seinen Kollegen sofort. »Sie finden sich gefälligst damit ab, dass wir beide an diesem Fall arbeiten, und wenn es Ihnen nicht gefällt, können Sie jederzeit aussteigen. Ich spreche auch gern mit Penske, wenn Sie sich nicht selbst trauen, und jetzt will ich, dass wir zur Zentrale fahren, uns irgendwo einen beschissenen Monitor suchen und uns die Fotos ansehen. Habe ich mich klar ausgedrückt?«

Während dieses Dialogs hatten die beiden Agenten durchgehend Augenkontakt gehalten, und keiner von beiden hatte geblinzelt. Bernsteins Augen brannten langsam, aber er wollte dem anderen nicht die Genugtuung verschaffen, als Erster einen Augenschlag zu machen.

Schließlich begann Hancock zu grinsen, wodurch er seine vergilbten Zähne zeigte. »Wie lange haben Sie diese Ansprache geübt?«

»Gar nicht. Ist mir gerade spontan eingefallen.«

»Sie können improvisieren? Da zeigen sich ja ganz neue Seiten. Oder hat Ihnen vielleicht Charlene dabei geholfen?«

»Wie kommen Sie denn darauf?«

»Weil Psychotherapeuten immer gerne Tipps geben, wie man mit Leuten wie mir reden muss.«

»Woher wissen Sie, dass sie Psychotherapeutin ist?«, fragte Bernstein.

»Berufsgeheimnis.«

»Wie auch immer«, erwiderte der jüngere Agent und winkte ab. »Wollen Sie nun mit mir an dem Fall arbeiten, oder ziehen Sie es vor, weiterhin den arroganten Einzelkämpfer zu spielen?«

»Ich habe nicht mehr gespielt, seit ich zehn war und meinem Vater eine in die Fresse gehauen habe, weil er meine Mutter verprügelt hat.«

»Wollen Sie mir jetzt etwa vorheulen, dass Sie ein Trauma aus Ihrer Kindheit haben und sich deswegen immer so benehmen?«

»Das wäre mal eine neue Schiene«, sagte Hancock und rieb sich das unrasierte Kinn. »Würden Sie mir das denn abkaufen?«

»Vielleicht, aber nicht jetzt. Jetzt bin ich nur daran interessiert, diesem Wichser auf die Spur zu kommen und den Fall zu lösen.«

»Um jeden Preis?«

»Wenn es unvermeidbar ist.«

»Bravo«, sagte der ältere Agent und applaudierte so laut, dass sich einige Passanten nach ihnen umdrehten. »Sie haben die nächste Stufe erreicht. Dann steigen Sie mal ein.«

Hancock öffnete die Tür und verbeugte sich theatralisch vor ihm. Bernstein war sich nicht sicher, ob sein Partner ihn gerade auf den Arm nehmen wollte, oder ob er es ernst meinte, vermied es aber, diese Frage laut zu stellen. Er stieg stattdessen in den Wagen ein und schnallte sich an. Hancock setzte sich ans Steuer und fädelte sich in den Verkehr ein, was bei ihm bedeutete, dass er einfach losfuhr und darauf hoffte, dass niemand in sein ohnehin gebeuteltes Auto hineinkrachte.

Kurz darauf gelangten sie zur FBI-Zentrale und begaben sich im vierten Stock in einen abgetrennten Raum. Dort hielt gerade ein anderes Team eine Lagebesprechung ab, als Hancock schwungvoll die Tür öffnete.

»Die Sitzung ist beendet«, verkündete er.

»Wie kommst du darauf?«, fragte die Teamleiterin, eine Frau namens Sharon Williams.

Ihr Platz befand sich an der gegenüberliegenden Seite des Tisches.

»Weil wir den Raum für wichtige Ermittlungen benötigen«, antwortete der ältere Beamte.

»Und du denkst, dass unser Fall weniger wichtig ist?«

»Wenn ihr nicht gerade hinter einem Serienkiller her seid, dann denke ich genau das.«

»Es gibt genug andere Meeting-Räume hier«, mischte sich jetzt ein anderes Mitglied des Ermittlerteams ein.

»Dann habt ihr ja die freie Auswahl.«

»Komm, Mitch«, sagte Williams. »Lass dich nicht auf eine sinnlose Diskussion mit ihm ein. Der ist doch betrunken, das rieche ich bis hier. Wir gehen einfach woanders hin.«

Wie auf Knopfdruck standen alle Mitglieder des Teams gleichzeitig auf, packten ihre Unterlagen zusammen und verließen im Gänsemarsch das Zimmer ... allerdings nicht, ohne einen finsteren Blick auf Bernstein und Hancock zu werfen. Williams ging als Letzte und zog die Tür hinter sich so fest zu, dass der Holzrahmen erzitterte.

»So mag ich das«, kommentierte Hancock das Ganze und setzte sich an den Tisch.

»Sie sind wirklich ein Arschloch«, sagte Bernstein und suchte sich nach kurzem Zögern ebenfalls einen Stuhl aus.

»Wo sind die Fotos?«

»Hier drauf.« Der jüngere Agent griff in seine Jackentasche und zog den USB-Stick hervor.

»Zeigen Sie mal.«

Bernstein steckte den Stick in einen kleinen, in den Tisch eingelassenen Port, zog ihn dann wieder heraus, drehte ihn um und steckte ihn wieder hinein. Anschließend tippte er auf der danebenliegenden Tastatur ein paar Befehle ein und warf einen Blick auf den Bildschirm an der Wand, der so groß war, dass er fast die gesamte Breite einnahm.

Bereits das erste Bild war von einer so guten Qualität, dass der junge Agent unmerklich zurückzuckte. Er hatte in seiner Zeit bei der Polizei schon einige Bisswunden gesehen, sowohl von Tieren als auch von Menschen, und die halbkreisförmigen Abdrücke auf den Fotos ließen keinen Zweifel daran aufkommen, dass es sich hierbei um den Biss eines Menschen handelte. Auch die Zahnform ließ darauf schließen, dass kein Tier zugange gewesen war.

»Wessen Fotos sind das?«, wollte Hancock wissen.

»Diese hier stammen von Fitzroy«, erklärte Bernstein. »Schneider hat insgesamt drei Ordner angelegt, für jedes Opfer einen.«

»Dann mal Tempo«, verlangte der ältere Agent und nahm einen Schluck aus seinem Flachmann.

Die weiteren Fotos zeigten diverse Körperstellen, von denen jede eine oder mehrere Abdrücke aufwies, mal tiefer, mal eher oberflächlich. An manchen Stellen sah es eher wie ein Lippenstift-Kuss aus, an anderen schien es so, als wären die Zähne bis zum Anschlag im Fleisch der Opfer versenkt worden.

»Ich denke, dass wir uns sicher sein können, dass es sich tatsächlich um einen Einzeltäter handelt«, erklärte Hancock, nachdem sie mit dem ersten Durchlauf fertig waren. »Die Reihenfolge der Zähne verändert sich nämlich nicht.«

»Ist Ihnen aufgefallen, dass manche Stellen weniger in Mitleidenschaft gezogen wurden als andere?«

»Vielleicht hatte er zum Ende hin keine Kraft mehr.«

»Das mag sein, aber wenn ich mich nicht täusche, ist es bei allen dreien genau gleich. Sehen Sie.«

Bernstein rief nacheinander jeweils ein Foto pro Opfer auf, welches den linken Arm zeigte, legte die Bilder nebeneinander und ging zum Bildschirm hinüber.

»Hier«, sagte er und zeigte auf die Bisse direkt oberhalb des Handgelenks. »Ich kann mir nicht vorstellen, dass das ein Zufall ist. Wenn wir außerdem noch davon ausgehen, dass sowohl Fitzroy als auch Delano zur gleichen Zeit in seiner Gewalt waren, müssen wir auch davon ausgehen, dass er sie gleichzeitig misshandelt hat.«

»Gut kombiniert, Wel... Ich meine, Kollege«, verbesserte sich der ältere Agent hastig. »Wir kennen zwar nicht die genaue Reihenfolge, wie er vorgegangen ist, aber wenn er keine Kraft mehr gehabt hätte, wären die Bisse weiter unten oder oben ebenfalls schwächer. Hat Schneider etwas darüber gesagt, dass die Wunden unterschiedlichen Alters sind?«

»Sie glauben, dass der Täter zwischendurch eine Pause gemacht haben könnte?«

»Wäre doch anzunehmen.«

»Schon möglich, aber laut der Pathologie sind alle Wunden im Abstand weniger Minuten zugefügt worden. Der Schorf an den Rändern weist keine Unterschiede auf.«

»Also wissen wir nicht, ob er unten oder oben angefangen hat. Wie sieht es mit den fehlenden Gliedmaßen aus?«

»Bei Fitzroy fehlen andere als bei Delano und Rosenberg. Da gibt es keine Gemeinsamkeiten, außer der Tatsache, dass sie abgebissen wurden. Sehen Sie hier.«

Bernstein klickte die entsprechenden Bilder an und vergrößerte sie, damit die Details besser sichtbar wurden.

»Er hat sogar die Knochen durchgebissen?«

»Scheint so.«

»Wow«, meinte Hancock. »Respekt. Dafür braucht es einen wirklich kräftigen Kiefer. So etwas muss trainiert werden, das kriegt man nicht einfach so hin.«

»Hilft uns das dabei, den Täter einzugrenzen?«

»Davon gehe ich nicht aus. Es gibt in den USA schließlich Millionen Fitness-Verrückte, und da sind ganz bestimmt mindestens einige Tausend dabei, die auch ihren Kiefer trainieren.«

»Okay, sonst irgendeine Idee?«

»Sie sagten, dass die Bisse bei allen Opfern teils an denselben Stellen erfolgt sind. Außerdem scheinen sie überall die gleiche Stärke aufzuweisen.«

»Schneider meinte, es könnte eine Botschaft sein.«

»Stellt sich nur die Frage, was uns der Täter damit sagen will.«

»Oder ob er uns überhaupt etwas sagen will.«

»In der Geschichte der Serienmörder gab es immer etwas, was sie der Öffentlichkeit oder zumindest ihren Verfolgern mitteilen wollten«, erklärte Hancock. »Bisher ist noch keiner von den Burschen darauf gekommen oder war zielstrebig genug, keine Spur zu hinterlassen.«

»Dann müssen wir nur noch herausfinden, was dieser hier will.«

»Leichter gesagt als getan, mein werter Kollege. Wir werden auf jeden Fall die Fotos in die Datenbank einspeisen und von den Jungs abgleichen lassen.«

Mit *den Jungs* meinte er die Spezialabteilung, die sich ausschließlich damit beschäftigte, die trotz der Bestrebungen zur Vereinheitlichung noch immer teils unterschiedlichen Datenbanken von FBI, Polizei, Feuerwehr und sonstigen offiziellen Stellen zu durchforsten und nach Gemeinsamkeiten zu suchen.

»Können wir sonst noch etwas tun?«

Der ältere Agent legte einen Finger auf seinen Mund und tippte leicht auf seine Lippen. »Ich wüsste nicht, was.«

Mark saß in seinem Wagen und betrachtete das Geschehen. Wie jeden Tag erschien sie pünktlich auf die Minute, und wie an jedem Tag sah sie umwerfend aus. Ihre schlanke Figur steckte heute in einem maßgeschneiderten Kostüm, bei dem der Rock exakt die richtige Länge hatte, um jedem Betrachter klar zu machen: *Das könnte dir gehören, wenn du mein Niveau hättest.* Ihr langes, blondes Haar wallte um ihren Kopf und wiegte sich leicht im Wind, der hier in den Straßenschluchten New Yorks immer zu wehen schien. Er wusste, dass in Städten normalerweise deutlich langsamere Windgeschwindigkeiten als auf dem Land herrschten, aber oftmals geschah es, dass an Gebäuden Leewirbel entstanden, die starke Böen hervorriefen. Außerdem traten an Bebauungslücken Düseneffekte auf, wodurch die Windgeschwindigkeit plötzlich stark erhöht werden konnte. Genau so etwas geschah in diesem Moment, und die Frau, die er beobachtete, musste nach unten fassen, um zu vermeiden, dass sich ihr Rock auf Marilyn-Monroe-Art nach oben bauschte. Er grinste, als er sich vorstellte, wie die Frau in Unterwäsche aussah. Schon bald würde er es im wahrsten Sinne des Wortes hautnah herausfinden.

Sie streckte eine Hand in die Höhe und gab damit das universelle Zeichen, dass sie eine bezahlte Mitfahrgelegenheit benötigte. Genau für diesen Zweck hatte er sich einige Tage zuvor ein ausgemustertes Taxi bei einem

Gebrauchtwagenhändler gekauft. Dabei hatte er sorgsam darauf geachtet, dass es noch in fahrbarem Zustand war und ihm nicht unter dem Hintern zusammenbrach, wenn er auf Tour war. Er fuhr die wenigen Meter bis zu ihr und hielt dann an.

»Danke«, sagte die Frau und öffnete die hintere Tür, um einzusteigen.

»Wo soll es denn hingehen?«, fragte er und sah in den Rückspiegel.

Sie nannte ihm die Adresse ihrer Wohnung, die er schon lange auswendig kannte.

»Möchten Sie Musik hören?«, wollte er wissen.

»Nein, und bitte auch nicht mit mir sprechen. Ich habe einen harten Tag hinter mir«, erklärte sie.

Wenn du wüsstest, was dir noch bevorsteht, dachte er und lächelte versonnen.

Dann setzte er den Blinker und fuhr an. Schweigend fuhren sie über den Times Square, der sich an der Schnittstelle der Seventh Avenue und des weltberühmten Broadways inmitten von Manhattan befand und alljährlich Schauplatz einer der größten Silvesterfeiern der Welt war. Als er ein kleines Kind gewesen war, war er einmal hier gewesen und hatte sich vor den scheinbar omnipräsenten Bildschirmen geängstigt, deren Bilder von allen Seiten auf ihn eingeprasselt waren. Heute, mit bald dreißig Jahren, hatte er keine Angst mehr davor. Das bedeutete aber noch lange nicht, dass es ihm hier gefiel. Am liebsten wäre er gar nicht hierhergekommen, aber er hatte eine Pflicht und war fest entschlossen, diese zu erfüllen. Als sie den Times Square überquert hatten, fuhr er weiter in die Richtung des von ihr genannten Zielortes.

»Wo fahren Sie hin?«, fragte die Frau überrascht, als er unvermittelt in eine Seitenstraße einbog.

»Vor uns gibt es eine Baustelle, da kommen wir kaum durch. Dies ist ein Schleichweg«, erklärte er, ohne seinen Blick von der Straße zu nehmen.

»Sind Sie sich sicher? Ich glaube nämlich nicht, dass wir noch in die richtige Richtung fahren.«

»Vertrauen Sie mir, Miss. Ich fahre bereits seit zehn Jahren Taxi und kenne die Stadt wie meine Westentasche.«

Natürlich war das gelogen, denn weder war er hauptberuflich Taxifahrer, noch kannte er New York. Er hatte sich ausschließlich den Weg eingeprägt, den er benötigte, um sein eigentliches Ziel zu erreichen.

»Wenn Sie meinen«, sagte sie und lehnte sich wieder zurück. »Aber erwarten Sie nicht, dass ich für eine längere Strecke bezahle.«

Dir werde ich den Geiz noch austreiben, dachte er, lächelte aber weiterhin, während er den Wagen durch die verwinkelten Straßen steuerte.

In einer schmalen Seitengasse, die er schon vor längerer Zeit ausgekundschaftet hatte, hielt er schließlich an. Zu beiden Seiten erhoben sich die Fassaden von Apartmenthäusern. Da die Sonne durch die hohen Häuser abgeschirmt wurde, war es hier schattig und kühl. Genau der richtige Ort, um zum nächsten Teil seines Planes zu schreiten, entschied Mark.

»Warum bleiben wir hier stehen?«, fragte die Frau vom Rücksitz aus.

Er antwortete nicht, sondern stieg aus und ging zum Kofferraum, den er öffnete und einige Sekunden lang darin kramte, bevor er den Deckel wieder zuschlug und zu ihrer Seite des Fahrzeugfonds ging. Er stülpte sich eine Gasmaske über, riss die Tür auf und zog die Sprühdose hervor, die er gerade eben noch hinter seinem Rücken versteckt gehalten hatte. Er drückte den Knopf der Dose durch und ließ das darin enthaltene CO_2 direkt in die Fahrgastzelle entweichen, danach schlug er die Tür wieder zu.

»Was ...«, setzte die Frau an, konnte aber nicht weitersprechen.

Sie hatte plötzlich das Gefühl, keine Luft mehr zu bekommen. Sie griff sich reflexartig an ihre Halskette und zog daran im vergeblichen Versuch, den Verschluss zu lösen. Dann beugte sie sich vornüber und hustete heftig. Sie versuchte panisch, ihre Arme und Beine zu bewegen und dieser Falle irgendwie zu entkommen, doch ihre Extremitäten gehorchten ihr bereits nicht mehr, sondern waren schlaff und schwer wie ein nasses Handtuch. Schließlich gelang es ihr, tief Luft zu holen, was die Sache allerdings noch verschlimmerte. Sie hustete daraufhin noch mehr und versuchte gleichzeitig, um Hilfe zu schreien, während sie in Panik umherblickte wie ein in die Enge getriebenes Reh.

Währenddessen stand Mark vor dem Wagen und betrachtete das Geschehen fasziniert. Die Maske hatte er bereits wieder vom Gesicht gezogen, sodass ein Beobachter, hätte es denn einen gegeben, das hämische Grinsen schon von Weitem erkannt hätte. Nur wenige Sekunden später rührte sich die Frau im Wageninneren nicht mehr. Er zählte im Geiste langsam bis zwanzig, zog sich dann die Maske wieder über Mund und Nase und öffnete die Tür erneut. Mit Ekel stellte er fest, dass sie anscheinend ihre Blase nicht mehr im Griff gehabt hatte. Außerdem hatte sie sich in den Fußraum erbrochen, und auch auf ihre bis dahin tadellos weiße Bluse war etwas getropft. Er tastete nach ihrem Puls, der ruhig und regelmäßig schlug. Behutsam nahm er ihren Oberkörper und legte die Frau auf die Sitzbank. Anschließend tupfte er ihr das Erbrochene von den Mundwinkeln und ihrer Kleidung und steckte das Tuch danach in seine Hosentasche. Um den urinfeuchten Sitz würde er sich später kümmern. Er hatte rund zwei Stunden Zeit, bis die Frau wieder zu sich kommen würde. Das war vollkommen ausreichend, um seinen tatsächlichen Zielort zu erreichen und dort alles vorzubereiten. Er kurbelte alle Fensterscheiben herunter, damit das CO2 entweichen konnte. Schließlich wollte er nicht riskieren, Opfer seiner eigenen Falle zu werden. Nach einigen Minuten zog er erneut die Maske vom Kopf und kletterte auf den Fahrersitz. Leise vor sich hin summend, startete er den Motor und lenkte den Wagen aus der Seitenstraße und auf die Hauptstraßen der Stadt zurück. Sollte ihn irgendjemand anhalten und die bewusstlose Frau im Fond entdecken, würde er einfach sagen, dass sie betrunken und eingeschlafen war. Damit war er schon einmal bei einer Polizeikontrolle durchgekommen, und er zweifelte nicht daran, dass es wieder klappen würde. *Dennoch wäre es besser, wenn nichts dazwischenkäme*, dachte er, als er den Wagen in den Lincoln Tunnel steuerte. Er mochte Tunnel nicht besonders, aber um über eine der zahlreichen Brücken zu fahren, die den Hudson-River überspannten, hätte er einen größeren Umweg in Kauf nehmen müssen, und er wollte so schnell wie möglich aus Manhattan heraus.

Sein Weg führte ihn westlich über die Route 3, bis er den Highway 46 erreichte, dem er ein Stück weit folgte. Kurz vor den Great Piece Meadows, einem Sumpfgebiet inmitten des Bundesstaats New Jersey, bog er auf die Route 202 ab und gelangte auf diese Weise innerhalb weniger Minuten bis zum Lake Valhalla. Er fand den Namen durchaus treffend, denn Walhall war in der nordischen Mythologie der Ort, an dem sich die in der Schlacht Gefallenen zusammenfanden, um Odin bei der bevorstehenden Götterdämmerung, dem Ragnarök, behilflich zu sein. Er selbst hielt es zwar eher mit der griechischen Mythenwelt, aber alles, was mit der Belohnung von Kriegern zu tun hatte, gefiel ihm.

Das Haus, das er ansteuerte, stand allein in einem Waldstück und war so abseits gelegen, dass es für seine Zwecke die perfekte Mischung aus Einsamkeit und gleichzeitiger Zugänglichkeit bot. Er parkte den Wagen unter einer großen Eiche, deren Äste beinahe bis zum Hausdach herunter ragten und stieg aus. Die Frau war noch immer bewusstlos. Vorsichtig schob er seine Arme unter ihre Achseln und zog sie aus dem Fond. Als sie vor ihm auf dem Gras lag, ging er in die Hocke und nahm sie hoch wie ein Bräutigam, der seine Frischvermählte über die Schwelle trug. Er wandte sich allerdings nicht zum Haus, sondern in Richtung des Waldes, wo sich ein tief in die Erde getriebener Keller befand. Er stieß die Tür mit dem Fuß auf, drückte mit dem Ellbogen den in der korrekten Höhe befindlichen Lichtschalter und stieg danach langsam die Treppe hinunter. Unten wandte er sich nach links und betrat einen kleinen Raum, der so perfekt ausgeleuchtet war, dass es so gut wie keinen Schatten gab. Er legte die Frau auf einen aus Stahl hergestellten und am Boden verschraubten Tisch ab, zog ihr vorsichtig die Kleider aus und machte sich dann daran, sie mit zahlreichen Ledergurten zu fixieren. Schließlich sollte sie, wenn sie aufwachte, nicht aus Versehen zu Boden fallen. Und erst recht sollte sie keine Möglichkeit bekommen, sich zu wehren oder ihn gar zu überwältigen. Nicht, dass er sich darüber ernsthaft Sorgen gemacht hätte, denn er war beinahe zwei Meter groß und hatte Muskeln, die einen professionellen Wrestling-Kämpfer vor Neid erblassen lassen würden. Nachdem er mit ihr fertig war, strich er ihr mit der Hand sanft über den Kopf.

»Bald ist es so weit«, flüsterte er ihr ins Ohr und verließ danach den Raum, um nach der anderen Person zu sehen, die sich im Zimmer nebenan befand.

Er ließ die schwere Stahltür zufallen, verschloss sie von außen sorgfältig und ließ die Frau allein zurück. Auf der anderen Seite des Flurs befand sich ein nahezu baugleiches Zimmer, nur mit dem einen Unterschied, dass sich hier bereits ein Gast befand. Vor wenigen Tagen hatte er, ebenfalls in der *Big Apple* genannten Millionenstadt, einen jungen Mann auf die gleiche Weise unter seine Kontrolle gebracht und hierher geschafft. Abgesehen vom Geschlecht, gab es noch einen weiteren Unterschied zwischen der jungen Frau und dem Mann. Im Gegensatz zu ihr war er bereits in den Genuss der hiesigen Gastfreundschaft gekommen. Natürlich hatte Mark aufgepasst, dass es der Junge so gut wie möglich hatte, während er bearbeitet wurde. Doch so langsam ging dem Mann offenbar die Kraft aus. Er musste darauf achten, es nicht zu hart anzugehen, denn schließlich wollte er sein Werk noch vollenden, bevor sein Gast verstarb. Auf Augenhöhe der Tür befand sich ein kleiner Sichtschlitz, der nur von außen geöffnet werden konnte. Mark schob die Abdeckung langsam beiseite, um einen Blick auf den jungen Mann werfen zu können. Das Licht im Inneren war ebenso hell wie in dem anderen Raum, in dem er die Frau untergebracht hatte. Als er seinen Blick über den nackten, auf einem Stahltisch in der Mitte des Raumes liegenden Körper gleiten ließ, musste er unwillkürlich lächeln. Bisher hatte er sich nur damit befasst, den großen Zeh des rechten Fußes und den kleinen Finger der linken Hand zu entfernen. Die Schreie, die der Mann dabei ausgestoßen hatte, waren wie Musik in Marks Ohren gewesen. Er schob den Riegel jetzt beiseite und öffnete die Tür. Der Mann versuchte sofort, seinen Kopf in die Richtung des Geräuschs zu wenden, wurde aber von den Gurten um seinen Kopf daran gehindert.

»Hallo«, sagte Mark und beugte sich über den auf dem Tisch Liegenden.

»Verpiss dich«, gab dieser zwischen zusammengebissenen Zähnen zurück.

»Also wirklich. Wer wird denn so ein böses Kind sein? Ich wette, zu Ihrem Vater sind Sie viel freundlicher.«

»Das geht dich einen Scheißdreck an.«

Mark zuckte mit den Schultern. »Ich hatte eigentlich gehofft, dass wir ein wenig plaudern könnten, bevor wir zur Sache kommen. Aber gut, dann legen wir eben sofort los.«

Als er das Zimmer nach einiger Zeit wieder verließ, war er schweißüberströmt, doch er fühlte sich wohl. Der Mann, der noch immer angebunden auf dem Tisch lag, atmete jetzt flach und winselte leise. Genauso, wie er es gewollt hatte. Mark stieg die Treppe hinauf und bemerkte dabei, dass die Nacht bereits hereingebrochen war. Ein Blick auf die Uhr bestätigte ihm, dass es schon nach zweiundzwanzig Uhr war. Aber er hatte noch Zeit genug, sich etwas frisch zu machen, und dann würde er seine neueste Bekanntschaft besuchen. Sie war garantiert bereits aufgewacht und fragte sich, wo sie war und warum sie keine Kleider mehr am Leib trug. Doch bevor er ihr einen Besuch abstattete, wollte er sich zuerst frisch machen. Schließlich sollte sie keinen falschen Eindruck von ihm bekommen. Als er sich im Badezimmer auszog, stellte er fest, dass in seinem Mundwinkel eine leichte Blutspur zu sehen war. Besorgt begutachtete er die Stelle, stellte aber schnell fest, dass es nicht sein Blut war. Wieder beruhigt, stieg er unter die Dusche und wusch sich gründlich. Danach zog er sich ein sauberes Hemd und eine frische Hose an, schlüpfte in seine Slipper und machte sich auf den Weg zurück zum Außenkeller.

Ein Blick durch den Sichtschlitz bestätigte ihm, dass die Frau wach war. Er sah, wie sich ihr Bauch hob und senkte, und bewunderte für einen Moment einfach nur ihre Schönheit. Dann schob er die Tür auf und ging zu ihr.

»Guten Morgen, Dornröschen«, begrüßte er sie.

Als ihn ihre Augen fixierten, weiteten sich ihre Pupillen. »Sie!«, stieß sie hervor. »Der Taxifahrer! Wo bin ich? Wo haben Sie mich hingebracht?«

»Nur die Ruhe«, sagte er sanft. »Alles zu seiner Zeit.«

»Ich will sofort hier raus!«, schrie sie und zerrte panisch an den Gurten.

»Beruhigen Sie sich, oder ich muss Sie ruhigstellen.«

Die Drohung schien zu wirken, denn die Frau hörte tatsächlich auf, an ihren Fesseln zu ziehen, auch ihre Atmung verlangsamte sich.

Interessant, wie sehr sie sich selbst beherrschen kann, dachte Mark und sagte laut: »Sind Sie jetzt so weit, dass wir in Ruhe miteinander reden können?«

Die Frau versuchte zu nicken, konnte aber ihren Kopf wegen der Fixierung nicht bewegen. »Ja«, presste sie schließlich hervor.

»Gut. Ich erkläre Ihnen jetzt, was hier los ist. Sie sind mein Gast. Ich habe Sie aus New York mitgenommen und hierhergebracht, damit wir ein wenig Zeit miteinander verbringen können.«

»Wissen Sie, wer ich bin?«

»Aber natürlich«, erklärte Mark und nickte zur Unterstreichung seiner Aussage mit dem Kopf. »Ansonsten hätte ich Sie gar nicht ausgewählt.«

»Wollen Sie mich vergewaltigen?«

»Wie kommen Sie denn darauf?«

»Weil ich nackt bin«, erklärte sie.

Natürlich hatte sie bemerkt, dass sie keine Kleider mehr trug, denn in dem Raum war es zwar angenehm warm, aber man fühlt es einfach, wenn man nackt ist.

»Nein, an so etwas Profanem bin ich nicht interessiert.«

»Was wollen Sie dann? Geld? Oder wollen Sie vielleicht, dass Ihnen jemand zuhört? Ich kann das für Sie arrangieren.«

»Können Sie das wirklich?«

»Ja«, bestätigte sie. »Ich kenne einige hochrangige Politiker, und wenn Sie mich freilassen, werde ich dafür sorgen, dass Sie diese kennenlernen können. Sie können Ihr Anliegen vortragen und dann ...«

»... dann wird sich darum gekümmert?«

»Ganz bestimmt.«

»Wissen Sie, Clarice ... Ich darf Sie doch Clarice nennen, oder? Wissen Sie, was ich denke?«

»Nein, sagen Sie es mir bitte.«

»Dass niemand aus der Politik dem Volk jemals Gehör schenkt. Sie alle sind viel zu sehr mit sich selbst und mit der Anhäufung von Macht beschäftigt, als darauf zu hören, was die Einwohner dieses Landes wollen. Der einzige Zeitpunkt, an dem Sie und Ihresgleichen mit Leuten wie mir reden, ist, wenn die nächsten Wahlen anstehen. Ansonsten interessieren Sie sich nicht für uns. Für Sie sind wir doch nur ein bisschen Dreck unter dem Fingernagel.«

»Das ist nicht wahr«, gab sie zurück. »Ich gebe zu, es gibt schwarze Schafe, aber dem Großteil der Leute, die ich kenne, liegt das Wohl der Bürger, *Ihr* Wohl, am Herzen.«

Mark konnte nicht umhin, ihr Respekt zu zollen. Obwohl sie ihm in dieser Situation vollkommen ausgeliefert war, schaffte sie es immer noch, wie ein Politiker zu sprechen und mit leeren Phrasen um sich zu werfen. Er hob seine Hände und ließ sie mehrfach aneinanderprallen. Das durch seine Pranken resultierende Geräusch hallte unheimlich durch den Raum.

»Sie haben mich überzeugt«, sagte er.

»Sie lassen mich also frei?«

»Natürlich nicht«, antwortete Mark und lachte. »Nein, Sie haben mich davon überzeugt, dass Sie tatsächlich genau diejenige sind, die ich brauche.«

»Wofür brauchen Sie mich?«

»Um ein Zeichen zu setzen.«

»Wofür?«

»Dass die Zeit der Rache gekommen ist.«

»Was haben Sie vor?«

Anstatt zu antworten, entfernte sich Mark langsam aus dem Blickfeld der Frau und begab sich zum unteren Bereich ihres Körpers, genauer gesagt zu ihren Füßen. Er suchte sich eine ihrer lackierten Zehen aus und legte beinahe sanft seine Lippen darum.

»Was tun Sie da?«, fragte sie laut, bekam aber keine Antwort.

Er bewegte seinen Mund nun langsam vor und zurück, wie ein Liebhaber, der seine neueste Eroberung in vollen Zügen genießen will. Dann öffnete er den Mund weit und biss kräftig zu.

Vor lauter Schreck schaffte es die Frau nicht, zu schreien, als sich seine Zähne durch ihr Fleisch bohrten. In seinem Mund schmeckte er Blut, was ihn anstachelte, noch mehr Kraft in seinen Biss zu legen. Er drückte nun kräftig zu und spürte, wie der Knorpel unter dem Druck nachgab, bis er schließlich riss und die Zehe freigab. Jetzt schrie sie. Sie schrie so laut und schrill, dass Mark für einen kurzen Moment die Augen zusammenkniff. Er streckte den Rücken durch und spuckte die abgebissene Zehe in seine Hand. Trotz des Blutes und der Hautfetzen erkannte er befriedigt, dass er sauber gearbeitet hatte. Geruhsam legte er die Zehe auf einen kleinen Rolltisch, den er in weiser Voraussicht bereitgestellt hatte, bevor die Frau aufgewacht war. Jetzt nahm er eine Flasche mit Desinfektionsmittel zur Hand, träufelte etwas davon auf ein steriles Tuch und legte dieses auf die Stelle, wo sich vor wenigen Sekunden noch ihr Zeh befunden hatte. Die Frau japste unter dem plötzlichen stechenden Schmerz und schrie dann erneut auf. Doch Mark ließ sich davon nicht beirren und tupfte die wunde Stelle weiter behutsam ab, bevor er sich erneut dem Rolltisch zuwandte, Verbandsmaterial nahm und die Wunde fachgerecht mit einem Druckverband versah.

Danach begab er sich etwas höher und führte dieselbe Prozedur an der Hand durch. Am Einfachsten war immer der Daumen, da dieser in einem gewissen Winkel abstand, aber dieses Mal suchte er sich den Ringfinger der rechten Hand aus. Die Frau schrie und zerrte an ihren Fesseln, konnte sich aber keinen Millimeter rühren. Mit einem Mal brachen ihre Schreie ab. Er sah nach oben und stellte fest, dass sie in Ohnmacht gefallen war.

»Schade«, sagte er laut. »Gerade, als ich richtig loslegen wollte. Na gut, dann schlaf eben ein wenig, Dornröschen. Morgen machen wir dann weiter.«

Er verließ das Zimmer, ließ das Licht aber eingeschaltet. Er zog die Tür hinter sich zu und ließ den Riegel zuschnappen. Dann ging er nach oben an die frische Luft.

»Wie geht es Ihnen?«, fragte er mit Besorgnis in der Stimme.

»Schmerzen«, antwortete Clarice gequält. Mark hatte ihre Wunden zwar versorgt, aber er hatte ihr ganz bewusst kein Schmerzmittel gegeben. Sein Plan sah nämlich vor, dass sie keinerlei Betäubungsmittel im Körper haben sollte, wenn er an sein Hauptwerk ging. So, wie die anderen auch, sollte sie bei vollem Bewusstsein erleben, wie unbarmherzig seine Rache war.

»Die Wunden, die ich Ihnen zugefügt habe, sind nur ein Vorgeschmack dessen, was Sie erwartet«, erklärte er. »Es ist sozusagen ein Crashkurs, damit Sie sehen, was auf Sie zukommt. Ich werde nun damit beginnen, Sie zu beißen, und zwar oft. Sie werden es spüren, und Sie werden schreien. Sie werden um Gnade winseln, aber ich werde Ihnen keine Gnade gewähren. Genauso wenig, wie Ihr Vater Gnade walten ließ. Ich werde nicht eher aufhören, bis ich fertig bin, und wenn es irgendwann so weit ist, werde ich Sie töten.«

»Was wollen Sie damit erreichen?«, fragte die Frau ängstlich.

»Wie ich bereits sagte, ich setze damit ein Zeichen.«

»Sie sollten mich frei lassen.«

»Warum sollte ich das tun?«

»Weil mein Vater großen Einfluss hat. Wenn er herausfindet, dass Sie mich auf dem Gewissen haben, wird er Ihnen das Leben zur Hölle machen.«

»Sie denken wirklich, dass jemals jemand herausfindet, wer Sie umgebracht hat?«

»Die Polizei wird ...«

»Die Polizei hat eine verschwindend geringe Aufklärungsquote, was Morde angeht«, erwiderte er. »Obwohl die heutige Technologie so weit fortgeschritten ist, gelingt es nur vergleichsweise selten, einen Mörder zu erwischen. Meist wird der Fall nach kurzer Zeit zu den Akten gelegt und nie wieder hervorgeholt. Ich denke also, dass ich nichts zu befürchten habe. Und nun schreiten wir zur Tat.«

Seit ihrer Sitzung in der FBI-Zentrale vor drei Tagen waren sie keinen Schritt weitergekommen. Das Spezialisten-Team hatte sämtliche verfügbaren Datenbanken der amtlichen Stellen angezapft, aber bisher noch kein Ergebnis liefern können. Wieder und wieder waren die beiden Agenten die verfügbaren Informationen durchgegangen und hatten auch Fred Wilkins, den zweiten Müllwagenfahrer, besucht, aber sie hatten keine Neuigkeiten in Erfahrung bringen können. Entsprechend machte sich Frustration in den beiden breit, die sich in gegenseitigen Sticheleien äußerte. Sogar gegenüber seiner Verlobten war Bernstein zwischendurch ausfallend geworden, was noch nie zuvor passiert war. Sie hatte glücklicherweise verständnisvoll reagiert und ihn sogar zum Essen eingeladen, um ihn auf andere Gedanken zu bringen.

So viel Glück hatte Hancock nicht gehabt. Er war, wenn es Nacht wurde, entweder allein in seine Wohnung oder in seine Stammkneipe gegangen, um sich volllaufen zu lassen. Übernächtigt und verkatert, wie er inzwischen war, trug dies nicht gerade zur allgemeinen Stimmung bei.

Sogar Sarah Penske hatte sich zwischendurch bei ihnen gemeldet und ihnen ungeschminkt mitgeteilt, dass sie bis zum Ende der Woche Ergebnisse erwartete, ansonsten würden die beiden Beamten von dem Fall abgezogen und ein anderes Ermittlerteam mit der Sache beauftragt werden. Obwohl sich Hancock ziemlich sicher war, dass dies nur eine leere Drohung war, kam er nicht umhin, ihrer Aussage einen gewissen Glauben zu schenken.

Als die beiden am Morgen des vierten Tages schweigend an ihren Schreibtischen saßen und darüber nachgrübelten, was es für sie bedeuten würde, wenn ihnen der Fall tatsächlich entzogen werden würde, klingelte Hancocks altertümliches Handy. Auf dem Display wurde eine New Yorker Nummer angezeigt, die er nicht kannte.

»Hancock«, meldete er sich.

Die darauffolgenden wenigen Minuten hörte er stumm zu, während Bernstein ihn aufmerksam beobachtete. Der jüngere Agent kannte seinen Partner zwar noch nicht sehr gut, dennoch konnte er erkennen, dass es sich um ein unangenehmes Gespräch handeln musste, denn wenn Hancocks Gesichtsausdruck bisher stets seine Frustration widergespiegelt hatte, so verwandelte er sich nun in Wut.

»Danke«, sagte der ältere Agent schließlich und legte auf.

»Was ist los?«, wollte Bernstein wissen.

»Sie haben noch zwei Opfer gefunden.«

»Wo?«

»New York City.«

»Heiliges Kanonenrohr!«

»Das können Sie laut sagen. Auch, wenn ich so einen altertümlichen Ausdruck niemals verwenden würde.«

»Fahren wir rüber?«

»Natürlich. Buchen Sie uns den nächsten Flug.«

»Alles klar.«

Von der amerikanischen Hauptstadt bis nach New York City waren es rund dreihundertsechzig Kilometer, was mit dem Auto eine Fahrt von etwa vier Stunden bedeutete, sofern es auf dem Weg keine Verzögerungen in Form von Staus oder anderweitigen Hindernissen gab. Normalerweise hätte sich Hancock direkt in seinen Wagen gesetzt und wäre losgefahren, aber er wusste, dass auf der Interstate 95 auf Höhe von Wilmington im Bundesstaat Delaware momentan gebaut wurde. Die Straße war bereits seit langer Zeit nicht mehr modernisiert worden und wies nach einigen harten Wintern und trockenen Sommern so viele Risse auf, dass es sich die Staatsregierung nach einigem Hin und Her nun endlich geleistet hatte, eine Komplettsanierung durchzuführen. Der Verkehr wurde daher über zahlreiche Umleitungen geregelt, die teils so kompliziert waren, dass selbst die Anwohner manchmal nicht mehr wussten, wo sie eigentlich hin mussten. Der damit verbundene Zeitverlust wäre so hoch, dass sich der ältere Agent schließlich dafür entschied, lieber einen Flug zu nehmen und vor Ort einen Mietwagen zu buchen.

»Wir haben Glück«, sagte Bernstein einige Minuten, nachdem Hancock den Anruf aus New York erhalten hatte. »Der nächste Flug geht bereits in zwei Stunden.«

»Dann mal los«, forderte ihn sein Kollege auf und erhob sich schwerfällig aus seinem Bürostuhl, der bei jeder Bewegung bedenklich ächzte.

Genauso ein verbrauchtes Modell wie ich, dachte Hancock und fuhr beinahe melancholisch mit der Hand über die Rückenlehne.

»Wollen wir Penske nicht darüber informieren?«, erkundigte sich Bernstein.

»Die wird schon merken, dass wir nicht da sind. Wenn sie uns vermisst, kann sie uns ja jederzeit anrufen.«

Die beiden Agenten fuhren mit dem Aufzug ins Parkhaus und stiegen in das Auto, welches sie zum Flughafen bringen würde.

Kapitel 4

Zur Erleichterung des jüngeren Agenten lief dieses Mal alles glatt. Der Verkehr floss rasch dahin, und schon nach vergleichsweise kurzer Zeit waren sie am Flughafen angekommen.

»Sie wollen wirklich auf dem Behindertenparkplatz stehen bleiben?«, fragte Bernstein seinen Kollegen.

»Ja«, bestätigte Hancock. »Haben Sie etwas dagegen?«

»Was, wenn jemand feststellt, dass Ihr Ausweis gar nicht echt ist?«

»Ich habe doch gesagt, dass er nicht gefälscht ist.«

»Aber in Ihren Unterlagen steht garantiert nichts von irgendeiner Behinderung. Da muss die Streife doch nur mal etwas genauer nachsehen, und dann wird nicht nur Ihr Auto abgeschleppt, sondern Sie erhalten auch noch mindestens ein Disziplinarverfahren. Das könnte Sie sogar Ihren Job kosten.«

»Glauben Sie, dass ich wirklich an diesem Beruf hänge?«

»Würden Sie es nicht tun, hätten Sie schon längst das Handtuch geworfen«, konstatierte der jüngere Agent.

Hancock zog eine Grimasse und lenkte den Wagen dann in einen anderen Parkbereich. »Zufrieden?«

»Ja. Danke«, sagte Bernstein, schnallte sich ab und stieg aus.

Von ihrem Parkplatz aus brauchten sie nur wenige Minuten, bis sie die Schalterhalle erreicht hatten.

»Lassen Sie uns eine andere Sicherheitsschleuse nehmen«, verlangte Hancock.

»Warum?«

»Sagen wir es mal so, ich bin hier ein bisschen bekannt, und ich habe heute keine Lust auf irgendwelche Schererein durch übereifrige Sicherheitsleute.«

»Meinetwegen«, antwortete Bernstein nach einem Blick auf seine Uhr.

Anschließend verlief alles glatt, und schon kurze Zeit später landete die Maschine auf dem Internationalen Flughafen John F. Kennedy im New Yorker Stadtteil Queens. Es war fast Mittag, was sich in den Temperaturen niederschlug. Während es im Flugzeug und innerhalb des Gebäudes noch angenehm klimatisiert war, wurden Hancock und Bernstein vor dem Haupteingang des weitläufigen Baus von heißer und zugleich schwüler Luft getroffen. Der Flughafen, wie auch die ganze Stadt, lag zwar nahe am Atlantischen Ozean, welcher normalerweise für einen Ausgleich in Form von kühler Meeresluft sorgte, aber ausgerechnet in diesem Jahr schickte sich die Millionenstadt an, einen neuen Hitzerekord aufzustellen.

»Bei so einer Hitze habe ich nicht mal Lust auf eine Zigarette«, murrte Hancock, drehte sich um und flüchtete wieder nach drinnen.

Er spürte, dass in den wenigen Sekunden, die er vor der Tür gewesen war, bereits Schweiß entstanden und sich in seinen Achselhöhlen gesammelt hatte.

»Vielleicht hilft Ihnen das ja beim Aufhören«, meinte Bernstein.

»Benehmen Sie sich nicht wie meine Mutter«, gab der ältere Agent zurück.

»Soll ich nach einem Mietwagen für uns schauen?«

»Selbst fahren in New York? Sind Sie lebensmüde? Nein, wir nehmen uns ein Taxi. Kommen Sie, da drüben ist ein Taxistand.«

Hancock ging mit weit ausholenden Schritten voraus, da er vermeiden wollte, dass andere Fluggäste schneller waren und ihnen die Transportgelegenheiten vor der Nase wegschnappten. Er stieg in das erste Fahrzeug in der Wartereihe ein und fand sich in einer Umgebung wieder, die weniger einem Taxi, als mehr einem indischen Palast ähnelte. An der Decke war ein bunt gewebter Fransenteppich befestigt, dessen Quasten das obere Drittel der Seitenscheiben bedeckten, während der Fußraum mit kleineren, aber nicht weniger bunten Läufern ausgelegt war. Der ältere Agent stellte außerdem fest, dass es in dem Wagen wie in einer Gewürzhandlung roch. Da er auf der Rückbank saß, konnte er nur den Hinterkopf des Fahrers erkennen, der in einem zentimeterdicken Turban steckte. All das ließ den älteren Agenten auf den Gedanken kommen, in einem persischen Straßenladen gelandet zu sein.

Der Fahrer grinste ihn über den Rückspiegel hinweg an und entblößte dabei eine Reihe strahlend weißer und in Reih und Glied stehender Zähne. Bernstein öffnete die Tür auf der anderen Seite und stieg ebenfalls ein. Er warf Hancock einen fragenden Blick zu, den der ältere Agent geflissentlich ignorierte. Er hatte sicher nicht vor, das Fahrzeug zu wechseln, nur weil der Innenraum nicht den üblichen Konventionen entsprach.

»Willkommen in New York«, murmelte er seinem Partner zu.

Der Fahrer wandte sich ihnen zu, brummelte etwas Unverständliches und sah Hancock dann fragend an. Die beiden Agenten blickten sich ebenso fragend an, was darauf schließen ließ, dass sie sich beide schwertaten, den Mann zu verstehen.

»Sprechen Sie unsere Sprache?«, fragte Hancock an den Fahrer gewandt.

Der andere wiederholte sein Gemurmel.

»Ich schätze mal, er will wissen, wo wir hinwollen«, warf Bernstein ein.

»Zur FBI-Zentrale in Manhattan«, sagte Hancock in Richtung des Fahrzeugführers.

Dieser nickte und schaute dann wieder nach vorne. Der Wagen fuhr ruckartig an und fädelte sich in den Autoverkehr ein.

»Hoffentlich hat er verstanden, was ich gesagt habe«, meinte der ältere Agent und lehnte sich zurück in dem Versuch, sich zu entspannen. Er sehnte sich nach einer Zigarette, aber wenigstens hatte er vor dem Abflug seinen Flachmann aufgefüllt und nahm nun einen langen Schluck. Die Klimaanlage lief zwar nicht auf vollen Touren, aber immerhin stark genug, dass es im Innenraum angenehm kühl war. Der Verkehr auf dem Flughafenzubringer war genauso, wie Hancock es erwartet hatte. Schließlich war er schon mehrfach in der Millionenstadt gewesen und hatte die eine oder andere Erfahrung hier gemacht. Zahllose Autos befuhren die dreispurige Interstate 678, welche auch als *Van Wyck Expressway* bekannt war, und wechselten immer wieder die Spur, was ihren Taxifahrer dazu zu ermuntern schien, lauthals in seiner Sprache zu fluchen und wild zu gestikulieren. Wenn er sich nicht gerade damit befasste, die anderen Verkehrsteilnehmer mit Schimpfwörtern zu bedenken, redete er ununterbrochen und war so laut, dass er sogar die aus den Lautsprechern plärrende orientalische Musik übertönte.

»Ich fühle mich wie in einer Slapstick-Komödie!«, brüllte Bernstein seinem Sitznachbarn zu.

»Was haben Sie gesagt?«

»Schon gut! Ich hoffe nur, die Fahrt ist bald vorbei!«

»Natürlich bleiben wir dabei!«, schrie Hancock zurück.

Zum Glück für die beiden Agenten gab es keinen Stau, und schon nach rund dreißig Minuten erreichten sie ihr Ziel am Federal Plaza, wo sich das hiesige Hauptquartier des FBI befand.

Bernstein sah auf das Taxameter und gab dem Fahrer noch ein Trinkgeld, was ihnen einen weiteren Redeschwall einbrachte. Die beiden Agenten verstanden zwar kein Wort, aber durch den Tonfall und die Mimik des Fahrers schlossen sie, dass er sich bedankte und ihnen alles Gute wünschte.

»Gehört dem FBI das gesamte Gebäude?«, fragte Bernstein und blickte beeindruckt an der Fassade des hundertneunundsiebzig Meter hohen Baus empor, welches offiziell den Namen *Jacob K. Javits Federal Office Building* trug und bis dato das höchste Bundesgebäude in den Vereinigten Staaten war.

»Nein«, erwiderte Hancock, der sich zuerst einen weiteren Schluck aus seinem Flachmann genehmigte und sich dann eine Zigarette anzündete, deren Rauch er genussvoll inhalierte und für einige Sekunden in seinen Lungen behielt, bevor er ihn wieder entließ. Einen Passanten, der ihn musterte, bestrafte er mit einem bösen Blick.

»Hier befinden sich diverse Amtsstuben«, wandte er sich wieder seinem Partner zu. »Angefangen von der Homeland Security über die Social Security Administration bis zu Ämtern, von denen ich noch nie zuvor etwas gehört habe. Das FBI unterhält nur ein kleines Büro im dreiundzwanzigsten Stock.«

Als der ältere Agent aufgeraucht und seine Kippe in einem in der Nähe stehenden Mülleimer entsorgt hatte, gingen die beiden Agenten zum Haupteingang, wo sie von einem Wachmann in Empfang genommen wurden, dessen Namensschild ihn als Walter Griswold identifizierte.

»Special Agents Hancock und Bernstein, FBI«, wies der ältere Agent sich und seinen Kollegen aus.

»Darf ich bitte Ihre Ausweise sehen?«, verlangte Griswold, der nur rund Einssiebzig groß, schlaksig und alles in allem keine besonders imposante Erscheinung war.

»Natürlich«, antwortete Hancock und griff in seine Manteltasche, was ihm ein nervöses Zucken des *Türstehers*, wie er den Wachmann bereits im Geiste getauft hatte, einbrachte. »Keine Sorge, ich werde Sie nicht erschießen«, gab er kund, was nicht gerade zur Entspannung der Situation beitrug, wie er an der Mimik des Mannes erkennen konnte.

»Nur mit der Ruhe«, schaltete sich nun Bernstein ein, der seinen Ausweis bereits zur Hand hatte und ihn vorzeigte.

Der Wachhabende entspannte sich sichtlich, als er die Identifikationskarte des jüngeren Agents sah. Inzwischen hatte auch Hancock seinen Dienstausweis hervorgezogen und präsentierte ihn ebenfalls.

»Vielen Dank, Sie dürfen eintreten«, verkündete Griswold und schob die Glastür nach innen auf.

Die Lobby war im Gegensatz zum in langweiligem Beige gehaltenen Außenbereich schmuckvoll und so sauber, dass sich die Agenten in allen Einzelheiten im Boden spiegeln konnten. Die Gummisohlen ihrer Schuhe quietschten leise, als sie in Richtung der Aufzüge gingen. Diese waren in einem Seitengang angebracht, »um es leichter zu machen, das Gebäude von innen zu verteidigen«, erklärte Hancock seinem Kollegen. Zu beiden Seiten des Gangs befanden sich jeweils drei Kabinen, um zu gewährleisten, dass es zu keiner allzu großen Menschenansammlung und damit zu einem potenziellen Ziel kommen konnte.

Mit ihnen zusammen warteten noch drei andere Männer und eine Frau auf die nächste Kabine. Als sich die Türen öffneten, um die Fahrgäste einzulassen, sorgte Hancock dafür, dass er hinter der Frau Platz fand. Er betrachtete unverhohlen ihre schlanke Figur, die in einem gut geschnittenen Hosenanzug steckte, sowie ihre schulterlangen, schwarzen Haare, die sich in Locken über ihre Schulterblätter ergossen. Auf dem Weg nach oben hielt der Aufzug immer wieder an, um die Männer nacheinander aussteigen zu lassen. Die Frau hingegen blieb weiterhin stehen. Als die über der

Tür angebrachte Tafel das dreiundzwanzigste Stockwerk anzeigte und sich die Kabinentür erneut öffnete, ging die Frau als Erstes hinaus, dicht gefolgt von den beiden Agents. Sie drehte sich zielstrebig nach links und verschwand kurz darauf um die nächste Ecke.

»Okay, wohin jetzt?«, überlegte Bernstein laut und sah sich um.

Sein Partner war ihm bereits einen Schritt voraus und betrachtete für einen Moment die diversen Messingplaketten, die neben dem Fahrstuhlrufknopf angebracht waren.

»Hier entlang«, sagte er schließlich und zeigte in dieselbe Richtung, in welche kurz zuvor die Frau verschwunden war.

Hancock und Bernstein folgten der Beschilderung und standen irgendwann vor einer Tür, die von oben bis unten aus Milchglas bestand und mit hellbraunem Holz eingefasst war. Die Lettern FBI prangten auf Augenhöhe und waren rund zwanzig Zentimeter groß.

»Ich schätze mal, hier sind wir richtig«, sagte der jüngere Agent süffisant.

»Clever wie immer«, kommentierte Hancock trocken und drückte die Klinke nach unten, bevor er die Tür schwungvoll nach außen aufzog, ohne die seitlich angebrachte Klingel auch nur eines Blickes zu würdigen.

In dem Büro, welches recht klein war und gerade einmal sechs Schreibtische beherbergte, saßen ein Mann und zwei Frauen, die sie nun fragend anblickten.

»Wie kann ich Ihnen behilflich sein?«, ergriff schließlich der Mann das Wort.

»Hancock und Bernstein. Wir kommen aus Washington.«

»Ah«, meinte der Mann und drehte seinen Kopf. »Stella, dein Typ ist gefragt.«

Die Angesprochene stand auf, trat um ihren Schreibtisch herum und ging auf die beiden Agenten zu.

»Freut mich, dass Sie so schnell herkommen konnten«, begrüßte sie die beiden Beamten und schüttelte ihnen nacheinander die Hände. »Willkommen in New York.«

Es handelte sich um dieselbe Frau, die vor wenigen Minuten mit ihnen im Aufzug gefahren war.

»Hallo«, erwiderte Bernstein.

»Hi«, sagte Hancock und hielt Stellas Hand eine Sekunde länger als nötig fest.

»Kommen Sie doch bitte mit, dann können wir ungestört reden.«

Ohne auf sie zu warten, ging sie zurück zu ihrem Schreibtisch und setzte sich auf ihren Stuhl. Da anscheinend nur selten Besucher hierherkamen, standen vor ihrem Tisch keine Stühle. Daher behalfen sich die Agents, indem sie zwei der drei nicht besetzten Stühle von den anderen Schreibtischen heranzogen und vor dem Tisch der Frau platzierten.

»Haben Sie eine gute Reise gehabt?«

»Ja, war in Ordnung«, erwiderte Hancock. »Hören Sie, Agent ...«

»Marquez.«

»Wir haben keine Zeit für Small Talk. Wir sind hinter einem Mörder her. Erzählen Sie uns daher bitte alles, was Sie wissen.«

»Ich mag es, wenn Männer sofort sagen, was sie wollen. Das macht es in vielerlei Hinsicht einfacher. Okay, also zur Sache. Heute früh wurde eine Leiche im Central Park entdeckt. Die hinzugerufenen Einsatzkräfte haben festgestellt, dass dem Toten zwei Finger und eine Zehe fehlen.«

»Welche genau?«, wollte Bernstein wissen.

»Der kleine und der Mittelfinger, beide an der rechten Hand. Dazu der kleine Zeh am linken Fuß. Das andere Opfer wurde bereits gestern Nacht im Battery Park gefunden. Auch hier fehlen Finger und Zehen, und zwar der Ringfinger der rechten Hand und der große Zeh am linken Fuß. Was uns aber wirklich erschreckt hat, war die Art und Weise, wie die beiden zugerichtet waren.«

»Waren sie mit Bissen übersäht?«

»Ja«, bestätigte Marquez. »Woher wissen Sie das?«

Hancock zuckte mit keinem Muskel, denn er hatte bereits erwartet, dass es sich bei den beiden Opfern um *ihre* Toten handelte.

»Konnten Sie schon die Identitäten ermitteln?«, fragte er, ohne auf ihre Frage einzugehen.

»Das Opfer aus dem Central Park heißt John Clemens, weiß, achtundzwanzig Jahre. Das andere im Battery Park Lisa Kowalski, weiß, dreißig Jahre.«

»Wissen Sie, welchen Beruf die beiden ausgeübt haben?«

»Es waren beides Berufspolitiker. Kowalski war Mitglied im New York Council, welche die Legislative in dieser Stadt bildet und Clemens gehörte den Republikanern an und hat für den Senat kandidiert.«

»In Ordnung«, sagte der ältere Agent. »Wer sind die Eltern?«

»Kowalskis Vater hat eine der größten Schlachtereiketten des Landes gehört. Bei Clemens hat der Vater, ein gewisser Walt J. Clemens, ebenfalls im Senat gesessen.«

»Wo befinden sich die Leichen jetzt?«

»Sie werden gerade obduziert, nur ein paar Straßen weiter. Möchten Sie sie sehen?«

»Darum sind wir hier«, sagte Hancock und machte eine ausladende Geste.

Agent Marquez warf einen Blick auf ihre Uhr. »Ich habe gerade nichts Dringendes vor. Ich kann Sie hinbringen, wenn Sie möchten.«

»Gern«, erwiderte der ältere Agent.

»Jimmy, ich bin mit den beiden Kollegen unterwegs«, sagte sie in Richtung des Mannes. »Wenn irgendwas sein sollte, ping mich einfach an.«

»Alles klar«, bestätigte Jimmy, ohne sich von seinem Computer abzuwenden.

Auf dem Weg nach unten stieg niemand zu, sodass sie schon innerhalb kürzester Zeit wieder auf den Straßen von New York standen.

In der *Big Apple* genannten Stadt war zu jeder Zeit etwas los, aber mittags konnte es sich anfühlen, als sei man auf einem Musik-Festival gelandet, so dicht gedrängt liefen die Menschen umher. Gerade im südlichen Teil Manhattans, wo sich neben der New Yorker Börse zahlreiche Firmen niedergelassen hatten, strömten mittags die Angestellten in Scharen aus ihren Büros, um sich in einem der vielen Cafés, Restaurants und bei den Straßenverkäufern etwas zu essen zu holen. Hancock und Bernstein waren froh, dass sie von einer Ortskundigen angeführt wurden, denn ansonsten hätten sie sich garantiert im Gewühl verirrt.

»Kommen Sie, fallen Sie nicht zurück«, rief Agent Marquez den beiden Washingtoner Kollegen über die Schulter hinweg zu und ging zielstrebig voraus.

Dabei teilte sie die Menschenmenge wie einst Moses das Meer, als sich das israelitische Volk auf der Flucht vor seinen ägyptischen Häschern befunden hatte.

»Die pflügt ja durch die Massen wie eine Lokomotive«, bemerkte Bernstein bewundernd, während er sich bemühte, Schritt zu halten.

»Trödeln Sie nicht, kommen Sie«, antwortete Hancock.

Auch er hatte keine Mühe, sich seinen Weg durch die Menge zu bahnen. Der jüngere Agent fragte sich, wie die beiden das bloß machten, und nahm sich vor, bei der nächsten sich bietenden Gelegenheit danach zu fragen.

Kaum zehn Minuten später standen die drei FBI-Agenten vor dem Gebäude der Pathologie. Das Äußere des Baus hätte sich nicht stärker von seiner Umgebung unterscheiden können. Das Gebäude bestand vornehmlich aus rotem Backstein und war gerade einmal dreißig Meter hoch, was ihm den Eindruck eines Zwergs verlieh, denn um den Bau herum befanden sich ausschließlich Gebäude, die mindestens siebzig oder mehr Meter in die Höhe ragten und ihre langen Schatten auf den Backsteinbau warfen.

»Ist es hier immer so schattig?«, fragte Bernstein.

»Nur tagsüber«, gab Marquez zurück, was ihr ein Grinsen seitens Hancock einbrachte.

»Ich wette, die Hütte wurde vor allem deswegen für die Pathologie ausgesucht«, warf der ältere Agent ein.

»Wie meinen Sie das?«

»Unschlagbares Ambiente und passend dazu ist es kühl hier. Fehlen nur noch der gelegentliche Blitz und Donner.«

Dies wiederum ließ Marquez grinsen.

»Wollen wir dann?«, fragte Hancock.

»Nach Ihnen«, gab die Agentin zurück.

»Ladies first«, erklärte der ältere Agent und machte eine einladende Handbewegung.

»Wollen wir hier noch den ganzen Tag ausdiskutieren, wer als Erstes hineingehen soll, oder können wir jetzt mal weitermachen?«, mischte sich Bernstein entnervt ein.

»Dann gehen Sie mal mit gutem Beispiel voran«, gab Hancock zurück.

Der jüngere Agent verdrehte die Augen und lief dann die wenigen Stufen bis zur Pforte hinauf, bevor er sich nach hinten umsah und feststellte, dass sein Partner und Agent Marquez noch immer auf dem Bürgersteig standen.

»Trödeln Sie nicht rum, kommen Sie«, sagte er bewusst mit denselben Worten wie zuvor Hancock, in der Hoffnung, dass sein Partner bemerkte, wie blöd sich so ein Kommentar anfühlte.

Im Empfangsbereich der Pathologie war es sogar noch kühler als draußen vor der Tür, was bestimmt auf eine nachgerüstete Klimaanlage zurückzuführen war, dachte Bernstein. Ein alter Mann in einer abgewetzten, grauen Wachuniform, die mindestens zwei Nummern zu klein war und um seinen ausladenden Bauch spannte, saß hinter einem Tresen und sah sich gerade auf einem tragbaren TV-Gerät ein Football-Spiel an.

»Gewinnen wir?«, fragte Marquez.

»Natürlich nicht«, brummelte der Wachmann. »Die Jints haben seit 'elf nichts mehr gewonnen, und so, wie die sich anstellen, wird das auch die nächsten Jahre so bleiben.«

Mit den *Jints* meinte er die *New York Giants*, die zuletzt im Jahr 2011 das Super-Bowl-Finale für sich entschieden hatten und seitdem weder in der Conference, noch in der Division siegreich gewesen waren.

»Terry, das sind die Agents Hancock und Bernstein«, erklärte die Agentin und zeigte auf ihre Begleiter. »Sie wollen mit mir runter.«

»Kein Problem«, antwortete er und schob ein Klemmbrett über den Tresen. »Unterzeichnen Sie hier bitte.«

»Wollen Sie denn gar nicht unsere Ausweise kontrollieren?«, fragte der jüngere Agent erstaunt.

»Junge, wenn Sie mit Stella unterwegs sind, weiß ich, dass Sie okay sind. Wenn Sie aber darauf bestehen, können wir gern die gesamte Prozedur durchführen.«

»Wie lange würde das denn dauern?«

»Dreißig bis vierzig Minuten«, erwiderte Terry gelangweilt. »Ich müsste erst mal Ihre Ausweise ansehen, dann im Rechner nachschauen, ob Sie auch wirklich der sind, für den Sie sich ausgeben, dann müsste ich Kopien machen, diese abheften und anschließend ...«

»Schon gut«, unterbrach Bernstein den Redefluss des anderen Mannes und nahm das Klemmbrett und einen Stift zur Hand.

»Geht doch. Wenn Sie mich nun bitte entschuldigen wollen, ich habe noch etwas Wichtiges zu erledigen«, sagte der Wachmann und wandte sich wieder seinem kleinen Fernseher zu.

»Ist Terry immer so?«, fragte Hancock, während Marquez die beiden Washingtoner Agenten zu einem kleinen Aufzug führte, der sie ins Untergeschoss bringen würde.

»Heute hat er einen guten Tag«, erklärte die Agentin grinsend.

»Ich kenne ihn zwar nicht, aber ich glaube, ich mag ihn.«

»Er ist ein guter Kerl, nur manchmal etwas ... wie soll ich sagen?«

»Genervt von seinem Job?«, kam ihr der Agent zu Hilfe.

»So ungefähr kann man es beschreiben.«

Im Innenraum der Kabine erklang nun ein kurzes Klingeln, und dann öffnete sich die Tür im zweiten Untergeschoss. Marquez, Hancock und Bernstein wandten sich nach rechts und folgten einem betongrauen und schmucklosen Gang, der von in regelmäßigen Abständen an der Decke angebrachten Leuchtstoffröhren erhellt wurde. Der in solchen Räumlichkeiten scheinbar immer dazugehörende Geruch nach Desinfektionsmitteln bahnte sich seinen Weg in ihre Nasengänge. Bernstein hatte sich noch immer nicht daran gewöhnen können und versuchte, so flach wie möglich zu atmen. Er wollte sich nämlich nicht die Blöße geben, sich übergeben zu müssen, vor allem nicht in Anwesenheit der beiden Kollegen.

Am Ende des Ganges angekommen, klopfte Marquez mit der Fingerkuppe zwei Mal an eine Stahltür und trat dann einen Schritt zurück.

Hancock überlegte gerade, ob das leise Klopfen von innen überhaupt gehört worden war, als sich die Tür geräuschvoll nach außen öffnete.

»Stella!«, rief die junge Frau, die ihren Kopf aus der Tür herausstreckte.

»Hi Leah. Wie geht's?«

»Alles paletti«, antwortete diese, strich sich das knallrot gefärbte Haar aus dem Gesicht und ließ eine rosa Kaugummiblase platzen. »Und dir?«

»Könnte nicht besser sein«, sagte Marquez. »Ich habe zwei Kollegen dabei, die unsere neuen Fälle begutachten wollen. Ist doch okay, oder?«

»Klar«, sagte Leah und ging zurück, damit die drei Agenten durch die Tür treten konnten.

»Pete Hancock«, stellte sich der ältere Agent vor.

»Leah Sawyer«, antwortete die Pathologin. »Und Sie sind ...?«

»Frank Bernstein.«

»Willkommen im Gruselkabinett.«

»Danke.«

»Haben Sie die Obduktion schon beendet?«, übernahm Hancock das Gespräch.

»Mit dem einen Opfer bin ich gerade fertig, das andere wartet noch brav in der Kühlkammer. Wollen Sie sich beide ansehen?«

»Widmen wir uns erst einmal dem ersten«, entschied der ältere Agent. »Was haben Sie bisher herausgefunden?«

»Von den fehlenden Gliedmaßen hat Stella Ihnen ja sicher schon erzählt, darum überspringen wir das. Die Frau ist komplett zerbissen und sieht aus, als hätte sie mit Wölfen gespielt ... nur, dass es keine Tiere waren, sondern definitiv Menschen.«

»Sie sprechen im Plural«, bemerkte der ältere Agent.

»Aktuell sieht es zwar schwer danach aus, dass die Bisswunden von einem einzigen Individuum stammen, aber ich habe noch nicht alle Bisse miteinander verglichen, daher möchte ich mich noch nicht festlegen.«

»Es war nur einer.«

»Woher wissen Sie das?«

»Vertrauen Sie mir einfach.«

»Wenn Sie das sagen.«

»Zeigen Sie sie uns bitte.«

Sawyer öffnete eine der zahlreichen Schubladen an der Wand, zog dann die metallene Pritsche nach vorne und schlug danach die Abdeckplane zurück.

»Da haben wir Lisa Kowalski«, erklärte die Pathologin beinahe feierlich.

Hancock und Bernstein beugten sich über die Leiche und betrachteten einige Minuten lang konzentriert die diversen Bissspuren, bevor sie über die Tote hinweg Blickkontakt zueinander aufnahmen und sich auf diese Weise stumm zu verständigen schienen.

»Danke, Sie können sie wieder verstauen«, sagte der ältere Agent.

»Wollen Sie den anderen auch sehen?«

»Nur kurz.«

Die Pathologin wandte sich einer anderen Schublade zu und wiederholte die Prozedur. Als die Leiche offen da lag, wiederholten auch die beiden Agenten ihren Ablauf.

»Danke, das genügt vorerst«, erklärte Hancock.

»Brauchen Sie sonst noch etwas?«, wollte Leah wissen.

»Wenn Sie mit dem zweiten Opfer fertig sind, machen Sie bitte detaillierte Fotos von beiden. Konzentrieren Sie sich dabei bitte auf Beine, Schultern und Rücken. Nach Möglichkeit bräuchten wir auch noch Ganzkörperfotos. Laden Sie die Bilder dann einfach in die Datenbank hoch und schicken Sie Agent Marquez eine kurze Bestätigung. Wenn es nicht klappt, ziehen Sie die Bilder auf einen Stick und lassen Sie ihn per Kurier zum FBI-Büro bringen.«

»Wie Sie wünschen«, antwortete die Pathologin.

»Agent Marquez, lassen Sie uns jetzt zu den Tatorten gehen. Ich möchte mich dort genauer umsehen.«

»In Ordnung, da fahren wir aber lieber mit der U-Bahn hin, zum Laufen ist es zu weit. Wollen Sie zuerst den Central oder den Battery Park besuchen?«

»Den Battery«, entschied Hancock. »Miss Sawyer, vielen Dank für Ihre Zeit.«

»Immer wieder gern«, antwortete die Rothaarige. »Aber es heißt Mrs. Sawyer.« Zur Unterstreichung hob sie die rechte Hand und zeigte ihren Ehering.

»Glückwunsch. Dann bis zum nächsten Mal.«

Mit der Metro dauerte es nur wenige Minuten, bis sie den Battery Park an der Südspitze Manhattans erreichten. Die Parkanlage zählte zu den kleineren, aber am meisten frequentierten Grünflächen in ganz New York, denn von hier aus fuhren in regelmäßigen Abständen Fähren zur Freiheitsstatue, die nicht nur eines der berühmtesten Wahrzeichen der Welt, sondern auch ein Touristenmagnet war. Die Statue, die offiziell den Titel

Liberty Enlightening the World trägt, wurde im Jahr 1886 zu Ehren der amerikanischen Unabhängigkeit errichtet und war damals ein gemeinsames Projekt Frankreichs und der Vereinigten Staaten. Seit der feierlichen Eröffnung der Statue war sie von Millionen Einwanderern aus aller Welt gesehen worden, und noch mehr Touristen hatten die *Lady Liberty* besucht. Doch wegen ihr waren die FBI-Agenten nicht gekommen. Während sich Hunderte Urlauber am Pier drängten und auf die nächste Fähre warteten, gingen die drei Beamten in Richtung des Tatorts.

»Hier, hinter der zweiten Stele, wurde sie gefunden«, sagte Marquez und führte Hancock und Bernstein zu der besagten Steinwand, an der sich immer noch Absperrbänder befanden, die das Areal eingrenzten.

»Direkt am East Coast Memorial?«, wollte der ältere Agent wissen.

»Ja«, bestätigte die Frau. »Als ob der Mörder gewollt hat, dass wir die Opfer finden.«

»Das wundert mich nur bedingt«, erwiderte Hancock. »Die bisherigen Ermordeten wurden zwar nicht in vollkommener Abgeschiedenheit gefunden, aber sie lagen trotzdem nicht so auf dem Präsentierteller.«

»Die bisherigen Ermordeten?«, hakte die Agentin nach.

Hancock antwortete nicht, sondern sah sich um und prägte sich jedes Detail des Tatorts ein. An der Stelle, an der sie gerade standen, war es eine Leichtigkeit, eine Leiche zu entdecken. Aber ungesehen zu entkommen, war garantiert nicht so einfach, denn der Battery Park wurde den größten Teil des Tages und auch in der Nacht von Besuchern frequentiert.

»Lag sie auf dem Bauch oder auf dem Rücken?«, fragte er seine Kollegin.

»Auf dem Rücken. Mit den Armen an den Seiten.«

»Okay, also muss der Täter sie so abgelegt haben. Denn niemand, der Opfer eines Gewaltverbrechens wird, stirbt in so einer Position.«

»Es sei denn, sie hat noch geatmet, als sie hierhergebracht worden ist.«

»Wenn, dann hat sie nicht mehr lange gelebt«, konstatierte Hancock. »Der Täter hat sicherlich nicht riskieren wollen, dass sie schreit und ihn dadurch verrät. Sie hatte keinen Knebel im Mund, oder?«

»Nein«, bestätigte Marquez.

»Sagen Sie, gibt es hier Videoüberwachung?«

»Ja«, bestätigte sie.

»Ich möchte die Aufnahmen haben. Wie sieht es mit Zeugen aus?«

»Nur einer. Ein Wachmann, der die Leiche gefunden hat. Wir haben ihn bereits verhört.«

»Ich möchte das Protokoll der Vernehmung lesen.«

»Alles klar. Sonst noch etwas?«

»Momentan nicht. Lassen Sie uns jetzt zum anderen Tatort fahren.«

Der Central Park befindet sich, wie bereits der Name andeutet, inmitten von Manhattan und bildet einen starken Kontrast zur restlichen Bebauung der Insel. Auf einer Länge von über vier Kilometern erstreckt sich ein großer Wald, durchbrochen von einigen großen Wiesen und Wasserflächen, wo im Sommer gebadet und im Winter Schlittschuh gelaufen werden kann.

Auch finden hier im Sommer zahlreiche Musik-Festivals statt, die oftmals kostenfrei sind und unzählige Bürger anlocken. Während der rund fünfundzwanzigminütigen U-Bahn-Fahrt fiel Hancock ein anderer Fahrgast auf, der eine in eine braune Tüte eingewickelte Flasche an den Mund hob und einen kräftigen Schluck nahm. Er sehnte sich nach seinem Flachmann und wollte bereits danach greifen, als er es sich doch noch anders überlegte und die Hand wieder sinken ließ. Aus dem Augenwinkel prüfte er, ob Agent Marquez, die nur wenige Meter neben ihm stand, die Bewegung mitbekommen hatte. Hatte sie nicht, denn sie war damit beschäftigt, auf ihrem Smartphone zu tippen, um die Videoaufnahmen des Battery Parks anzufordern.

»Wir müssen aussteigen«, verkündete sie nun und steckte ihr Handy weg, als die U-Bahn an der Station Lexington Avenue/Neunundfünfzigste Straße einfuhr.

Das Gedränge an der Station war so groß und chaotisch, dass sich die Agents fast aus den Augen verloren hätten. Von allen Seiten strömten die Menschen durch die engen Gänge der Station und rempelten sich ihren Weg zu ihrem Ziel frei. Als ein Mann den älteren Agenten heftig mit der Schulter anstieß und einfach weiterging, war Hancock nahe dran, ihm per Kinnhaken mitzuteilen, was er von dieser Aktion hielt. Nur mit Mühe hielt er an sich, allerdings nicht aus Nächstenliebe, sondern weil er keine Lust auf den nachfolgenden Papierkram hatte. Stattdessen bemühte er sich, den Schildern zum Ausgang zu folgen und gleichzeitig Marquez im Blick zu behalten. Endlich entdeckte er die Treppe, die zur Oberfläche führte und stieg diese hinauf. Oben angekommen, blickte er sich um und entdeckte die Agentin schließlich an der nächsten Ecke.

»Ich dachte, wir kommen direkt am Central Park heraus«, sagte er.

»Es sind nur ein paar Hundert Meter«, erklärte Marquez. »Schaffen Sie das?«

»Machen Sie sich um mich keine Sorgen, ich bin fit wie ein Turnschuh, aber ob Bernstein ...«

»Ich bin zwölf Jahre jünger als Sie, schon vergessen?«, schaltete sich der junge Agent ein, der es auch endlich zu ihnen geschafft hatte.

»Das heißt überhaupt nichts«, gab Hancock zurück. »Ich kenne Leute, die sind jünger als Sie und schaffen es nicht mal, zu Fuß zum nächsten Zigarettenautomaten zu kommen.«

»Ich würde Ihnen ja ein Wettrennen anbieten, aber ich möchte Sie nicht vor der Kollegin blamieren«, sagte Bernstein und warf einen Blick auf Marquez, die das Wortgefecht der beiden Agenten wortlos beobachtete.

»Sie sollten auch nicht vor mir laufen. Ich habe da einen Reflex, dass ich die Waffe ziehe, wenn jemand von mir wegrennt.«

»Wollen Sie beide noch lange miteinander turteln, oder sollen wir uns wieder unserer Aufgabe widmen?«, schaltete sich die Agentin mit einer Spur von Ungeduld in der Stimme wieder ins Gespräch ein.

Hancock neigte auffordernd den Kopf zur Seite, was bedeutete, dass sie ihr Gespräch auf später verschieben und sich stattdessen um die Tatortbegutachtung kümmern sollten. Bernstein nahm den offerierten Waffenstillstand wortlos an und sah sich nach Hinweisen um, welche Straße sie jetzt nehmen mussten.

»Hier geht es lang«, erklärte Marquez und ging voraus.

Da sie sich inmitten eines Geschäftsviertels befanden, war es nicht verwunderlich, dass sie auf ihrem Weg zum Park abwechselnd an den Niederlassungen von High-Tech-Firmen, Einkaufsmöglichkeiten und Restaurants vorbeikamen. Als Hancock die unterschiedlichsten Düfte in die Nase stiegen, meldete sich unweigerlich sein Magen zu Wort und verkündete mit einem Gurgeln, dass er seit dem Flug nichts mehr zu essen bekommen hatte. Der Agent überlegte, ob er dies laut kundtun sollte, entschied sich dann aber dagegen, denn er selbst hatte schließlich darauf gedrängt, den zweiten Tatort so schnell wie möglich zu untersuchen.

Die Agentin blieb stehen und wartete darauf, dass die beiden Kollegen zu ihr aufschlossen.

»Ich habe ein wenig Hunger«, sagte sie. »Lassen Sie uns doch etwas zum Mitnehmen kaufen, dann sparen wir Zeit.«

»Wenn es denn sein muss«, antwortete der ältere Agent und tat so, als sei er ungeduldig, obwohl er in Wirklichkeit froh darüber war, dass sie das Thema Essen zur Sprache gebracht hatte.

Marquez führte sie daraufhin zu einem kleinen Verkaufswagen, der laut einem an der Seite aufgestellten Schild *die besten Hotdogs der Vereinigten Staaten* anbot. Die Speisekarte war recht schlicht gehalten. Nach einem kurzen Studieren des Aushangs entschied sich die

Agentin schließlich für den klassischen Hotdog, während Hancock und Bernstein sich jeweils für eine Variante mit süßen Zwiebeln entschieden. Dazu nahm der ältere Agent noch eine scharf gewürzte Soße und eine halbe Essiggurke. Ihr Essen war in weniger als zwei Minuten fertig und wurde in Papiertütchen serviert. Diese waren so dünn, dass ihre Hände schon nach wenigen Sekunden feucht waren.

Hancock wollte seinen Geldbeutel ziehen, aber Marquez kam ihm zuvor.

»Lassen Sie bitte stecken, ich übernehme das«, bot er an.

»Keine Chance«, erwiderte die Agentin. »Ich kann es leichter als Geschäftsessen deklarieren als Sie.«

»Pragmatisch«, kommentierte der ältere Agent und lenkte ein.

Über die Fifth Avenue zu kommen, war ein kleines Kunststück, denn der Verkehr war so massiv und die Ampelschaltungen so kurz, dass sie es nur mit Mühe auf die andere Seite schafften, bevor die Autos wieder anfuhren. Schließlich waren sie am südöstlichen Eingang des Central Park angekommen. Die Agenten hielten kurz inne, um die Reste ihres Essens zu vertilgen, die Verpackungen in einen Mülleimer zu werfen und sich die Hände mithilfe von Taschentüchern zu reinigen, die Marquez aus ihrer Hosentasche zauberte.

»Wohin jetzt?«, wollte Bernstein wissen.

»Wir folgen dem Weg ein Stück und gehen dann rüber zum Heckscher Spielplatz«, antwortete Marquez.

»Moment mal«, schaltete sich Hancock ein. »Die Leiche wurde auf einem Spielplatz gefunden?«

»Yap«, bestätigte die Agentin grimmig.

Die Miene des älteren Agenten verzog sich daraufhin zu einer Grimasse der Abscheu. »Sagen Sie jetzt nicht, dass Kinder den Toten entdeckt haben.«

»Nein, glücklicherweise nicht. Ein Park Ranger, der in unregelmäßigen Abständen hier patrouilliert, hat das Opfer am frühen Morgen entdeckt.«

»Ist der Spielplatz momentan geöffnet?«

»Wo denken Sie hin? Nach diesem Fund werden wir ganz sicher keine Kinder und erst recht keine schreckhaften Muttis dort hinlassen.«

Es dauerte nicht lange, bis sie den Heckscher Spielplatz erreicht hatten. Er war weiträumig mit Absperrband versehen, welches unmissverständlich klar machte, dass dieser Ort momentan nicht zugänglich war, und wer diesen nicht gerade subtilen Hinweis nicht verstand, wurde von in regelmäßigen Abständen postierten Polizisten daran erinnert.

»Hallo«, sagte Marquez zu einem der Uniformierten.

»Stella«, antwortete der Polizist und tippte sich zum Gruß an die Mütze. »Willst du den Tatort noch mal ansehen?«

»Ich dachte mir, ich gehe mit meinen Freunden ein wenig schaukeln. Du weißt ja, wie das manchmal ist.«

Der Beamte grinste. »Schon verstanden«, antwortete er und trat einen Schritt beiseite, was unnötig war, denn die Agenten konnten überall unter dem Absperrband durchtauchen. Dennoch war er der Ansicht, dass es eine freundliche Geste war.

In dem abgesperrten Bereich ging Marquez zielstrebig zum Klettergerüst hinüber.

»Hier«, sagte sie und zeigte auf eine sechs Sprossen hohe Leiter, die zu einem auf vier Stelzen stehenden Podest führte, auf dem eine aus Holz errichtete Burg stand. »Sorry, aber wegen des Materials konnte leider keine richtige Kreidezeichnung gemacht werden. Die Beamten haben sich stattdessen mit Steinen beholfen.«

»Gar nicht blöde«, meinte Hancock und betrachtete das Gerüst.

Die Leiter schien sehr stabil zu sein, und auch die Aufbauten machten den Eindruck, dem täglichen Kinder-Ansturm gewappnet zu sein.

»Die Leiche wurde in der Burg gefunden?«, fragte er.

»Ja.«

»Wer auch immer das Opfer da hochbugsiert hat, muss ziemlich stark sein. Das deckt sich mit unserem bisherigen Täterbild.«

»Wollen Sie hinauf gehen?«, wollte Marquez wissen.

»Ich denke schon.«

Er erklomm die sechs Sprossen und betrachtete den Fundort ganz genau. Wie die Agentin schon gesagt hatte, war die Lage des Opfers mit kleineren und größeren Steinen markiert worden.

»In welcher Lage wurde die Leiche gefunden?«, rief er von oben herunter.

»Bäuchlings, die Beine leicht angewinkelt und die Arme von sich gestreckt«, erklärte Marquez.

»Gab es Blutspuren?«

»Nur sehr wenige. Ich denke, dass er nicht hier gestorben ist.«

»Davon gehe ich auch aus.«

Hancock stieg wieder hinunter und trat dann zu seinen beiden Kollegen.

»Gibt es hier ebenfalls eine Videoüberwachung?«, wiederholte er seine Frage aus dem Battery Park.

»Nein«, antwortete die Agentin. »Da hier Kinder spielen, hat die Stadt vor einiger Zeit entschieden, deren Privatsphäre besonders zu schützen.«

»Und damit in Kauf zu nehmen, dass es ein etwaiger Kindesentführer leichter hat?«

Marquez zuckte mit den Schultern und hob eine Augenbraue, um damit auszudrücken, dass sie die städtische Entscheidung ebenfalls missbilligte.

»Okay, irgendwelche anderen Hinweise auf den Täter?«

»Die Spurensicherung hat leider nichts von Bedeutung gefunden. Ist aber auch kein Wunder, schließlich spielen hier Hunderte Kinder, und hier leben auch viele Tiere.«

»Was nicht heißt, dass sie nicht etwas übersehen haben könnten. Bernstein«, wandte sich Hancock an seinen Partner. »Gehen Sie mal los und schauen Sie, ob Sie etwas Nützliches finden. Ich würde Ihnen ja Tipps geben, aber da Sie nicht wie ein Welpe behandelt werden wollen, sind Sie wohl auf sich allein gestellt.«

»Kein Problem«, erwiderte der jüngere Agent und machte sich auf die Suche.

Marquez wartete, bis sich Bernstein außer Hörweite befand, bevor sie sich wieder Hancock zuwandte.

»Sie wollen also mit mir allein sprechen«, stellte sie fest.

»Ja«, gab der andere Agent zu. »Der Junge ist noch grün hinter den Ohren und legt viel Wert auf Einhaltung der Vorschriften. Eine davon besagt, keinen Kollegen in einen Fall einzubeziehen, wenn es nicht auf offizieller Anforderung basiert. Ich bin aber kein Fan von Bürokratie, und ich habe keine Lust, dass er mir in die Parade fährt. Darum habe ich ihn weggeschickt.«

»Sie wollen Ihren Partner schützen.«

»Ich werde Sie jetzt vollumfänglich in den Fall einweihen«, erklärte Hancock und überging ihre letzte Bemerkung. »Aber vorher will ich zwei Dinge von Ihnen versichert haben. Erstens: Sie werden mit niemandem darüber sprechen, nicht mal mit Ihrem Beichtvater und erst recht nicht mit Ihrem Freund. Zweitens: Ich will Sie ab jetzt Stella nennen.«

»Ich habe weder einen Beichtvater noch einen Freund. Und nur, wenn ich Sie Pete nennen darf.«

»Einverstanden«, erwiderte der ältere Agent und schüttelte die dargebotene Hand. »Also, Stella, wir sind hinter einem Mann her, der mit diesen beiden hier inzwischen mindestens fünf Menschen auf dem Gewissen hat. Das wissen Sie bereits. Er hat sie nicht nur um diverse Gliedmaßen erleichtert, sondern ihnen allen auch Bisswunden zugefügt, die über den gesamten Körper verteilt sind. Auch das ist Ihnen bekannt. Was Sie aber noch nicht wissen, ist, dass die Glieder zwar anscheinend wahllos entfernt wurden, die Bisse aber einem ganz bestimmten Muster zu folgen scheinen. Bei allen fünf Opfern befinden sie sich teils an exakt denselben Stellen.«

»Sind Sie sich sicher?«

»Absolut«, bestätigte Hancock.

»Also ist der Mörder nicht nur ein Serientäter, sondern auch ein Psychopath mit Vorliebe für Quälerei.

Hat er den Opfern die Bisse vor oder nach deren Ableben zugefügt?«

»Wir gehen davon aus, dass sie währenddessen noch gelebt haben.«

»Kennen Sie schon das Motiv?«

»Nicht wirklich«, gab der ältere Agent zu. »Aber es scheint so, als ob er sich seine Opfer ganz gezielt aussucht. Sie alle haben gemeinsam, dass sie auf die eine oder andere Weise mit Politik in Verbindung stehen und ihren Aufstieg dem Einfluss ihrer Eltern zu verdanken haben. Wir glauben außerdem nicht, dass er bald damit aufhören wird, denn es gibt noch viele junge, aufstrebende Politiker da draußen. Wir haben bisher nur sehr wenige Anhaltspunkte, und wenn ich sage *sehr wenige*, dann meine ich damit, dass wir so gut wie nichts wissen. Daher brauchen wir dringend Ihre Hilfe, um weiterzukommen. Unter anderem benötigen wir Zugang zu den nächsten Angehörigen der hiesigen Opfer. Außerdem müssen wir einen Durchsuchungsbeschluss für die Wohnungen der beiden Toten bekommen und verlässliche Leute haben, die sich dort umsehen. Noch dazu brauchen wir alle Informationen, die Sie über die beiden Leichen haben, und seien sie noch so irrelevant.«

»Lässt sich alles machen«, beschied sie. »Wobei der Beschluss sicher schneller zu bekommen ist als der Zugang zu den Verwandten.«

»Was macht die Sache denn so schwierig?«

»Bei Kowalski wissen wir, dass sie keine lebenden Verwandten mehr hat. Die Schlachterei wurde nach dem Tod ihrer Eltern verkauft. Clemens' Vater sitzt mit Demenz zu Hause und wird rund um die Uhr gepflegt.«

»Ist er denn ansprechbar?«

»Soweit ich weiß, hat er seine lichten Momente, aber die werden jeden Tag weniger.«

»Dann ist es umso wichtiger, dass wir so schnell wie möglich mit ihm sprechen. Arrangieren Sie das bitte.«

»In Ordnung«, willigte Marquez ein. »Im Übrigen sollten Sie wissen, dass hier nichts passiert, ohne dass es die örtliche Presse mitbekommt. Nachdem es sich um zwei Opfer an einem Tag handelt, wird es nicht lange dauern, bis das Thema auch überregional aufgegriffen wird.«

»Die Aasgeier sind überall«, pflichtete Hancock ihr bei und wies mit einer Kinnbewegung auf einen jungen Mann, der gerade Fotos von ihnen und dem Tatort machte.

»Tun wir einfach so, als würden wir hier spielen«, schlug Marquez vor.

»Und das soll uns einer abkaufen?«

»Wenn nicht, haben wir wenigstens etwas Spaß gehabt.«

Hancock musste unwillkürlich lächeln. Ja, diese Frau gefiel ihm. Er entschied sich spontan dazu, etwas zu tun, was er, seit seiner Kindheit nicht mehr gemacht hatte. Er setzte sich auf eine Schaukel und holte Schwung. Obwohl die Befestigungskette unter seinem Gewicht bedenklich ächzte – schließlich war das Spielgerät für Kinder und nicht für übergewichtige Erwachsene konzipiert –, holte er immer mehr aus, bis ihn die Schaukel schließlich rund zwei Meter in die Lüfte hob, bevor sie sich wieder senkte und auf der anderen Seite in die Höhe schoss. Agent Marquez tat es ihm gleich und beobachtete mit Genugtuung, wie der Fotograf die

Kamera senkte und die Agenten verdutzt ansah. Sie hob eine Hand und winkte ihm fröhlich zu, woraufhin er sich abwandte und schnellen Schrittes dem vorbeiführenden Fußweg folgte, bis er außer Sichtweite war.

»Was machen Sie denn hier?«, fragte Bernstein, der gerade aus einem angrenzenden Waldgebiet heraustrat und sich die Zweige und Blätter abklopfte, die sich in seiner Kleidung verfangen hatten.

»Das sehen Sie doch«, gab Hancock zurück und holte noch einmal Schwung, bevor er die Schaukel langsam bis zum Stillstand auspendeln ließ. »Haben Sie etwas gefunden?«, fragte er.

»Ob Sie es glauben oder nicht, im Wald befinden sich Schleifspuren. Genau solche, die ein erwachsener Mann hinterlassen würde, der über den Boden gezogen wird.«

»Stella, Sie sagten doch, die Spurensicherung habe nichts gefunden«, wandte sich Hancock mit leicht vorwurfsvoller Stimme an seine Kollegin.

»Und Sie haben gesagt, dass sie etwas übersehen haben könnte«, gab sie zurück. »Ich werde sofort einen Trupp organisieren.«

»Ich habe noch etwas entdeckt«, verkündete der jüngere Agent und hielt triumphierend ein Tütchen in die Höhe, in dem sich etwas befand, was wie ein Stück abgerissenes Plastik aussah.

»Was soll das denn sein?«, fragte Hancock.

»Ich schätze, es gehört zu einer Plane oder etwas Ähnlichem. Möglich, dass es der Täter benutzt hat, um Clemens hierher zu bringen. Auch wenn New York dafür bekannt ist, dass nie jemand etwas gesehen hat, ist es garantiert nicht so einfach, eine Leiche durch die Stadt zu schleppen, ohne dass es jemand mitkriegt.«

»Gute Arbeit«, sagte der ältere Agent anerkennend. »Behalten Sie die Tüte bei sich, wir werden sie selbst ins Labor bringen.«

Bernstein nahm das Lob schweigend zur Kenntnis und steckte das Tütchen in seine Jackentasche.

»Gehört der Ihnen?«, fragte Marquez und hielt einen metallenen Gegenstand in die Höhe.

Es handelte sich um Hancocks Flachmann. Anscheinend war er während der Schaukelei aus seinem Jackett gefallen. Innerlich verfluchte er sich für seine Nachlässigkeit.

»Ja«, bestätigte er widerwillig und machte sich auf einen herablassenden Blick oder einen bissigen Kommentar gefasst.

Doch stattdessen schraubte Marquez den Behälter auf, roch daran und nahm einen großzügigen Schluck. »Guter Jahrgang«, meinte sie, während sie sich über die Lippen leckte.

»Mein Geburtsjahr.«

»Das erklärt alles«, antwortete die Agentin und gab Hancock die Flasche zurück, die er sogleich verstaute.

»Dann mal nichts wie los zur Zentrale. Die Videos warten.«

»Wir nehmen den Konferenzraum«, erklärte Marquez, als sie sich wieder im Gebäude am Federal Plaza befanden.

Wenige Minuten vor ihrer Ankunft war ein Bote dort erschienen und hatte die Videoaufnahmen vom Battery Park auf einem USB-Stick gebracht. Während die beiden Washingtoner Agenten das Zimmer betraten, rief die Frau ihre Kollegen zusammen.

»So, Freunde, alle mal herhören. Die beiden Männer und ich schließen uns jetzt ein und wollen nicht gestört werden. Wenn es doch einer wagt, dann nur mit Pizza, Burger oder sonstigem ungesundem Essen. Klar?«

»Was machst du mit zwei Männern allein in einem Zimmer?«, fragte William Smith, einer der altgedienten Recken der hiesigen Zentrale, und zwinkerte ihr zu.

»Verrate ich nicht«, gab sie ebenso augenzwinkernd zurück. »Aber wenn du lieb bist, mache ich ein paar Fotos für dich.«

»Für mich bitte auch welche. Natürlich nur für Recherchezwecke«, meldete sich Susan Singleton zu Wort, die zwar relativ neu im Team, aber mindestens genauso abgebrüht war wie ihre Kollegen. »Ein Video wäre auch nicht schlecht.«

»Das kostet aber extra«, antwortete Marquez, winkte keck und ließ dann die Tür zum Konferenzraum hinter sich zufallen.

»Wo wollen wir anfangen?«, fragte sie die beiden Agents.

»Mindestens fünf Stunden vor dem Fund«, antwortete Hancock, der es sich bereits auf einem Stuhl bequem gemacht hatte. »Ich kann mir zwar nicht vorstellen, dass es so lange gedauert hat, Kowalskis Leiche zu finden, aber ich möchte dennoch lieber auf Nummer sichergehen.«

»Ist gut.«

Die Agentin machte sich ans Werk und fing an, an der im Raum befindlichen Technik zu arbeiten.

Was die Modernität anging, konnten die Geräte zwar nicht mit denen der US Surveillance Inc. mithalten, aber für ihre Zwecke reichten sie vollkommen aus. An der Wand hing ein Flachbild-Fernseher, der per Kabel mit einem Beamer verbunden war, welcher wiederum über einen USB-Anschluss verfügte.

Wenigstens hier ist der Staat auf dem neuesten Stand der Technik, dachte Hancock, während Marquez die Geräte einschaltete und den USB-Stick mit den Videoaufnahmen in den dafür vorgesehenen Anschluss steckte. Nur wenige Sekunden später flimmerten die ersten Bilder über den Bildschirm, wobei *flimmern* buchstäblich der passende Ausdruck war, denn die Kamera war anscheinend nicht die modernste gewesen. Die Bilder waren teils unscharf und körnig, was es nicht gerade einfacher machte, etwas zu erkennen.

»Schneller Vorlauf?«, fragte Bernstein.

»Nein. Es sind zu viele Menschen gleichzeitig zu sehen«, erklärte der ältere Agent. »Wenn wir vorspulen, verpassen wir vielleicht etwas. Außerdem wird mir dann schlecht und ich kotze auf Ihre Füße. Klappe jetzt, ich muss mich konzentrieren.«

Er lehnte sich auf seinem Stuhl zurück und legte die Hände auf den Bauch. Die Agentin tat es ihm gleich, und auch Agent Bernstein machte es sich bequem, während er versuchte, jedes Detail auf dem Bildschirm in sich aufzusaugen.

Nach drei Stunden ununterbrochenen Auf-den-Fernseher-Starrens hielt es Hancock schließlich nicht mehr aus. Er stand auf, streckte sich und ging dann zum Fenster, um es weit zu öffnen. Als Nächstes schob er sich eine Zigarette in den Mundwinkel und zündete sie an.

»Sie sollten aufpassen, hier gibt es sehr sensible Rauchmelder«, ermahnte ihn Marquez.

Wortlos sah sich der Agent im Raum um und fand schließlich das kleine Gerät direkt über ihnen in der Mitte des Zimmers. Er legte seine Zigarette auf die Fensterbank, stieg auf den Tisch und schaffte es nach einigen Versuchen, das kleine Gerät zu erreichen und es abzuschrauben. Danach öffnete er die Konferenzzimmertür und warf den Rauchmelder achtlos hinaus.

»So«, kommentierte er und nahm seine Zigarette wieder an sich.

Den Blick der Agentin, der eine Mischung aus Verwunderung und Amüsiertheit darstellte, bemerkte er gar nicht, während er den Rauch inhalierte und wohlig spürte, wie sich seine Lungen füllten.

»Haben Sie auch eine für mich?«, fragte sie plötzlich.

Er hatte mit vielem gerechnet, aber nicht damit, dass sie rauchte. Dies sagte er ihr auch, während er ihr die Schachtel hinhielt.

»Hin und wieder will ich auch einfach mal was Gutes im Mund haben«, erklärte sie.

Bernstein verdrehte die Augen und wandte sich wieder dem Bildschirm zu.

»Ich habe jedenfalls einen Bärenhunger«, erklärte Hancock und rieb sich über den Bauch. »Gibt es hier in der Nähe einen Laden?«

»Sicher«, bestätigte die Agentin zwischen zwei Zügen. »Ich denke aber, dass wir uns lieber etwas liefern lassen sollten, um keine Zeit zu verschwenden. Ich kenne da einen guten Sushi-Lieferanten.«

»Bei Sushi weiß man nie, ob der Fisch nicht noch lebt«, sagte der ältere Agent ablehnend. »Ich bin eher für etwas Traditionelles, zum Beispiel Pizza oder Burger.«

»Auch damit können wir hier in New York dienen. Sie kriegen hier so ziemlich alles, was Sie sich vorstellen können. Manchmal auch Dinge, von denen Sie gar nicht wussten, dass sie existieren. Warten Sie, ich habe eine Bestell-Karte in meiner Schublade.«

Marquez öffnete die Tür zum Büro und ging zu ihrem Schreibtisch hinüber. Bis auf Susan Singleton waren bereits alle Kollegen nach Hause gegangen.

»Macht ihr Fortschritte?«, fragte Singleton, während sie ihren Computer herunterfuhr.

»Nicht wirklich«, gab die Agentin zu.

»Dieser Bernstein ...«, fing ihre Kollegin an.

»Keine Chance, der wird nächsten Monat heiraten.«

»Schade. Der ist süß.«

»Versuch es erst gar nicht, Susan«, sagte Marquez. »Er macht auf mich nicht den Eindruck, dass er rumzukriegen wäre.«

»Was ist mit dem anderen? Du musst zugeben, dass er was hat.«

»Und wenn schon«, gab die Agentin mit einer wegwerfenden Handbewegung zurück. »Das Einzige, was mich an ihm interessiert, ist seine Arbeitsweise.«

»Bist du dir da ganz sicher?«, fragte Singleton grinsend.

»Absolut. Was machst du heute Abend?«, wechselte Marquez das Thema.

»Weiß ich noch nicht. Vielleicht schaue ich einige Folgen meiner Lieblingsserie oder ich gehe auf die Piste. Wird sich noch zeigen.«

»Dann lass dich mal nicht aufhalten.«

Singleton nickte, warf sich ihre leichte Sommerjacke über und winkte zum Abschied, bevor auch sie das Büro verließ.

»Was machen Sie da eigentlich?«, fragte Bernstein seinen Kollegen.

»Wie meinen Sie das?«

»Sie flirten mit Agent Marquez.«

»Tue ich gar nicht.«

»Oh doch. Sie versprühen so viele Hormone, dass es ein Wunder ist, dass nicht sämtliche Eichhörnchen vom Central Park an Ihnen dranhängen!«

»Ich glaube, Sie verwechseln sexuelle Anziehung mit Freundlichkeit. Aber Sie sind noch jung, darum verzeihe ich Ihnen das.«

»Lassen Sie mein Alter aus dem Spiel, das hatten wir bereits geklärt.«

»Sorry, alte Angewohnheiten schüttelt man nun mal nicht so leicht ab.«

»Ich will nur eines: dass Sie sich weiterhin auf unseren Fall konzentrieren. Ich will nämlich nicht, dass uns Ihre Geilheit in die Quere kommt.«

»Jetzt hören Sie mal gut zu, Bernstein«, antwortete Hancock und betonte dabei explizit den Nachnamen seines Kollegen. »Ich bin lange genug dabei, sodass ich sehr wohl zwischen privaten und beruflichen Interessen unterscheiden kann. Ich gebe zu, dass ich gern mit

Marquez arbeite, und dass ich finde, dass sie fantastisch aussieht. Was sich daraus ergibt, ist privat, liegt bei mir und ihr und ganz gewiss nicht bei Ihnen. Das beeinflusst aber mein Urteilsvermögen, was den Fall angeht, in keiner Weise. Wenn Sie das nicht verstehen und Ihren Neid nicht im Zaum halten können, dann verspreche ich Ihnen, dass ich Sie von dem Fall ausschließen werde. Verstanden?«

»Ich bin nicht neidisch«, widersprach der jüngere Agent vehement. »Ich habe die Frau meines Lebens bereits gefunden und werde sie bald heiraten, und ich garantiere Ihnen, dass meine Ehe länger halten wird als Ihre. Wissen Sie, warum? Weil ich mein Privatleben nicht hinter den Beruf stelle. Weil ich mich ganz bewusst auf niemanden einlasse, mit dem ich beruflich zu tun habe. Weil ich mich nicht in meinen Job stürze und darüber vergesse, was wirklich wichtig ist im Leben. Vielleicht wäre es mit Ihrer Frau ganz anders gekommen, wenn Sie nicht blind losgestürmt wären und es als gegebene Tatsache genommen hätten, dass sie alles erduldet. Ihre Ex-Frau hatte Bedürfnisse, und sie hat sich nach jemandem gesehnt, der bei ihr und für sie da ist, wenn sie es braucht, und nicht, wenn es Ihnen gerade in den Kram passt. Was denken Sie, wie man sich fühlt, wenn man augenscheinlich immer unwichtiger ist als irgendein Verbrecher?«

Bernstein beobachtete die Reaktion seines Kollegen. Hancock stieg die Zornesröte ins Gesicht, er schnaufte wie ein wilder Ochse, mahlte mit dem Unterkiefer und ballte abwechselnd beide Fäuste, als ob er gerade abwägen würde, mit welcher Hand er dem jüngeren Agenten eine reinhauen wollte. Schließlich schien er sich entschieden zu haben und machte sich daran, mit großen Schritten die Distanz zwischen sich und Bernstein zu überbrücken, als Marquez mit einem auf Hochglanzpapier gedruckten Flyer in der Hand das Konferenzzimmer betrat.

»Störe ich gerade?«, fragte sie und ließ ihren Blick vom jüngeren zum älteren Agenten und wieder zurück wandern. Sie hatte sofort erfasst, dass die beiden Männer kurz davor waren, sich zu prügeln.

»Nein«, sagte Hancock gepresst, entspannte langsam die rechte Faust und zog sich dann ans Fenster zurück.

»Wir haben nur über den Fall diskutiert«, beschwichtigte Bernstein die Agentin.

»Dann ist ja gut. Ich möchte nämlich ungern zwischen zwei ausgewachsene Männer geraten. Beim letzten Mal habe ich die Streithähne danach ins Krankenhaus bringen müssen.«

»Weil die so brutal miteinander umgegangen sind?«, fragte der ältere Agent.

»Nein, weil ich so fest zugeschlagen habe«, gab Marquez mit ernster Stimme zurück. »In meiner Freizeit betreibe ich Kickboxen. Ist immer gut, wenn man sich in einem Moloch wie New York wehren kann, besonders als Frau. Also, wer hat Hunger?«

»Immer doch«, erklärte Hancock und schmiss seine inzwischen ausgegangene Zigarette aus dem Fenster.

»Okay, wenn Sie Pizza wollen, empfehle ich Ihnen die NY-Special. Die hat Salami, Schinken, Peperoni und so viel Käse als Belag, dass Sie danach das Gefühl haben, nur noch aus dem Zeug zu bestehen. Sind Sie eher der Burger-Typ, gibt es die klassischen Varianten. Aber die

Leute hier«, führte sie aus und hob den Flyer mit der Aufschrift *NYC Food Temple* in die Höhe, »haben auch ein Ding im Angebot, das Ihnen die Tränen in die Augen treiben wird. Nennt sich *East Coast Burger*. Kein sehr einfallsreicher Name, aber das Ding besteht fast nur aus Fleisch und Käse, gewürzt mit ordentlich Chili. Das Problem bei der Sache ist nur, dass es zwei Mal brennt: erst oben, später unten.«

»Das klingt ganz nach meinem Geschmack«, stellte Hancock fest. »Ich nehme den Burger!«

»Ich glaube, ich bin für die NY-Special«, kam es von Bernstein.

»Gute Wahl, Jungs.«

»Was nehmen Sie?«, wollte Hancock wissen.

»Ich nehme das Übliche, einen Sommer-Salat mit Schafskäse ohne Dressing.«

Als der ältere Agent skeptisch eine Augenbraue hochzog, musste Marquez lachen. Gewöhnlich lag die Stimme der Agentin im Alt-Bereich, aber beim Lachen hob sie sich und befand sich genau auf der Frequenz, die Hancock als angenehm und erfrischend empfand. Unwillkürlich musste er lächeln, und es hätte nicht viel gefehlt, dass auch er lauthals losgelacht hätte.

»Nur ein Scherz«, sagte sie und winkte ab. »Ich bin doch kein Kaninchen. Ich pfeife mir natürlich auch eine Pizza rein.«

Sie zückte ihr Smartphone und wählte die Nummer des Lieferdienstes. Während sie die Bestellung aufgab, beobachtete sie die beiden Washingtoner Agenten und überlegte, wie lange es noch dauern würde, bis sie sich wirklich prügeln würden. Keine zehn Minuten später bekam sie eine Kurznachricht, dass der Bote unten vor der Gebäudetür war und auf sie wartete.

»Ich gehe kurz runter und hole das Essen«, sagte die Agentin. »Kommen Sie beide so lange ohne mich klar?«

»Natürlich«, beeilte sich Hancock, zu antworten.

Mit einem Nicken verließ Marquez das Büro und machte sich auf den Weg ins Erdgeschoss. Bernstein, der auf einem Stuhl auf der anderen Seite des großen Tisches Platz genommen hatte, nahm sein eigenes Telefon zur Hand und tippte darauf herum, während er sich so weit wie möglich von seinem Partner entfernt aufzuhalten versuchte. Der wiederum stand am Fenster, sah nach draußen und rauchte eine weitere Zigarette.

»Ich geh mal pullern«, erklärte Hancock schließlich und verließ ebenfalls den Konferenzraum.

Bernstein stand auf und ging zum Fenster hinüber, um die nächtliche Skyline der Stadt zu betrachten. Von hier aus hatte er einen guten Blick auf das One World Trade Center, welches mit fünfhunderteinundvierzig Metern Höhe das höchste Gebäude der Vereinigten Staaten und weltweit betrachtet auf Platz Sechs war. Eingeweiht worden war es Ende des Jahres 2014, und es war sowohl ein Mahnmal als auch ein Zeichen der Unbeugsamkeit des amerikanischen Volkes, nachdem bei 9/11 islamistische Terroristen das ursprüngliche World Trade Center zum Einsturz gebracht hatten. Bernstein war zum Zeitpunkt der Anschläge gerade einmal fünf Jahre alt gewesen und konnte sich nur dunkel an das Ereignis erinnern. Viel stärker war ihm die Reaktion seiner Eltern im Gedächtnis geblieben, als ihnen gedämmert hatte, dass es sich dabei nicht um einen Film, sondern um die brutale Realität handelte. Ganz besonders aber erinnerte er sich daran, wie er sich einige Wochen später von seinem großen Bruder verabschiedet hatte, der zu den ersten Truppen gehört hatte, die in Afghanistan einmarschiert waren. Das war das letzte Mal gewesen, dass er ihn lebend gesehen hatte.

Bernstein versuchte, diese Gedanken abzuschütteln, als Agent Marquez mit drei Papp-Packungen in den Händen, die ziemlich heiß zu sein schienen, ins Büro zurückkehrte. Jedenfalls las er dies aus Marquez' gequältem Gesichtsausdruck. Obenauf standen noch drei Flaschen Limonade, die bei jeder Bewegung der Agentin bedenklich schwankten. Er ging schnell zu ihr und nahm ihr zuerst die Flaschen und dann die Essensverpackungen ab.

»Wo ist Pete?«, fragte sie, während sie sich die Hände rieb.

»Auf der Toilette«, erwiderte der jüngere Agent.

»Ich würde ja auf ihn warten, aber nachdem ich den gesamten Weg von unten bis hierher den Essensduft in der Nase hatte, kann ich leider nicht mehr an mich halten«, erklärte die Agentin und öffnete ihren Pizzakarton.

Auch Bernstein öffnete die Lasche seiner Essensverpackung und betrachtete den Inhalt. Die Agentin hatte nicht übertrieben, als sie gemeint hatte, dass die Pizza in Käse ertrinken würde. Er wusste jetzt schon, dass sein Cholesterinspiegel nach dieser Mahlzeit in schwindelerregende Höhen schießen würde, aber das war ihm in diesem Augenblick vollkommen egal, denn er hatte einen Bärenhunger.

Er nahm ein Stück der bereits geschnittenen Pizza und biss herzhaft hinein.

»Mahlzeit«, sagte Hancock, der in der Tür stand und sich gerade die Hände mit einem Papiertuch abtrocknete.

»Mahlzeit«, antwortete Marquez zwischen zwei Bissen und deutete mit der freien Hand auf die noch unberührte Verpackung.

Hancock rieb sich die Hände, setzte sich auf seinen Stuhl und öffnete die Verpackung so behutsam, als würde er eine alte Schatztruhe öffnen. Das sich ihm offenbarende kulinarische Werk bestand aus einer Brötchenhälfte als Basis, auf der abwechselnd drei Fleisch-Pattys und zahlreiche Gouda-Scheiben gestapelt waren. Dazwischen lugten einige Baconstreifen hervor, die vor Fett geradezu glänzten. Getoppt wurde das Konstrukt von einer weiteren Brötchenhälfte und einem vertikal durch die Mitte gerammten Spieß, der alles zusammenhielt. Es hätte zwar auch Soße gegeben, aber Hancock hatte diese bei der Bestellung explizit verneint. Der Käse war seines Erachtens mehr als genug Flüssigkeit, damit ihm das Fleisch nicht im Hals stecken blieb. Außerdem wollte er sich nicht vollkleckern, denn gerade bei Burgern war es ein Leichtes, sich das Hemd zu versauen.

»Gut, dass ich gerade Platz im Magen gemacht habe«, kommentierte er, bevor er herzhaft in seinen Burger biss.

Marquez quittierte den Kommentar mit einem kurzen Kichern, und auch Bernstein konnte nicht umhin, für einen Moment zu lächeln, bevor er sich weiter seiner Pizza widmete.

Schon seltsam, dachte er, *wie schnell sich die Laune heben kann, wenn man etwas Gutes zu essen hat.*

»Wollen wir uns während des Essens weiter die Aufnahmen ansehen?«, fragte er, als er einen Schluck aus seiner Limo-Flasche genommen hatte.

»Von mir aus«, beschied Hancock nuschelnd, denn er kaute gerade an einem besonders großen Bissen.

»Klar«, stimmte auch Marquez zu.

Bernstein drückte auf eine Taste, und das vor ihrer Pause angehaltene Bild bewegte sich nun weiter. Dem Zeitstempel am unteren rechten Rand der Aufnahme entnahmen sie, dass es bereits recht spät war, doch immer noch tummelten sich Hunderte Passanten gleichzeitig in dem Aufnahmebereich. Das machte es äußerst schwierig, etwas zu finden, was sie weiterbringen würde. Da sie aber darin geübt waren, selbst kleinste Details zu erkennen, ließen sie sich nicht entmutigen.

»Da!«, rief Marquez plötzlich und zeigte auf den Fernseher.

»Halten Sie sofort das Bild an«, forderte der ältere Agent seinen Kollegen auf.

Bernstein, der die Fernbedienung in der einen und sein Pizzastück in der anderen Hand hielt, kam dem Aufruf umgehend nach.

»Noch etwas zurück. Hier, sehen Sie?«, fragte die Agentin die beiden Washingtoner Beamten.

»Was meinen Sie?«, wollte Bernstein wissen.

»Dieser Mann, der gerade von links ins Bild kommt. Der schleppt doch irgendetwas Schweres.«

Tatsächlich war in der linken oberen Ecke für einen kurzen Augenblick jemand zu sehen, der etwas auf seinem Rücken trug, was ihn leicht nach vorne gebeugt laufen ließ.

»Zoomen Sie heran«, verlangte Marquez.

»Wie geht das?«

Anstatt zu antworten, nahm sie Bernstein die Fernbedienung ab und drückte auf eine kleine, mit einem Z markierte Taste, wodurch sich das Bild umgehend vergrößerte.

»Ich kann sein Gesicht nicht erkennen«, meinte sie mit einer Mischung aus Enttäuschung und Ungeduld.

»Das hätte mich auch sehr gewundert«, erklärte Bernstein. »Aber sehen Sie mal. Was auch immer er auf dem Rücken trägt, es ist in schwarze Folie eingewickelt. Sieht für mich so aus wie diejenige, die ich heute im Central Park gefunden habe. Was mich allerdings stutzig macht, ist, dass der Typ anscheinend einfach so zwischen all den anderen Leuten hindurchspaziert.«

»Die beste Tarnung ist es oft, mitten im Sonnenlicht zu stehen«, sagte der ältere Agent und gab damit ein Zitat wieder, welches er einmal so oder zumindest so ähnlich irgendwo gehört hatte. »Wenn er versuchen würde, unauffällig zu wirken, würde es wahrscheinlich irgendjemandem auffallen. Aber so, wie er sich verhält, könnte man denken, dass er in irgendeinem offiziellen Auftrag handelt.«

»Vor allem, wenn er die Uniform eines städtischen Parkpflegers dabei trägt«, fügte Marquez hinzu.

»Wo könnte er die herhaben?«

»Wahrscheinlich aus einem Kostümverleih«, antwortete die Agentin. »Solche Dinger kriegen Sie überall.«

»Wie viele solcher Verleihe gibt es denn in New York City?«

»Ich schätze mal, so um die fünfzig. Vielleicht auch mehr.«

»Dann sollten wir dort Leute vorbeischicken. Möglich, dass sich hier eine Spur findet.«

»Kann aber auch sein, dass er sie gestohlen hat.«

»Auch dem müssen wir nachgehen«, pflichtete ihr Hancock bei. »Ich bin zwar nicht so gut darin, Größen einzuschätzen, aber dieser Typ sieht mir schon gewaltig groß und muskulös aus.«

»Mindestens einen Meter neunzig«, sagte Marquez.

»Lassen Sie das Bild weiterlaufen«, verlangte der ältere Agent. »Mal sehen, ob noch etwas kommt.«

Tatsächlich zeigte der mitlaufende Timer am unteren Bildrand an, dass der Mann etwa fünf Minuten später kurz wieder erschien, dieses Mal ohne seine Last.

»Okay, anscheinend hat er sie abgelegt und ist nun wieder auf dem Weg zu seinem Auto«, stellte Bernstein fest. »Wollen wir uns noch mehr ansehen?«

»Das sollten wir«, erklärte Hancock. »Vielleicht kommt er ja noch einmal ins Bild.«

Die restliche Zeit bis zum Fund der Leiche geschah allerdings nichts mehr von Belang.

»Das ist wirklich nicht gerade viel«, sagte Marquez, als das Fernsehbild erloschen war. »Aber immerhin etwas.«

»Stella, wann können wir damit rechnen, dass alle Kostümverleihe befragt und die städtische Einrichtung eine Auskunft geschickt hat, ob jemand seine Uniform vermisst?«

»Heute bestimmt nicht mehr«, antwortete sie und warf einen Blick auf ihre Uhr. »Es ist schon weit nach Ladenschluss. Vielleicht im Verlauf des morgigen Tages.«

»Lässt sich nicht ändern«, sagte Hancock und streckte sich. »Ich denke, wir können heute nicht mehr viel ausrichten.«

»Haben Sie Hotelzimmer gebucht?«

»Um ehrlich zu sein, haben wir uns darüber noch keine Gedanken gemacht. Können Sie uns etwas empfehlen?«

»Momentan findet hier eine große Industrie-Messe statt«, sagte Marquez. »Da bekommen Sie bestimmt kein Zimmer mehr. Wenn Sie wollen, können Sie bei mir schlafen. Sie beide natürlich.«

»Das ist wirklich sehr nett, aber ich weiß nicht, ob ...«, sagte Bernstein.

»Wir nehmen an. Vielen Dank«, mischte sich Hancock ein.

»Es ist nichts Besonderes, aber ich habe eine ausklappbare Couch, da finden Sie beide bestimmt genug Platz, und wenn es doch etwas eng sein sollte, können Sie ja miteinander kuscheln«, sagte die Agentin und grinste.

»Na vielen Dank auch«, gab der ältere Agent zurück.

»Kommen Sie, wir müssen noch ein ganzes Stück mit der U-Bahn fahren. Wenn wir uns beeilen, erwischen wir noch eine.«

»Ich spendiere uns ein Taxi«, verkündete Hancock.

»Ist nicht nötig«, sagte Marquez und winkte ab.

»Doch, ist es. Das ist das Mindeste, was ich tun kann, nachdem Sie uns schon zu sich eingeladen haben.«

»Okay, dann rufe ich uns eines.«

»So, da wären wir«, verkündete Marquez, als sie vor dem Gebäude in Brooklyn standen, in welchem die Agentin wohnte. Die Fassade machte nicht sehr viel her, und nach Hancocks Schätzung war diese zuletzt vor dreißig Jahren renoviert worden. An einigen Stellen blätterte der Putz ab, und auch die Fensterfassungen sahen, soweit er es erkennen konnte, nicht sehr gut aus.

»Hier wohnen Sie?«, fragte er, darauf gefasst, dass sie einen weiteren Scherz machte.

»Ja«, bestätigte sie nickend. »Ich gebe zu, von außen sieht es dürftig aus, aber innen ist es dafür sogar noch schlimmer.«

»Na, wenigstens nehmen Sie es mit Humor.«

»Eine andere Wahl habe ich ehrlich gesagt nicht. Mit meinem Gehalt kann ich mir leider keine großen Sprünge leisten.«

»Kommt mir bekannt vor«, antwortete er und machte eine Handbewegung zum Gebäude hin. »Wollen wir?«

»Ich hoffe, Sie machen jetzt nicht wieder dieses *Nach Ihnen, nein nach Ihnen*-Spiel«, mischte sich Bernstein ein und unterdrückte ein Gähnen.

»Keine Sorge. Ich denke, wir wollen alle einfach nur noch ins Bett«, gab der ältere Agent zurück. »Ich freue mich schon darauf, Sie als meinen Teddybären zu benutzen.«

»Fassen Sie mich an, und ich kann für nichts garantieren.«

»Zeigen Sie mal Humor, Sie steifer Knochen. Aber wenn Sie sich dann besser fühlen, verspreche ich

Ihnen, Sie nicht einmal mit meinem Atem zu berühren.«

»Und wenn Sie es doch tun?«

»Dann dürfen Sie mir eine reinhauen.«

»Einverstanden.«

»Seit wann sind Sie beide eigentlich schon Partner?«, wollte Marquez wissen.

»Erst seit einigen Tagen«, erklärte Bernstein. »Warum?«

»Weil Sie sich so benehmen, als würden Sie schon seit Jahren voneinander genug haben.«

»Glauben Sie mir, mit jemandem wie Hancock möchte man nicht länger als einige Tage zusammen sein.«

»Nur, wenn man eine Memme ist«, sagte der ältere Agent. »Es gibt andere, die sind sehr gern mit mir unterwegs. Aber ich bin ein bescheidener Mensch und gebe mich auch mit weniger von mir begeisterten Leuten zufrieden.«

»Lassen wir das für heute«, erklärte Bernstein. »Ich bin müde.«

Agent Marquez hatte nicht gelogen, als sie behauptet hatte, dass es im Haus noch schlimmer aussah als außen. Die Decken, die einstmals grün gestrichen worden waren, hatten inzwischen einen Grauton angenommen, und an einigen Stellen hatten sich Schimmelflecken gebildet. An den Wänden befand sich eine dunkelgelbe Tapete, die sich hier und da bereits in Streifen löste. Wer auch immer auf die Idee gekommen war, in einem Treppenhaus Tapete zu kleben, war bestimmt auch jemand, der immer vergaß, einzukaufen, um sich dann zu wundern, dass der Kühlschrank leer war, dachte Hancock.

Er ging zum Aufzug und presste seinen Daumen auf den Rufknopf.

»Den würde ich an Ihrer Stelle nicht benutzen«, erklärte die Agentin. »Die letzte Wartung liegt mindestens zehn Jahre zurück.«

Wortlos wandte sich Hancock zur Treppe und stieg, angeführt von Marquez und gefolgt von Bernstein, die vier Stockwerke bis zu ihrem Appartement hinauf. Die Tür zu ihrer Wohnung ließ sich zwar ganz normal mit einem Schlüssel entriegeln, doch um sie zu öffnen, musste man mit dem Fuß gegen zwei ganz bestimmte Stellen treten.

»Gibt eine gute Diebstahlsicherung ab«, kommentierte der ältere Agent die Aktion seiner Kollegin.

»Bisher hat es noch niemand geschafft, hier einzubrechen«, bestätigte sie. »Im Gegensatz zu manch anderen Wohnungen. Hereinspaziert.«

Auch hier hatte die Agentin nicht übertrieben, als sie gesagt hatte, dass die Behausung nichts Besonderes war. Die Zimmer waren klein und eng und obendrein auch noch unvorteilhaft geschnitten, aber immerhin gab es ein Schlaf- und ein Wohnzimmer sowie ein davon abgetrenntes Bad. Die Wohnung selbst war aufgeräumt und sauber, außerdem war sie durchaus geschmackvoll eingerichtet.

»Die Sachen sind teils geerbt, teils vom Flohmarkt«, erklärte Marquez, während sie die Agenten herumführte. »Ich habe irgendwie ein Faible für alte Dinge.«

»Sie müssen sich nicht entschuldigen«, antwortete Hancock. »Jeder soll seine Wohnung so einrichten, wie es ihm gefällt.«

»Hier ist die Couch. Warten Sie, ich rücke den Tisch beiseite.«

Damit meinte sie ein etwa kniehohes, aus Holz bestehendes Gestell, welches von einer zu schwer aussehenden Glasplatte gekrönt wurde. Als sie damit fertig war, zog sie an einer kleinen Lasche am unteren Ende des Sofas, woraufhin sich die Sitz- in eine Liegefläche verwandelte.

»Ich hole Ihnen noch Decken.«

»Gefällt mir hier«, meinte Bernstein.

»Mir auch. Abgesehen von dem Babygeschrei unter und dem Ehestreit über uns«, pflichtete ihm Hancock bei, während er den Kopf schief legte und lauschte.

»Ja, die Wände sind sehr dünn«, bestätigte die Agentin, während sie im Schlafzimmer nach einigen Decken kramte. »Ich hoffe, Sie schnarchen nicht zu laut.«

»Gibt es hier eine Rauchmöglichkeit?«

»Drüben am Fenster ist eine Feuerleiter, da können Sie hin. Wer will noch einen Absacker?«

»Da bin ich dabei«, erwiderte der ältere Agent.

»Ich passe«, erklärte Bernstein. »Ich gehe lieber gleich schlafen.«

»Gut. Pete, ich denke, wir gehen dann auf die Feuerleiter, da stören wir ihn nicht. Warten Sie, ich hole die Flasche und zwei Gläser.«

Sie drückte Hancock alles in die Hand, dann begab sie sich zum Fenster und löste die Verschlüsse. Anschließend ging sie in die Hocke und schob das Fenster auf. Davor, in einer Höhe von etwa zehn Metern und mit zwei starken Metallstreben an die Fassade geschraubt, befand sich eine rund zwei Mal zwei Meter große Gitterplattform, auf der zwei Menschen bequem stehen konnten. Eine Sitzgelegenheit gab es nicht, denn das Gitter war so grobmaschig, dass jedes Stuhlbein einfach hineingerutscht wäre. Marquez nahm ein Glas und die Flasche und goss ein. Nachdem der ältere Agent das halb volle Glas entgegengenommen hatte, gab er ihr das andere.

»Schöne Aussicht haben Sie hier«, beschied er und zeigte auf die nur etwa fünf Meter entfernte Fassade des Nachbarhauses, die in etwa demselben heruntergekommenen Zustand wie die des Hauses, in welchem sie sich gerade befanden, entsprach.

»Ja, das sind die angenehmen Dinge in New York«, antwortete die Agentin, während sie ihr Glas schwenkte.

»Verdienen Sie wirklich so wenig, dass Sie sich nichts anderes leisten können?«

»Theoretisch könnte ich mir schon etwas mehr leisten, aber ich muss jeden Monat etwas für meine Mutter beiseitelegen. Sie ist in einem Pflegeheim und kann sich den Aufenthalt dort nicht allein leisten.«

»Tut mir leid, das zu hören.«

»Ist schon gut. Sie hat einen großen Teil ihres Lebens gut für mich gesorgt, da ist es nur legitim, wenn ich jetzt etwas für sie tue.«

»Ich sehe das ehrlich gesagt ein wenig anders«, erklärte Hancock und nahm einen Schluck der goldgelben Flüssigkeit. »In meinen Augen sind wir nicht für unsere Eltern verantwortlich. Es war deren Entscheidung, uns in die Welt zu setzen, also ist es auch deren

Pflicht, für uns zu sorgen, bis wir selbst Verantwortung für uns übernehmen können.«

»Sie sind ziemlich ... wie soll ich sagen ...«

»Egoistisch? Mag sein. Aber ich finde, dass jeder für sein Handeln selbst verantwortlich ist. Daraus irgendwelche Erwartungen anderen gegenüber abzuleiten, finde ich nicht in Ordnung.«

»Ich habe mich übrigens über Sie erkundigt«, sagte Marquez plötzlich und wechselte abrupt das Thema.

»Ich hoffe, Sie haben nur Gutes gehört.«

»Ja und Nein. Meinen Informationen nach haben Sie eine sehr hohe Aufklärungsquote, eine der höchsten aller FBI-Agenten. Aber ich habe auch gehört, dass Sie manchmal etwas über die Stränge schlagen, wenn es darum geht, einen Täter dingfest zu machen.«

»Ich nutze jedes Mittel, das mir zur Verfügung steht«, bestätigte der ältere Agent.

»Manchmal auch noch mehr«, gab sie zurück. »Jedenfalls wurde mir das erzählt.«

»Wie ich schon sagte, ist in meinen Augen jeder für sich selbst verantwortlich. Bei Mördern mache ich keine Ausnahme. Jedem steht es offen, sich professionelle Hilfe zu suchen.«

»Aber nicht jeder erkennt, dass er Hilfe benötigt«, wandte Marquez ein.

»Der Weg von einem fehlgeleiteten Jugendlichen zu einem ausgewachsenen Killer ist weit, und auch Psychopathen haben immer den einen oder anderen lichten Moment, in dem sie erkennen, dass das, was sie tun, falsch ist.«

»Sind Sie davon wirklich überzeugt?«

»Definitiv«, bejahte Hancock. »Seit wann sind Sie FBI-Beamtin?«

»Seit etwas mehr als fünf Jahren.«

»Ich bin seit fast dreizehn Jahren dabei und habe Dinge gesehen, die Sie sich nicht einmal vorstellen wollen. Abscheulichkeiten, die mich auch auf Monate hinaus in meinen Träumen verfolgt haben. Glauben Sie mir, wenn ich auch nur eine Spur Mitleid mit denjenigen hätte, die für diese Taten verantwortlich sind, dann wären viele von ihnen immer noch auf freiem Fuß.«

»Ich finde, es ist immer eine Gratwanderung, zu entscheiden, wem noch geholfen werden kann, und wer nicht mehr zu retten ist.«

»Es ist nicht meine Aufgabe, darüber zu entscheiden. Mein Job ist es, diese Scheißkerle ausfindig zu machen und sie der Justiz zu übergeben.«

»Aber wenn Sie als Ermittler vor Gericht Ihre Aussage machen, prangern Sie die Täter stets vehement an, richtig?«

»Weil sie es verdient haben. Jeder Mörder, jeder Schänder hat die volle Härte des Gesetzes verdient. Nur so kann dafür gesorgt werden, dass andere vor solchen Taten zurückschrecken.«

»Die Statistiken zeigen, dass es in den vergangenen acht Jahren nicht weniger, sondern sogar mehr Straftaten gab«, wandte die Agentin ein.

»Weil diese Kerle heutzutage viel zu sehr mit Samthandschuhen angefasst werden und darauf eingegangen wird, wenn jemand behauptet, dass er eine schlimme Kindheit hatte. Würden wir solche Argumente nicht gelten lassen, würden es sich einige Leute sicher noch mal überlegen, bevor sie jemanden verprügeln, vergewaltigen oder ermorden.«

»Frieden durch Furcht?«

»Wenn es anders nicht geht, ja. Mir wäre es auch lieber, wenn die Menschen einfach miteinander auskommen würden. Glauben Sie mir, wenn ich Ihnen sage, dass ich lieber einen ruhigeren Job hätte. Aber da wir in keiner Utopie leben, muss jemand nun mal die Drecksarbeit übernehmen, und das sind Sie, ich und die Schnarchnase da drinnen.«

»Sie mögen Ihre Arbeit nicht besonders, oder?«

»Ich hasse sie«, gab er zu. »Aber wie gesagt, einer muss sie machen, sonst schlagen sich die Leute gegenseitig die Köpfe ein. Wissen Sie, wer am meisten darunter leidet, wenn zwei Erwachsene aufeinander losgehen?«

»Wer?«

»Die Kinder! Jedes Mal, wenn in einem meiner Fälle ein Kind mit von der Partie war, war es absolut schrecklich, damit umzugehen.«

»Darf ich Sie daran erinnern, dass es bei Katastrophen aber auch immer Menschen gibt, die sich gegenseitig helfen?«

»Und mindestens genauso viele gibt es, die die Gunst der Stunde nutzen und sich einfach nehmen, was sie wollen. Die Menschen sind im Allgemeinen raffgierig und egoistisch, und nur, weil es Leute, wie uns gibt, ist noch keine Anarchie ausgebrochen. Die Aussicht ist übrigens gerade noch schöner geworden.«

Als Agent Marquez dem Blick ihres Kollegen folgte, musste sie unwillkürlich lachen, denn zwei Fenster über ihnen, auf der gegenüberliegenden Seite, hatte gerade ein Pärchen begonnen, sich dem Liebesakt zu widmen. Wobei *Liebesakt* zu blumig für das war, was dort gerade vor sich ging. Die Frau hielt sich mit beiden Händen am Fensterbrett fest, während ihr Freund von hinten wie ein Stier pumpte. Wenn er so weitermachte, war es nur eine Frage der Zeit, bis die Frau aus dem Fenster fallen würde. Augenscheinlich schien es ihr aber zu gefallen, darum machte er keine Anstalten, auf sich aufmerksam zu machen.

»Lassen Sie uns wieder reingehen«, forderte die Agentin ihn auf.

»Um was zu tun?«

»Schlafen, denn ich bin müde, und ich glaube, Sie sollten sich auch hinlegen, sonst übernimmt Bernstein Ihren Platz vollständig und Sie müssen im Stehen schlafen.«

»Ich bleibe noch ein wenig hier«, erklärte Hancock.

»Okay. Gute Nacht, Pete.«

»Gute Nacht, Stella.«

Am nächsten Morgen fuhr Hancock erschrocken hoch, als ihn ein lauter Knall weckte.

»Stirb!«, rief er reflexartig und schaute sich hektisch auf der Suche nach der Quelle des Geräusches um.

»Entschuldigung«, murmelte Marquez, die gerade zu einem Kehrbesen griff, um die Scherben ihrer heruntergefallenen Kaffeetasse aufzufegen.

Glücklicherweise war ihr die Tasse in der Küche heruntergefallen, wo es keine Teppiche gab, sondern ausschließlich Fliesen, die ihre besten Tage, ebenso wie der Rest des Hauses, schon lange hinter sich hatten. Die braune Flüssigkeit breitete sich langsam aus und bildete eine kleine Pfütze. Die Agentin betrachtete sie einen Augenblick lang, ob sich eine Figur bilden würde. Unwillkürlich erinnerte sie sich an ihren Eignungstest, wo sie einen Rorschach-Test über sich hatte ergehen lassen müssen und beschloss daraufhin, sich lieber der Reinigung zu widmen. Währenddessen rieb sich Hancock die blutunterlaufenen Augen und schaffte es langsam, aus seinem Dämmerzustand in die reale Welt zu gelangen.

»Wo ist der Welpe?«, fragte er verschlafen, während er sich über das stoppelige Kinn fuhr. So, wie es sich anfühlte, hatte er dringend eine Rasur nötig, aber momentan gab es wichtigere Dinge, denen er sich widmen wollte. Den verdammten Kater loszuwerden zum Beispiel. Gestern, nachdem sich die Agentin und er auf dem Balkon voneinander verabschiedet hatten, hatte er sich nicht schlafen gelegt, sondern war noch einmal in die Stadt gefahren, um sich dort ein oder zwei Feierabend-Biere zu genehmigen. In einer gemütlichen Eckkneipe hatte er schließlich eine trinkfreudige Runde entdeckt und sich dieser angeschlossen. Was bis zu seinem Heimkommen passiert war, und wie er überhaupt wieder zu Stellas Wohnung gelangt war, versteckte sich hinter einem Nebel aus Kopfschmerzen.

»Frank ist schon zum Labor gefahren, um das Stück Plane untersuchen zu lassen, das er gestern gefunden hat«, erklärte Marquez, während sie die Scherben aufsammelte und die Kaffeepfütze mit einem Lappen aufwischte.

»Hoffentlich bringt er ein paar Aspirin mit«, antwortete er und schälte sich aus der zerwühlten Bettdecke, bevor er in Richtung des Badezimmers schlurfte.

Dabei stieß er mit dem kleinen Zeh gegen die Kante des Tischchens und jaulte laut auf, bevor er auf einem Bein hopste und laut fluchte. Marquez, die gerade die Reste der Tasse in den Müll schmeißen wollte, fing laut an zu lachen, als sie sah, was der Agent trieb.

»Du siehst aus wie ein Stammeskrieger kurz vor der Schlacht«, sagte sie.

»Dieses blöde Scheißding!«, stieß Hancock zwischen zusammengebissenen Zähnen hervor. »Ich glaube, ich habe mir gerade den Zeh gebrochen.«

Er betrachtete für einige Minuten seinen Fuß und rieb an der Zehe, bevor er, nur auf den Fersen gehend, das Bad betrat. Die Agentin lachte immer noch, denn Hancock sah mit seinem Watschelgang aus wie ein Pinguin. Sein Gefühl, dass er wirkte, als sei er von einem Bagger überrollt worden, bestätigte sich, als er einen flüchtigen Blick in den Badezimmerspiegel warf. Seine Augen waren von dunklen Ringen unterlegt, seine Gesichtshaut schien merkwürdig labberig zu sein, und seine Haare waren noch zerzauster als sonst. Schulterzuckend klappte er die Klobrille hoch und machte Anstalten, seine Hose zu öffnen, als Marquez von draußen »Hinsetzen!« brüllte. Pflichtschuldig ließ er seine Beinkleider bis zu den Knöcheln gleiten und setzte sich auf die Schüssel. Zusätzlich zu seinen Kopfschmerzen kam jetzt auch noch ein brennendes Gefühl in seinem Geschlechtsteil hinzu. Es tat so weh, dass er versucht war, den Harndrang zu unterdrücken, aber da seine Blase randvoll war, ließ sich das Ganze leider nicht aufhalten. Der Schwall strömte in das Porzellan. Nachdem er fertig war, zog er die Hose wieder hoch, betätigte die Toilettenspülung und wusch sich die Hände. Das Brennen war noch immer vorhanden und schien sich eher noch verstärkt zu haben. Es war nicht das erste Mal, dass er Schmerzen beim Pinkeln hatte, und er nahm sich vor, einen Arzt aufzusuchen, sobald er mal die Zeit dafür hatte.

»Hast du was zu trinken da?«, fragte er die Agentin, als er wieder ins Wohnzimmer kam.

Ihm fiel gar nicht auf, dass sie sich seit heute Morgen wie selbstverständlich gegenseitig duzten.

»Möchtest du Saft, Wasser oder Kaffee?«, fragte sie ihn.

»Am liebsten einen Schluck Whiskey. Einen Kater bekämpft man nämlich am besten mit dem Verursacher davon.«

»Tut mir leid, aber damit kann ich nicht dienen. Ich habe aber einen Kaffee aufgesetzt, der deine Lebensgeister wieder wecken wird.«

Er setzte sich schwerfällig auf die Couch und nahm die dampfende Tasse entgegen, die ihm die Agentin reichte. Das Gefäß war kochend heiß, und nur mit Mühe konnte er es in den Händen halten. Schließlich entschied er sich dazu, den Kaffee vor sich auf den Boden zu stellen, denn zum gegenwärtigen Zeitpunkt vertraute er seinen Gliedmaßen nicht genug. Nach einigen Minuten, die sie schweigend verbrachten, beugte er sich wieder hinunter und nahm den Kaffee in die Hände. Er setzte die Tasse an die Lippen und trank einen großen Schluck.

»Der ist so stark, dass der Löffel drin stehen bleibt«, konstatierte Hancock, während er sich über die Lippen leckte. »Und die Zehennägel rollt er einem bis zum Bauchnabel hoch.«

»Dann ist er ja genau das Richtige für dich«, erklärte Marquez. »Ich weiß nämlich, dass du gestern noch unterwegs warst.«

»Woher?«

»Weil ich gehört habe, wie du versucht hast, die Wohnungstür von außen zu öffnen, und dann habe ich mitgekriegt, wie du schließlich durch das Fenster eingestiegen bist.«

Nachdem der Kaffee seine Wirkung entfaltet hatte, erinnerte er sich etwas besser an alles. Er hatte es geschafft, mit dem Taxi bis zu Marquez' Adresse zu gelangen, aber nachdem er die Treppen hochgestiegen war, war es ihm nicht gelungen, die Wohnungstür zu öffnen. Der Witz mit der Diebstahlsicherung war also näher an der Realität gewesen, als er gedacht hatte. Letzten Endes hatte er sich dazu entschieden, auf die Rückseite des Gebäudes zu gehen und dort über die Feuerleiter nach oben zu klettern. Dabei war er allerdings mehrfach ausgerutscht und wäre einmal sogar fast abgestürzt. Zu allem Überfluss hatte er sich verzählt und war ein Stockwerk zu weit oben gewesen, als er versucht hatte, das Fenster zu öffnen. Erst, als der dortige Mieter ihm eine Flinte unter die Nase gehalten und ihm gedroht hatte, ihm die Eier wegzuschießen, hatte er seinen Fehler bemerkt. Es war sein Glück gewesen, dass er nur eine Etage nach unten hatte klettern müssen, und dass das Fenster dort noch geöffnet gewesen war. Er war polternd in die Wohnung gefallen und schließlich auf seiner Seite der Couch zum Liegen gekommen.

»Du hattest übrigens Glück, dass ich dich nicht erschossen habe«, sagte Marquez. »Ich hatte deinen Versuch, die Tür zu öffnen, nämlich bemerkt und wollte gerade mit entsicherter Waffe hingehen, als du aufgegeben hast. Ich bin wachgeblieben und habe gelauscht, und als dann einige Minuten später etwas durch mein Fenster fiel, wollte ich schon schießen, habe aber gerade noch rechtzeitig erkannt, dass du es bist.«

»Wäre nicht das erste Mal, dass ein Kollege durch Eigenbeschuss stirbt«, antwortete Hancock und nahm einen weiteren Schluck von seinem Kaffee. »Wie spät ist es eigentlich?«

»Kurz nach zehn. Während du geschlafen hast, habe ich bereits die Kollegen von der Polizei darum gebeten, die örtlichen Kostümverleihe zu befragen und mit dem Park-Management telefoniert. Ihres Wissens nach, fehlt keine Uniform. Das können wir also abhaken. Ein Durchsuchungsbeschluss von Kowalskis Wohnung ist angefordert, wird aber noch etwas dauern. Die Richter sind momentan recht beschäftigt.«

»In Ordnung«, sagte der ältere Agent. »Wann denkst du, dass wir eine Antwort von den Cops bekommen?«

»Vielleicht heute, vielleicht aber auch erst morgen«, antwortete sie. »Kommt ganz drauf an, wie gesprächig die Ladeninhaber sind. Die meisten New Yorker haben eine offene Einstellung, aber es gibt auch welche, die allergisch reagieren, sobald ein Polizist auch nur in der Nähe gesehen wird. Die machen dann nichts ohne einen offiziellen Beschluss.«

»Ich wette, die hiesigen Cops haben ihre Methoden, um eine Befragung auch ohne offiziellen Kram durchführen zu können.«

»Mag sein«, gab Marquez zu. »Was wollen wir machen, bis wir ein Ergebnis haben?«

»Wir warten, bis Bernstein wieder da ist, und dann fahren wir zu Clemens' Vater. Hast du die Adresse?«

»Habe ich«, bestätigte sie. »Aber wie gesagt, er ist dement, daher weiß ich nicht, ob viel dabei herauskommen wird.«

»Es gibt nur eine Möglichkeit, das herauszufinden.«

Etwa eine Stunde später klopfte es an der Wohnungstür. Als Marquez öffnete, stand Bernstein lächelnd davor und hielt eine nach frischem Brot duftende Papiertüte in die Höhe. In der anderen Hand trug er eine Plastiktüte, die mit diversen Käse- und Wurstsorten gefüllt war.

»Brunch«, verkündete er.

Die Agentin lächelte unwillkürlich über diese seltsame Idee, war aber gleichzeitig ganz froh darüber, denn ihr Kühlschrank war, abgesehen von zwei Flaschen Limonade, so leer wie ihr Magen. Sie ließ den jüngeren Agenten herein und verschloss die Tür dann wieder sorgfältig, was bedeutete, dass sie den Schlüssel herumdrehte und eine Kette vorlegte.

»Hallo Hancock«, begrüßte Bernstein seinen Kollegen. »Gut geschlafen?«

»Geht Sie nichts an«, gab er mürrisch zurück.

»Ist Ihnen eine Laus über die Leber gelaufen?«

»Nein. Eher ein Zug über das Gesicht gefahren.«

»Dann wird Sie das hier bestimmt aufmuntern«, sagte der jüngere Agent und leerte den Inhalt der beiden Tüten auf dem Couchtisch aus, der inzwischen wieder an seinem angestammten Platz stand.

Hancock musste zugeben, dass er über den Einfall seines Kollegen, Essen für alle mitzubringen, mindestens genauso erfreut war wie die Agentin.

»Ich hole uns Teller und Besteck«, erklärte Marquez und machte Anstalten, in die Küche zu gehen.

»Lass mal, ich mache das schon«, beschied der ältere Agent.

»Du weißt doch gar nicht, wo alles ist.«

»Eine Küche ist wie die andere«, beschied er und ging nach nebenan, um jeglichen weiteren Widerstand im Keim zu ersticken.

Die Küche bestand aus einer kleinen Kochnische, zwei Unterbauschränken und drei Hängeschränken, die die gesamte Wandbreite in Beschlag nahmen. Er wühlte sich erst einmal durch die oberen Schränke und fand schließlich drei Teller, die halbwegs zueinander passten. Danach schob er die Schublade eines der Unterbauschränke auf und fand genügend Messer für alle. Auf der schmalen Fensterbank entdeckte er außerdem ein scharfes, etwa zwanzig Zentimeter langes Fleischmesser und beschloss, es ebenfalls mitzunehmen. Auf dem Weg zurück ins Wohnzimmer machte er einen so großen Bogen wie nur möglich um etwaige Möbel, die ihm den Fuß und Marquez das Geschirr ruinieren könnten. Am Tisch angekommen, verteilte er alles und setzte sich auf seinen Platz. Bernstein platzierte sich neben ihm, während Marquez gegenüber in einem kleinen Sessel Platz nahm.

»Mahlzeit!«, rief Hancock und schnitt sich eine daumendicke Brotscheibe ab, die er mit ebenso viel Wurst belegte.

»Wo haben Sie eigentlich so lange gesteckt?«, fragte er seinen Kollegen zwischen zwei Bissen.

»In der Stadt ist die Hölle los«, erklärte Bernstein, nachdem er heruntergeschluckt hatte. »Die Rushhour ist unglaublich, ich wäre zwei Mal fast aus der U-Bahn gefallen, weil der Waggon so vollgestopft war. Beim Labor ging es dafür recht flott. Die melden sich, sobald sie das Stück Plane analysiert haben. Ich wäre ja schon schneller wieder zurück gewesen, aber es hat länger gedauert als gedacht, einen guten Lebensmittelladen zu finden. Ein Glück, dass es sogar dafür eine App gibt, ansonsten wäre ich noch länger planlos herumgelaufen.«

»Oder Sie hätten einfach anrufen und mich fragen können«, gab Marquez zu bedenken.

»Aber das hätte doch die Überraschung verdorben«, erklärte Bernstein.

»Hat sich auf jeden Fall gelohnt«, lobte ihn Hancock und biss herzhaft in ein großes Stück Emmentaler. »Wenn wir fertig gegessen haben, fahren wir übrigens zum alten Clemens und quetschen ihn ein wenig über seinen Sohn aus.«

»Alles klar«, bestätigte Bernstein und nahm ein Stück Chesterkäse, welches er sich direkt in den Mund schob. »Haben wir denn einen Termin mit ihm?«

»Nein, wir kreuzen einfach dort auf, das wird schon klappen«, beschwichtigte ihn der ältere Agent.

»Na, wenn Sie meinen ...«

Den Rest der Mahlzeit verbrachten sie mit belanglosem Geplauder. Bernstein hatte so viel zu Essen mitgebracht, dass sie nicht alles schafften, auch wenn sie sich redlich anstrengten.

»Wenn Sie möchten, behalten Sie den Rest«, bot Bernstein nach dem Ende der Mahlzeit an.

»Danke, das mache ich gern«, entgegnete Marquez und ging in die Küche, um eine Rolle Frischhaltefolie zu holen.

Sie wickelte den Wurstaufschnitt und die Käsestücke geflissentlich ein und steckte den übrig gebliebenen halben Laib Brot in einen Jutebeutel und verstaute alles im Kühlschrank.

»Möchte noch jemand Kaffee?«

»Gern«, antwortete Hancock und brachte ihr seine Tasse, die sie fast bis zum Rand füllte.

Zurück im Wohnzimmer holte er sein Jackett hinter der Couch hervor und kramte in den Taschen auf der Suche nach seinen Zigaretten. Als er sie nicht fand, schaute er sich suchend in der kleinen Wohnung um und entdeckte die Schachtel schließlich unter dem Fenster. Anscheinend war sie ihm vergangene Nacht bei seiner Kletterpartie herausgefallen. Marquez hatte eine der Limonadenflaschen mitgebracht und füllte ein Glas auf, welches sie in einem Zug leer trank, dann schlug sie die Beine übereinander und faltete die Hände vor ihrem Bauch. Plötzlich geschah etwas, mit dem die beiden Washingtoner Agenten niemals gerechnet hatten. Die Agentin holte tief Luft und stieß dann einen so lauten Rülpser aus, dass Hancock das Gefühl hatte, die Scheiben würden gleich anfangen zu vibrieren.

»Sorry«, sagte Marquez und hielt sich eine Hand vor den Mund.

»Respekt!«, rief Hancock und stand auf, um zu applaudieren. »Wie aus dem Lehrbuch. Solche Frauen mag ich.«

»Das war wohl etwas zu viel Limo«, gab sie mit einem leichten Lächeln zu.

»Ich denke, das war der bisher beste Kommentar des Tages!«, erklärte der ältere Agent und klatschte noch ein paar Mal in die Hände.

»Ich mache mich jetzt fertig, und dann können wir los«, sagte die Agentin, stand ebenfalls auf und begab sich in ihr Schlafzimmer.

Marquez öffnete den Kleiderschrank und betrachtete die diversen Kleidungstücke darin. Da ihr Gehalt nicht gerade hoch war, gab es nicht viel zur Auswahl, und noch weniger, was einem Besuch bei einem ehemaligen Senator angemessen war. Nach einiger Überlegung entschied sie sich schließlich für einen schlichten, schwarzen Rock und eine dazu passende weiße Bluse, gefolgt von Schuhen mit ein wenig Absatz und einem schwarzen Blazer. Ihr Make-up hatte sie bereits am Morgen aufgelegt, noch bevor Hancock aufgewacht war.

Sie betrachtete sich kritisch im Spiegel und zupfte an der einen oder anderen Stelle eine Fluse ab, dann kämmte sie ihre Haare noch einmal durch und band sie zu einem lockeren Pferdeschwanz zusammen. Mit dem Ergebnis zufrieden, trat sie wieder ins Wohnzimmer.

Hancock war noch einmal ins Bad gegangen, um wenigstens ein wenig an seinem Aussehen zu arbeiten. Er drehte den Wasserhahn auf und hielt seine Hände unter den Strahl. Mit feuchten Händen fuhr er mehrfach durch sein Haupthaar und versuchte, es zumindest ein wenig in Form zu bringen. Gegen die Bartstoppeln konnte er leider nichts tun. Er ging zwar davon aus, dass Marquez Rasierzeug besaß, wollte sich aber nicht erdreisten, es zu benutzen. Also ließ er sein Gesicht, wie es war, und verließ das Bad wieder. Der Einzige, der anscheinend keine Probleme mit seinem Aussehen hatte, war Bernstein. Dessen Haare waren glatt wie immer und sein Gesicht war perfekt rasiert. Nicht mal die Spur eines Bartschattens war an ihm zu sehen.

»Müssen Sie sich eigentlich schon rasieren?«, fragte der ältere Agent ein wenig spöttisch.

»Warum fragen Sie?«

»Weil Ihr Gesicht so glatt wie ein Babyarsch ist.«

»Ich habe immer, wenn ich auf Reisen gehe, ein paar Utensilien dabei«, erklärte er.

»Aber wir sind doch ziemlich spontan aus Washington losgeflogen.«

»Während Sie am Reagan Ihre Blase entleert haben, habe ich ein wenig eingekauft. Man weiß schließlich nie, wann man gut aussehen muss.«

»In Ordnung«, erwiderte Hancock und machte sich im Geiste eine Notiz, über diesen Aspekt der Hygiene wenigstens mal nachzudenken.

»Wollen wir?«, fragte die Agentin nun in die Runde.

Bernstein und Hancock nickten. Gemeinsam stiegen die drei Bundesagenten die Treppe ins Erdgeschoss hinab und begaben sich anschließend zur nächstgrößeren Straße, um dort ein Taxi abzufangen und in die Upper East Side von Manhattan zu gelangen, wo der ehemalige Senator Walt J. Clemens wohnte.

»Stella, du hast gesagt, der Alte sei dement?«, fragte Hancock, der aus dem linken Fenster sah, während die Häuserblocks an ihnen vorüberzogen.

»Ja«, bestätigte sie. »Soweit ich weiß, fing es vor einigen Jahren an, dass er sich nicht mehr an alles erinnern konnte und auch bei seinen Reden immer mal wieder ins Stottern geriet. Das war ziemlich untypisch für ihn, denn Zeit seines Lebens hatte er ein Gedächtnis wie ein Elefant gehabt. Natürlich wurde man schnell auf seinen Zustand aufmerksam. Nicht, dass es ihm großartig geholfen hätte, denn seine Demenz ist unheilbar.«

»So wie jede Demenz«, pflichtete ihr Bernstein bei, der den Platz am rechten Fenster erhalten hatte. »Man kann sie mit Medikamenten nur verlangsamen.«

»Unterbrechen Sie die Dame nicht«, ermahnte ihn Hancock und wandte sich wieder seiner Kollegin zu. »Du sagtest aber auch, dass er noch immer lichte Momente hat.«

»Clemens wird mit allen Möglichkeiten *wach* gehalten«, erklärte Marquez. »Von Musiktherapie über basale Stimulation bis hin zu einer medikamentösen Behandlung mit Antidementiva ist alles dabei.«

»Du bist ja gut informiert.«

»Während du deinen Rausch ausgepennt hast, habe ich meine Informationen über ihn aufgefrischt. Aber nach allem, was ich herausgefunden habe, helfen diese Maßnahmen nur bedingt. Die meiste Zeit über liegt er nur in seinem Bett und starrt vor sich hin.«

»Wir haben es also mit einer Kartoffel zu tun.«

»So in etwa«, pflichtete sie ihm bei.

Das Taxi war inzwischen auf den Harlem River Drive eingebogen und fuhr mit beachtlicher Geschwindigkeit am namensgebenden Fluss entlang. Bernstein blickte aus dem Fenster und schien sich nicht mehr für die Unterhaltung seiner beiden Kollegen zu interessieren.

»Träumen Sie vor sich hin?«, fragte Agent Marquez ihn und stupste ihn mit dem Ellenbogen an.

»Ein wenig«, gab er zu.

»Wovon?«

»Ich überlege gerade, ob wir unsere Flitterwochen hier in New York verbringen sollen. Ursprünglich hatten meine Verlobte und ich geplant, zu einer Ranch nach Idaho zu reisen, weitab vom städtischen Trubel. Aber wenn ich mir diese Stadt so ansehe, finde ich immer mehr Ecken, die ich gern näher kennenlernen möchte.«

»Wenn ich Ihnen einen Rat geben darf, gehen Sie auf die Ranch. New York mag schöne Bereiche haben, aber hier leben über acht Millionen Menschen, was die ganze Sache ziemlich beengt macht. Überall, wo Sie sind, sind auch Hunderte andere. Da finden Sie kaum Ruhe. Außerdem ist es hier wirklich teuer, wenn Sie einigermaßen komfortabel absteigen wollen. Ich kenne Ihre Hochzeitskasse nicht, aber ich glaube nicht, dass Sie sich das wirklich leisten können. Stecken Sie das Geld lieber in etwas Sinnvolleres.«

»Vielleicht haben Sie recht«, entgegnete der jüngere Agent.

»Sie geben aber schnell auf«, mischte sich Hancock ein.

»Nur bei Leuten, von denen ich weiß, dass sie es besser wissen als ich.«

»Touché«, antwortete der ältere Agent und grinste. Dabei entblößte er seine Schneidezähne, in deren Zwischenräumen noch Reste vom Brunch hingen.

»Hast du deine Zähne nicht geputzt?«, fragte Marquez.

»Habe ich vergessen.«

»Du solltest wirklich mehr auf deine Hygiene achten. Gerade in deinem Alter ist es wichtig, die Zähne in Schuss zu halten, sonst bekommst du später noch echte Probleme damit.«

»Ja, Mama«, gab Hancock Augen verdrehend zurück.

»Wir sind da«, rief der Taxifahrer, dessen Namensschild über dem Fahrersitz ihn als *Garfield* auswies. »Das macht zwanzig Dollar.«

»Hier sind dreißig, stimmt so«, sagte die Agentin und reichte die entsprechende Summe in Dollarscheinen nach vorne.

»Vielen Dank, Ma'am«, sagte Garfield und tippte sich an die Mütze.

Die drei Agenten stiegen nacheinander aus und standen nun vor einem Dutzende Meter hohen Gebäude, dessen Fassade in einem hellen Braun gehalten und von zahlreichen Fenstern durchbrochen war.

»Das ist das Lucerne«, erklärte die Agentin. »Es gibt kaum ein teureres Apartment-Gebäude in der Stadt.«

»Sieht gar nicht so teuer aus«, wandte Hancock ein.

»Du urteilst oft nach dem Äußeren, oder?«

»Meist liege ich damit richtig.«

»Lass uns reingehen.«

An der Tür erwartete sie ein Wachmann in Livree und Zylinder, der aussah, als sei er dem neunzehnten Jahrhundert entsprungen. Pflichtschuldig tippte er sich an die Hutkrempe, während er mit der anderen Hand die Tür aufzog und die Beamten ins Gebäude ließ.

»Guten Tag«, sagte die Frau, die an einem ausladenden Schalter saß und aussah, als sei sie für eine Operngala gekleidet. Der Ausschnitt ihres roten Kostüms war gerade so tief, dass man den oberen Bereich ihres Dekolletés erkennen konnte.

»Guten Tag«, grüßte Agent Marquez. »Wir möchten Mister Walt J. Clemens sprechen.«

»Haben Sie denn einen Termin?«

»Nein«, gab sie zu. »Es ist aber äußerst wichtig, dass wir umgehend mit ihm sprechen.«

»Ich verstehe«, gab die Frau zurück. »Lassen Sie mich bitte kurz nachsehen.«

Sie tippte etwas in ihren Computer ein und betrachtete einen Moment lang den Bildschirm, bevor sie zum altertümlich aussehenden Telefon neben sich griff, eine vierstellige Nummer wählte und sich dann abwandte, sodass die Agenten nicht sehen konnten, wie sich ihre Lippen bewegten. Außerdem sprach sie so leise, dass auch ein Lauschangriff vergeblich gewesen wäre. Sie hielt eine Hand auf den Hörer und wandte sich dann wieder den Besuchern zu.

»Mister Clemens ist im Moment indisponiert. Kommen Sie bitte morgen wieder.«

»Wie ich schon sagte, müssen wir *heute* mit ihm sprechen. Wir können auch gern warten, wenn es nötig sein sollte, wobei es mir lieber wäre, wenn wir sofort zu ihm können.«

Um ihre Aussage zu unterstreichen, zog Marquez nun ihre Dienstmarke aus der Tasche und hielt sie der Frau unter die Nase. Die Empfangsdame wandte sich daraufhin wieder ab und sprach erneut mit der Person am anderen Ende der Leitung.

»Also gut«, erklärte sie, nachdem sie aufgelegt hatte. »Fahren Sie mit dem Lift in die oberste Etage, dort erwartet Sie jemand.«

»Vielen Dank«, antwortete die Agentin und lächelte professionell, aber emotionslos.

Doch die Frau erwiderte das Lächeln nicht, sondern blickte bereits wieder auf ihren Monitor.

Laut einer kleinen Messingplakette, die über den Stockwerkknöpfen angeschraubt war, war der Aufzug erst vor zwei Jahren vollständig erneuert und mit einem leistungsstarken Antrieb versehen worden, der die Kabine innerhalb weniger Sekunden auf über vierzig Kilometer pro Stunde beschleunigte. Hancock spürte, wie sich die Fliehkraft auswirkte und versuchte, ihn zu Boden zu drücken. Noch bevor er anmerken konnte, dass er sich gleich übergeben müsste, kam die Kabine wieder zum Stillstand. Mit einem sanften *Bing* öffneten sich die Türen und gaben den Weg frei. Die drei Agenten staunten nicht schlecht, als sie sich nicht in einem Flur, sondern direkt im Apartment des ehemaligen Senators wiederfanden. Vor ihnen erstreckte sich ein mindestens dreißig Meter langer Raum, der nur mit wenigen, dafür aber sehr geschmackvollen Möbeln bestückt war. Rechts von ihnen erstreckte sich eine vom Boden bis zur Decke reichende Glasfront, die sich über die gesamte Länge des Zimmers

erstreckte. An strategisch guten Stellen waren hüft-
hohe Zimmerpflanzen platziert worden, die dem Raum
genau das richtige Maß an Gemütlichkeit verliehen.

»Willkommen«, sagte eine weibliche, sinnlich klin-
gende Frauenstimme, die von links kam und zu einer
hellhäutigen, strohblonden Frau gehörte, die nicht älter als dreiundzwanzig Jahre sein konnte. »Wie kann
ich Ihnen helfen?«

»Mein Name ist Agent Marquez, und dies sind meine
Kollegen Agent Hancock und Agent Bernstein. Wir sind
vom FBI und möchten mit Mister Clemens sprechen.«

»Mister Clemens ist leider im Moment ...«

»... indisponiert«, beendete Hancock den Satz. »Das
wissen wir. Wir möchten dennoch gern mit ihm sprechen, und zwar jetzt.«

»Ich werde nach ihm sehen«, erklärte sie. »Bitte, machen Sie es sich so lange bequem. Möchten Sie eine Er-
frischung?«

»Nein danke, Miss ...«

»Beatrice. Warten Sie bitte hier, ich bin gleich wieder
zurück«, sagte sie und verschwand in einem Durch-
gang.

Während sich Bernstein und die Agentin auf einer
der Couchen niederließen, blieb der ältere Agent stehen
und sah sich aufmerksam in dem Raum um. Er war relativ schmal und maß vielleicht fünf Meter, was aber
durch die Länge wieder wettgemacht wurde. Er stellte
fest, dass es auch auf der anderen Seite eine lang gezo-
gene Glasfront gab, welche einen atemberaubenden
Blick sowohl auf den East River als auch auf die Stadt
bot. In der Ferne meinte er sogar, den Central Park sehen zu können. Etwas weiter hinten befand sich eine

Schiebetür, die den Weg zu einem ausladenden Balkon freigab. Der Boden des Zimmers war mit Bambus vertäfelt und so perfekt gereinigt, dass er kein Staubkörnchen entdecken konnte. Auch die Pflanzen schienen vollkommen staubfrei zu sein. Da seine Kollegen schweigend auf der Couch saßen, bemerkte er, dass es in dem Apartment äußerst still war. Hier drinnen schien der Lärm der Stadt nicht zu existieren.

»Fühlt sich irgendwie an wie in einem Grab«, sagte er zu seinen Kollegen.

»Sei still, der Hausherr könnte uns hören«, zischte Marquez zurück.

»Der ist doch eh umnebelt. Entweder er versteht gar nicht, was wir sagen, oder er hat es gleich darauf wieder vergessen.«

»Da überschätzen Sie die Macht dieser Krankheit aber immens«, hörten sie eine raue Stimme hinter ihnen.

Agent Marquez sah Hancock in die Augen, als wollte sie zu ihm *Du blödes Arschloch* sagen, bevor sie aufstand und sich umdrehte. In einem Rollstuhl sitzend und mit einer blütenweißen Decke über die Beine drapiert, blickte ihnen ein Mann im Alter von rund siebzig Jahren entgegen. Seine Augen waren tiefblau und so klar, dass es der Agentin vorkam, als würde er direkt in ihre Seele blicken.

»Guten Tag, Senator Clemens«, begann sie und trat mit ausgestreckter Hand auf ihn zu. »Bitte entschuldigen Sie meinen Kollegen, er ist ein Idiot.«

»Das ist mir nicht entgangen«, entgegnete der ehemalige Senator mit einem sanften Lächeln und schüttelte die dargebotene Hand. Dann ließ er seinen Blick kurz über Hancock schweifen, bevor er sich wieder der Agentin zuwandte. »Bitte nennen Sie mich Walt. Ich bin schon seit einigen Jahren kein Senator mehr, wie Sie sicherlich wissen.«

»Einverstanden«, bestätigte sie. »Mein Name ist Special Agent Stella Marquez, dies ist mein Kollege Frank Bernstein, und der Idiot heißt Pete Hancock«, stellte sie die Gruppe vor. »Wir sind hier, um mit Ihnen über Ihren Sohn John zu sprechen. Allein, wenn es möglich ist.«

»Beatrice darf bleiben. Ich verbringe fast jede Sekunde mit ihr und habe daher keine Geheimnisse. Ich vertraue ihr blind«, gab er kund und tätschelte kurz die Hand der Pflegerin.

»In Ordnung«, lenkte Marquez ein. »Walt, wie ich schon sagte, geht es um John. Er wurde kürzlich im Central Park gefunden.«

»Lassen Sie mich raten«, sagte er seufzend. »Er war betrunken und hat jemanden belästigt.«

»Leider ist es nicht so profan. Er ist tot. Nach allem, was wir wissen, ist es gewaltsam geschehen.«

»Oh«, meinte Clemens schockiert. »Wissen Sie schon, wer es getan hat?«

»Nein, darum sind wir hier«, mischte sich nun Hancock ins Gespräch ein, der seine kurzzeitige peinliche Berührtheit wieder überwunden hatte. »Wir möchten von Ihnen wissen, ob John irgendwelche Feinde hatte.«

»Als Politiker hat man nur Feinde«, gab der ältere Clemens kund. »Sie glauben gar nicht, was für ein Haifischbecken die Politik sein kann.«

»Das kann ich mir kaum vorstellen. Schließlich sind Sie und Ihre Kumpanen doch ausschließlich am Wohl der Allgemeinheit interessiert.«

»Ich höre da eine leichte Verbitterung in Ihrer Stimme.«

»Keine Ahnung, woher die kommen könnte«, antwortete der ältere Agent sarkastisch. »Beantworten Sie bitte die Frage.«

»Wie ich Ihnen gerade schon sagte, hat man als Politiker viele Feinde, denn es gibt immer jemanden, der einem entweder den Erfolg neidet oder anderer Meinung ist.«

»Aber nicht jeder zieht wegen Neides oder differierender Ansichten gleich los und ermordet Leute.«

»Das ist richtig«, räumte Clemens ein. »Das werden wohl nur die wenigsten in Erwägung ziehen, geschweige denn durchführen. Wobei es mich interessieren würde, wie viele Menschen klammheimlich mit dem Gedanken spielen, jemanden umzubringen.«

»Das ist eine Diskussion, die ich sehr gern mit Ihnen führen würde, Walt«, ging Marquez dazwischen, »aber dafür ist heute leider keine Zeit. Sie verstehen bestimmt, dass wir unter enormen Zeitdruck stehen.«

»Selbstverständlich«, erwiderte der ehemalige Senator. »Ich werde versuchen, mich zu erinnern, aber wie Sie wissen, leide ich an einer bestimmten Form der Demenz. Einige Dinge, die ich früher wusste, entziehen sich jetzt leider einfach meinem Denken. Oftmals ist es so, dass ich nicht einmal mehr weiß, dass ich bestimmte Dinge konnte und passende Erinnerungen dazu in meinem Kopf hatte. Beatrice könnte Ihnen zahlreiche Geschichten darüber erzählen.«

»Mit Verlaub, aber das ist für uns nicht von Interesse«, wandte Hancock ein. »Wir möchten ausschließlich erfahren, was Sie über John wissen.«

»John ist ein netter Mensch, sehr hilfsbereit, und ein gewiefter Politiker. Eines Tages zum Beispiel hatte jemand die Idee, inmitten der Wall Street einen Park zu errichten. Die Begründung lautete, dass die Börsenmakler entspannter wären, wenn sie die Natur direkt vor ihren Fenstern hätten und vielleicht nicht mehr ganz so vehement vorgehen würden, um ihre Ziele zu erreichen. Dieser Vorschlag erfuhr viel positive Aufmerksamkeit, aber John schaffte es, die Leute davon zu überzeugen, gegen das Projekt zu stimmen.«

»Mit welcher Begründung?«, wollte der ältere Agent wissen.

»Er war der Ansicht, dass eine Grünfläche dem ganzen Areal den Charakter nehmen würde. Vor allem meinte er, dass es viel mehr Sinn ergäbe, Parks dort zu errichten, wo sie gebraucht wurden, zum Beispiel in sozialen Brennpunkten oder in der Nähe von Schulen. Als er noch ein kleiner Junge war, hatte er es einmal geschafft, zwei verfeindete Schulhof-Gangs miteinander zu versöhnen. Schon da wusste ich, dass er einmal ein großer Politiker werden könnte.«

»Mister Clemens ...«, setzte Hancock an.

»Bitte, nennen Sie mich Walt.«

»*Mister Clemens*«, wiederholte der Agent. »Kommen Sie bitte zum Punkt.«

»Entschuldigung, was wollten Sie noch mal wissen?«

»Seine Medikamente wirken immer nur kurzzeitig«, schaltete sich nun Beatrice ein.

Währenddessen begann der ehemalige Senator, von anderen Dingen zu sprechen, die die Kindheit und Jugend seines Sohnes betrafen.

»Können Sie ihm denn nicht einfach noch einmal eine Pille einwerfen?«

»Nein«, widersprach sie. »Zu viele von diesen Dingern sind schädlich und greifen Leber und Nieren an.«

»Ist das zu diesem Zeitpunkt denn nicht auch schon egal? Er wird doch sowieso früher oder später ins Gras beißen.«

»Mister Hancock, ich muss doch sehr bitten!«, sagte Beatrice empört und stemmte die Hände in die Hüften. »Wir sprechen hier von einem Menschen, und auch, wenn es nicht so scheint, so versteht er dennoch, dass Sie gerade über ihn sprechen. Ich schiebe ihn jetzt zurück in sein Zimmer. Komm, Walt, ich bringe dich ins Bett.«

»Danke, Beatrice. Miss Martins, Mister Gernstone, Idiot, ich hoffe, wir sehen uns bald wieder.«

»Nur, wenn ich es nicht vermeiden kann«, gab Hancock zurück und setzte ein ebenso breites wie falsches Lächeln auf.

»Ich bin gleich wieder bei Ihnen«, sagte die Pflegerin und schob Clemens in sein Schlafzimmer.

Nur wenige Minuten später kehrte sie allein zurück.

»Er schläft jetzt«, erklärte sie.

»Es steht schlecht um ihn, oder?«, fragte Marquez.

»Ja«, gab Beatrice zu. »Wenn er seine Medikamente eingenommen hat, ist er einige Minuten lang wieder der alte Walt J. Clemens, aber die Dosis muss stetig erhöht werden, und dennoch wird es immer schlimmer.«

»Haben Sie John jemals kennengelernt?«

»Ich habe ihn nur einige wenige Male gesehen«, erklärte die Pflegerin. »Meist hat er sich um seinen Vater gekümmert, während ich andere Dinge erledigt habe.«

»Was zum Beispiel?«

»Ich wickele seine Korrespondenz ab. Es gibt immer noch viele Menschen, die Walts Rat suchen.«

»Also Fanpost?«, fragte Hancock, der währenddessen in seiner Tasche wühlte.

Beatrice erkannte die Absicht dahinter sofort. »Bitte rauchen Sie nicht hier drinnen, die Rauchmelder sind sehr scharf eingestellt.«

Der ältere Agent zuckte mit den Schultern und zog seine Hände wieder aus den Taschen hervor. »Gab es in den letzten Briefen irgendetwas, was Ihnen besonders aufgefallen ist?«, fragte er.

»Nein«, erklärte Beatrice. »Es kommen immer mal wieder Drohbriefe, aber diese sind nicht ernst zu nehmen.«

»Woran machen Sie das fest?«

»Nun ja, es handelt sich dabei immer um sehr plumpe Drohungen.«

»Auch so etwas sollte man immer ernst nehmen«, dozierte Hancock. »Vor allem, wenn sie an eine in der Öffentlichkeit stehende Person gerichtet sind. Gab es mal ein Schreiben, wo der Sohn des Senators erwähnt wurde?«

»Ich kann mich nicht daran erinnern. Ich leite aber alle Schreiben dieser Art sofort an die Polizei weiter, nur für den Fall der Fälle. Mir ist aber nicht bekannt, dass einer der Verfasser jemals etwas versucht hätte. Daher bin ich der Meinung, dass es nur leere Drohungen sind.«

Der ältere Agent wandte sich an seine Kollegin. »Stella, wir sollten uns diese Briefe genauer ansehen.«

»Ich bin absolut deiner Meinung. Ich werde veranlassen, dass wir sie zu lesen bekommen.«

»Beatrice, sonst noch etwas, was uns weiterhelfen könnte?«

»Nicht, dass ich wüsste«, sagte die Pflegerin kopfschüttelnd. »Ich verbringe die meiste Zeit des Tages mit Walt und bekomme daher nicht viel mit. Vor allem nicht in Bezug auf John. Tut mir leid.«

»Schon gut. Sie haben uns dennoch sehr geholfen. Wir finden selbst hinaus.«

»Auf Wiedersehen. Wenn Sie noch etwas brauchen, lassen Sie es mich bitte wissen.«

»Das werden wir«, antwortete Hancock und ging zum Aufzug, um auf den Knopf zu drücken und die Kabine zu rufen.

Unten vor dem Haupteingang holte der ältere Beamte seine Zigarettenschachtel aus dem Mantel, nur um festzustellen, dass diese leer war.

»Verdammte Scheiße!«, fluchte er, zerknüllte die Packung und ließ sie achtlos zu Boden fallen, was ihm einen missbilligenden Blick des Portiers einbrachte. »Stella, gibt es hier irgendwo einen Kippen-Laden?«

»Keine Ahnung. Vielleicht wirst du dahinten fündig«, antwortete sie und zeigte auf einen kleinen Laden, der sich zwischen zwei Hochhäuser zwängte.

Als der ältere Agent außer Hörweite war, sprach Bernstein die Agentin an. »Was halten Sie von Clemens?«

»Nicht viel«, gab Marquez zu. »Ich glaube, dass er uns keine Hilfe sein wird. Aber diese Drohbriefe will ich auf jeden Fall auftreiben und prüfen, ob etwas Interessantes dabei ist. Was halten Sie von ihm?«

»Ich bin mir nicht sicher, ob er wirklich so krank ist, wie er tut, oder ob er uns einfach nur loswerden wollte. Politiker sind äußerst gewieft, und wenn sie Fragen nicht beantworten wollen, lassen sie sich die seltsamsten Dinge einfallen, um ihnen auszuweichen.«

»Möglich wäre es natürlich«, sagte die Agentin nachdenklich. »Aber warum sollte er uns etwas vorenthalten?«

»Bei unseren Ermittlungen sind wir bei den Eltern der Opfer nicht besonders weit gekommen, weil wir überall gegen eine Mauer gerannt sind. Ich gebe zu, dass Hancock seinen Anteil daran hatte, dass wir abgeblockt wurden, aber sollten nicht gerade die Eltern uns mit allen Mitteln unterstützen wollen?«

»Vielleicht verheimlichen sie etwas.«

»Davon ist auszugehen. Ich wüsste nur zu gern, was es ist.«

»Was tuschelt ihr denn da?«, fragte Hancock, der gerade zu ihnen trat.

»Pete, ich habe nicht den Eindruck, dass ihr hier noch etwas erreichen könnt. Was haltet ihr davon, wenn ihr beide zurück nach Washington fliegt, und ich euch auf dem Laufenden über die Entwicklungen hier halte?«

»Willst du uns etwa loswerden?«, fragte der ältere Agent mit leicht hochgezogenen Mundwinkeln.

»Vielleicht«, gab sie im ernsten Tonfall zu. »Ihr wirbelt hier ordentlich Staub auf. Lass mich meine Kontakte anzapfen, ob sie irgendetwas wissen. Das kann ich aber am besten, wenn ich allein bin. Du weißt ja, wie das ist.«

Hancock nickte wissend. Jeder Agent, der etwas länger im Dienst war, hatte die eine oder andere Quelle, die ihm auf inoffiziellen Wegen Informationen zukommen ließ, und jeder Agent hütete seine Informanten wie seinen eigenen Augapfel.

»Dann bleibt uns wohl nichts anderes übrig, als nach Hause zu fliegen. Du sagst uns aber sofort Bescheid, wenn du irgendetwas erfährst, okay?«

»Natürlich.«

»Danke dir nochmals für deine Unterstützung, Stella. Wir hören hoffentlich bald wieder voneinander.«

Zum Abschied reichten sie sich gegenseitig die Hände, wobei Hancock bei seinem Handschlag den Augenkontakt zu Marquez suchte und ihn für eine Weile hielt, bevor er losließ und sich mit einem lässigen »Wir sehen uns«, verabschiedete.

Während sie am Flughafen auf ihren Aufruf warteten, dachte er über die Agentin nach, während Bernstein auf seinem Smartphone herumtippte. Er war sich nicht sicher, ob es nur eine Eingebung war, aber er hatte das Gefühl, dass sich zwischen ihm und ihr etwas entwickeln könnte, wenn der Fall erst einmal abgeschlossen war. Gleichzeitig ging ihm durch den Kopf, dass eine Fernbeziehung nicht lange funktionieren würde, und das bereitete ihm Sorge. Ihre Wohnorte lagen zwar *nur* rund dreihundertsechzig Kilometer auseinander, was mit dem Auto eine vierstündige Fahrt und mit dem Flugzeug sogar nur knapp eine Stunde bedeutete, aber sollte sich wirklich etwas Ernsthaftes zwischen ihnen entwickeln, würde früher oder später unweigerlich die Diskussion aufkommen, wer von ihnen umziehen sollte. Nicht, dass er die Hauptstadt liebte, aber dort schien es immer noch ruhiger zuzugehen als in New York City, und es war auch etwas preiswerter. Seine Wohnung war zwar beileibe nicht die größte, aber verglichen mit dem Mauseloch, welches Marquez ihr Heim nannte, war es fast ein Palast.

»Was tippen Sie da eigentlich die ganze Zeit?«, fragte er seinen Kollegen, um sich selbst von seinen Grübeleien abzulenken.

»Ich schreibe Charlene, dass wir auf dem Heimweg sind.«

»Sagen Sie ihr auch, dass sie sich Reizwäsche anziehen soll?«

»Nein«, antwortete der jüngere Agent und verdrehte die Augen. »Ich schreibe ihr, dass ich sie liebe und mich freue, heute Abend neben ihr einzuschlafen.«

»Noch nicht mal verheiratet, und schon tote Hose im Bett ...«

»Wer hat denn was von toter Hose gesagt?«, erwiderte Bernstein und grinste schelmisch, um gleich darauf wieder ernst zu werden. »Ganz im Ernst, Hancock, dass ich Ihnen überhaupt etwas von meinem Privatleben erzähle, mache ich nicht, weil ich gern plaudere. Ich mache es, um zwischen Ihnen und mir ein wenig Vertrautheit zu schaffen.«

»Wie kommen Sie darauf, dass ich Ihr Vertrauen will?«

»Weil wir Partner sind, und wenn wir einander gut kennen, arbeiten wir auch besser zusammen.«

»Haben Sie das aus dem Lehrbuch für angehende Schnulzen?«

»Ich geb's auf«, sagte Bernstein und machte eine wegwerfende Handbewegung. »Bleiben Sie doch in Ihrer harten Schale.«

»Darauf können Sie Gift nehmen, und den noch härteren Kern werden Sie niemals kennenlernen.«

»Und was war das dann im Hotel in Dallas?«

»Was soll da gewesen sein?«

»Sie haben mir im Suff so einiges aus Ihrer Vergangenheit erzählt.«

»Sie haben gemeint, es sei nichts von Belang gewesen.«

»Ich wollte Sie nicht bloßstellen«, gab Bernstein daraufhin zu.

»Wissen Sie was?«, fragte Hancock rhetorisch. »Lassen Sie dieses Kumpelgetue bleiben. Ich will mich nicht mit Ihnen verbrüdern. Ich will einen Killer fassen, und wenn Sie sich nicht ausschließlich darauf konzentrieren, sorge ich dafür, dass Ihr Arsch in der Pfanne brät. Also, noch ein letztes Mal: Wir sind Partner, und daran lässt sich nichts ändern. Aber wir sind keine Freunde.«

Bernstein nickte langsam. »Okay. Wenn Sie es so haben wollen ...«

»Ja, will ich.«

»*Alle Passagiere des Fluges Eins-Vier-Drei nach Washington, D.C., werden gebeten, sich zu Gate Fünf zu begeben. Ich wiederhole, alle ...*«

»Das ist unserer«, erklärte der jüngere Agent und stand auf.

Hancock folgte ihm.

Kapitel 5

Zurück in Washington schlenderten die beiden Agenten über das weitschweifige Terminal.

»Was haben wir übersehen?«, fragte Bernstein unvermittelt.

»Ich weiß es ehrlich gesagt auch nicht«, erklärte Hancock. »Irgendetwas ist da im Gange, und die Eltern der Opfer sind nicht gerade sehr mitteilungswillig.«

»Vielleicht hätten sie uns ja mehr gesagt, wenn Sie sie nicht jedes Mal so angegangen wären.«

»Fangen Sie jetzt schon wieder damit an?«

»Schon gut. Was halten Sie davon, wenn wir doch noch einmal mit Penske sprechen?«

»Sie hat doch schon gesagt, dass sie uns nicht helfen will«, entgegnete der ältere Agent unwirsch.

»*Kann*«, verbesserte Bernstein seinen älteren Kollegen. »Ich denke, wenn es in ihrer Macht stünde, würde sie alles dafür tun, damit wir vorankommen.«

»Wir müssen allein klarkommen. Also, gehen wir es noch einmal durch. Die Opfer waren allesamt in der Politik tätig und hatten ambitionierte Ziele. Ihre Eltern, die ebenfalls Politiker sind, haben ihren Einfluss geltend gemacht, damit ihre Sprösslinge überhaupt eine Chance haben.«

»Kowalski hat niemanden in der Politik«, merkte Bernstein an.

»Sie ist die Tochter eines Großschlachters. Glauben Sie mir, solche Leute haben eine starke Lobby und Kontakte in die höchsten Kreise. Die sind sogar meistens noch schlimmer als die eigentlichen Politiker, denn sie stehen im Hintergrund und können von dort aus ganz unauffällig ihre Fäden ziehen, ohne befürchten zu müssen, nicht mehr wiedergewählt zu werden. Und wenn doch mal jemand darauf kommt, einem solchen Menschen ans Bein zu pissen, wird gleich die *Dann verlege ich die Produktion ins Ausland und Tausende Amerikaner verlieren ihren Job*-Keule ausgepackt. Da kneift dann jeder halbwegs intelligente Politiker.«

»Glauben Sie, die Mordopfer steckten irgendwie unter einer Decke?«

»Ich schätze schon. Aber dann auch wieder nicht. Ich habe Erkundigungen eingeholt, und die Ermordeten kannten einander nur flüchtig. Die sind nicht einmal auf dieselben Schulen gegangen.«

»Aber irgendwo muss doch eine Gemeinsamkeit bestehen. Oder pickt sich der Täter vielleicht doch wahllos irgendjemanden heraus und zieht dann sein Ding durch?«

»Das würde es uns schwieriger machen, ihm auf die Schliche zu kommen. Wir können schließlich nicht jeden Jungpolitiker überwachen lassen. Erstens haben wir dafür nicht genug Personal, zweitens würde es einen Aufschrei in der Öffentlichkeit geben, wenn das bekannt würde.«

»Seit wann scheren Sie sich denn um die Bevölkerung?«, fragte der jüngere Agent.

»Wenn die Leute quengelig werden, wirkt sich das auf unsere Arbeit aus«, erklärte Hancock. »Dann kommen nämlich ganz schnell die hohen Tiere aus ihren Löchern gekrochen und setzen uns unter Druck. Da müssen wir schnell einen Verdächtigen präsentieren, ansonsten wird uns der Hahn zugedreht. Das geht dann einige Wochen so, bis sich die Medien etwas anderes gesucht haben, was sie ins Licht zerren. Aber dann ist bereits so viel Schaden angerichtet, dass der Fall kaum noch aufgeklärt werden kann.«

»Sie meinen, dass der Täter dann untergetaucht ist«, stellte Bernstein fest.

»Exakt. Der kommt dann erst wieder an die Oberfläche, wenn die Luft rein ist. Manchmal dauert das Monate, manchmal Jahre, bis er sich wieder sicher genug fühlt, und anschließend geht das ganze Spiel wieder von vorne los.«

»Dann hoffen wir mal, dass niemand einen Zusammenhang herstellt.«

»Früher oder später wird aber einer draufkommen, und bis dahin will ich den Täter in Gewahrsam haben.«

»Sehen Sie mal da«, sagte der jüngere Agent und zeigte auf einen Zeitungsstand.

ZWEI MORDE NACH GLEICHEM SCHEMA IN NEW YORK CITY

schrie die Hauptüberschrift, und darunter

ZUSAMMENHANG MIT MORDSERIE IN WASHINGTON?

»Da soll mich doch der Geier ficken«, fluchte Hancock.

»Das hat uns gerade noch gefehlt«, pflichtete ihm Bernstein bei.

Der ältere Agent ging zum Zeitungsständer und kaufte ein Exemplar, breitete es aus und las den Artikel ausführlich durch. Bernstein beobachtete, wie sich Hancocks Hautfarbe immer mehr ins Dunkelrote verfärbte. Ein sicheres Anzeichen dafür, dass dieser gleich vor Wut explodieren würde.

»Kommen Sie, legen Sie das Ding weg«, versuchte er, den älteren Beamten zu beschwichtigen. »Die saugen sich doch nur irgendwas aus den Fingern.«

»Irgendwer hat geplaudert«, stieß Hancock zwischen zusammengebissenen Zähnen hervor. »Der Typ, der das hier geschrieben hat, feuert Informationen raus, die ein Außenstehender unmöglich wissen kann.«

»Dann haben wir in der Tat ein Problem«, erklärte Bernstein.

»Was Sie nicht sagen. So eine verdammte Scheiße!«

Die letzten Worte hatte der ältere Agent so laut gesagt, dass sich die Umstehenden nervös umsahen und teilweise miteinander tuschelten, während sie in Richtung der Beamten schauten.

»Kommen Sie, wir gehen«, sagte der jüngere Agent und zog seinen Kollegen rasch mit sich.

Sie stiegen ins Auto und fuhren zurück in die Hauptstadt, damit rechnend, dass jeden Moment die Telefone der beiden klingeln würden und ihnen die Hölle heißgemacht würde. Zu ihrer beider Überraschung geschah nichts dergleichen. Entweder hatte Penske momentan alle Hände voll zu tun, die Wogen zu glätten, oder bisher hatte es noch niemand mitbekommen, dass die Presse interne Informationen erhalten hatte.

»Morgen werden wir noch mal alles ausführlich auf den Tisch legen, was wir wissen«, gab der ältere Agent kund, nachdem er seinen Wagen vor Bernsteins Wohnung zum Stehen gebracht hatte. »Wir drehen alles nochmals um und betrachten es auf so unterschiedliche Arten und Weisen wie nur möglich. Soll mich der Teufel holen, wenn wir nichts finden.«

»Wird gemacht. Und, Hancock?«

»Was denn?«

»Gehen Sie heute bitte nicht in die Kneipe, sondern schlafen Sie sich aus.«

»Wollen Sie mir jetzt etwa schon Vorschriften machen?«

»Nein«, erwiderte der jüngere Agent. »Ich bitte Sie als Kollege und Partner. Wenn wir diesen Fall lösen wollen, brauchen wir beide einen klaren Kopf.«

»Mal sehen«, gab Hancock unverbindlich zurück und fuhr weiter, nachdem sein Partner die Wagentür geschlossen hatte.

Eigentlich hatte er vorgehabt, sich in seiner Stammkneipe volllaufen zu lassen und dann im Suff an Agent Marquez zu denken, aber irgendwie hatte er jetzt die Lust dazu verloren. Stattdessen fuhr er direkt nach Hause, was recht lange dauerte, da sich scheinbar die gesamte Stadt dazu entschieden hatte, gleichzeitig Feierabend zu machen. In der Innenstadt kamen die Fahrzeuge nur schleppend voran, und egal, welchen Schleichweg er auch nutzte, überall zeigte sich das gleiche Bild.

Ungeduldig trommelte er abwechselnd auf das Lenkrad und schlug auf die Hupe, als vor ihm überhaupt nichts mehr ging. Die Fahrzeuge reihten sich dicht an dicht, weil irgendjemand von der Stadtplanung beschlossen hatte, ausgerechnet an einem Knotenpunkt eine Baustelle zu eröffnen, ohne die Leute darüber zu informieren, welche Ausweichmöglichkeiten es gab.

»Das ist doch zum Kotzen«, sagte er laut, zog den Zündschlüssel ab und stieg aus.

Er beschloss, seinen Wagen einfach stehen zu lassen und den Rest des Weges zu Fuß zu gehen. Es waren schließlich nur noch rund zwei Kilometer, bis er endlich zu Hause sein würde. Bevor er sich auf den Weg machte, schrieb er noch in krakeliger Handschrift einen Zettel und legte diesen von außen gut sichtbar auf sein Armaturenbrett. Ein Blick in die Gesichter der anderen Fahrer zeigte ihm, dass auch sie nicht gerade gut gelaunt waren. Ob es daran lag, dass sie im Stau standen, oder daran, dass er seinen Wagen mitten auf der Straße abgestellt hatte, wusste er nicht, und es war ihm auch egal. Hancock schraubte seinen Flachmann auf und nahm einen Schluck, bevor er feststellen musste, dass der Behälter nun leer war. Zu allem Überfluss begann es jetzt auch noch, zu regnen.

»Auch das noch«, murmelte er, rammte die Flasche in seine Jackentasche und stellte den Kragen auf.

Natürlich hatte er weder einen Hut noch einen Regenschirm bei sich. Der Fußweg führte an diversen Wohneinheiten vorbei, in denen sich die Bewohner tummelten und scheinbar nichts Besseres zu tun hatten, als gemütlich beisammenzusitzen und sich vom Fernseher berieseln zu lassen. Durch ein Fenster sah er, wie sich ein junger Mann und eine ebenso junge Frau küssten und ein Baby in den Armen hielten. Sie schienen rundum glücklich zu sein. Hancock schüttelte den Kopf und ging weiter durch den strömenden Regen und versuchte, den zahlreichen Pfützen so gut es ging auszuweichen. Kurz vor seiner Wohnung war der Verkehr wieder rege unterwegs, und ein Auto bretterte mit solch einer hohen Geschwindigkeit an ihm vorbei, dass das Wasser aus einer größeren Pfütze hochschoss und den Agenten gründlich durchnässte. Für einen Moment dachte Hancock daran, das Kennzeichen zu notieren und später Schadenersatz einzufordern, aber als er an sich herabsah, stellte er fest, dass es die Mühe nicht wert war. Seine Kleidung war sowieso schon alt und verschlissen, und kein Gericht der Welt würde ihm recht geben. Also beließ er es dabei, ging um die Ecke zu seiner Haustür, kramte in der Hosentasche nach dem Wohnungsschlüssel und öffnete schließlich die Tür.

Noch bevor er einen Fuß ins Trockene setzen konnte, sprach ihn jemand von hinten an.

»Mister Hancock, auf ein Wort bitte«, sagte die Person.

Der Agent schnellte blitzschnell herum, und noch, bevor er sich ganz herumgedreht hatte, lag seine rechte Hand bereits auf dem Griff seiner an der Schulter befestigten Dienstwaffe. Für einen Moment war er stolz darauf, noch immer die Reflexe eines Zwanzigjährigen zu haben, doch dann konzentrierte er sich wieder auf die aktuelle Situation. Vor ihm stand, der Statur nach zu urteilen, ein Mann in einem langen Regenmantel, der Kopf verdeckt von einer Kapuze.

»Zeigen Sie sich!«, verlangte Hancock mit fester Stimme.

Anscheinend hatte der Mann erst jetzt begriffen, dass er sich in eine gefährliche Lage gebracht hatte, denn er hielt die Hände auf Schulterhöhe und zeigte die Handflächen nach außen, um zu demonstrieren, dass er unbewaffnet war.

»Ich sage es nicht noch einmal!«, knurrte der ältere Agent.

Behutsam strich sich der Mann die Kapuze vom Kopf und offenbarte ein junges Gesicht, dessen Teenager-Jahre noch nicht lange zurückliegen konnten, wenn man die diversen Pickel in Betracht zog. Das Haar war etwa kinnlang und hinter die Ohren geschoben. Dazu spross hier und da ein Barthaar, was Hancock unwillkürlich dazu veranlasste, ihn in die Schublade *Milchbubi* zu stecken. Der Agent konnte es im Licht der Straßenlaternen zwar nicht genau beurteilen, aber er hatte den Eindruck, dass sein Gegenüber nicht allzu viel von sportlicher Betätigung hielt. Zumindest schloss er dies aus dem leicht wabbeligen Hals.

»Wer zum Teufel sind Sie?«, wollte der Agent wissen.

»Mein Name ist Leonard Jameson, ich arbeite für die *Washington Post*«, erklärte der junge Mann. »Ich recherchiere in Mordfällen in und um Washington herum, die sich kürzlich ereignet haben.«

»Was hat das mit mir zu tun?«

»Einer meiner Informanten hat verlauten lassen, dass Sie die Ermittlungen führen.«

»Da hat sich Ihr Informant geirrt. An Ihrer Stelle würde ich mir die Kohle erstatten lassen, die Sie ihm gegeben haben.«

Der Reporter schien nicht aufgeben zu wollen und fuhr unbeirrt fort: »Mister Hancock, ich weiß, dass Sie am Tatort von Iris Delano zugegen waren. Sie kennen den Fall also.«

»Zuallererst heißt es *Agent* Hancock«, erklärte der Ältere. »Zweitens habe ich keine Ahnung, was Sie von mir wollen.«

»Ich möchte ein Statement!«

»Ist das hier Statement genug?«, fragte Hancock und hob den Mittelfinger seiner linken Hand. »Selbst, wenn ich etwas wüsste, warum sollte ich es ausgerechnet Ihnen sagen?«

»Weil ich etwas weiß, was Ihnen weiterhelfen könnte«, antwortete Jameson.

»Und was wäre das?«

»Das sage ich Ihnen erst, wenn Sie mir etwas gegeben haben, womit ich arbeiten kann.«

Hancock beschloss, das Spiel mitzuspielen. Aber das hieß noch lange nicht, dass er es dem Reporter leicht machen würde. »Na gut. Aber da Sie ein Anfänger sind, sind die Spielregeln ein wenig anders. Zuerst erzählen Sie mir, was Sie wissen, und dann verrate ich Ihnen etwas. Entweder Sie sind damit einverstanden, oder Sie verziehen sich.«

»In Ordnung«, antwortete Jameson mit einer Miene, die vor Selbstzufriedenheit nur so strotzte. »Wussten Sie, dass William Fitzroy junior homosexuell war?«

»Aha«, meinte der Agent.

»Nicht nur das. Auch Iris Delano war dem gleichen Geschlecht zugeneigt.«

»Was ist mit dem dritten Opfer?«

»Das weiß ich leider nicht«, gab Jameson zu. »Aber es würde mich nicht wundern, wenn auch er ein Homo gewesen wäre.«

»Was soll mir diese Information bringen?«

»Nun ... ich dachte, dass es da vielleicht einen Zusammenhang geben könnte ... dass es der Mörder auf homosexuelle Politiker abgesehen haben könnte.«

»Haben Sie Beweise dafür? Für die geschlechtliche Ausrichtung, meine ich.«

»Meine Quelle hat das gesagt.«

»Also beruhen Ihre so genannten Informationen ausschließlich auf Hörensagen«, stellte Hancock fest. »Sie wissen nicht mit Sicherheit, ob es tatsächlich wahr ist. Darum sind Sie hier, um sich die Geschichte bestätigen zu lassen.«

»Naja, ich ...«, druckste der Reporter herum.

»Wissen Sie was, Freundchen? So läuft das Spiel nicht. Wenn Sie wirklich etwas Handfestes wissen, dann ist das jetzt Ihre Chance. Wenn nicht, halten Sie die Fresse.«

Der Agent ließ einige Sekunden verstreichen, um dem Jungen die Chance zu geben, doch noch etwas Brauchbares aus dem Hut zu zaubern. Als nichts kam, fuhr er in bedrohlichem Tonfall fort.

»Ich interpretiere Ihr Schweigen dahingehend, dass Sie in Wirklichkeit keine Ahnung haben und im Nebel stochern. Unser Gespräch ist hiermit beendet.«

»Warten Sie«, sagte Jameson und streckte bereits den Arm aus, um Hancock an die Schulter zu fassen.

Ein eisiger Blick des Agenten ließ ihn innehalten und den Arm wieder sinken lassen.

»Agent Hancock, Sie haben mir versprochen, dass Sie mir etwas sagen, wenn ich Ihnen mitteile, was ich weiß.«

»Sie geben nicht auf, oder?«, fragte Hancock rhetorisch. »Na gut, hier ist etwas. Passen Sie gut auf, denn ich sage es nur einmal. Wenn ich morgens aufwache, ist das Erste, was ich tue, ordentlich zu pissen. Alles in Ordnung, harter Strahl, keine Färbung, alles im grünen Bereich, und dann kacke ich. Guter Druck, normale Konsistenz, und dann ...«

»Und dann ... *was*?«

»Dann nehme ich mir die *Washington Post* und wische mir damit ordentlich den Arsch ab. Am liebsten mit Artikeln, unter denen Ihr Name steht. Gute Nacht.«

»Agent Hancock ...«

Weiter kam Jameson nicht, denn der Agent schlug ihm jetzt die Tür vor der Nase zu.

Was für ein Lappen, dachte Hancock und genoss für einen Moment die Stille in seiner Wohnung. Dann streifte er die triefende Jacke ab und ließ sie einfach achtlos fallen. Auch seine durchweichten Schuhe feuerte er in eine Ecke. Auf nassen Socken ging er in das kleine Bad, welches vom Umfang her demjenigen von Agent Marquez nicht unähnlich war, abgesehen von dem leichten Schimmel, der sich an der Decke direkt über dem Waschbecken ausgebreitet hatte. Er zog seine restlichen Kleider aus und stellte sich für einige Minuten unter den heißen Wasserstrahl seiner Dusche. Hancock genoss diesen Moment mehr, als er angenommen hatte, und blieb extra lange unter dem konzentrierten Strahl stehen, um sich aufzuwärmen und seinem Körper wenigstens etwas Aufmerksamkeit zu schenken.

Dabei dachte er wieder an die New Yorker Agentin und spürte, wie ein bestimmter Körperteil nahe seiner Lenden zum Leben erwachte. Vielleicht sollte er sie einfach anrufen, dachte er, überlegte es sich dann aber schnell anders, denn ihr Abschied war gerade einmal fünf Stunden her, und er wollte nicht aufdringlich wirken.

Als das Wasser begann, kühler zu werden, drehte er den Hahn ab und ging ins Schlafzimmer. Dort legte er sich, nass, wie er noch war, aufs Bett und schaltete den Fernseher ein. Wie üblich zu dieser Uhrzeit zeigten die diversen Fernsehsender einen Mischmasch aus Nachrichten, Comedy-Shows und hirnlosen Actionstreifen, die ihn allesamt nicht interessierten. Schließlich blieb er bei einer Talkshow hängen, die damit warb, die größten Stars bei sich in der Sendung zu haben. Dieses Mal war es ein dunkelhäutiger Schauspieler, dessen Namen Hancock nicht kannte, aber von dem er wusste, dass er in einem Film mitgespielt hatte, bei dem es um Agenten einer geheimen Organisation ging, die sich um die Integration von Außerirdischen auf der Erde kümmerte. Ein seiner Meinung nach ziemlich seichter, aber sehr unterhaltsamer Streifen, dessen Nachfolger nicht an die Originalität des ersten Films heranreichen konnte. Als er sah, wie sich die Muskeln unter dem Shirt des Schauspielers bewegten, blickte er unwillkürlich auf seinen eigenen Bauch, der eher dem eines einatmenden Frosches glich, mit dem Unterschied, dass seine Wölbung beim Ausatmen nicht schrumpfte. Nicht zum ersten Mal überlegte er, ins Fitnesscenter zu gehen. Doch dann dachte er darüber nach, wie viel ihn die Mitgliedschaft kosten würde und beschloss, die Überlegung auf später zu verschieben. Stattdessen konzentrierte er sich wieder auf die Sendung, wo es gerade um die Herstellung von Burgern ging.

»Ich mache meine Burger immer komplett selbst«, tönte der Schauspieler. »Das Fleisch hole ich vom Metzger, dann drehe ich es durch den Wolf, würze es mit Zwiebeln, Salz und Pfeffer, und anschließend grille ich es. Wenn es fertig ist, lege ich es auf das Brötchen, und dann kommt ordentlich viel Käse drauf. Kein Cheddar, sondern Emmentaler. Der gibt einen ganz besonderen Geschmack.«

»Klugscheißer«, murmelte Hancock und bemerkte, dass das Gerede über Essen seinen eigenen Magen hungrig gemacht hatte.

Nackt, wie er war, stand er auf und ging zum Kühlschrank hinüber, um zu sehen, was er noch im Haus hatte. Natürlich gab es dort kein frisches Hackfleisch, und erst recht keine Burger, aber wenigstens fand er in der hinteren Ecke, versteckt hinter diversen Bierdosen, noch ein Stück Emmentaler, den er auswickelte und vorsichtig daran roch. Der Duft schien ihm wie immer zu sein, darum biss er herzhaft hinein. Wie er feststellen musste, hatte ihn der Geruch getrogen, denn in seinem Mund breitete sich nun ein so widerlicher Geschmack aus, dass er sich fast übergeben hätte. Hancock spuckte das halb gekaute Käsestück auf den Boden und öffnete schnell eine Bierdose, die er in einem Zug austrank. Danach gurgelte er und spuckte ins Waschbecken.

»Fuck!«, fluchte er, während er sich den Mund abwischte.

Als er den restlichen Käse ansah, stieß er noch einen Fluch aus, dieses Mal aber aus einem anderen Grund.

»Da soll mich doch der …«, ergänzte er.

Im nächsten Moment stürzte Hancock zu seinem Kleiderschrank, rupfte wahllos eine Hose, ein Hemd und ein Paar Socken aus dem Stapel und zog sich hastig an. Seine Schuhe waren immer noch feucht, aber da dies seine einzigen waren, blieb ihm nichts anderes übrig, als sie wieder anzuziehen. Danach schnappte er sich seinen Regenmantel und stürmte zur Tür hinaus. Als er den Autoschlüssel aus der Tasche zog, fiel ihm ein, dass er seinen Wagen einige Kilometer entfernt abgestellt hatte. Er schob den Kragen seines Mantels hoch und lief los.

Als Bernstein nach Hause gekommen war, hatte seine Verlobte bereits gekocht und den Tisch gedeckt. Gemeinsam hatten sie das Essen vertilgt, etwas Wein getrunken und über das eine oder andere Thema gesprochen, bevor sie müde zu Bett gegangen waren.

Als die Türglocke Sturm läutete, schreckte der Agent aus dem Tiefschlaf hoch.

»Wer auch immer das ist, er kann sich auf etwas gefasst machen«, murmelte er und sah aus dem Fenster, um zu prüfen, wer es wagte, um diese Zeit bei ihm zu klingeln.

Er staunte nicht schlecht, als er seinen Kollegen unten stehen und den Daumen auf den Klingelknopf pressen sah.

»Hancock«, rief er. »Was zum Teufel machen Sie da?«

»Ich muss Ihnen etwas zeigen!«, rief der ältere Agent zurück.

»Wissen Sie, wie spät es ist?«

»Das Verbrechen schläft nie, und darum müssen wir auch immer wach sein«, konstatierte Hancock.

»Ist ja gut, ich komme runter. Nur hören Sie um Himmels Willen auf, die Klingel zu malträtieren.«

Bernstein streifte sich eines seiner Sport-Shirts über, zog sich eine Jogginghose an und schickte sich an, ins Erdgeschoss zu gehen, bevor sein Kollege erneut die Klingel drücken und sein Trommelfell in Mitleidenschaft ziehen konnte.

»Bin gleich wieder da«, sagte er zu Charlene, die ihn zwar müde, aber eher belustigt als genervt ansah.

Als er unten angekommen war und die Haustür öffnete, fand er einen selbstzufrieden grinsenden Hancock vor.

»Was wollen Sie?«, fragte er seinen älteren Partner.

»Sehen Sie sich das an«, sagte Hancock und hielt das angebissene Stück Emmentaler in die Höhe.

»Sie kommen zu nachtschlafender Zeit hierher, um mir einen verschimmelten Käse unter die Nase zu halten? Haben Sie wieder getrunken?«

»Schauen Sie einmal genau hin«, forderte der ältere Agent ihn auf. »Dieses Stück sieht von außen ganz normal aus, aber wenn man hineinschaut, erkennt man erst, was sich unter der Oberfläche befindet. Die Oberfläche ist ganz glatt, aber drinnen wimmelt es vor Löchern.«

»Das ist bei einem Emmentaler ganz normal«, stellte Bernstein entnervt fest und machte bereits Anstalten, wieder zurück ins Haus zu gehen.

Hancock ergriff ihn am Arm und hielt ihn mit eisernem Griff fest. »Kapieren Sie nicht? Je nachdem, wie dick man die Scheiben schneidet, sind die Löcher größer oder kleiner. Wenn man sie wahllos übereinanderlegt, sieht es chaotisch aus. Aber wenn Sie die Scheiben fein säuberlich, in der richtigen Reihenfolge, aufeinanderlegen, ergeben die einzelnen Löcher wieder das ursprüngliche Muster.«

»Ich verstehe immer noch nicht, was Sie mir damit sagen wollen.«

»Herrgott noch mal, muss ich Ihnen denn alles vorkauen?«, entgegnete der ältere Agent genervt. »Diese Bisse sind bei allen Opfern scheinbar wahllos, aber an einigen Stellen doch deckungsgleich. Wenn wir alle Bissspuren, die wir haben, in einer bestimmten Reihenfolge übereinanderlegen, müsste eigentlich ein bestimmtes Muster herauskommen.«

»Das ist aber ziemlich weit hergeholt, finden Sie nicht? Wer sollte sich denn die Mühe machen, so etwas zu tun?«

»Zum Beispiel ein psychopathischer Serienkiller«, erklärte Hancock. »Ich habe in meiner Karriere schon einige solcher Typen zur Strecke gebracht, und Sie würden sich wundern, wie kreativ die in ihrem Wahn sein können.«

»Okay, aber da gibt es ein Problem«, erwiderte Bernstein. »Wir benötigen eine Art Scan der Opfer, damit wir die zerbissenen Körper flach übereinanderlegen könnten. Außerdem müssten wir herausfinden, welches die richtige Reihenfolge ist. Wir haben bis jetzt fünf Opfer, das macht schon einmal hundertzwanzig Kombinationsmöglichkeiten. Noch dazu wissen wir nicht, ob es nicht noch weitere Opfer gibt, die wir einfach noch nicht gefunden haben. Das Muster könnte also unvollständig sein.«

»Seien Sie doch mal nicht so pessimistisch.«

»Sie verwechseln Pessimismus mit Realismus.«

»Von mir aus können Sie auch pimmelistisch sein«, sagte Hancock. »Aber wenn wir diesen Burschen schnappen wollen, müssen wir denken wie er, und das bedeutet, dass wir unsere Fantasie spielen lassen müssen.«

»Okay, aber wie wollen wir wissen, welche Kombination die richtige ist? Und selbst, wenn wir es herausfinden, wie sollen wir erkennen, wozu das Muster passt?«

»Ich kenne da jemanden, der uns behilflich sein könnte. Kommen Sie, wir fliegen nach Washington.«

»Wir SIND bereits in Washington«, erklärte Bernstein.

»Ich rede von dem Bundesstaat.«

»Wir sollen wirklich jetzt sofort dorthin fliegen?«, fragte der jüngere Agent und legte die Betonung auf das Wort *jetzt*.

»Wann denn sonst?«

»Also Erstens ...«

»Fangen Sie nicht schon wieder mit den Aufzählungen an.«

»Erstens ...«, fuhr der jüngere Agent fort. »... ist Washington mindestens dreitausendachthundert Kilometer entfernt. Zweitens geht heute Nacht bestimmt kein Flieger mehr und drittens bin ich hundemüde.«

»Wenn Sie so weitermachen, werden Sie es beim FBI nicht weit bringen. Die wollen keine Zauderer, sondern Leute, die tatkräftig vorangehen.«

Bernstein atmete mehrfach ein und wieder aus. »Ich mache Ihnen einen Vorschlag. Wir gehen jetzt beide wieder schlafen, und morgen nehmen wir den ersten Flug nach Seattle.«

»Gegenvorschlag: Sie ziehen sich jetzt etwas Gescheites an, dann fahren wir zum Flughafen. Dort veranlassen Sie, dass die Opfer gescannt und uns die Bilder schnellstmöglich übermittelt werden und bis Sie damit fertig sind, wird bestimmt ein Flug bereit sein. Wir werden etwa fünf Stunden in der Luft verbringen, da haben Sie genug Zeit zum Schlafen.«

»Na gut«, willigte Bernstein nach kurzer Überlegung ein. »Ich bin in zehn Minuten wieder unten.«

»Ich warte so lange hier.«

»Du willst *was*?«, fragte Charlene entgeistert, wobei sie das Wort *was* so betonte, wie es nur eine Frau konnte, die nicht glauben konnte, was sie da gerade gehört hatte.

»Ich fliege mit Hancock nach Washington. Dem Bundesstaat«, wiederholte Bernstein und zog sich ein sauberes Hemd über.

»Und du glaubst, dass dein Partner wirklich weiß, was er da tut? Ich meine, so, wie du mir bisher von ihm erzählt hast, trinkt er auch gerne mal einen über den Durst.«

»Das ist richtig«, bestätigte er, während er die Hemdknöpfe schloss. »Aber ich vertraue ihm, wenn er sagt, dass er jemanden kennt, der uns helfen kann. Außerdem will ich diesen Fall endlich zum Abschluss bringen. Nachdem die Mordserie jetzt schon in den Zeitungen steht, wird sie morgen früh auch im landesweiten

Fernsehen zu sehen sein. Spätestens dann wird uns Penske oder jemand, der über ihr steht, die Hölle heißmachen. Da möchte ich gern einen Vorsprung haben.«

»Ich hoffe nur, du weißt, was du tust.«

»Was tue ich denn?«

»Du stellst dein Privatleben hinter die Arbeit.«

»Das bringt der Job nun mal mit sich, Charlene. Das wusstest du, bevor du eingewilligt hast, mich zu heiraten.«

»Ich stehe nach wie vor dazu«, erklärte sie. »Ich mache mir nur Sorgen um dich. Ich möchte nicht, dass du endest wie dein Partner.«

»Das kommt ganz auf dich an.«

»Auch auf dein eigenes Verhalten. Zu einer zerrütteten Ehe gehören immer zwei. Ich möchte einfach nicht, dass es dazu kommt. Ich will, dass wir einander zu jeder Zeit respektieren und unsere Leben mit- und nicht nur nebeneinander verbringen.«

»Das will ich doch auch«, sagte er versöhnlich, setzte sich neben sie auf die Bettkante und nahm ihre Hand in seine. »Ich verspreche dir, dass ich darauf achten werde, mein Leben nicht komplett der Arbeit zu widmen. Ehrlich gesagt, möchte ich auf keinen Fall wie Hancock enden.«

Charlene lächelte, denn sie wusste, dass es Bernstein ernst meinte. Dennoch nahm sie sich vor, in der Zukunft noch genauer auf ihn und sein Verhalten zu achten.

»Ich muss jetzt leider los«, beschied er und küsste seine Verlobte ausgiebig, bevor er wieder aufstand, die Waffe umschnallte und die Wohnung verließ.

»Dann bleibt wohl der Abwasch an mir hängen«, dachte Charlene laut und schwang die Beine aus dem Bett.

Jetzt konnte sie sowieso nicht mehr einschlafen.

Hancock warf einen ungeduldigen Blick auf seine Uhr. Fünfzehn Minuten waren vergangen, seit Bernstein ihm zugesagt hatte, gleich wieder da zu sein. Er rauchte inzwischen seine dritte Zigarette und wurde langsam immer ungeduldiger. Das Stück Emmentaler hatte er währenddessen vertilgt, was ihn nur noch hungriger gemacht hatte.

»Da sind Sie ja endlich«, sagte er, als der jüngere Agent schließlich aus der Haustür trat. »Ärger mit der Frau gehabt?«

»Nein«, gab Bernstein zurück. »Eine normale Unterredung zwischen Erwachsenen. Ich weiß, so etwas kennen Sie nicht.«

»Sie haben nicht zufällig etwas Essbares in der Tasche, oder?«

»Ich laufe selten mit Essen herum.«

»Dann werden wir uns am Flughafen erst mal etwas zwischen die Kiemen schieben. Den Fraß im Flieger kann man ja nur vertragen, wenn man mehr als verzweifelt ist. Kommen Sie, fahren wir.«

Auf den Straßen der Hauptstadt war um diese Uhrzeit nicht mehr viel los, zumindest im Vergleich zu tagsüber. Noch immer waren einige Autofahrer unterwegs, die meisten davon auf dem Weg zur Frühschicht, die im Allgemeinen zwischen ein und drei Uhr morgens begann. Hancock kurbelte das Fenster herunter und zündete sich eine weitere Zigarette an.

»Nervös?«, fragte Bernstein.

»Voller Tatendrang«, korrigierte ihn der ältere Agent. »Wir haben jetzt endlich die Möglichkeit, voranzukommen, und ich hasse es, wenn ich warten muss.«

»Es gehört aber zum Erwachsensein dazu, dass man auch mal abwarten muss.«

»Hören Sie auf, mich belehren zu wollen«, erwiderte Hancock. »Nur, weil Ihre Frau ein Seelenklempner ist, heißt das noch lange nicht, dass Sie das auch sein können.«

»Vielleicht würde eine Therapie aber bei Ihnen fruchten.«

»Ob Sie es glauben oder nicht, aber ich habe das tatsächlich mal versucht. Es hat damit geendet, dass ich in der Praxis Hausverbot bekam, weil ich ein wenig ausgerastet bin.«

»Was haben Sie getan?«

»Sagen wir es mal so: Der Therapeut konnte, nachdem er mich mit bohrenden Fragen genervt hatte, für drei Wochen seine Mahlzeiten nur mit einem Strohhalm zu sich nehmen.«

»Sie sind wirklich ein hoffnungsloser Fall, Hancock.«

»Mag schon sein«, entgegnete er schulterzuckend. »Aber wenigstens dränge ich anderen nicht ungefragt meinen Rat auf.«

»Ist ja schon gut. Fahren Sie einfach zum Flughafen.«

Die Lobby des Ronald-Reagan-Flughafens war rund um die Uhr geöffnet, ebenso wie einige Geschäfte. Denn obwohl nachts keine Flüge gingen, gab es Bodenpersonal, welches rund um die Uhr dort zu tun hatte. Die bei-

den Beamten suchten sich ein kleines gemütlich aussehendes Restaurant aus, dessen Speisekarte abwechs-
lungsreich genug war, um ihrer beider Geschmäcker zu
befriedigen. Die Bedienung gehörte nicht zur freund-
lichsten Sorte, aber da sie in den frühen Morgenstun-
den aufgekreuzt waren, sah Hancock es ihr nach. Bernstein begnügte sich mit einem kleinen Salat, während
der ältere Agent richtig zuschlug und zu seiner fast
vierzig Zentimeter Durchmesser Pizza noch eine Por-
tion Pommes bestellte.

»Wer oder was ist in Washington, dass Sie es nicht abwarten können, dorthin zu kommen?«, fragte Bernstein.

»Lassen Sie sich überraschen«, beschied Hancock und
schob sich drei dicke Pommes in den Mund, bevor er zu
seinem mit Limonade gefüllten Glas griff.

»Ich dachte, wir seien Partner«, antwortete der jüngere Agent. »Da gehört es sich nicht, Geheimnisse voreinander zu haben.«

»Sie stehen nicht auf dramatische Wendungen,
oder?«

»Nicht, wenn Menschenleben davon abhängen.«

»Na gut«, lenkte Hancock ein. »In Washington lebt
eine Person, die mir nicht nur einmal bei verzwickten
Fällen geholfen hat. Sie ist sozusagen meine Geheimwaffe.«

»Warum rufen wir diese Person nicht einfach an?«

»Aus zwei Gründen«, sagte der ältere Agent und hob
den Zeige- und Mittelfinger seiner linken Hand. »Erstens habe ich ihre Nummer nicht, und zweitens habe
ich sie schon lange nicht mehr gesehen und möchte ihr

daher gern einen Besuch abstatten ... nur um zu zeigen, dass es mich noch gibt.«

»Und für Ihre Wiedersehenswünsche fliegen wir einmal quer durch die Staaten?«

»Ja«, sagte Hancock schlicht.

»Kann aber nicht weit her sein mit dem gegenseitigen Interesse, wenn Sie nicht einmal Telefonnummern ausgetauscht haben.«

»Sie begründet es mit der eigenen Sicherheit. Sie ist ein wenig paranoid.«

»Klingt für mich nach jemandem, der Dreck am Stecken hat«, meinte Bernstein.

»Oder nach jemandem, der einfach in Ruhe gelassen werden möchte«, gab der ältere Agent zurück. »Jetzt essen Sie Ihren Salat. Obwohl ich Ihnen lieber Fleisch empfehlen würde, denn Sie wollen doch bestimmt groß und stark werden.«

»Vielen Dank für Ihre Besorgnis. Ich habe übrigens, während Sie vorhin nach unserer Ankunft pinkeln waren, Nachrichten an die jeweiligen Pathologien abgesetzt, dass sie uns die Scans der Leichen schicken sollen. Ich hoffe, dass wir sie bekommen haben, bis wir bei Ihrer Geheimwaffe angekommen sind.«

»Wenn nicht, reißen wir einfach ein paar Ärsche auf.«

»Sagen Sie mir, wenn es so weit ist, damit ich mir Popcorn holen kann«, erwiderte Bernstein.

»Keine Sorge, Sie werden nichts verpassen«, gelobte Hancock. »Wussten Sie übrigens, dass Fitzroy schwul war?«

»Nein«, erwiderte der jüngere Agent. »Wer hat denn so etwas erzählt?«

»Das habe ich irgendwo aufgeschnappt. Delano war angeblich lesbisch.«

»Meinen Sie, dass es einen Zusammenhang geben könnte?«

»Vielleicht. Wissen Sie etwas über die sexuelle Ausrichtung von Rosenberg?«

»Nicht viel«, gab Bernstein zu. »Aber so weit ich weiß, hatte er wechselnde Beziehungen zu Frauen. Vielleicht hatte er aber auch homosexuelle Kontakte. Soll ich das überprüfen?«

»Tun Sie das. Vielleicht hilft es uns ja irgendwie weiter.«

Kapitel 6

Der Bundesstaat Washington liegt im äußersten Nordwesten der Vereinigten Staaten von Amerika und belegt auf der Flächenskala den achtzehnten Platz. Mit seinen fast sieben Millionen Einwohnern gehört er zu den bevölkerungsreicheren Gebieten der USA. Im Westen wird der Staat vom Pazifischen Ozean begrenzt, während im Norden die Grenze zu Kanada verläuft. Obwohl selbst unter amerikanischen Bürgern weithin angenommen wird, dass Seattle die Hauptstadt ist, ist sie lediglich die bevölkerungsreichste Stadt. Aus diesem Grund führen auch die meisten Flugverbindungen nach Seattle.

Während sie sich im Landeanflug befanden, konnte Bernstein von seinem Sitzplatz aus die Space Needle sehen, welche zur Weltausstellung im Jahr 1962 erbaut wurde und seitdem als Wahrzeichen der Stadt gilt. Wie er wusste, war die Space Needle aber bei Weitem nicht das höchste Gebäude von Seattle, doch es war aufgrund der spitz zulaufenden Form und des Turmkorbs, in welchem sich ein Drehrestaurant befand, das prägnanteste.

Die Maschine sank nun immer tiefer und setzte schließlich sanft auf.

»Sind die Scans schon da?«, fragte Hancock, kurz nachdem Bernstein sein Smartphone aus dem Flugmodus in den Normalbetrieb geschaltet hatte.

»Noch nicht«, antwortete der jüngere Agent.

»Okay, wir haben sowieso noch eine längere Fahrt vor uns, also haben die Eierköpfe noch ein bisschen Zeit.«

»Wirklich? Ich bin davon ausgegangen, dass diese ominöse Person in Seattle wohnt.«

»Das habe ich nie behauptet«, gab Hancock zurück. »Ich habe lediglich gesagt, dass wir nach Seattle fliegen. Sie wohnt ein Stück außerhalb.«

»Wie weit außerhalb?«

»Etwas über zweihundert Kilometer.«

»Haben Sie uns einen Mietwagen besorgt?«

»Den brauchen wir nicht. Ich habe jemanden kontaktiert, der uns hinbringen wird.«

»Warum leihen wir uns nicht einfach einen Wagen oder nehmen direkt ein FBI-Fahrzeug?«

»Weil die heutzutage alle serienmäßig mit GPS ausgerüstet sind, Schlaumeier«, erklärte Hancock. »Meine Bekanntschaft hat es nicht gern, wenn jeder mit Leichtigkeit erfahren kann, wo sie wohnt.«

»Klingt für mich immer unseriöser.«

»Sie werden in Ihrer Karriere schon noch merken, dass man sich manchmal in Grauzonen wagen muss, um Erfolg zu haben. Folgen Sie mir einfach.«

Vor dem Haupteingang mussten sie nicht lange warten, bis ein altersschwacher Buick vorfuhr und direkt vor ihnen stehenblieb. Die Fahrertür schwang auf und entließ einen muskulös gebauten Mann Mitte Dreißig.

»Pete«, sagte der Muskulöse mit tiefer Stimme und einem breiten Grinsen.

»Gerry«, antwortete der ältere Agent. »Lange nicht gesehen.«

»Schön, dich mal wieder hier zu haben. Wer ist denn dein Kumpel?«

»Frank«, stellte sich der jüngere Agent vor.

»Ich heiße Geronimo. Kommt, steigt ein. Ich fahre euch.«

»Geronimo?«, fragte Bernstein.

»Ein Künstlername«, erklärte der Mann. »Eigentlich heiße ich Benjamin, aber das klingt nicht so gut, wenn man indianischer Abstammung ist, verstehst du?«

»Vollkommen«, log der jüngere Agent und stieg in den Fond ein, während sich Hancock auf den Beifahrersitz begab.

»Weiß sie, dass du kommst?«, fragte Geronimo in Richtung seines Beifahrers.

»Nein. Ich dachte, ich überrasche sie.«

»Du weißt doch, dass sie Überraschungen nicht mag.«

»Ja«, gab Hancock zu. »Aber du wirst sehen, sie wird froh sein, dass ich mich mal wieder blicken lasse.«

»Wie lange wird die Fahrt denn dauern?«, wollte Bernstein vom Rücksitz aus wissen.

»Etwa drei Stunden«, antwortete Geronimo. »Wenn Sie wollen, schlafen Sie ein wenig. Sie werden Ihre Kräfte noch brauchen. Ich hoffe, Sie haben gute Schuhe dabei.«

»Nur das, was ich am Leib trage«, gab der jüngere Agent kund.

»Zum Glück für Sie habe ich immer einige Paar Stiefel im Kofferraum.«

»Wofür?«

»Wir sind hier in Washington, mein Freund. Hier gibt es viele Berge.«

»Wir werden wandern?«

Zur Antwort grinsten sowohl Geronimo als auch Hancock.

Da sich Seattle von Nord nach Süd in die Länge zog und nur wenige Kilometer breit war und sich zudem der internationale Flughafen direkt am Highway Fünf befand, war es ein Leichtes, schnell die Stadtgrenze zu passieren. Bernstein, der nichts anderes zu tun hatte, sah abwechselnd nach links und rechts aus den Fenstern und beobachtete, wie sie die Zivilisation immer mehr gegen unberührte Natur eintauschten. Schon bald döste er wegen der gleichförmigen Landschaft ein, die vor allem aus Bäumen bestand. Nicht umsonst wurde Washington auch als *Evergreen State* tituliert, denn der größte Teil der Fläche des Bundesstaats bestand aus Wald. Während der jüngere Agent geistig immer mehr abdriftete, unterhielten sich Hancock und Gerry angeregt. Anscheinend kannten sie sich schon lange, denn sie gingen sehr vertraut und herzlich miteinander um und lachten immer wieder lauthals.

Bernstein nahm irgendwann nur noch Gesprächsfetzen wahr, bis er schließlich einschlief.

Eine Hand rüttelte hart an seiner Schulter.

»Aufwachen, Dornröschen«, sagte eine Stimme, die er nicht sofort zuordnen konnte.

Als er die Augen blinzelnd öffnete, sah er Geronimos Gesicht ganz dicht vor sich.

»Wir sind da«, erklärte dieser und zog sich ein wenig zurück, um dem FBI-Agenten Platz zu machen.

Bernstein bewegte sich und bereute es im gleichen Augenblick, denn er war in einer Haltung eingeschlafen, wie sie nur in einem Auto möglich war, mit dem Oberkörper in den Gurt gedrückt und dem Kopf an die Seitenscheibe gelehnt. Sein Nacken fühlte sich an, als ob eine Horde Kamele darauf Tango getanzt hätte.

»Sind wir da?«, fragte er verschlafen und rieb sich den schmerzenden Hals.

»Habe ich doch gerade gesagt«, beschied Geronimo.

Der jüngere Agent schnallte sich ab und stieg aus, nur um verwundert festzustellen, dass um sie herum nichts außer scheinbar endlosem Wald existierte.

»Wo genau ist *hier*?«, wollte er verwundert wissen.

»Auf einem Parkplatz«, stellte Hancock fest, der an der Motorhaube lehnte und eine Zigarette rauchte.

»Ist mir nicht entgangen«, gab der Jüngere trocken zurück. »Aber wo befindet sich Ihre Geheimwaffe?«

»Nennst du sie so?«, mischte sich ihr Fahrer grinsend ein.

»Manchmal«, gab der ältere Agent zu. »Wir müssen noch vier Kilometer laufen.«

»Wohin?«

Anstatt verbal zu antworten, zeigte Hancock einfach in den Wald.

»Etwa querfeldein?«

»Sie haben es erfasst. Kommen Sie, wachen Sie auf und suchen Sie sich Stiefel aus. Gerry?«

»Schon dabei«, antwortete der Native American und öffnete den hinteren Teil des Wagens. Bernstein stieg aus, machte diverse Dehnübungen und trat dann um das Auto herum. Er staunte nicht schlecht, als er das breite Sortiment begutachtete.

Neben fünf unterschiedlichen Paaren Stiefeln befanden sich auch noch Kletterseile, Wanderstöcke und Rucksäcke in diversen Ausführungen im Kofferraum. Außerdem entdeckte er noch einige Beile mit sehr scharfen Klingen.

»Haben Sie schon einmal daran gedacht, ein Fachgeschäft für Wander-Utensilien zu eröffnen?«, fragte er und zeigte auf die Äxte. »Die sind aber nicht zum Bergsteigen, oder?«

»Hier gibt es einige Tiere, die unvorsichtige Wanderer zum Fressen gernhaben«, erklärte Geronimo. »Darauf sollte man immer vorbereitet sein.«

Bernstein lächelte unsicher, wählte dann ein Paar Stiefel aus und setzte sich auf den Rand des Kofferraums, um seine eigenen Lackschuhe aus- und die Wanderstiefel anzuziehen. Nachdem er sie fachgerecht geschnürt hatte, machte er einige Schritte.

»Passen sie?«, wollte ihr Begleiter wissen.

»Ja, sie passen. Gehen wir jetzt los?«

»Ich mag Ihren Tatendrang«, erklärte Geronimo. »Testen Sie aber vorher noch diesen Rucksack, ob Sie ihn auch tragen können.«

Der jüngere Agent setzte ihn auf und zog die Gurte zurecht, wobei ihm der muskulöse Mann half.

»Sie müssen ganz sichergehen, dass Ihnen die Gurte nirgendwo einschneiden. Das Ding muss bombenfest sitzen und darf sich nicht bewegen.«

»Warum nicht?«

»Wenn Sie Glück haben, behalten Sie nur ein paar Striemen zurück. Aber wenn Sie Pech haben, schneiden Ihnen die Gurte ins Fleisch und das tut höllisch weh.«

»Und wenn Sie ganz viel Pech haben, wittert Sie ein Bär und will mit Ihnen den Paarungstanz aufführen«, fügte Hancock grinsend hinzu.

»Sie machen mir ja Mut«, antwortete Bernstein ironisch. »Okay, ich denke, der Rucksack ist in Ordnung.«

»Gut. Dann wollen wir mal.«

»Tragen Sie nichts?«

»Warum? Ist doch alles bei Ihnen drin.«

Bernstein zog eine Grimasse und beeilte sich, Geronimo in den Wald zu folgen.

Vier Kilometer klingen nach einer recht kurzen Strecke, die innerhalb einer Stunde bewältigt werden kann. Wenn man aber durch einen dicht bewachsenen Wald muss, der über keinerlei befestigte Wege verfügt, können vier Kilometer einen hohen Tribut fordern. Dies musste auch Bernstein feststellen, der bereits nach rund der Hälfte des Weges nassgeschwitzt war, vor allem dort, wo der Rucksack saß. Auch Hancock hatte Schweiß auf der Stirn und unter den Achseln, während bei Geronimo nicht mal der Atem schneller zu gehen schien.

»Ich muss mehr trainieren«, sagte Bernstein, als er zu Hancock aufgeschlossen hatte und versuchte, einen Weg durch den Urwald zu finden.

»Fragen Sie mich mal«, gab der ältere Agent schnaufend zurück. »Ich hatte ganz vergessen, wie sehr ich diesen Teil der Reise hasse.«

»Hätte Ihr Kontakt nicht auch einfach zu uns kommen können?«

»Wie ich bereits sagte, sie mag es nicht, unter Leuten zu sein. Sie hat ihre Gründe dafür. Gerry, wie weit ist es noch?«

»Nur noch ein Stück«, gab ihr Führer kund. »Ein paar Hundert Meter noch, dann wird der Weg einfacher.«

Ihr Begleiter hielt Wort, wenn auch nicht so, wie es sich Bernstein vorgestellt hatte. Der Wald lichtete sich sichtlich und gab bald darauf die Sicht auf ein Gewässer frei, welches schmal, aber tief war.

»Müssen wir jetzt etwa auch noch schwimmen?«, fragte der jüngere Agent fassungslos.

»Wir sind hier zwar in der Wildnis, aber wir sind durchaus zivilisiert«, erwiderte Geronimo. »Ich habe ein Boot für uns besorgt. Kommen Sie, nur noch ein Stück aufwärts.«

Hinter einem Baum versteckt fanden sie es schließlich. Das Boot entpuppte sich als hölzernes Kanu, wie man es aus Western-Filmen kannte. Daneben vertäut lagen vier Paddel bereit.

»Wollen Sie sich zuerst ein wenig ausruhen, bevor es weitergeht?«, fragte ihr Führer.

»Nur kurz durchatmen«, antwortete Hancock und setzte sich auf einen umgefallenen Baum. Dann griff er in seine Hosentasche und förderte seinen bekannten Flachmann zutage.

»Trinkst du etwa immer noch?«

»Hast du ein Problem damit?«

»Ist deine Entscheidung«, erklärte der Native American schulterzuckend.

Der ältere Agent nahm einen tiefen Schluck und spürte sofort, wie sich die alkoholische Flüssigkeit zuerst durch seine Speiseröhre und dann in seinen Magen brannte. Kurz daraufhin hielt er den Behälter seinem Freund hin.

»Nein danke«, sagte Geronimo.

»Indianer trinkt kein Feuerwasser?«

»Anhand meiner Vorfahren weiß ich, wozu das führt.«

Bernstein verfolgte die Unterhaltung interessiert und war sich nicht sicher, ob die beiden nur miteinander scherzten oder ob das Ganze ein ernst gemeintes Gespräch war. Er beschloss, dass es ihn nicht interessierte. »Wir sollten weiter.«

»Haben Sie es eilig?«, fragte Hancock.

»Ich will nur vermeiden, dass ich mitten im Wald kollabiere und Sie mich dann wiederbeleben müssen.«

»Weil Sie uns dann zu ewiger Dankbarkeit verpflichtet wären?«

»Weil ich Angst davor habe, was Sie mir antun könnten bei dem Versuch, mich am Leben zu halten.«

»Durchaus berechtigt«, gab der ältere Agent schulterzuckend zu. »Das letzte Mal, als ich Erste Hilfe leisten musste, ist schon etwas her.«

»Sehen Sie. Also lassen sie uns wieder aufbrechen.«

Bernstein schulterte seinen Rucksack und stieg dann mit den anderen in das Kanu, das von Geronimo bereits zu Wasser gelassen worden war.

»Sehen Sie diese Halbinsel dort?«, fragte ihr Führer. »Dahinter liegt unser Ziel. Sie haben übrigens Glück, denn die Strömung geht ebenfalls in dieselbe Richtung.«

Geronimo stieß das Boot vom Ufer ab und tauchte dann sein Paddel schwungvoll ins Wasser. Die beiden Agenten taten es ihm gleich, und schon bald hatten sie einen gemeinsamen Rhythmus gefunden. Trotz der Erschöpfung genoss Bernstein die Fahrt und fühlte sich für einen Moment in seine Kindheit zurückversetzt, als er mit seinem Großvater während der Sommer zwei Mal im Monat zum Fischen gefahren war. Dies war immer eine wunderschöne Zeit für ihn gewesen, denn er hatte sowohl einige Kenntnisse über das Angeln gewonnen als auch vieles über seinen Opa herausgefunden.

Sobald sie die Halbinsel, die rund fünfzig Meter ins Wasser ragte, passiert hatten, konnte er ihr Ziel erkennen. Es handelte sich um ein kleines Holzhaus, welches direkt am Ufer stand und über eine ebenso hölzerne Anlegestelle verfügte. Das Gebäude hatte ein Ausmaß von vielleicht vierzig Quadratmetern, schätzte er. Sie legten sanft am Steg an und stiegen aus.

Geronimo vertäute das Kanu sorgfältig, und da Bernstein gerade nichts zu tun hatte, ging er einige Schritte auf das Haus zu. Aus dem Augenwinkel nahm er zwischen den Bäumen etwas Weißes wahr und sah genauer hin. Das Gestell, das hinter einigen Fichten versteckt war, sah aus wie eine Satellitenschüssel.

Hancock schloss zu seinem Kollegen auf. »Gerry hat gesagt, dass er bei dem Boot bleibt. Kommen Sie, gehen wir zur Hütte.«

Dort angekommen, klopfte er mehrfach an die Tür und rief dann laut »Bunny!«

Als sich nichts tat, klopfte er noch mal. Doch immer noch regte sich nichts. Als sie gerade zur Rückseite des

Hauses gehen wollten, hörten sie plötzlich hinter sich ein lautes *Klack*, gefolgt von einem ebenso lauten: »Keine Bewegung!«

Hancock hob die Hände und drehte sich langsam um, nur um in den Lauf einer Schrotflinte zu blicken.

»Bunny, du hast mich erschreckt«, sagte er lachend und nahm die Hände wieder herunter.

»Du hast aber auch Nerven, hier einfach so ohne Vorankündigung anzutanzen«, gab sie zurück und senkte den Lauf ihrer Waffe nach unten. »Schön, dich wiederzusehen, du alter Sack.«

»Schön, dich wiederzusehen, du Schlange.«

Die beiden umarmten sich für einige Sekunden, bevor sie wieder voneinander abließen.

Bernstein, der inzwischen ebenfalls wieder die Hände gesenkt hatte, beobachtete das Geschehen und betrachtete dann die Frau genauer. Sie war kaum älter als er selbst, schätzte er. Ihre in blauen und roten Strähnen gefärbten Haare waren zu einem straffen Zopf geflochten, der so eng an ihrem Kopf anlag, dass man denken konnte, er wäre angeleimt. Sie war nicht größer als einen Meter sechzig, was die lange Flinte in ihren zarten Händen noch größer erscheinen ließ.

»Wer ist dein stummer Kumpel?«, fragte sie und zeigte auf den jüngeren Agenten.

»Das ist mein neuer Partner, Frank Bernstein. Er ist taubstumm, musst du wissen.«

»Glauben Sie nicht alles, was er sagt«, antwortete Bernstein hastig. »Ich kann sehr gut hören und auch sprechen.«

Die junge Frau lächelte freundlich und streckte ihre Hand aus, die der junge Mann sofort ergriff. »Ich heiße

Bunny-Witch, aber meine Freunde nennen mich Bunny.«

»Bin ich denn auch Ihr Freund?«, wollte der jüngere Agent daraufhin wissen.

»Nur, wenn du endlich aufhörst, mich zu Siezen«, gab sie zurück.

»Einverstanden. Nenn mich bitte einfach Frank.«

»Gern, Einfach-Frank«, sagte sie und wandte sich wieder dem anderen Agenten zu. »Pete, warum seid ihr hier?«

»Weil ich Sehnsucht nach dir hatte. Wir haben uns schließlich seit *ich-weiß-nicht-mehr-wann* gesehen.«

»Seit acht Monaten, zwei Wochen und drei Tagen, um genau zu sein. Aber das ist nicht der Grund, weshalb du dir und Frank diesen anstrengenden Weg aufgehalst hast.«

»Du hast recht«, gab Hancock zu und streckte die Arme als Geste der Kapitulation seitlich aus. »Wir jagen einen Serienkiller. Er hat bereits fünf Menschen auf dem Gewissen, und wir haben noch keine heiße Spur.«

Bunny-Witch beäugte ihn misstrauisch. »Der große Pete Hancock hat keinen Schimmer, warum dieser Kerl tut, was er tut? Und das nach fünf Morden?«

»Ich bin auch nicht unfehlbar«, erklärte er. »Wir haben allerdings eine Idee, wie wir ihm näherkommen könnten. Aber dafür brauchen wir dich.«

»Um was geht es denn?«

»Lass uns das am besten drinnen besprechen.«

»Bist du paranoid? Du weißt genau, dass es hier im Umkreis von einhundert Kilometern niemanden gibt, der uns hören könnte.«

»Ja, das stimmt, aber ich habe keine Lust, hier herumzustehen. Sind mir zu viele Mücken.«

Tatsächlich schwebten einige stechlustige Insekten um sie herum, was allerdings weder Bunny noch Bernstein zu kümmern schien. Inzwischen war auch Geronimo zu ihnen gestoßen, und auch er nahm scheinbar keine Notiz von den Mücken.

»Du warst schon immer ein wenig sensibel, was Insekten angeht«, konstatierte die junge Frau. »Okay, dann mal rein mit euch.«

Von außen sah das Haus aus wie jede andere Holzhütte im Wald, die Bernstein in seinem bisherigen Leben gesehen hatte. Auch innen unterschied sie sich in nichts von anderen Bauten dieser Art. Der jüngere Agent ließ den Blick von links nach rechts schweifen, in der Hoffnung, etwas Interessantes zu entdecken.

»Suchst du etwas?«, fragte Bunny ihn.

»Naja, ich hatte irgendwie … mehr erwartet«, gab er zu.

Die junge Frau grinste und warf Hancock einen vielsagenden Blick zu.

»Zeig's ihm«, ermunterte er sie.

Bunny ging daraufhin zum rückwärtigen Teil der Hütte, drückte mit dem Fuß auf eine Holzbohle und trat dann einen Schritt zurück. Dort, wo gerade noch holzvertäfelter Boden gewesen war, öffnete sich eine rechteckige Luke und gab den Weg zu einer in den Erdboden eingelassenen Treppe frei, an deren linker Seite eine Art Girlande angebracht war, die die Stufen hell erleuchtete.

»Komm mit«, sagte sie und ging die Treppe hinab.

Bernstein folgte ihr. Unten angekommen, drückte Bunny-Witch ihre Handfläche auf ein quadratisches Display. Mit einem Knirschen schob sich die Tür, die der Agent bis gerade eben für einen Felsen gehalten hatte, zur Seite. Er trat vorsichtig ein. Hier bot sich ihm ein Bild, mit dem er absolut nicht gerechnet hätte. Die Wände waren gesäumt von Bildschirmen und Konsolen, auf denen unterschiedliche Lichter in einem stetigen Rhythmus blinkten und diverse Diagramme anzeigten. Der jüngere Agent sah sich um und fragte sich, was er mit dieser Einrichtung anfangen sollte. Am ehesten erinnerte sie ihn an eine Mischung aus Star Trek und anderen Science-Fiction-Serien der Siebziger und Achtziger Jahre.

»Gefällt es dir?«, fragte Bunny ihn.

»Durchaus beeindruckend«, antwortete Bernstein und zeigte auf einen Bildschirm, auf dem sich ein Balkendiagramm in einem stetigen Tanz zu befinden schien. »Was bedeuten diese?«

»Um ehrlich zu sein, ist das hier nur das Besucherzentrum«, erklärte die junge Frau. »Das ist alles nur Show. Was du hier siehst, ist eine Mischung aus Bildschirmschonern und Disco-Beleuchtung.«

»Hancock hat es bisher vermieden, mir zu erzählen, was du eigentlich machst.«

»Pete, ist das wahr?«, fragte sie den älteren Agenten.

»Sonst wäre die Überraschung doch dahin gewesen«, erklärte der Agent, der inzwischen ebenfalls nach unten gekommen war.

»Deine Überraschungen werden dich irgendwann noch mal den Kopf kosten«, erwiderte sie als Anspielung darauf, dass sie ihm vor wenigen Minuten fast den Schädel weggeschossen hätte.

»Ich bin ein Computer-Fachmann. Ich programmiere Software für diverse Auftraggeber.«

»Warum sitzt du dann hier mitten in der Wildnis?«

»Weil ich hier meine Ruhe habe und ohne Ablenkung arbeiten kann.«

»Und weil deine Auftraggeber unter dem Radar bleiben wollen? Weil du nicht willst, dass dir die Behörden auf die Füße treten?«

»Wie kommst du denn darauf?«, fragte sie mit einem unschuldigen Blick.

»Ich bin vielleicht noch nicht so lange bei den Feds wie Hancock, aber ich erkenne Verbrecher, wenn ich sie sehe.«

»Willst du damit etwa andeuten, dass ich illegale Sachen mache?«

»Welchen Grund solltest du denn sonst haben, mitten in der Einöde zu wohnen, wo man dich nur findet, wenn man sich in dieser gottverlassenen Gegend verirrt? Ich wette, dass du irgendwo einen eigenen Generator stehen hast und dein Wasser aus dem Fluss holst. Diese Satellitenschüssel, die hinter den Bäumen versteckt ist ... damit bleibst du mit dem Rest der Welt in Verbindung und läufst nur verschwindend geringe Gefahr, entdeckt zu werden. Und damit nicht irgendein Wanderer plötzlich Handy-Empfang hat, ist die Schüssel so eingestellt, dass nur du sie benutzen kannst. Habe ich soweit alles richtig erkannt?«

»Pete«, wandte sie sich nun an den älteren Agenten. »Ich dachte, du bringst nur Leute hierher, die wissen, wie man sich als Gast benimmt?«

»Tut er doch. Der Knabe ist einfach nur etwas übereifrig. Bernstein, kommen Sie mal bitte mit.«

Die beiden Agenten gingen daraufhin die Treppe nach oben und verließen anschließend das Haus, um außer Hörweite zu sein. Nun drehte sich Hancock zu seinem Kollegen um und fixierte ihn mit seinem Blick.

»Jetzt hören Sie mir mal genau zu«, sagte er leise. »Wir sind hier, weil wir Bunnys Hilfe brauchen. Ohne sie sind wir aufgeschmissen, und wenn wir uns nicht korrekt benehmen, wirft sie uns einfach raus.«

»Haben Sie eigentlich den Verstand verloren? Diese Bunny-Witch ist eine Verbrecherin, wie sie im Lehrbuch steht. Wissen Sie wirklich über sie Bescheid? Kennen Sie auch nur einen von ihren ominösen Auftraggebern?«

»Ja zur ersten Frage, nein zur zweiten«, gab der Ältere zu. »Aber das muss ich auch nicht. Bunny und ich haben ein Abkommen. Ich frage nicht, für wen sie arbeitet, und sie hilft mir, wenn ich nicht weiterkomme.«

»Hancock, Sie wissen ganz genau, dass ich die ganze Sache hier melden muss, wenn wir wieder zurück in der Zivilisation sind.«

»Das werden Sie nicht tun!«, erklärte Hancock entschieden. »Sie werden niemandem etwas sagen. Sollten Sie es doch tun, werde ich dafür sorgen, dass Sie Ihren Job verlieren und niemals wieder auch nur in die Nähe des FBI oder eines anderen staatlichen oder halbstaatlichen Instituts kommen. Außerdem werde ich Sie anzeigen, wegen Behinderung der Justiz und Ihnen die

Hölle heiß machen. Sollte Ihnen überhaupt jemand glauben und hier anrücken, wird niemand etwas finden außer einer einsamen, verfallenen Hütte mitten im Wald.«

»Sie drohen mir?«

»Sie verwechseln eine *Drohung* mit einer *Feststellung*«, korrigierte ihn Hancock. »Also, entweder Sie spielen mit, oder sie warten draußen. Aber Vorsicht, hier in der Wildnis gibt es Bären, die solche Portionen wie Sie zum Frühstück verspeisen.«

Bernstein fixierte seinen Partner und wog ab, ob dieser es ernst meinte. Der durchdringende Blick in Hancocks Augen überzeugte ihn schließlich davon, dass es sich keineswegs um irgendeinen seltsamen Spaß handelte. Außerdem meldete sich in seinem Kopf eine Stimme, die ihn daran erinnerte, dass er den Täter unbedingt dingfest machen wollte.

»Sie haben gewonnen«, erwiderte der jüngere Agent schließlich. »Ich spiele mit. Lassen Sie uns weitermachen.«

»Na also, geht doch«, antwortete Hancock und klopfte seinem Partner anerkennend auf die Schulter.

»Bunny, weiter im Text.«

»Habt ihr euch geeinigt?«, fragte die Frau, die sich in der Zwischenzeit an der Haustür postiert hatte.

»Darauf kannst du einen lassen«, entgegnete der ältere Agent.

Bunny-Witch nickte. »Okay. Frank, ich programmiere Software. Was meine Auftraggeber damit anstellen, ist nicht meine Sache, und ich will es auch nicht wissen.«

»Verstanden«, sagte Bernstein mit abgewandtem Blick.

Sie nickte noch einmal, und damit war für sie alles zwischen ihnen geklärt.

Nacheinander gingen sie wieder ins Haus und in den mit Technik vollgestopften Keller.

»Pete, wie kann ich dir dieses Mal den Arsch retten?«, fragte Bunny-Witch, während sie es sich auf einem drehbaren Ledersessel bequem gemacht hatte.

»Wir müssen herausfinden, was die Opfer miteinander verbindet. Wir haben die eine oder andere Theorie, aber keine handfesten Hinweise. Wir haben zwar einige Informationen angefordert, bevor wir zu dir gefahren sind, aber die sind noch nicht angekommen. Oder, Bernstein?«

»Nein«, antwortete der jüngere Agent. »Zumindest nicht, dass ich wüsste. Ich habe hier draußen nämlich kein Netz, darum kann ich mein Smartphone nicht benutzen.«

»Bunny, hast du noch immer Zugriff auf die FBI-Datenbanken?«

»Logo. Die ändern ihre Sicherheitsvorkehrungen nur alle paar Jahre. Was braucht ihr denn?«

»Die Pathologien sollten uns Scans der Opfer zur Verfügung stellen, damit wir diese miteinander abgleichen können. Bernstein hat sie angefordert, bevor wir von Washington aus losgeflogen sind.«

»Per Mail?«

»Ja.«

»Frank, wie lautet deine Adresse?«

Nach kurzem Zögern sagte Bernstein sie ihr.

Die junge Frau drehte ihren Sessel zu einem hölzernen Schreibtisch um und gab dort einige Befehle auf einer kabellosen Tastatur ein. Der Monitor, der an der Wand befestigt war, erwachte nun zum Leben und zeigte kurz darauf den Posteingang von Frank Bernsteins FBI-Account an.

»Hier«, sagte er und zeigte auf zwei als *ungelesen* markierte Mails.

Bunny-Witch klickte darauf und lud die Anhänge auf ihren Rechner herunter. Obwohl die Dateien insgesamt einige Hundert Megabyte groß waren, dauerte es nur wenige Sekunden, bis sie vollständig auf ihrer Festplatte gelandet waren.

»Das ging aber schnell«, kommentierte der junge Agent beeindruckt.

»Willkommen im 21.Jahrhundert«, erwiderte sie. »Wollen wir sie öffnen?«

»Darum sind wir hier«, antwortete Hancock.

Als sich die Fotos eines nach dem anderen aufbauten, verdüsterte sich der Gesichtsausdruck der jungen Frau zusehends. »Meine Fresse ...«, murmelte sie. »Was für einen Irren habt ihr denn dieses Mal gefunden? Hat der das bei allen gemacht?«

»Yap.«

»Krasser Scheiß ...«, sagte sie. »Okay, was soll ich jetzt damit anfangen?«

»Mir kam beim Käse-Essen die Idee, dass alle Ganzkörperfotos übereinandergelegt ein Muster ergeben könnten. Aber wir wissen nicht mit Sicherheit, in welcher Reihenfolge die Bilder Sinn machen, und selbst, wenn wir die Abfolge kennen würden, müssten wir immer noch herausfinden, was das Muster bedeutet.«

»Habt ihr daran gedacht, einfach alle Möglichkeiten auszuprobieren und im Internet nach Übereinstimmungen zu suchen?«

»Natürlich«, erklärte Hancock. »Aber weißt du, wie viele Varianten es gibt, die Fotos übereinanderzulegen?«

»Hundertzwanzig, wenn ihr alle Fotos miteinschließen wollt. Wenn ihr aber auch annehmt, dass weniger Opfer ein Muster bilden könnten, erhöht sich die Anzahl dramatisch.«

»Eben, und so viel Zeit haben wir nicht. Ich schlage daher vor, dass wir erst einmal davon ausgehen, dass alle Opfer Teil des Musters sind.«

»In Ordnung«, antwortete sie. »Stammen die Fotos alle aus derselben Pathologie?«

»Nein, die sind aus unterschiedlichen Städten.«

»Das merkt man«, stellte sie fest. »Die Maße und Auflösungen sind dermaßen abweichend, dass ich alle Fotos zuerst einmal skalieren muss, um mit ihnen etwas anfangen zu können. Anscheinend haben diese Pfeifen keinen einheitlichen Standard.«

»Hast du wirklich damit gerechnet?«, fragte Hancock ironisch.

»Das ist einer der Gründe, weshalb so viele Morde niemals aufgeklärt werden«, stellte Bunny-Witch sachlich fest. »Es fehlt einfach eine zentrale Steuerung. Die Skalierung wird ein wenig dauern, weil ich die KI korrekt einstellen muss. Danach werden die Bilder sortiert, was aber schnell gehen müsste. Der größte Spaß wird sein, eine Software zu programmieren, die sämtliche Datenbanken der Welt anzapfen kann. Bis wir dann Ergebnisse haben, müssen wir warten.«

»Wie lange?«, wollte Bernstein wissen.

»Minuten, Stunden, Tage, vielleicht sogar Wochen, je nachdem, wie bekannt das Muster ist.«

»Wir haben aber weder Tage geschweige denn Wochen.«

»Dann solltet ihr mir nicht im Weg stehen. Geht raus spielen, Jungs, und lasst den Profi ran.«

»Kommen Sie, ich brauche sowieso eine Zigarette«, sagte Hancock und zog den jungen Agenten mit sich.

Sie gingen zum Fluss und blickten auf die leicht gekräuselte Wasserfläche hinaus. Auf der anderen Seite des Gewässers schaukelten einige Flussvögel in den leichten Wellen und tauchten immer wieder unter, um sich Nahrung zu holen.

»Glauben Sie wirklich, dass sie fähig genug dazu ist?«, fragte Bernstein.

»Wenn jemand so etwas kann, dann Bunny. Sie beschäftigt sich seit ihrer Jugend mit Computern und hat schon einige Dinge hingekriegt, die man nicht für möglich gehalten hätte.«

»Was denn zum Beispiel?«

»Erinnern Sie sich an den Hacker-Angriff auf die NASA vor einigen Jahren?«

»Das war sie?«

»Nein, natürlich nicht. Genauso wenig war sie es, die die NSA für Wochen lahmgelegt hat.«

»Du meine Güte ...«

»Glauben Sie mir, Bunny-Witch ist die beste Hilfe, die wir kriegen können.«

»Ich hoffe es.«

Hancock blieb bis nach Anbruch der Dunkelheit draußen, während es Bernstein vorgezogen hatte, ins Haus zurück zu gehen. In der Nähe flog eine große Motte nah an der Wasseroberfläche, nichts ahnend von dem großen Schatten, der sich ihr von unterhalb näherte und dann hochschnellte, um seine Beute zu vertilgen. Für ihn war dies eine gute Metapher für den Killer, der sich an seine Opfer anschlich und irgendwann gnadenlos zuschlug. Die Grillen zirpten, und der Fluss floss an dieser Stelle so träge, dass nur hin und wieder ein sanftes Gluckern zu hören war, wenn sich ein Fisch ein unvorsichtiges Insekt schnappte. Er schloss die Augen und lauschte den Geräuschen der Nacht.

In diesem Moment klingelte Hancocks Handy.

»Natürlich«, murmelte er und machte gleichzeitig ein erstauntes Gesicht.

Eigentlich hätte er hier draußen in der tiefsten amerikanischen Wildnis keinen Empfang haben sollen. Er blickte auf das Display und verzog angewidert die Miene. Es war die Nummer seiner Vorgesetzten.

»Shit«, sagte er und überlegte kurz, den Anruf zu ignorieren, nahm ihn dann aber doch entgegen.

»Han... sind ...«

»Sarah, können Sie mich hören?«, sagte der Agent laut.

»Hör... mich?«

»Ich kann Sie nur ganz schwer verstehen. Die Verbindung ist abgehackt.«

»... Sie mich ...rück.«

Dann ertönte das Freizeichen.

»Was ist los?«, fragte Geronimo, der sich in der Nähe herumgetrieben und gehört hatte, dass sein Freund laut gesprochen hatte.

»Penske«, erklärte Hancock. »Ich konnte allerdings kaum verstehen, was sie sagen wollte.«

»Hier draußen dürfte es schwierig werden, sie zurückzurufen.«

»Vielleicht kann Bunny ja helfen.«

Sie gingen rein und schauten nach ihr. Bunny-Witch war noch immer damit beschäftigt, die diversen Fotos für die Verarbeitung vorzubereiten.

»Hey, kann ich mal dein Telefon benutzen?«, fragte Hancock sie.

»Willst du dir Pizza bestellen?«

»Lieber wäre mir ein Fleischteller«, gab er zurück. »Aber nein, ich muss meine Chefin zurückrufen.«

»Nimm das Headset da drüben. Auf der Tastatur gibst du einfach ihre Nummer ein.«

Hancock nickte zum Dank und tat, was sie ihm gesagt hatte. Kurz darauf ertönte die Stimme von Sarah Penske glasklar aus den Kopfhörern.

»Wo sind Sie?«, fragte sie grußlos.

»Ihnen auch einen schönen guten Abend«, antwortete der ältere Agent.

»Das können Sie sich schenken. Wissen Sie überhaupt, was hier abgeht, seit die Presse rausgekriegt hat, dass ein Serienkiller frei herumläuft, der es auf junge Politiker abgesehen hat?«

»Ich kann es mir vorstellen.«

»Dann können Sie sich garantiert auch denken, dass die Eltern der Opfer nicht gerade erfreut darüber sind, ihre Namen in der Zeitung gelesen zu haben.«

»Ist das so?«

»Ja«, bestätigte sie knapp. »Am liebsten würde ich Ihnen den Arsch aufreißen. Wo sind Sie?«

»Wir ermitteln gerade.«

»Hauptsache, Sie sind nicht in irgendeiner Kneipe versackt. Ich rufe Sie aber eigentlich nicht an, um Sie zur Sau zu machen.«

»Warum denn dann?«

»Es hat einen weiteren Mord gegeben.«

»Wo?«

»In Vegas.«

»In Ordnung, bin schon unterwegs.«

»Nehmen Sie Bernstein mit.«

»Selbstverständlich.«

»Und noch etwas: Benehmen Sie sich! Die Presse steht momentan Kopf und wartet nur darauf, jemanden zu finden, den sie ans Kreuz nageln kann.«

»Danke für den Hinweis.«

»Ich meine es ernst, Hancock«, fuhr Penske fort. »Ich kann Ihnen den Rücken nur bedingt decken. Sollten Sie sich etwas zuschulden kommen lassen, sind Sie auf sich allein gestellt.«

»So mag ich es am liebsten«, antwortete der ältere Agent und beendete die Verbindung. »Bernstein«, rief er seinen Kollegen.

Der jüngere Agent hatte es sich schon vor einiger Zeit auf der Couch bequem gemacht und war eingedöst. Der Haltung nach zu urteilen, die er eingenommen hatte, würde er sich beim Aufwachen mindestens genauso schrecklich fühlen wie vor einigen Stunden, als er von Geronimo im Wagen geweckt worden war.

Hancock wechselte einen Blick mit Bunny-Witch und ging dann zum Sitzmöbel hinüber. Auf dem Weg dorthin nahm er ein Megafon von einer Anrichte und wog es in der Hand. Er vergewisserte sich, dass das Gerät eingeschaltet war, hielt das Sprech-Mikrofon an den Mund und richtete den Schalltrichter direkt auf Bernsteins Gesicht.

»AUFWACHEN!«, brüllte er aus vollem Hals, was für sich genommen schon sehr laut gewesen wäre, aber verstärkt durch das Megafon war es absolut ohrenbetäubend. Entsprechend brutal war das Ergebnis.

Der jüngere Agent, der gerade noch von einem ruhigen Picknick mit seiner Verlobten geträumt hatte, schrak auf und saß innerhalb von Millisekunden kerzengerade auf dem Sofa.

»Was zum Teufel ist hier los?«, schrie er und sah sich gehetzt um.

Die junge Frau, die sich dieses Schauspiel bis dahin schweigend angesehen hatte, fing lauthals an zu lachen, und Hancock stimmte mit ein, noch immer das Mikrofon vor dem Mund. Es hörte sich an, als würde ein Dämon lachen, kurz bevor er das bedauernswerte Opfer in den Lavapfuhl warf.

»Sind Sie noch zu retten?«, brüllte Bernstein. »Sie hätten mir das Trommelfell zerstören können.«

»Und wenn schon«, antwortete Hancock breit grinsend. »Sie haben es überlebt. Jetzt, da Sie wach sind, können Sie sich frisch machen, denn wir brechen in Kürze auf.«

»Wohin denn?«

»Nach Las Vegas.«

»Haben Sie jetzt plötzlich Lust auf Glücksspiel bekommen?«

»Nein, Sie Schlaumeier. Ich habe mit Penske telefoniert. Wir haben ein weiteres Opfer.«

Der jüngere Agent war schlagartig ruhig. Er sammelte alle Gegenstände, die bei seinem abrupten Aufwachen aus seinen Taschen gefallen waren, ein und verstaute sie wieder sorgfältig.

»Geronimo«, sagte der ältere Agent nun und wandte sich an den Native American, der auf einem Sessel in der Nähe geschlafen hatte, aber im Gegensatz zu Bernstein nicht aufgeschreckt war, sondern ganz entspannt dasaß.

»Ich bringe euch zum Flughafen«, antwortete er.

»Ich buche euch einen Flug«, fügte Bunny-Witch hinzu.

»Danke. Kommst du denn ohne uns zurecht?«

»Sollte ich mich einsam fühlen, werde ich mich einfach an meinen Teddy kuscheln und eine Runde weinen.«

»So, wie du es immer tust«, antwortete Hancock.

»Gute Reise. Wenn ihr wiederkommt, werde ich bestimmt schon etwas vorzuweisen haben.«

Zum Abschied nickten ihr beide Agenten zu und verließen gemeinsam mit Geronimo die Hütte.

Bei Tag durch den Wald zu stapfen, war schon anstrengend genug, aber bei Nacht war es eine regelrechte Tortur.

»Gut, dass du da bist«, sagte der jüngere Agent nicht zum ersten Mal, als er mal wieder über eine Baumwurzel gestolpert und fast hingefallen wäre, wenn Geronimo ihn nicht aufgefangen hätte. »Ich hoffe wirklich, dass es hier keine wilden Tiere gibt.«

»Die gibt es schon, aber bei dem Lärm, den du verursachst, machen die einen großen Bogen um uns«, beschied ihm der andere.

»Umso besser«, knurrte Hancock, dem anzusehen war, dass er sich lieber hingesetzt und auf einen Bus gewartet hätte.

»Nicht mehr weit, dann sind wir am Auto und ihr könnt euch ausruhen«, sagte Geronimo und konzentrierte sich wieder auf den in der Dunkelheit liegenden Weg vor ihnen.

»Warum haben wir eigentlich keine Taschenlampen dabei?«

»Weil wir sie nicht brauchen«, erwiderte ihr Führer. »Ich kenne den Weg, und wenn ihr bei mir bleibt, kann euch nichts passieren.«

Bernstein wandte sich an seinen Kollegen. »Was hat Penske eigentlich am Telefon gesagt?«

»Sie weiß, dass die Medien auf den Killer aufmerksam geworden sind. Wir sollen uns daher aus der Schusslinie halten. Ansonsten versucht sie ihr Bestes, um intern den Ball möglichst flach zu halten.«

»Bleibt zu hoffen, dass sie nicht auf dem Altar der Öffentlichkeit geopfert wird.«

»Wenn es so weit kommen sollte, wird sie schon dafür sorgen, dass es nicht ihr Kopf ist, der in der Schlinge endet. Was denken Sie, warum sie sich bisher so aus dem Fall herausgehalten hat?«

»Würde sie uns wirklich hinhängen, um sich selbst zu retten?«

»Worauf Sie einen lassen können.«

»Aber nicht hier, sonst wird doch noch ein Tier auf uns aufmerksam«, warf ihr Führer ein.

»Ich glaube, wenn ich furzen muss, wird sich in den kommenden Jahren kein lebendes Wesen mehr hier blicken lassen«, merkte Hancock an.

»Könnt ihr bitte aufhören, über menschliche Abgase zu diskutieren? Wir sollten uns lieber darauf konzentrieren, dass wir hier rauskommen«, schimpfte Bernstein.

»Ist ja gut, Prinzessin«, sagte Hancock und winkte ab. »Wenn Gerry sagt, dass wir bald da sind, ist das auch so. Außerdem erkenne ich diesen Baum hier. An dem sind wir auf dem Hinweg vorbeigekommen.«

»Wirklich?«

»Ich habe nicht die geringste Ahnung.«

»Sehr witzig.«

»Jetzt kommen Sie schon, Bernstein. Lachen ist gesund.«

»Ich lache aber nicht so gern, wenn ich mitten in der Wildnis und auf dem Weg zu einem Tatort bin, von dem ich jetzt schon weiß, dass mich der Anblick im Schlaf verfolgen wird.«

»Durchaus verständlich. Aber wenn Sie nicht langsam damit anfangen, aus jeder Situation ein wenig Humor zu ziehen, werden Sie in diesem Job nicht lange durchhalten können.«

»Das habe ich schon mal gehört.«

»Sicher von einem weisen Mann.«

»Mag sein. Aber jetzt möchte ich nicht mehr reden.«

Geronimo hatte Recht behalten. Ungefähr zehn Minuten später gelangten sie zum Wagen, der noch immer so geparkt war, wie sie ihn verlassen hatten. Die drei Männer stiegen ein und fuhren die staubige Straße entlang in Richtung Seattle.

Las Vegas. Eine blühende Stadt in der trockenen Wüste Nevadas, Heimat der Glücksritter und solcher, die ihre letzten Ersparnisse aus den Taschen zerren, um doch noch ihren Traum vom großen Geld zu erfüllen. Obwohl bereits im neunzehnten Jahrhundert besiedelt, wurde die Stadt offiziell erst im Jahr 1905 gegründet. Der wirkliche Aufschwung begann allerdings erst Anfang der dreißiger Jahre, als im Bundesstaat das Glücksspiel legalisiert wurde.

Die beiden Agenten hatten den ersten Flug von Seattle aus nehmen können und landeten kurz vor Mittag auf dem McCarran Flughafen, der sich nur ein kurzes Stück von der Hotel- und Casinomeile, dem sogenannten *Strip*, entfernt befand.

»Waren Sie schon einmal hier?«, fragte der ältere Agent seinen Kollegen, während das Flugzeug langsam zum Gate rollte.

»Bisher noch nicht.«

»Warum? Keine Lust auf Sünde?«

»Nur noch nicht die Gelegenheit gehabt.«

»Sollten Sie unbedingt nachholen, bevor Sie verheiratet sind«, erklärte Hancock. »Denn wenn Sie erst einmal unter der Haube sind, wird Ihre Frau Sie ganz bestimmt nicht mehr hierherlassen.«

»Charlene vertraut mir!«

»So sehr, dass sie es zulassen würde, dass Sie das gesamte Familienvermögen verspielen?«

»Ich würde mir eine Grenze setzen, und wenn ich diese erreicht hätte, würde ich aufhören.«

»Das haben schon viele Männer vor Ihnen gesagt.«

»Mit dem Unterschied, dass ich genug Selbstkontrolle habe«, beschied Bernstein. »Waren Sie schon einmal hier?«

»Mehrfach«, antwortete der ältere Agent. »Meist wegen irgendeiner Ermittlung. Da hatte ich leider nicht viel Zeit zum Spielen. Wissen Sie was, ich schlage Ihnen jetzt etwas vor: Sobald wir unseren Täter geschnappt haben, nehmen wir beide uns ein bisschen Zeit und machen den Strip unsicher.«

»Sie wollen wirklich mit mir hierher?«

»Warum denn nicht? Das ist besser, als allein hier rum zu tigern. Schließlich gehört Las Vegas nach wie vor zu den unsichersten Städten der gesamten Vereinigten Staaten. Da ist es gut, wenn man Rückendeckung hat.«

Bernstein dachte kurz nach und nickte dann. »Einverstanden. Aber nur unter einer Bedingung.«

»Die da lautet?«

»Wir vergnügen uns, aber wir schlagen nicht über die Stränge.«

»Selbst, wenn. Was in Vegas passiert, bleibt in Vegas.«

»Ich meine es ernst, Hancock. Ich will nicht wegen Ihnen in einer Arrestzelle landen oder plötzlich mit irgendeiner Wildfremden verheiratet sein.«

Der ältere Agent grinste. »Dann werde ich auf Sie aufpassen.«

In diesem Moment erklang die Durchsage, dass das Flugzeug die endgültige Parkposition erreicht hatte und die Passagiere aussteigen dürften. Da die beiden Männer kein Gepäck bei sich trugen, standen sie auf und gingen direkt durch den schmalen Gang nach vorne zur Tür.

»Bis bald«, sagte Hancock und zwinkerte einer blonden Flugbegleiterin zu.

»Sie ändern sich auch nie«, stellte Bernstein fest.

»Was denn?«

»Schon gut. Wo müssen wir hin?«

»Bunny hat gesagt, dass sie für uns einen Wagen gebucht hat. Danach müssen wir nach Searchlight.«

»Wohin?«

»Ist ein kleines Kaff, ungefähr eine Stunde südlich von hier.«

»Wurde dort die Leiche gefunden?«

»Gut kombiniert, Watson«, sagte Hancock.

»Darf ich fahren?«

»Wenn Sie wollen. Sie sind ja schon ein großer Junge.«

Kurz nach dem sie das Ortsschild der Stadt Searchlight passiert hatten, stiegen sie aus, um sich zu orientieren.

»Heilige Scheiße, ist das heiß«, sagte Hancock. »Mir schwitzen sogar die Nüsse.«

»Das ist eine Information, die ich gar nicht hören wollte«, gab Bernstein kund und sah sich um.

Beide stellten unisono fest, dass es hier nichts gab, was dem Begriff *Stadt* auch nur ansatzweise gerecht wurde. Die Häuser, die hier erbaut waren, ähnelten eher Wohnwagen, die ihrer Achsen beraubt worden waren, was nach Hancocks Überlegungen vielleicht sogar die Wahrheit war. Er konzentrierte sich auf das Gebäude vor ihm. Auf dem über der Eingangstür angeschraubten Schild wurde großspurig verkündet, dass es hier nicht nur Essen, sondern auch ein Casino gab. Er entschied, nach drinnen zu gehen, um vom Besitzer zu erfahren, wo der Sheriff sein Quartier hatte.

Die Außenfassade versprach ein heruntergekommenes Restaurant, und drinnen wurde das Versprechen perfekt eingehalten. Drei Meter von der Eingangstür entfernt befand sich ein langer Tresen, an dem sich einige Männer, vornehmlich Trucker, aufgereiht hatten, um ihre Bestellung aufzugeben, entgegenzunehmen und sich dann an einen der winzigen Tische zu quetschen. Im hinteren Bereich dudelten diverse Spielautomaten, und die eine oder andere Person war gerade damit beschäftigt, Münzen aus mitgebrachten Eimern zu fischen und in den schmalen Schlitz der Automaten zu werfen.

Das ist dann wohl das Casino, dachte der ältere Agent amüsiert. Selbst er, der nicht viel im Leben hatte, wofür es sich lohnte zu leben, war sich zu fein, um an einer solchen Geldfressmaschine zu sitzen und seine Tage zu verplempern. Er drängelte sich an den Wartenden vorbei und erntete dafür einige Beschimpfungen, die er schulterzuckend hinnahm.

»Hey«, sagte er zu einem schmierig aussehenden, dickwanstigen Kerl, der an der Registrierkasse stand und im Mundwinkel eine unangezündete Zigarette hängen hatte. Der Dunst, der von dem Mann ausging, erinnerte Hancock an altes Bratfett, gemischt mit Schweiß und anderen Ausdünstungen.

»Kein Vordrängeln«, antwortete der Mann gelangweilt.

»Ich will gar nichts essen.«

»Soll ich Ihnen ein paar Scheine kleinmachen? Auch dann müssen Sie sich hinten anstellen.«

»Ich will nur nach dem Weg fragen.«

»Da ist die Tür«, sagte der Mann und zeigte auf den Eingang.

»Heute einen Clown zum Frühstück gehabt, was?«, gab der ältere Agent zurück. »Ich will wissen, wo der Sheriff sein Büro hat.«

»Bill arbeitet die Straße runter und dann links. Aber Sie werden ihn dort nicht antreffen.«

»Warum nicht?«

»Weil er gerade da hinten am Automaten hockt.«

Tatsächlich saß ein älterer Mann in grau-beiger Uniform und mit einem breitkrempigen Hut an einem einarmigen Banditen und fluchte diesen an. Hancock und Bernstein gingen hinüber und sprachen ihn an.

»Sind Sie der Sheriff?«

»Wer will das wissen?«, fragte der Uniformierte, ohne den Blick von dem Automaten zu nehmen.

»Die Feds«, konstatierte Hancock.

Jetzt wandte der Sheriff seinen Blick von der Maschine ab und sah die beiden Männer direkt an.

»Schön, dass wir jetzt Ihre Aufmerksamkeit haben. Wir sind hier wegen der Leiche, die Sie gefunden haben.«

»Da kommen Sie ein wenig spät, die ist schon in Vegas.«

»Warum das?«

»Weil wir hier keine Kühlmöglichkeiten haben«, erklärte der Sheriff. »Bei den Temperaturen dauert es nicht lang, bis die Verwesung einsetzt.«

»Wer ist der Ansprechpartner in Vegas?«

»Michael Hauser ist der leitende Detective.«

»Danke.«

Der Sheriff grunzte nur, bevor er sich wieder seinem Spiel widmete.

»Hätten die uns auch früher sagen können«, motzte Hancock, als sie wieder draußen waren und ins Auto stiegen. »Dann hätten wir uns einige Zeit gespart und nicht riskiert, dass uns die Schuhsohlen schmelzen.«

»Hören Sie auf zu jammern«, antwortete Bernstein. »Ich bin schon froh, dass unser Opfer nicht im Death Valley gefunden wurde.«

»Sie sind und bleiben ein beschissener Optimist.«

»Einer von uns muss es ja sein.«

»Gehen Sie Ihrer Zukünftigen eigentlich auch so auf den Sack?«

»Nein, denn Charlene teilt meine Zuversicht.«

»Vielleicht sollte ich sie mal aufsuchen. Professionell, versteht sich.«

»Würden Sie das wirklich machen?«

»Irgendwie muss ich doch herausfinden, ob sie wirklich existiert, oder ob Sie mir die ganze Zeit nur von Ihrer Gummipuppe erzählen.«

»Ganz ehrlich, Hancock, je mehr ich mit Ihnen unterwegs bin, desto weniger habe ich Lust, mit Ihnen zu reden.«

»Sie kennen meine Antwort darauf.«

»Ja, und darum will ich sie auch gar nicht hören. Steigen Sie ein.«

»Wollen wir uns den Fundort ansehen?«, fragte Bernstein, während sein Partner das Fahrzeug wendete und wieder auf die Straße nach Las Vegas steuerte.

»Glauben Sie wirklich, dass wir in dieser Hitze noch irgendwas Brauchbares finden werden? In solchen Nestern kann man von Glück sagen, wenn man seine eigene Scheiße noch erkennen kann«, gab Hancock zurück.

Die Rückfahrt verlief genauso ereignislos wie die Fahrt nach Searchlight, abgesehen davon, dass die Temperaturen noch stärker stiegen und die Luft in dem gleißenden Sonnenlicht flirrte. Hancock sah zum wiederholten Male auf die Mittelkonsole, um zu überprüfen, dass die Klimaanlage auch wirklich auf vollen Touren lief. Zurück in Las Vegas hielt sich Bernstein an die Ansagen des Navigationsgeräts in seinem Smartphone und steuerte den Wagen in Richtung des örtlichen Polizei-Hauptquartiers, was sie mitten über den Strip führte. Zu beiden Seiten erhoben sich die Hotels und Casinos, welche die Wüstenstadt groß gemacht hatten. Er sah das *Belaggio* mit seinen choreografierten Wasserfontänen, das *New York New York*, vor dem sich eine Nachbildung der Freiheitsstatue befand, und natürlich das *Luxor*, welches in Form einer ägyptischen Pyramide errichtet war. Auf Höhe des altehrwürdigen *The Mirage* bog er nach rechts ab und fuhr noch einige Hundert Meter, bevor sich vor ihnen das Hauptgebäude des Las Vegas Police Departments erhob.

»Jetzt will ich hoffen, dass wir hier endlich Informationen bekommen, sonst raste ich aus«, sagte Hancock und stieg aus.

Die Luft war kein bisschen kühler als in der kleinen, südlich gelegenen Stadt, darum beeilten sie sich, ins Gebäude zu gelangen. Am Empfangstresen erhielten sie die Auskunft, wohin sie sich begeben mussten. Da die Beschilderung recht dürftig war, dauerte es einige Zeit, bis sie schließlich vor einer mit Milchglas verkleideten Tür zum Stehen kamen, auf der in schwarzen Lettern der Name des Detectives stand.

Hancock klopfte und öffnete dann die Tür. Drinnen saß ein dunkelhäutiger Mann Mitte Vierzig, der damit beschäftigt zu sein schien, Akten zu studieren.

»Special Agents Hancock und Bernstein«, stellte der ältere Agent sie beide vor. »Sind Sie Detective Hauser?«

»In Person«, antwortete der andere Mann freundlich und erhob sich von seinem Ledersessel.

Er ging um seinen Schreibtisch herum und begrüßte die beiden Agents mit einem kräftigen Händedruck.

»Sie kommen aus Washington?«

»Ja«, log Hancock.

Er wollte dem Detective nicht auf die Nase binden, wo sie sich in Wirklichkeit bis vor Kurzem aufgehalten hatten.

»Danke, dass Sie so schnell hergekommen sind«, sagte Hauser und bot den beiden einen Stuhl an. »Ich hoffe, Sie hatten eine gute Reise. Etwas zu trinken?«

»Gern«, sagte der ältere Agent und nahm die Einladung dankend an. »Aber bevor wir uns dem leiblichen Wohl widmen, möchten wir gern von Ihnen alles erfahren, was Sie wissen.«

»Wie Sie wollen«, antwortete Hauser und setzte sich wieder in seinen Sessel. »Die Leiche wurde gestern Abend nahe der Kleinstadt Searchlight gefunden, ungefähr eine Stunde südlich von hier.«

»Wir kennen das Kaff.«

»Der örtliche Sheriff hat sich unverzüglich mit uns in Verbindung gesetzt.«

»Wahrscheinlich, weil er die Leiche loswerden wollte, um sich wieder seinem Glücksspiel widmen zu können«, sagte Hancock.

»Ganz bestimmt sogar«, fügte Hauser wissend hinzu. »Wie auch immer, ich war mit einigen Fußtruppen als Erster vor Ort und habe den Tatort absperren lassen. Die Spurensicherung hat ihre Arbeit getan. Die Ergebnisse finden Sie in dieser Akte.«

Er langte über seinen Schreibtisch und händigte dem älteren Agenten eine dünne Mappe aus. »Ist nicht viel, aber das ist im Moment alles, was wir haben.«

»Name des Opfers?«

»Thomas Jefferson Bridger.«

»Beruf?«

»Politiker. Er hat für den Senat von Nevada kandidiert.«

»Zeugen?«

»Sind bereits vernommen worden. Ein Mann und eine Frau, die schon seit über vierzig Jahren dort leben und abends immer einen Spaziergang machen.«

»Irgendwas Brauchbares?«

»Nicht wirklich«, antwortete der Detective. »Sie haben das Opfer bei einer ihrer Runden entdeckt. Lag etwas außerhalb der Stadt.«

»Warum haben sich die beiden da herumgetrieben?«

»Der Weg gehört offenbar zu ihrer täglichen Tour. Das wurde uns von den Nachbarn bestätigt.«

»Okay. Sonst noch etwas?«

»Soweit ich weiß, ist die Pathologie noch mit den Untersuchungen beschäftigt. Ich kann mich aber gern erkundigen.«

»Tun Sie das bitte«, sagte Hancock. »Wie sieht es mit der Presse aus?«

»Fragen Sie nicht«, antwortete der Detective und atmete schwer aus. »Ich konnte sie einigermaßen beschäftigen, aber die werden sicher bald wieder hier antanzen.«

»Davon ist auszugehen«, pflichtete Bernstein ihm bei. »Inwieweit kennen Sie die Hintergründe?«

»Ich habe die anderen Toten nicht gesehen, aber ich schätze, dass auch Bridger ein Opfer *des Beißers* geworden ist.«

»Beißer?«, sagte Hancock und zog einen Mundwinkel nach oben.

Er hatte sich schon gefragt, wann die versammelte Presse einen Namen für den Psychopathen finden würde, der momentan sein Unwesen trieb.

»Ich verstehe, dass sich die Medien des Themas angenommen haben und es ausschlachten, wo sie nur können. Es kommt schließlich nicht alle Tage vor, dass ein Irrer durch die Gegend streift und Leute ermordet.«

»Das kommt öfter vor, als Sie vielleicht glauben«, erklärte der ältere Agent. »Wie auch immer. Wir werden von der Pathologie vor allem Fotos benötigen. Ganzkörperfotos, so hochauflösend wie nur möglich ... und zwar so schnell wie möglich.«

»Ich werde es veranlassen«, entgegnete Hauser.

»Gut, und noch etwas: Wir wollen, dass Sie absolut diskret sind. Die Presse weiß bereits das eine oder andere, aber je weniger echte Informationen durchsickern, desto größer ist die Chance, diesen *Beißer* zu erwischen.«

»Ich mache diesen Job lange genug, um zu wissen, wie man sich verhält«, erklärte der Detective. »Brauchen Sie sonst noch etwas?«

»Ein paar Scheine, die wir auf den Kopf hauen können.«

Hauser lächelte. »Ich glaube, Sie sollten Ihr Geld lieber in Aktien anlegen. Da besteht wenigstens die Chance, etwas zu gewinnen. Oder Sie investieren in eine Tänzerin, dann tun Sie gleich noch etwas für die soziale Gleichstellung.«

Der ältere Agent wollte gerade noch einen drauflegen, als sein Handy klingelte.

»Hancock«, meldete er sich und wandte sich ab.

»Hey«, erklang die helle Stimme von Bunny-Witch.

»Was hast du für mich?«

»Das könnte ich dir erklären, aber ich glaube, das solltest du dir lieber selbst ansehen.«

»So gut?«

»Aber sowas von.«

»Okay, bin unterwegs.«

»Bring das Schnuckelchen mit.«

»Der klebt mir eh am Fuß.«

»Euer Flug geht in zwei Stunden«, sagte Bunny-Witch und legte auf.

»Detective«, wandte sich Hancock wieder an sein Gegenüber. »Wir müssen leider los. Bitte sorgen Sie dafür, dass wir die Fotos bis heute Abend bekommen.«

»Betrachten Sie es als erledigt.«

»Vielen Dank.«

»War das Bunny?«, fragte Bernstein, während sie durch die Gänge gingen.

»Sagen Sie diesen Namen bloß nicht laut in der Öffentlichkeit«, ermahnte ihn Hancock. »Besonders nicht auf einem Polizeirevier. Aber um Ihre Frage zu beantworten, ja, das war sie. Wir fliegen wieder zurück.«

»Hat sie etwas gefunden?«

»Nein, sie hat einfach nur Sehnsucht nach uns. Natürlich hat sie etwas gefunden, sonst würde sie sich bestimmt nicht melden.«

»War ja nur eine Frage.«

»Merken Sie sich eines, Bernstein. Stellen Sie niemals dumme Fragen.«

»Wann geht der Flug?«

»In zwei Stunden, also ist unsere Party in Vegas erst mal vertagt.«

Es war bereits nach Mitternacht, als die beiden Agenten zusammen mit Geronimo wieder an der Halbinsel ankamen. Aus den Fenstern des Hauses drang kein Lichtschein. Nicht mal ein Schimmer drang nach draußen.

»Sagen Sie nicht, dass sie schon schlafen gegangen ist«, stieß Bernstein hervor.

»Ganz bestimmt nicht«, erwiderte der ältere Agent. »Wahrscheinlich haben Sie es bei unserem ersten Besuch nicht bemerkt, aber die Fenster sind eine Fälschung.«

»Inwiefern?«

»In Wirklichkeit handelt es sich dabei um hochauflösende LCD-Bildschirme. Wenn Sie tagsüber hineinschauen, sehen Sie nur einen leeren, verstaubten Raum und nachts ist immer alles dunkel. So, als würde hier schon seit langer Zeit niemand mehr wohnen.«

»Falls also zufällig jemand auf dem Fluss vorbeikommen sollte, denkt er, dass alles verlassen ist. Ziemlich gerissen. Aber was ist mit der Satellitenschüssel?«

»Sie haben das Ding gesehen, weil Sie sich genau umgeschaut haben, aber Sie werden zugeben müssen, dass man die Schüssel nicht sieht, wenn man auf dem Fluss vorbeifährt. Wanderer sind in dieser Gegend so gut wie nicht vorhanden. Normalerweise gehen die Leute nicht so tief in den Wald hinein, sondern halten sich auf den Wegen.« Hancock wandte sich ab und klopfte an die Tür. Eine halbe Minute später öffnete sie sich und Bunny sah die drei Männer lächelnd an.

»Schöne Reise gehabt?«, fragte sie.

»Spar dir die Floskeln«, entgegnete Hancock und drängte sich an ihr vorbei ins Haus. »Ich bin hundemüde und habe keine Lust auf Späße.«

»Schade, ich hätte da ein paar Witze, die dir garantiert die Nasenhaare kräuseln würden.«

»Vielleicht komme ich später darauf zurück. Also, was hast du gefunden, was du nicht am Telefon erzählen konntest?«

»Kommt mit, Jungs.«

Die junge Frau führte Hancock und Bernstein zum hinteren Ende des Hauses und dann die Treppe hinunter, während Geronimo den Kühlschrank öffnete und sich ein Bier herausnahm.

»Während ihr unterwegs wart, habe ich die Bilder in meine Software eingespeist und alle Kombinationen erstellen lassen. Dann habe ich einen Bot geschrieben, der diese Varianten im Internet abgleicht.«

»Wir haben übrigens von dem neuesten Opfer in Las Vegas ebenfalls Fotos angefordert. Die könnten dir helfen«, warf Bernstein ein.

»Weiß ich, und das tun sie. Ich habe mir erlaubt, eure Postfächer zu überwachen. Die Bilder kamen vor zwei Stunden rein und ich habe sofort eine zusätzliche Suche gestartet.«

»Ich liebe dich«, sagte Hancock.

Bunny-Witch nahm diesen Kommentar ungerührt hin. »Jetzt konzentrieren wir uns erst mal aufs Geschäft. Wenn ihr wissen wollt, welches die richtige Kombination ist, muss ich euch enttäuschen. Ich weiß es nämlich nicht. Ist aber auch unerheblich, denn mein Bot hat die eine oder andere Sache gefunden, die ein ähnliches Muster ergibt. Hier, seht mal.«

Mit wenigen Tastendrücken rief sie eine Tabelle auf, bei der die Software jedes Mal die Web-Adresse sowie ein Vorschaubild der Webseite speicherte, wenn sie auf etwas Passendes gestoßen war. Hancock beugte sich zum Bildschirm hinunter und studierte die Liste aufmerksam. Bisher gab es fünf Einträge, angefangen von einem Hautmuster von seltenen Eidechsen über ein Kunstwerk irgendeines unbedeutenden Künstlers sowie ein Bild, welches ein Toaster *rein zufällig* auf eine Scheibe Brot gebrannt hatte, bis hin zu einer kleinen Inselgruppe im Südpazifik. Der jüngste Eintrag war eine Verlinkung zu einer Webseite für Hobby-Astronomie und einer Studie über den Sternenhimmel.

»Ich denke, wir können ausschließen, dass sich der *Beißer* auf ein Toastbrot reduzieren lässt«, gab der ältere Agent kund. »Ein Kunstwerk ... ich schätze ihn nicht unbedingt so ein, dass er sich als Künstler betrachtet, und selbst wenn, dann kopiert er bestimmt nicht einen anderen Kunstschaffenden. Sterne ... vielleicht, aber nicht unbedingt wahrscheinlich ... Die anderen beiden könnten allerdings interessant sein.«

In diesem Moment fand die zweite gestartete Suche ein Ergebnis und fügte es ebenfalls der Liste hinzu. Einen Moment später wurden vier der fünf vorherigen Einträge gelöscht, und nur noch das Sternbild blieb übrig.

»Ist dein Bot kaputt?«, fragte Hancock die junge Frau.

»Nein. Er ist so eingestellt, dass er alles, was nicht mehr passt, automatisch entfernt. Es macht schließlich keinen Sinn, falschen Spuren hinterherzulaufen.«

»Aber ein Sternbild?«, fragte er kritisch.

»Rein zufällig kenne ich mich mit Sternen recht gut aus«, mischte sich Bernstein ein.

»Wie kommt das?«

»Als ich mit acht Jahren das erste Mal *Star Wars* geguckt hatte, wollte ich unbedingt selbst in den Weltraum. Mein Vater hat mir daraufhin ein Teleskop gekauft, mit dem ich jede Nacht die Sterne beobachtet habe. Erst, als ich herausgefunden habe, dass man gar nicht so schnell wie im Film von einem Planeten zum anderen reisen kann, sondern Wochen oder gar Monate benötigt, um überhaupt aus unserem Sonnensystem herauszukommen, und dass man obendrein ein Ass in Mathematik sein muss, kühlte sich meine Euphorie merklich ab. Aber ich habe mich weiterhin damit beschäftigt, den Sternenhimmel und die Sternbilder zu studieren. Das hier«, sagte er und fuhr mit dem Finger die Konstellation auf dem Bildschirm ab, »ist das Sternbild Orion.«

»Was soll uns das bringen? Glauben Sie, der Täter bildet sich ein, dass er von dort kommt?«

»Das wäre eine Überlegung wert. Aber wissen Sie, wer Orion eigentlich war?«

»Erleuchten Sie mich.«

»Ursprünglich stammt Orion aus der griechischen Mythologie. Es gibt unterschiedliche Sagen, aber die anerkannteste ist, dass es sich bei ihm um einen Jäger handelte, der alle wilden Tiere der Erde töten wollte.«

»Sehr interessant, aber was hilft uns das weiter?«

»Hancock, Sie selbst sehen die Politik und ihre Mitspieler als machthungrig und korrupt an. Was wäre, wenn der *Beißer* so ähnlich denken würde? Wenn er der Meinung ist, dass Politiker wilde Tiere sind, die gejagt und bestraft werden müssen?«

»Warum sollte er sich dann ausschließlich junge Leute herauspicken? Die Alten haben doch viel mehr Dreck am Stecken.«

»So weit wir wissen, haben die meisten der Opfer Unterstützung von ihren Eltern erhalten, die bereits lange in der Politik tätig sind und dort einige Fäden ziehen. Wenn unser Täter also der Meinung ist, dass er *die wilden Tiere töten* muss, würde es doch passen, wenn er die Jungen aufs Korn nimmt, um die Korruption aufzuhalten, bevor sie weiter um sich greifen kann.«

»Ich gebe zu, dass ich Ihre Denkweise durchaus interessant finde, aber überzeugt bin ich trotzdem noch nicht.«

»Haben Sie vielleicht eine bessere Idee?«

»Bis gerade eben hatte ich die Idee, dass der Täter das Ziel hat, auf diese pazifische Inselgruppe zu gelangen, sobald er sein Werk vollendet hat, und der Meinung bin ich immer noch.«

»Aber der Eintrag ist aus der Liste gelöscht worden«, gab der junge Agent zu Bedenken.

»Weil die Software kaputt ist.«

»Ist sie nicht«, erwiderte Bunny-Witch mit einem Gesichtsausdruck, der keinen Widerspruch duldete. »Ich habe das Ding mehrfach getestet. Überzeug dich doch selbst, wenn du es nicht glaubst.«

»Ist ja gut«, sagte der ältere Agent und hob beschwichtigend die Hände. »Aber ich kann nicht glauben, dass sich dieser *Beißer* auf ein Sternbild versteift.«

»Es sind schon ganz andere Dinge vorgekommen«, erklärte Bernstein. »Erinnern Sie sich noch an den *Würger*-Fall? Der hat seine Opfer mit einer Gitarrensaite ins Jenseits befördert, weil er der Meinung war, dass nur dadurch die einzig wahre Musik entstehen würde.«

Hancock sah seinen Partner abschätzig an, nickte dann aber schließlich. »Na gut, ich gebe mich geschlagen. Gehen wir mal rein hypothetisch davon aus, dass Sie recht haben. Dann denkt also unser Täter, dass er Orion ist oder dass er ihm wenigstens nacheifern will. Was uns trotzdem nicht weiterhilft, denn wir wissen nicht, wer sein nächstes Opfer sein wird.«

»Das ist so nicht ganz korrekt«, ergriff die junge Frau erneut das Wort. »Ich habe, während ihr unterwegs wart, auch die Hintergründe der ermordeten Personen geprüft.«

»Warum?«

»Weil ich nichts Besseres zu tun hatte. Dabei ist mir aufgefallen, dass sie nicht nur alle für ein höheres politisches Amt kandidiert haben, sondern auch an derselben Universität waren. Nicht unbedingt in denselben Klassen, aber es kann sein, dass sie sich alle persönlich kannten. Du weißt ja, dass sich die zukünftige Elite schon in jungen Jahren kennenlernt und Netzwerke aufbaut. Also haben sie zumindest diese Gemeinsamkeit, und wenn sich die Kinder untereinander kennen, tun es die Eltern meistens auch, sofern sie sich auch nur ansatzweise für ihren Nachwuchs interessieren.«

»Hast du dafür Beweise?«

»Jede Menge«, erklärte sie. »Zeitungsausschnitte, Jahrbücher, was auch immer du willst.«

»Okay, das ist natürlich eine interessante Sache. Können wir daraus ableiten, wer als Nächstes auf der Liste stehen könnte?«

»Nachdem wir jetzt sechs Opfer haben, Orion aber aus acht Sternen besteht – die Plejaden mal nicht mitgezählt –, fehlen noch zwei. Das Problem ist, dass es an der Uni, an der sie alle waren, natürlich noch deutlich mehr Studenten gab.«

»Das macht die Eingrenzung nicht gerade leichter«, pflichtete ihr Hancock bei. »Vor allem wissen wir nicht, ob er dann fertig ist oder ob er doch noch weitermacht, weil er Geschmack an der Sache gefunden hat. Wenn wir aber abgleichen, wie viele Studenten politisch einflussreiche Eltern haben, könnte uns das vielleicht weiterbringen. Bernstein, Sie als Politik-Lexikon können da doch bestimmt behilflich sein, oder?«

»Ich kann es versuchen«, antwortete der junge Agent. »Aber versprechen Sie sich nicht zu viel. Ich bin zwar politisch interessiert, aber ich kenne auch nicht jeden.«

»Einverstanden«, gab die junge Frau zurück, bevor der ältere Agent noch etwas fand, was er einwenden konnte. »Wir fangen sofort an.«

»Noch etwas«, sagte Hancock. »Bunny, weißt du zufällig, ob unsere Opfer homosexuell waren?«

»Darüber habe ich nichts gefunden.«

»Könntest du das auch recherchieren?«

»Klar, mache ich.«

»Danke. Dann macht euch mal an die Arbeit. Ich bin so lange oben.«

»Schön, dass Sie wach sind«, sagte Mark, als er die Kammer betreten und die Frau, die auf dem metallenen Tisch festgeschnallt war, mit Riechsalz aufgeweckt hatte.

Die Frau, die zweiundzwanzig Jahre alt war und ihr schwarzes Haar kurz geschnitten trug, sah sich zuerst träge und dann zunehmend hektischer um. Schließlich fand ihr umherwandernder Blick den zwei Meter großen, stämmigen Mann. Ihre Augen weiteten sich erschrocken, und sie tat, was jeder in so einer Situation tun würde ... sie schrie.

»Ist ja gut«, sagte er sanft und streichelte ihr über die Wange.

Entgegen seiner irrigen Annahme, sie würde sich durch diese Berührung besänftigen lassen, erhöhte die Frau die Lautstärke ihrer Schreie noch.

»Pssssst«, sagte er immer wieder.

Da sie sich nicht beruhigen ließ, hob er schließlich die flache Hand und verpasste ihr einen so heftigen Schlag ins Gesicht, dass ihr Kopf zur Seite schnellte. Wäre sie nicht festgeschnallt gewesen, wäre sie vom Tisch gefallen. Der Schock über diese plötzliche Handgreiflichkeit ließ sie abrupt verstummen.

»Na geht doch«, merkte er ein wenig ungeduldig an, hatte sich aber sofort wieder im Griff. »Es tut mir leid, dass ich Sie schlagen musste, aber ansonsten hätten Sie Ihre schöne Stimme ruiniert. Versprechen Sie mir, dass Sie nicht wieder schreien werden?«

»Wer sind Sie?«, stieß die junge Frau zwischen zusammengebissenen Zähnen hervor.

»Ich bin derjenige, dem Sie Ihr Leben zu verdanken haben.«

»Wie bitte?« Ihr Blick verriet ihre Ungläubigkeit über das soeben Gesagte.

»Sie haben mich verstanden«, beschied er. »Sie sind in Sicherheit, Ihnen kann nichts mehr passieren. Sie wären fast von einem Auto überfahren worden, und ich habe Sie gerade noch rechtzeitig von der Straße ziehen können.«

»Ich kann mich gar nicht mehr daran erinnern …«, murmelte die Frau. »Aber warum bin ich dann angebunden?«

»Weil ich Angst hatte, dass Sie vom Tisch fallen könnten, weil Sie bewusstlos waren.«

»Aber jetzt bin ich wieder wach. Binden Sie mich also bitte los.«

»Es tut mir leid, aber das kann ich nicht tun.«

»Warum nicht?«, fragte sie.

»Weil Sie sonst auf die Idee kommen könnten, wegzulaufen, und das kann ich nicht zulassen.«

»Wo bin ich?«

»In Sicherheit, wie ich schon sagte.«

»Das habe ich nicht gemeint.«

»Für den Moment werden Sie sich mit dieser Antwort begnügen müssen.«

»Was wollen Sie von mir?«

»Sagen wir es mal so: Sie sind Teil eines großen Ganzen. Sie sind ein wichtiger Bestandteil bei dem, was ich vorhabe.«

»Was haben Sie denn vor?«

»Das erzähle ich Ihnen später. Aber stimmt es Sie nicht fröhlich, erwählt worden zu sein?«

»Nein«, sagte sie.

»Haben Sie Angst?«

»Ja, sehr sogar«, antwortete sie und spürte, wie ihr Tränen in die Augen stiegen.

»Wissen Sie, die menschliche Angst ist eines der stärksten Gefühle überhaupt«, dozierte Mark. »Seit der Mensch von den Bäumen geklettert ist und bewusst angefangen hat, zu denken, hat er Angst gehabt. Aber Angst ist etwas, was wichtig ist, denn sie hält uns am Leben und führt uns stetig vor Augen, dass wir wachsam bleiben müssen.«

»Warum erzählen Sie mir das alles?«

»Vielleicht, weil ich einfach freundlich bin oder weil ich Sie mag. Jetzt haben wir aber genug geredet. Schreiten wir zur Tat.«

»Was haben Sie vor?«

»Sie werden es gleich erleben.«

Die Datenbank der Universität, welche die Opfer besucht hatten, war sehr umfangreich und kaum gesichert. Dies machte es leicht, an die benötigten Daten zu kommen. Allerdings handelte es sich um so viele Daten, dass es zusehends schwerer wurde, ein brauchbares Ergebnis zu erhalten. Sowohl von den Studenten als auch von den Eltern waren diverseste Informationen erhoben worden, damit die Bildungsstätte genau wusste, wer es *verdient* hatte, sie zu besuchen, und wer lieber abgewiesen werden sollte. Schließlich stand die Universität in einem stetigen Konkurrenzkampf zu den anderen angesehenen Bildungsstätten der Vereinigten Staaten und war darauf angewiesen, einen guten Ruf zu bewahren. Das schlichte Credo lautete: Wer Geld und einen guten Namen hat, darf hier studieren.

»Schon was gefunden?«, fragte Hancock nicht zum ersten Mal, nachdem er sich sein drittes Bier geholt hatte.

»Nein«, antwortete Bunny-Witch genervt. »Und wenn du noch mal fragst, schmeiße ich dich raus. Dann kannst du mit den Kojoten trinken.«

»Das würdest du nicht tun, dafür magst du mich viel zu sehr.«

»Habe ich dir schon einmal von dem Jungen erzählt, der um mich geworben hat und jedes *Nein* als Aufforderung gewertet hat, es noch penetranter zu versuchen?«

»Nö. Was hast du mit ihm gemacht?«

»Gar nichts. Aber eines Tages wurde er leblos an einem Strand gefunden. Die offizielle Todesursache lautete damals, dass er ertrunken sei, aber eigentlich ist er verhungert.«

»Verhungert?«

»Am langen Arm«, beschied sie und wandte sich wieder ihrem Bildschirm zu. »Hier, das könnte doch etwas sein«, sagte sie an Bernstein gewandt.

Der jüngere Agent rieb sich die müden Augen und begutachtete den Datensatz. »Sharon Williams. Tochter von Senator Jackson Williams dem Dritten. Ein Jahrgang unter Fitzroy junior. Kandidiert für den Vorsitz der Jungen Demokraten in Pennsylvania. Könnte tatsächlich infrage kommen.«

»Und der hier?«, fragte Bunny-Witch und zeigte auf eine weitere Zeile.

»Roman P. Carlson«, las Bernstein vor. »Sohn von Nelson F. Carlson, Großindustrieller und Vorsitzender der Republikaner in Wyoming. Hancock, ich denke, wir haben hier zwei Kandidaten. Wollen wir eine Einheit zur Überwachung anfordern?«

»Definitiv«, erklärte der ältere Agent. »Ich kümmere mich darum. Sucht ihr weiter, vielleicht findet sich noch jemand, der es wert ist, am Leben gelassen zu werden.«

»Ich mag Ihre Art der Formulierung«, gab Bernstein kund und verdrehte ein wenig die Augen, bevor er sich wieder dem Monitor zuwandte.

Hancock bemerkte ein kurzes Aufleuchten des Displays seines Handys, das er auf einem nahen Tisch an eine Ladestation angeschlossen hatte. Er nahm das Telefon zur Hand und betrachtete die Nummer. Es war Agent Marquez aus New York. Er setzte sich ein Headset auf und wählte in Bunnys Computer die Nummer der Agentin. Nach zwei Mal ertöntem Freizeichen nahm Marquez ab.

»Hallo Stella, Pete hier«, meldete sich der Agent.

»Hey«, antwortete sie. »Wie geht es dir?«

»Wie immer«, sagte er und gab sich im selben Augenblick eine Ohrfeige für diese nichtssagende Antwort.

»Wie laufen die Ermittlungen?«

»Wir machen Fortschritte.«

»Gut. Hör mal, ich habe inzwischen einige neue Informationen. Erstens hat ein Kostümverleih in New York City mitgeteilt, dass tatsächlich vor einigen Tagen jemand eine Uniform ausgeliehen und noch nicht wieder zurückgebracht hat. Die Besitzerin kann sich noch gut an den Mann erinnern. Er war groß und stämmig, wie ein Footballspieler.«

»Hat sie einen Namen sagen können?«

»Ja, aber der ist mit Sicherheit falsch. Ich habe ihn trotzdem überprüfen lassen. An der Adresse, die der Typ angegeben hat, befindet sich nur eine Unterführung. Also ein Fehlschlag. Was das Stück Plane angeht, das Frank im Central Park gefunden hat, ist es schon ein wenig interessanter. So ein Ding kann man zwar prinzipiell überall kaufen, aber normalerweise findet so etwas vor allem in der Fleischindustrie Verwendung.«

»Also suchen wir nach einem Football spielenden Metzger?«

»So in etwa.«

»Gibt es eine Spur in den Drohbriefen, die bei Clemens eingegangen sind?«

»Nein. Alles harmlos, nichts dabei, was auch nur ansatzweise sein Kind ins Spiel bringt.«

»Okay. Du hast mir sehr geholfen, Stella.«

»Nicht der Rede wert«, wiegelte sie ab. »Wie ist die Lage? Hat euch die Presse schon zerfleischt?«

»Nein, aber die warten nur darauf, uns in die Finger zu kriegen. Bisher haben wir es geschafft, den Pressefritzen auszuweichen.«

»Hoffentlich bleibt das noch länger so. Pete, wenn der Fall erledigt ist ...«

»Hättest du dann Lust auf ein Date?«, fiel ihr der Agent ins Wort.

»Eigentlich wollte ich dich bitten, mich mit Frank zu verkuppeln«, antwortete sie zögerlich.

»Ich habe dich zuerst gesehen«, gab Hancock zurück, was ihm ein Lachen seitens Marquez einbrachte.

»Okay, du hast gewonnen. Lass uns zusammen ein Bier trinken gehen. Aber ganz unverfänglich.«

»Du weißt, worauf du dich einlässt?«

»Nein«, gab sie zu. »Aber ich kann es mir vorstellen. Ich möchte überprüfen, ob meine Theorien über dich stimmen.«

»Welche sind das denn?«

»Das erzähle ich dir, wenn wir uns sehen.«

»Einverstanden. Ich melde mich, wenn wir dem Typen den Arsch aufgerissen haben.«

»Passt auf euch auf«, sagte sie und legte dann auf.

»War das Stella?«, wollte Bernstein wissen.

»Ja. Wir sollten nach einem Hünen mit Metzgerbeil Ausschau halten.«

»Wie bitte?«

Nachdem Hancock eine kurze Rekapitulation des Gesprächs gegeben und dabei bewusst die Sache mit dem Date ausgelassen hatte, nickte der jüngere Agent.

»Das könnte uns helfen.«

»Auf jeden Fall ist es ein wichtiges Indiz«, pflichtete ihm Hancock bei.

»Jetzt müssen wir ihn nur noch erwischen.«

Es war ruhig im Haus. Bunny-Witch, die inzwischen müde geworden war, hatte sich mit den Worten *Bis nachher, ihr Nasen* verabschiedet und war in ihr Schlafzimmer gegangen, welches sich in einem Nebenraum im Untergeschoss des Hauses befand. Die Tür hatte sie sorgsam hinter sich abgeschlossen.

»Vertraut sie uns etwa nicht?«, hatte Bernstein seinen Kollegen gefragt.

»Sie vertraut niemandem«, hatte der andere erwidert und es dabei belassen.

Schließlich waren auch die beiden Agenten schlafen gegangen, Hancock auf der Couch, der jüngere Agent auf dem Boden, wo er sich ein Lager aus Kissen gebaut hatte. Wo Geronimo abgeblieben war, wussten sie beide nicht.

Vermutlich pirscht er sich draußen an ein Reh heran, vermutete Hancock, bevor er die Augen schloss und fast augenblicklich einschlief.

Als er wieder aufwachte, schien es noch immer tiefe Nacht zu sein, aber das war schwer zu beurteilen, wenn man sich in einem Keller ohne Lichtschächte befand. Hancock nahm sein Handy zur Hand und wollte die Uhrzeit überprüfen, als ihm auffiel, dass das Symbol für eine ungelesene Nachricht am oberen Bildschirmrand blinkte. Anscheinend funktionierte das Senden von SMS selbst hier am Arsch Amerikas, wie Hancock die Region gern nannte. Die Kurznachricht endete mit einer Rückrufbitte.

»Hallo Sarah«, sagte der ältere Agent in das Headset, das er nun schon so oft getragen hatte, dass es ihm vollkommen natürlich erschien, in einen kleinen Knopf vor dem Mund zu sprechen.

»Gut, dass Sie mich anrufen«, erwiderte seine Vorgesetzte. »Gestern Nachmittag wurde ein weiteres Mordopfer gefunden, dieses Mal in Pittsburgh, Pennsylvania.«

»Lassen Sie mich raten. Der *Beißer*?«

»Jedenfalls sieht das Opfer schwer danach aus. Wollen Sie rüber fliegen und sich selbst ein Bild machen?«

»Dazu bin ich leider momentan nicht in der Lage«, meinte Hancock. »Erzählen Sie mir, was Sie bis jetzt haben.«

Penske gab ihm einen knappen Bericht über das Geschehene und ließ dabei kein Detail aus. Danach sprach der ältere Agent für einige Zeit, bevor er sich bedankte und darum bat, auf dem Laufenden gehalten zu werden. Er beendete die Verbindung und nahm das Headset ab.

»Bernstein«, rief er laut und weckte damit seinen Kollegen, der es im Schlaf geschafft hatte, all seine Kissen mindestens einen halben Meter von sich zu schieben und nun auf dem nackten Fußboden zu liegen.

»Was ist denn?«, murmelte der andere Mann und wischte sich über das Gesicht.

»Wir haben eine heiße Spur.«

Sofort war der jüngere Agent hellwach. »Erzählen Sie.«

»Es gab noch ein Opfer. Tatsächlich handelt es sich um diese Sharon Williams. Unser Überwachungsteam war wohl nicht schnell genug. Aber das ist nicht die eigentliche Neuigkeit. Am Fundort der Leiche wurde ein Zahn entdeckt, der nicht dem Opfer gehört.«

»Ein Zahn?«

»Er wurde ins Labor gebracht, und jetzt raten Sie mal, wozu er passt.«

»Erleuchten Sie mich«, zitierte Bernstein unwillkürlich seinen Partner.

»Ich hatte gehofft, dass Sie es wissen, denn ich kann nur Vermutungen anstellen. So ganz genau verstehe ich auch nicht, was mir gesagt wurde, aber anscheinend verhalten sich menschliche Zähne in etwa so wie Fingerabdrücke. Sie sind also bei jedem Menschen anders.«

»Sie meinen Retzius-Streifen«, erklärte Bernstein.

»Sie sind ein Klugscheißer, aber das wissen Sie ja schon. Penske veranlasst gerade, dass die Bisswunden aller Opfer noch einmal genau untersucht werden, ob sich Abdrücke dieser Rizinus-Streifen finden.«

»Das wird nichts bringen«, erklärte der jüngere Agent. »Soweit ich weiß, sind die Retzius-Streifen zu fein.«

»Herrgott, wir werden doch irgendwas damit anfangen können!«, ereiferte sich Hancock. »Selbst, wenn nicht, werden wir die Retina-Streifen an alle Zahnärzte in den Staaten schicken mit der Aufforderung, ihre Datenbanken zu vergleichen und uns umgehend zu informieren, sollte es Übereinstimmungen geben.«

»Sie machen das extra, oder?«

»*Was?*«

»Ein Wort falsch verwenden. Sie denken, dass man Sie dadurch unterschätzt und Sie dann einen Vorteil haben.«

Hancock sah seinen Partner an, als hätte dieser ihm soeben einen Heiratsantrag gemacht.

Bernstein kam lieber auf das eigentliche Thema zurück, bevor es wieder zu einem Zusammenstoß zwischen ihm und Hancock kommen konnte. »Wie wäre es, wenn wir Bunny darauf ansetzen? Wenn wir auf die Rückmeldung der Zahnärzte warten, können wir uns auch ebenso gut auf die Rente vorbereiten. Außerdem, wenn wir die offiziellen Wege gehen, kann es passieren, dass irgendjemand plaudert und die Sache rauskommt. Dann kriegt es der Täter mit und taucht vielleicht unter.«

»Sie wollen also etwas prinzipiell Illegales tun, um den Fall zu lösen?«, fragte Hancock amüsiert.

Der jüngere Agent breitete theatralisch die Arme aus, als würde er den Raum umfassen wollen. »Wir sind hier sowieso schon jenseits jeder Grauzone, also ist es jetzt auch schon egal.«

»Sie lernen dazu«, erklärte der ältere Agent anerkennend. »Wecken Sie sie.«

»Warum ich?«

»Weil es Ihre Idee war und weil sie Sie sowieso nicht so gern mag. Da können Sie es sich auch erlauben, es sich noch ein wenig mehr mit ihr zu verscherzen.«

»Herzlichen Dank auch«, antwortete der jüngere Agent ironisch. »Ich werde es versuchen.«

Bernstein klopfte mehrfach gegen die Schlafzimmertür, die zwar mit Holz verkleidet war, von der er aber wusste, dass sich in ihrem Inneren eine massive Stahlplatte befand. Daher rechnete er nicht damit, dass Bunny-Witch ihn hören würde. Entsprechend erschrocken reagierte er, als plötzlich aus einem bis dahin unsichtbaren Lautsprecher ihre erboste Stimme ertönte.

»Was ist denn los?«, fragte sie ungehalten.

»Tut mir leid, dich wecken zu müssen, aber wir brauchen deine Hilfe«, erwiderte der jüngere Agent, nachdem er sich wieder gefangen hatte.

»Was ist los? Findet ihr das Klo nicht?«

»Wir brauchen einen deiner Bots.«

»Na gut«, antwortete sie mit einem vernehmlichen Seufzen. »Ich komme in ein paar Minuten.«

Der Agent platzierte sich neben der Tür und wartete auf die Frau. Wie angekündigt, kam sie nach kurzer Zeit aus dem Zimmer. Bernstein fiel auf, wie schön Bunny-Witch eigentlich war. Zwischen all dem Trubel hatte er es irgendwie versäumt, sie genauer anzusehen. Vor allem ihre Augen faszinierten ihn. Sie waren braun und hatten diesen selbstbewussten Blick, der sagte: *Überlege dir lieber zwei Mal, ob du mich ansprechen willst.*

»Also, was ist so wichtig?«, wollte sie wissen.

»Wir haben eine Spur, die wir nur verfolgen können, wenn wir einen deiner Bots nutzen. Komm, ich erkläre es dir.«

Während sie zu Hancock gingen, der gerade ein selbst gemachtes Sandwich aß, instruierte Bernstein die Frau knapp, aber umfassend. Als sie sah, wie der ältere Agent gerade den letzten Bissen kaute, sah sie ihn streng an.

»Hättest mir ja ruhig etwas übrig lassen können«, sagte sie mürrisch.

»Tataaa«, rief Hancock und zog hinter seinem Rücken einen Teller hervor, auf dem nicht nur ein Sandwich, sondern auch zwei gekochte Eier lagen.

Ihre Miene hellte sich sofort auf. »Danke«, sagte sie und setzte sich neben den älteren Agenten, um ihr Essen im Empfang zu nehmen.

»Kaffee?«, fragte er.

»Gern«, antwortete Bunny-Witch zwischen zwei Bissen und hielt die Hand hoch, um einen Becher mit frischem und dampfend heißem Kaffee entgegenzunehmen. »Also, ihr wollt sämtliche zahnärztliche Datenbanken anzapfen? Wisst ihr, wie viel Zeit das in Anspruch nimmt?«

»Keine Ahnung, sag du es uns«, antwortete Hancock.

»Nicht so lang, wie man annehmen könnte. Es ist nämlich so, dass vor einiger Zeit die Dentisten-Vereinigung auf die Barrikaden gegangen ist, weil jeder Idiot sein eigenes System verwendet hat, was natürlich inkompatibel zu jedem anderen System war, und es damit schwierig bis unmöglich machte, miteinander zu kommunizieren. Daher wurden die vergangenen Jahre

dazu verwendet, ein System zu kreieren, was alle Zahnärzte, Orthopäden und andere Ärzte verpflichtend nutzen müssen. Ich schätze, dass noch nicht jede Praxis
das neue System eingeführt hat, aber viele dürften bereits auf den Zug aufgesprungen sein.«

»Gut, dann leg mal los«, forderte der ältere Agent sie
auf. »Aber erst, wenn du fertig gegessen hast.«

Bunny kaute ausgiebig ihr Essen und trank ihren Kaffee in kleinen Schlucken, um sich nicht die Zunge zu
verbrennen. Als sie schließlich fertig war, verschränkte
sie die Finger und ließ sie einzeln knacken.

»Auf geht's«, sagte sie und ging zu ihrem Computer.

Die kommenden Minuten verbrachte sie damit, etwas in einer für Laien vollkommen unverständlichen
Sprache, die scheinbar willkürlich Zeichen und Ziffern
miteinander vermischte, auf ihrer Tastatur zu schreiben. Die beiden Agenten sagten nichts und warteten ab.
Schließlich drehte sie sich auf ihrem Stuhl und fragte:
»Wollen wir?«

Hancock und Bernstein nickten gleichzeitig, wobei
beiden bewusst war, wie filmreif die ganze Szene wirken musste. Auch Bunny schien sich dessen bewusst zu
sein, denn sie hob einen Zeigefinger und ließ ihn dann
vertikal auf die Enter-Taste sausen. Umgehend wurde
der Bot aktiv und begann, sich im Internet auszubrei-
ten und die diversen Datenbanken zu infiltrieren. Das
neue System, von dem sie gesprochen hatte, war pass-
wortgesichert, allerdings nur schwach, was zur Folge
hatte, dass der Bot innerhalb weniger Sekunden alle
Schutzvorrichtungen entweder umgangen oder
schlicht durchbrochen hatte. Bei den Datenbanken, die

noch auf den alten Systemen beruhten, dauerte es sogar noch kürzer.

»So, und jetzt warten wir«, gab Bunny-Witch kund.

»Sind wir ja gewöhnt«, merkte Bernstein an.

»Das halbe Leben besteht aus Warten«, philosophierte Hancock.

Die beiden Männer und die Frau sahen sich gegenseitig an und fingen dann gleichzeitig an zu lachen, weil ihnen gerade klar geworden war, wie absurd die ganze Situation eigentlich war. Zwei Minuten später gab der Computer einen einzelnen Ping-Ton von sich, woraufhin sich die junge Frau sofort wieder dem Bildschirm zuwandte.

»Bingo«, sagte sie und zeigte mit dem Finger auf eine Zeile, die blinkend hervorgehoben wurde.

»Wir haben ihn«, murmelte Hancock grimmig.

»Sind Sie sich auch wirklich sicher?«, fragte der ältere Agent nicht zum ersten Mal während des bisher zehnminütigen Telefonats, das er mit einem Zahnarzt aus San Francisco führte.

»Rede ich eigentlich irgendwie undeutlich? Ich sagte Ihnen doch, dass ich sehr darauf erpicht bin, die Daten meiner Patienten immer auf dem aktuellsten Stand zu halten. Wenn also diese Adresse in den Daten steht, ist sie korrekt«, antwortete der Arzt, ein gewisser Doktor White, ungeduldig.

Hancock fand, dass dieser Name ziemlich passend war für einen Mediziner, der sich mit Zahnheilkunde befasste.

»Warum sind Sie eigentlich so sehr an diesem Patienten interessiert?«, fragte er.

»Das kann ich Ihnen leider nicht verraten, da es sich dabei um eine laufende Ermittlung handelt«, erwiderte der ältere Agent. »Wann war er denn zuletzt bei Ihnen?«

»Das war vor genau zwei Monaten und siebzehn Tagen«, antwortete White wie aus der Pistole geschossen.

»Sie erinnern sich so genau daran?«

»Nein, aber dafür habe ich ja meine Akten.«

»Ist Ihnen bei dem jüngsten Besuch des Patienten etwas seltsam vorgekommen?«

»Nein, seine Zähne waren einwandfrei. Um genau zu sein, habe ich so gute Zähne noch nie zuvor in meiner Karriere gesehen. Das weiß ich tatsächlich auswendig.«

»Wenn sein letzter Termin jetzt schon so lange her ist, wie können Sie sich dann sicher sein, dass seine Adresse noch aktuell ist?«

»Das weiß ich nicht, das habe ich aber auch nicht behauptet. Hören Sie, ich habe noch viel zu tun und bin jetzt schon in Verzug. Sie ahnen ja nicht, wie ungeduldig die Patienten heutzutage sind. Wenn man auch nur ein klein wenig vom vergebenen Termin abweicht, hagelt es sofort Beschwerden im Internet. Wenn Sie also nichts dagegen haben ...«

»Verstanden. Ich überlasse Sie jetzt wieder Ihrer wichtigen Arbeit«, antwortete Hancock. »Danke für Ihre kostbare Zeit, Doktor White.«

»Auf Wiederhören«, verabschiedete sich der Mediziner und beendete die Verbindung.

»Und?«, fragten Bernstein und Bunny-Witch unisono.

»Ihr habt doch mitgehört«, erwiderte Hancock und zeigte zur Verdeutlichung auf den rot leuchtenden Knopf, auf dem *Lautsprecher* stand.

»Also schlagen wir zu«, erklärte der jüngere Agent.

»Nicht so hastig mit den jungen Pferden«, hielt Hancock seinen Partner zurück. »Wir können nicht einfach so losstürmen. Wir brauchen einen richterlichen Durchsuchungsbeschluss und außerdem Verstärkung.«

»Seit wann sind Sie denn so darauf aus, alles nach Vorschrift durchzuführen?«

»Seit der *Beißer* das Hauptthema in den täglichen Nachrichten ist. Da können wir uns keinen Fehltritt erlauben. Außerdem habe ich keine Lust, mir den Arsch wegschießen zu lassen.«

»Gute Argumente«, stimmte ihm Bunny-Witch zu. »Wenn du willst, kannst du von hier aus einen Beschluss anfordern.«

»Danke«, erwiderte der ältere Agent. »Buche uns bitte auch gleich einen Flug nach Frisco, wir wollen so schnell wie möglich los.«

»Schade eigentlich. So langsam hatte ich mich daran gewöhnt, Mitbewohner zu haben.«

»Wenn du willst, kommen wir bald wieder.«

»So schlimm ist es dann doch noch nicht«, sagte sie und winkte ab. »Ich freue mich, wenn ich wieder meine Ruhe habe.«

»Ich suche Geronimo und informiere ihn«, bot Bernstein an.

»Ich mache das schon«, sagte Hancock, stand auf und ging nach oben.

»Frank«, sagte Bunny, als sie sicher war, dass der ältere Agent das Haus verlassen hatte.

»Was denn?«

»Wir hatten keinen guten Start, oder?«

»Den hatten wir tatsächlich nicht, und ich glaube, dass es an meinem Verhalten gelegen hat. Tut mir leid, Bunny.«

»Schon okay. Ich lege das unter dem Siegel des Welpenschutzes ab.«

»Fang du nicht auch noch damit an.«

»Sorry, war nur ein Scherz«, sagte sie und klopfte dem jüngeren Agenten auf die Schulter. »Im Ernst, ich glaube, wenn du noch ein wenig reifer wirst in deinem Job, wirst du es noch weit bringen, und wenn du mal gar nicht weiter weißt, kommst du zu mir, okay?«

»In Ordnung«, erwiderte Bernstein. »Danke.«

Er reichte der jungen Frau die Hand, welche sie annahm, kräftig schüttelte und damit ihre Übereinkunft besiegelte.

»Kommen Sie jetzt, oder was?«, fragte Hancock, der schon wieder das Haus betreten hatte und ungeduldig von einem Fuß auf den anderen trat.

Kapitel 7

In San Francisco, mit weniger als einer Million Einwohnern die viertgrößte Stadt Kaliforniens, war es zu dieser Jahreszeit sonnig und warm, was bedeutete, dass das Thermometer auf lediglich fünfundzwanzig Grad Celsius stieg. Hinzu kam eine leichte Meeresbrise vom angrenzenden Pazifik, wodurch die Luft in Bewegung blieb und den Aufenthalt im Freien angenehm machte.

Normalerweise wäre Hancock mit wehenden Flaggen in das Haus des Verdächtigen gestürmt und hätte alles kurz und klein geschlagen. Aber in diesem speziellen Fall wollte er absolut wasserdicht handeln, um nicht später wegen irgendeiner kleinen Unachtsamkeit mitansehen zu müssen, wie der Täter wieder auf freien Fuß gesetzt wurde, während er von dem Fall abgezogen und mit Pauken und Trompeten gefeuert wurde. Daher beschloss er, sich und seinen Partner am Flughafen von einem FBI-Mitarbeiter abholen und zum Hauptquartier der örtlichen Polizei bringen zu lassen. Dort wurden sie vom örtlichen Dienststellenleiter des Federal Bureau in Empfang genommen.

»Wir haben Ihre Nachricht erhalten«, erklärte der Mann, ein hoch aufgeschossener Mittfünfziger namens John Johnson, als er die beiden Agenten in einen

Konferenzraum gebracht und die Tür hinter sich geschlossen hatte, um in Ruhe reden zu können.

»Dann wissen Sie auch, dass wir keine Zeit verlieren dürfen«, erwiderte Hancock, der sich gegenüber von Johnson auf einen unbequemen Stuhl der Marke *Bleib-nicht-zu-lange-sitzen-oder-du-landest-beim-Orthopäden* gesetzt hatte. Bernstein hingegen zog es vor, stehen zu bleiben.

»Wir müssen noch den Beschluss abwarten, bevor wir zuschlagen können«, beschied Johnson. »Ich habe aber bereits ein Observierungsteam dorthin abkommandiert.«

»Hoffentlich verschrecken sie den Verdächtigen nicht.«

»Keine Sorge, die Leute sind handverlesen und absolute Profis auf ihrem Gebiet.«

»Das hat man damals auch von dem Team im Fall Biffs gesagt«, erinnerte der ältere Agent sein Gegenüber. »Sie wissen ja, wie DAS ausgegangen ist.«

»Und Sie wissen sicher, dass daraus gelernt wurde«, gab Johnson zurück.

»Was ist damals denn passiert?«, fragte Bernstein neugierig.

»Ein Team aus erfahrenen Leuten sollte den Massenmörder Ronald Biffs überwachen. Nur, dass sie es mit der Unauffälligkeit so übertrieben hatten, dass der Kerl sie doch bemerkt und mit einem Sturmgewehr niedergemäht hat«, erklärte Hancock. »Agent Johnson, wir werden eine Sturmtruppe benötigen. Ich nehme an, Sie haben Zugriff darauf?«

»Ja«, bestätigte der andere. »Die Männer sind innerhalb von dreißig Minuten einsatzbereit.«

»Dann halten Sie diese auf Bereitschaft. Ich will losschlagen, sobald wir den Beschluss vorliegen haben.«

»Haben Sie Angst, dass uns der Verdächtige durch die Lappen gehen könnte?«, fragte der Dienststellenleiter.

»Sie nicht?«, stellte Hancock die Gegenfrage.

Bunny-Witch hatte sich, während sich die Beamten auf den Weg nach San Francisco gemacht hatten, in das lokale System eingehackt und dafür gesorgt, dass der Antrag auf einen Durchsuchungsbeschluss beschleunigt bearbeitet wurde. Rund drei Stunden nach der Ankunft der Agenten lag das unterzeichnete Schriftstück bereits auf Johnsons Schreibtisch.

Der Agent las sich das Dokument durch und hielt kurz inne, als er sah, wer das Dokument unterschrieben hatte.

»Sie müssen wirklich gute Kontakte nach ganz oben haben«, kommentierte er.

»Warum?«, fragte Hancock.

»Weil das Ding hier vom obersten Richter Kaliforniens unterzeichnet worden ist. Normalerweise macht das einer von den niederen Helfern.«

»Da sehen Sie mal, wie wichtig die Sache ist«, sagte der ältere Agent. »Wann geht es los?«

»Sobald ich das Signal gegeben habe«, antwortete Johnson und nahm den Telefonhörer zur Hand.

Er wählte eine dreistellige Nummer und gab den entsprechenden Befehl.

»Sie bekommen Kevlar-Westen von uns«, teilte er den beiden Agenten mit. »Brauchen Sie auch Schusswaffen?«

»Nein, wir haben unsere eigenen dabei«, erklärte
Hancock und klopfte zur Unterstreichung der Aussage
auf seinen Achselbereich, wo sich seine Waffe befand.

Beinahe synchron standen alle drei auf und verließen
das Büro. Ihr Weg führte sie ins Untergeschoss, wo bereits ein unscheinbarer grauer Wagen auf sie wartete.
Sie stiegen ein und gaben dem Fahrer das Kommando
zur Abfahrt. Der Fahrzeugführer, ein Mittdreißiger mit
der Statur eines Profiboxers startete den Wagen, lenkte
ihn die Auffahrt zur Oberfläche hinauf und fädelte sich
dann in den fließenden Verkehr ein.

Der Mann, der allem Anschein nach für die Gräuelta-
ten der vergangenen Tage verantwortlich war, wohnte
in einem unscheinbaren Haus in den kalifornischen
Hügeln. Laut John Johnson, der während der Fahrt in
die Rolle des Fremdenführers geschlüpft war, handelte
es sich bei dieser Gegend um ein bei Mittelständlern be-
liebtes Viertel. Die Mieten waren hier zwar nicht die
niedrigsten, aber wenn man einen relativ gut bezahlten
Job hatte, konnte man es sich leisten, hier zu wohnen.

»Warum geht die Straße eigentlich so steil bergauf?«,
fragte Bernstein, als Johnson zur Abwechslung gerade
mal nichts sagte.

»Weil die damaligen Stadtplaner unfähig waren, eine
Kurve zu verstehen«, antwortete Hancock, was ihm einen missgünstigen Blick des Dienststellenleiters einbrachte.

Natürlich kümmerte ihn dies nicht, und er erwiderte
den Blick so lange, bis sich der andere abwandte. Der

jüngere Agent musste über diese offensichtliche Respektlosigkeit seitens seines Partners unwillkürlich grinsen.

»Wir sind gleich da«, erklärte Johnson. »Wenn Sie nach hinten schauen, werden Sie sehen, dass uns ein Lieferwagen folgt. Darin befindet sich das Einsatzteam.«

»Sagen Sie ihnen, sie sollen Abstand halten«, forderte der ältere Agent.

»Warum?«

»Weil es verdächtig wirkt, wenn ein mit Leuten in Kevlar-Westen vollgepackter Wagen von einem Van der hiesigen Stromgesellschaft verfolgt wird. Wir wissen schließlich nicht, welche Vorsichtsmaßnahmen der Kerl getroffen hat und müssen entsprechend agieren. Ich will nicht, dass jemand von unseren Leuten getötet wird. Die Jungs sollen abbiegen und auf andere Weise in die Nähe der Adresse kommen. In die Nähe, nicht direkt davor. Wir fahren ganz normal vorbei, schauen nicht aus dem Fenster und parken irgendwo abseits.«

»Sie haben das schon öfter gemacht, oder?«

»Die Arbeit im Feld bringt das mit sich«, erwiderte Hancock. »Seit wann sind Sie nicht mehr im Außendienst gewesen?«

»Ist schon länger her.«

»Das merkt man.«

»Hören Sie, Agent Hancock, wenn Sie ein Problem mit meiner Autorität haben ...«

»Kein Problem. Ich bin nur der Meinung, dass es effektiver ist, wenn jemand das Kommando hat, der sich damit auch auskennt.«

»Bitte lassen Sie uns diese Diskussion auf später verschieben«, ging Bernstein dazwischen. »Wir haben einen Killer zu fangen, und darauf sollten wir uns konzentrieren.«

»Einverstanden«, antwortete Johnson und warf dem älteren Agenten noch einen schiefen Blick zu, bevor er sich wieder nach vorne wandte.

»Ist das die Adresse?«, wollte der jüngere Agent wissen und schaute auf ein kleines, weiß getünchtes Haus, welches sich rund dreißig Meter vor ihnen befand.

»Ja«, bestätigte Johnson knapp.

Bernstein tat sein Bestes, das Gebäude nicht zu begaffen, versuchte aber, wenigstens aus dem Augenwinkel den Grundaufbau zu verinnerlichen. Vor ihrer Abfahrt hatten sie zwar den Grundriss des Hauses genau studiert, aber nichts war besser, als sich vor Ort selbst ein Bild zu machen. Schließlich war es immer möglich, dass der Bewohner Veränderungen vorgenommen hatte, die nirgendwo verzeichnet waren. Das Haus verfügte augenscheinlich lediglich über ein Geschoss, welches von einem Schrägdach gekrönt wurde. Vor der Eingangstür befand sich eine kleine Veranda, die in einen Vorgarten von rund drei Metern Breite mündete. Das Grundstück war von einer kleinen, etwa einen halben Meter hohen Steinmauer aus Sandstein umgeben, an dessen einer Ecke sich ein vier Meter hoher Mast befand, an dem die amerikanische Flagge wehte.

Keine Hindernisse, aber auch keine Deckung, analysierte er, während der Wagen langsam vorbeifuhr und an der nächsten Kreuzung abbog. Sie fuhren einige Meter, bis sie außer Sichtweite des Hauses waren und parkten den Wagen dann in einer Lücke zwischen zwei anderen Fahrzeugen. Hancock stieg aus und schlenderte zurück zur Straßenecke, um ihre Zieladresse genauer in Augenschein zu nehmen.

»Wollen wir zuschlagen?«, fragte Johnson, der dem älteren Agenten gefolgt war.

»Sehen Sie diese Kinder dort?«, antwortete Hancock und nickte in die Richtung einer Gruppe aus Fünf- bis Siebenjährigen, die auf der Querstraße ausgelassen Fußball spielten. »Solange die da sind, machen wir gar nichts.«

»Dann müssen wir dafür sorgen, dass sie verschwinden.«

»Und wie wollen Sie das anstellen? Hingehen und sie verscheuchen? Oder am besten gleich in die Luft ballern? Ist garantiert sehr unverdächtig, wenn jemand Fremdes mit den Kindern spricht.«

»Wir könnten jemanden aus der Nachbarschaft bitten, sie zu holen.«

»Schön, dass Sie mitdenken«, konstatierte Hancock. »Jetzt müssen Sie nur noch darauf achten, dass es sich um jemanden handelt, den die Kinder kennen. Eine Mutter oder ein Vater wären ideal.«

»Ich kümmere mich darum.«

Als sich der örtliche Dienststellenleiter entfernt hatte, zog der ältere Agent umständlich seinen Flachmann aus der Hosentasche. Aufgrund der Kevlar-Weste hatte er sein Jackett abgelegt, da ihn das Kleidungsstück ansonsten behindert hätte. Er schraubte wie gewohnt den Behälter auf und genoss einen Schluck.

»Haben Sie auch einen für mich?«, fragte Bernstein.

»Seit wann trinken Sie denn?«

»Seit ich nervös bin und versuche, es mir nicht anmerken zu lassen.«

Hancock grinste leicht und hielt seinem Partner den Flachmann hin.

»Hören Sie, Hancock, falls ich das hier nicht überlebe ...«

»Dann sage ich Ihrer Frau, dass Sie sie lieben, und wenn ich mich recht entsinne, steht im Drehbuch, dass ich jetzt antworten muss: *Das sagen Sie ihr gefälligst selbst.* Hören Sie auf mit dem Drama. Der Kerl ist zwar gefährlich, aber wir haben ein erprobtes Sturmteam bei uns, und wir werden ganz sicher nicht als Erstes reingehen, sondern erst, wenn die Jungs ihren Job erledigt haben.«

Wie aufs Stichwort kam der Van in Sicht und hielt nahe des Zielhauses an. Der Fahrer, gekleidet in einen weißen Overall der Stadtwerke, stieg aus und machte sich auf den Weg zum Verteilerkasten, der sich glücklicherweise ganz in der Nähe befand.

»Hier kommt das Räumungskommando«, murmelte Hancock, als sich eine ältere Frau in einem geblümten Kleid zu den Kindern begab.

Die Kleinen bildeten sofort einen Halbkreis um die Frau, die vermutlich die Großmutter von zumindest einem der Heranwachsenden war. Sie sprach einige Minuten mit der Gruppe.

»Na, komm schon, bring sie weg«, feuerte er sie an.

Offensichtlich hatte sie begriffen, was auf dem Spiel stand, denn nur eine Minute später waren die Kinder mitsamt ihrem Ball abgezogen. Die Frau drehte sich um und ging den Weg zurück, den sie gekommen war, allerdings nicht, ohne einen nur zwei Sekunden dauernden Blick, in Richtung der wartenden Agenten zu werfen. Ihre Augen schienen Hancock *Danke für Ihre Rücksicht* zu sagen, aber so ganz sicher war er sich da nicht, denn sie blickte bereits wieder nach vorn und ging, ohne innezuhalten, an ihnen vorbei.

Der Agent zog sich ebenfalls zurück und begab sich zu ihrem Wagen. An Johnson gewandt, sagte er nur ein Wort.

»Zugriff«, hörten die fünf Mitglieder des Teams, welches Teil der weltberühmten SWAT war, über die in ihren Ohren befindlichen Stöpsel. Die vier Männer, die von einer Frau namens Jolanda Martínez angeführt wurden, waren bereits in voller Ausrüstung von ihrem Stützpunkt aus losgefahren und trugen Kevlar-Westen sowie Schoner an Knien und Ellenbogen. Trotz des warmen Wetters hatten sie Sturmhauben aufgesetzt, um ihre Identität zu schützen. Ebenfalls zur Standardausrüstung gehörten Helme aus Kevlar mit angeschraubter Schutzbrille sowie schwere Kampfstiefel, die für jedes Team-Mitglied maßangefertigt waren. Für diesen Einsatz hatten sie außerdem Atemschutzmasken mitgenommen, die sie sich nun vor das Gesicht schnallten und mit Gummiriemen an ihren Helmen befestigten. Bewaffnet waren sie neben einer Faustfeuerwaffe vom Typ Kimber Custom Zwei auch mit Maschinenpistolen des Herstellers Heckler&Koch, wobei einer der Männer zusätzlich noch eine kurzläufige Flinte auf dem Rücken trug. Als Munition verwendeten sie Hartgummi-Geschosse, die den Getroffenen nicht töteten, ihm aber mindestens blaue Flecken und vielleicht auch gebrochene Knochen bescherten. Ein anderer Beamter hatte einen tragbaren, ebenfalls aus Hartgummi gefertigten Rammbock dabei, mit dem sie die Tür aufbrechen würden, wenn dies erforderlich sein sollte. Das Team schob die dem Haus abgewandte Seitentür des Vans auf und stieg aus. Während zwei der Männer die Umgebung sicherten, liefen die anderen Mitglieder zügig, mit den Pistolen im Anschlag, auf das zu stürmende Gebäude zu. Vor der kleinen Ummauerung, die das Grundstück begrenzte, gingen sie in die Hocke und sicherten ihrerseits die ihnen folgenden Kameraden ab. Das Team war mit Kehlkopfmikrofonen ausgerüstet, was es ihnen erlaubte, zu flüstern und dennoch von ihren Kameraden und jedem anderen, der auf ihrer Funkfrequenz war, glasklar verstanden zu werden.

»Alle bereit?«, fragte die Teamleiterin jetzt auf dem für alle Beteiligten geöffneten Kanal.

Einer nach dem anderen bestätigte.

»Los!«, befahl sie und lief in geduckter Haltung die wenigen Meter zur Haustür, wo sie sich erneut hinkauerte. »Öffnen!«

Der Mann, der mit beiden Händen den Rammbock hielt, stellte sich breitbeinig vor der Tür auf und schwang den *Generalschlüssel*, wie er ihn liebevoll nannte, nach hinten und dann mit voller Wucht nach vorne. Krachend stieß das Gerät gegen die Tür und brachte die hölzerne Konstruktion zum Erzittern. Er wiederholte die Prozedur und sah, dass sich die Türscharniere lockerten. Noch einmal ließ er den Rammbock niedersausen und mit einem befriedigenden Knirschen lösten sich die Befestigungen vollends und ließen die Eingangstür nach innen fallen.

»Granate!«, befahl Martínez knapp.

Das Teammitglied zu ihrer Rechten hatte die Tränengas-Granate bereits scharf geschaltet und nur auf ihren Befehl gewartet. Geübt, wie er war, warf er den bis zum Rand gefüllten stabförmigen Behälter ins Haus und zog sich dann sofort wieder in seine Deckung neben dem nun weit geöffneten Eingang zurück.

»Was verwenden Ihre Leute?«, fragte Hancock, der den Einsatz von der Hausecke aus beobachtete.

»Adamsit«, antwortete Johnson. »Das Zeug verursacht bei jedem, der es ungefiltert einatmet, schweren Husten- und Niesreiz, lässt ihn heulen wie ein Kind, dem der Lutscher weggenommen wurde, und greift danach das Zentralnervensystem an. Sie spüren also mindestens gewaltige Kopfschmerzen und wollen am liebsten nur noch kotzen, während Sie sich gleichzeitig in die Hose scheißen. Das Zeug ist deutlich effektiver als das CS-Gas, das wir früher verwendet haben.«

Die Granate explodierte nicht, was auch so beabsichtigt war. Stattdessen prallte sie auf den Boden und rollte noch gut zwei Meter weiter ins Haus hinein, während sie bereits ihren Inhalt freigab. Martínez zählte im Geiste bis Zwanzig und gab dann ihren Leuten das Zeichen, vorzudringen. Durch die gelb-grünen Gasschwaden hindurch konnten sie nicht viel sehen, aber damit mussten sie sich momentan abfinden.

»Seid vorsichtig«, sagte Martínez leise.

Die Mitglieder ihres Teams gingen langsam, aber gezielt vor und verteilten sich links und rechts der Tür, bevor sie einer nach dem anderen das Haus betraten. Sie fanden sich in einem ausladenden Raum wieder,

der schätzungsweise den größten Teil der Behausung in Anspruch nahm.

»Durch den Nebel kann man kaum etwas sehen«, murrte Jackson unter seiner Maske.

»Funkstille«, zischte die Teamleiterin in ihr Mikrofon.

Was sie nicht wussten, war die Tatsache, dass der als *Beißer* bekannt gewordene Mörder vorgesorgt hatte. Schon, als der Van auf der anderen Straßenseite angehalten hatte, hatte er Verdacht geschöpft und seine Vorkehrungen getroffen. Diese sahen so aus, dass er drei Gasflaschen aneinandergereiht aufgestellt, die Ventile geöffnet und mit einem Feuerzeug präpariert hatte. Der Anzünder war wiederum mit einem dünnen Draht verbunden, der auf Knöchelhöhe straff von einer Seite des Wohnraums zur anderen gespannt war.

Genau diesen Draht berührte Jackson nun, während er vorsichtig in das Zimmer hineinging. Er bemerkte den leichten Widerstand nicht, als er seinen linken Fuß nach vorne schob. Der Draht zog an dem Schleifstein und entzündete das Feuerzeug. Noch bevor die Flamme vollends ausgefahren war, entzündete sie bereits das ausströmende Gas und fraß sich in die stählernen Behälter. Das Einzige, was Jackson und zwei seiner Kameraden noch wahrnahmen, war ein gleißender Blitz, bevor sie von der sich ausbreitenden Explosion erfasst und auf der Stelle verbrannt wurden.

Martínez, die sich noch draußen befand, wurde von der Druckwelle erfasst und einige Meter weit zurückgeschleudert, bevor sie mit dem Gesicht nach unten auf dem Gras zum Liegen kam. Die Explosion war so stark, dass es die Fenster samt Rahmen nach außen sprengte und das Dach des Hauses durchbrach. Noch an ihrer

Ecke spürten Hancock und Bernstein die sich ausbreitende Hitze.

Bernstein hatte bereits seine Waffe gezogen und stürmte auf das brennende Gebäude zu.

»Fuck!«, schrie Hancock. »Bleiben Sie gefälligst stehen!«

Doch der jüngere Agent lief weiter auf das Haus zu und kam jetzt neben Martínez zum Stehen. Er beugte sich über sie und griff an ihren Hals auf der Suche nach einem Puls. Aus dem Augenwinkel nahm er nun eine Bewegung wahr und richtete seinen Blick darauf. Hinter dem rückwärtigen Teil des zerstörten Hauses schoss auf einmal ein grauer Pick-up hervor, holperte über den Bordstein und fuhr dann mit quietschenden Reifen davon.

Der jüngere Agent wollte ihm gerade hinterherlaufen, als neben ihm ihr eigener Wagen anhielt.

»Steigen Sie ein!«, brüllte Hancock über den Lärm des brennenden Infernos hinweg.

Bernstein sprang auf den Beifahrersitz und hatte gerade noch genug Zeit, sich anzuschnallen, als sein Partner bereits das Gaspedal durchdrückte.

Obwohl sie sich mitten in einem Wohngebiet befanden und die Straße schmal war, dachte Hancock nicht daran, langsamer zu fahren. Einige Meter vor sich sah er den Pick-up, der gerade um eine Hausecke schlitterte. Der ältere Agent driftete mit seinen Wagen ebenfalls um die Kurve und verfehlte dabei nur knapp ein parkendes Auto. Die Straße, die sich nun vor ihnen auftat, war schnurgerade und verfügte über keinerlei Abzweigungen.

»Können Sie gut schießen?«, fragte er abgehackt.

»Ich war Klassenbester«, erwiderte der jüngere Agent, der sich krampfhaft an seinem Sitz festhielt.

»Dann zeigen Sie mal, was Sie draufhaben!«, gab er zurück.

Bernstein fuhr die Seitenscheibe hinunter, zog seine Waffe und lehnte sich aus dem offenen Fenster. Er zielte sorgfältig über Kimme und Korn und versuchte dabei, so stabil wie möglich zu bleiben, denn er wollte auf keinen Fall, dass seine Kugel woanders als in das gedachte Ziel einschlug.

»Halten Sie die Kiste ruhig!«, brüllte er.

Er nahm den hinteren linken Reifen des Pick-ups ins Visier und wartete auf seine Chance. Für eine Millisekunde war der Wagen ganz ruhig. Mehr benötigte Bernstein nicht. Sanft zog er den Abzug durch. Wie in Zeitlupe löste sich das Geschoss und zog seine Bahn. Genau in dem Moment, als der vor ihnen fahrende Wagen nach links zuckte, bohrte sich die Kugel in den linken Hinterreifen. Der Pick-up geriet augenblicklich ins Schleudern und krachte mit dem Heck in die Reihe am Straßenrand parkender Autos. Daraufhin schlitterte der Wagen auf der anderen Straßenseite frontal gegen eine steinerne Hauswand. Der Lärm des sich verbiegenden Metalls war ohrenbetäubend. Hancock stieg in die Eisen und brachte ihren Wagen nur wenige Meter entfernt zum Stehen.

»Geben Sie mir Deckung«, verlangte der ältere Agent, während er sich abschnallte und ausstieg. Mit gezogener und schräg nach unten gehaltener Waffe eilte er schnellen Schrittes zum Unfallfahrzeug hinüber. Als die Fahrertür aufflog, hob er sofort seine Pistole und legte an. Der Fahrer des Wagens taumelte benommen heraus. Sein Gesicht war blutüberströmt, da er beim Aufprall mit dem Gesicht gegen das Lenkrad geprallt war. In seiner Hand hielt er eine schwere Eisenstange.

»Stehenbleiben!«, schrie Hancock voller Adrenalin. »Lassen Sie das Eisen fallen!«

Der Mann, der sich nun vor ihm zu voller Größe aufrichtete, war ein Riese.

Der ältere Agent wiederholte seine Aufforderung. »Wenn Sie nicht genau das tun, was ich Ihnen sage, werde ich Ihnen eine Kugel zwischen die Augen jagen.«

Der Riese schien zuerst unschlüssig zu sein, tat dann aber, was Hancock von ihm verlangte. Mit einem lauten *Deng* fiel die Eisenstange zu Boden.

»Hände hinter den Kopf. Hinknien. Hände auf den Rücken«, befahl der Agent. »Bernstein, fesseln Sie ihn.«

Der jüngere Agent hatte bei ihren Vorbereitungen auf dem Revier ein Bündel Kabelbinder eingesteckt, die sich nun als nützlich erwiesen. Er trat in einem weiten Bogen auf den am Boden liegenden Hünen zu, kniete sich auf dessen Rücken und verschnürte die Handgelenke fachmännisch. Dann tastete er den Gefesselten ab, fand aber keine weiteren Gegenstände, die als Waffe benutzt werden konnten. Als alles erledigt war, entspannte sich Hancock ein wenig. Er nahm die Waffe runter und trat nun ebenfalls zu ihrem Gefangenen. Mit großer Kraftanstrengung rollte er ihn auf den Rücken, ballte eine Faust und schlug so fest zu, dass der am Boden Liegende mit dem Hinterkopf auf den Asphalt prallte und das Bewusstsein verlor.

»Gut gemacht«, lobte Hancock seinen Partner, während er sich die Schlaghand rieb.

»Danke«, erwiderte Bernstein.

Mit quietschenden Reifen traf jetzt ein weiteres Fahrzeug ein. Die beiden Agenten hoben alarmiert ihre Waffen und zielten auf den Wagen, bis sie erkannten, dass es sich um Agent Johnson handelte.

»Ist er das?«, fragte Agent Johnson und zeigte auf den gefesselten Riesen.

»Der Weihnachtsmann ist es bestimmt nicht«, erwiderte Hancock. »Außerdem würde es mich schon sehr wundern, wenn es hier zwei Leute gäbe, die Mark Eric Brewster heißen, über zwei Meter groß und so stämmig wie ein Ochse sind. Lassen Sie ihn in ein Krankenhaus bringen und überwachen Sie ihn rund um die Uhr. Er darf auf keinen Fall die Möglichkeit erhalten, zu entkommen. Wenn er es doch schafft, werde ich Sie persönlich zur Rechenschaft dafür ziehen und Ihnen den Arsch der Länge nach bis zum Gesicht aufreißen. Verstanden?«

»Absolut, Agent Hancock«, erwiderte der Dienststellenleiter kühl.

Der ältere Agent bedachte ihn noch mit einem zweifelnden Blick und wandte sich dann ab, um sich eine Zigarette zu genehmigen.

»Warum wollen Sie es sich eigentlich immer mit allen verscherzen?«, fragte Bernstein.

»Tue ich das denn?«

»Fragen Sie nicht so dämlich«, erwiderte der jüngere Agent. »Sie wissen ganz genau, dass Sie es tun, und es interessiert mich, warum.«

»Vielleicht erzähle ich es Ihnen ein anderes Mal, oder auch Ihrer Verlobten, schließlich sind Sie ja der Meinung, dass ich eine Therapie benötige.«

»Sie sind wirklich ...«, setzte Bernstein an.

»*Was?*«

»Nicht hier. Ich rufe jetzt bei Penske an und informiere sie über den erfolgreichen Zugriff. Keine Sorge, ich werde Sie in ganz besonderem Maße loben.«

»Ist mir egal«, beschied Hancock und ging einige Meter die Straße hinunter.

Nur wenige Minuten später fuhr eine Ambulanz vor. Zwei in Weiß gekleidete, kräftige Männer stiegen aus und hoben eine Tragbahre heraus. Gesichert von diversen Polizisten, knieten sie über dem Hünen und untersuchten seine Vitalzeichen. Anscheinend zufrieden, rollten sie ihn auf die Trage und hoben diese dann hoch, um ihre Fracht in den Krankenwagen zu befördern.

Bernstein winkte die beiden mit Agent Johnson eingetroffenen Polizisten zu sich. »Bewachen Sie ihn sorgfältig. Er darf keinen Augenblick allein gelassen werden.«

»Jawohl, Sir«, bestätigten die beiden Cops beinahe synchron.

Gemeinsam mit den Sanitätern und ihrer *Fracht* stiegen sie in den hinteren Teil des Wagens ein, schlossen die Türen von innen und fuhren dann mit eingeschaltetem Blaulicht davon.

»Wie sieht es aus?«, fragte Hancock den behandelnden Arzt.

»Soweit alles in Ordnung«, befand der andere, dessen Namensschild ihn als *Doctor Brown* auswies. »Seine Atemwege sind natürlich gereizt, aber abgesehen davon hat er keine Schäden erlitten.«

»Dann können wir ihn also mitnehmen, sobald er aufwacht?«

»Ich würde ihn gern noch zur Beobachtung hierbehalten«, wandte Brown ein.

»Kommt nicht infrage«, entgegnete der ältere Agent. »Dieses Krankenhaus ist nicht gesichert. Er könnte fliehen, und das werde ich um keinen Preis der Welt riskieren.«

Der Doktor schien darüber nachzudenken und traf dann eine Entscheidung. »Meinetwegen. Aber Sie stehen in der Verantwortung, wenn ihm doch etwas passieren sollte.«

»Das nehme ich gern in Kauf. Danke, Doktor«, sagte er und wandte sich nun an den lokalen FBI-Dienststellenleiter. »Johnson, bringen Sie ihn zum Verhör.«

»Und wenn er unterwegs kollabiert?«

»Lassen Sie sich etwas einfallen. Ich will, dass sein Verhör so bald wie irgend möglich beginnt.«

Nur eine Stunde später wachte der Mann, der als *Beißer* berüchtigt war, auf und wurde, nachdem ihm eingehend klar gemacht wurde, in welcher Situation er sich befand, unter schwerster Bewachung in die Thomas J. Cahill Hall of Justice gebracht, die sich im Herzen San Franciscos befand. Dort führten ihn die Sicherheitskräfte in einen fensterlosen Raum, in welchem sich ein am Boden festgeschraubter Metalltisch und zwei ebenfalls verschraubte Stühle befanden. Mark Eric Brewster wurde auf einen der Stühle gesetzt. Die Füße wurden an den Stuhlbeinen und die Hände mit am Tisch befestigten Handschellen gefesselt. Daraufhin gingen die beiden Polizisten nach draußen und verschlossen die Tür.

Im Nebenraum, der mit einem sich über die gesamte Wand erstreckenden Einwegspiegel versehen war, hatten sich bereits die Agenten Hancock, Bernstein und Johnson sowie eine ganze Schar von Beobachtern und Experten eingefunden.

»Wie wollen Sie vorgehen?«, fragte Bernstein seinen Partner.

»Gar nicht«, erwiderte er. »Ich werde das Verhör nämlich nicht leiten.«

»Wollen Sie wirklich nicht selbst da rein?«, fragte Bernstein ihn überrascht.

»Das würde ich liebend gern, aber ich fürchte, dass ich dem Kerl dann die Fresse einschlage«, erklärte Hancock. »Soll es lieber einer von hier versauen, dann tragen wir wenigstens keine Schuld.«

»Warum war es mir klar, dass Sie um Ihre eigene Haut besorgt sind?«

»Weil Sie langsam gelernt haben, mich einzuschätzen. Ich denke, nach Abschluss des Falls werde ich Penske um einen neuen Partner bitten müssen. Sie kommen mir langsam zu nah.«

In diesem Moment klopfte es an der Tür.

»Da kommt unser Mann«, sagte Hancock und drückte die Klinke nach unten.

»Agent Hancock, Agent Bernstein«, begrüßte sie ein Mann, der in einen eleganten Anzug gekleidet war, und kaum älter als Hancock war, und reichte beiden die Hand. »Ich heiße Ethan Collins und werde das Verhör durchführen. Haben Sie irgendwelche Fragen, auf die ich speziell eingehen soll?«

»Fragen Sie ihn bitte, ob er von Geburt an durchgeknallt ist oder ob ihn irgendwann mal ein Preisboxer verhauen hat«, erwiderte der ältere Agent.

»Ich denke, diese Frage hebe ich mir für später auf«, entgegnete Collins trocken. »Irgendetwas Zielführenderes?«

Bernstein übernahm dieses Mal die Antwort. »Mich interessiert, was es mit Orion auf sich hat.«

»Wie meinen Sie das?«, wollte der Verhörspezialist verwirrt wissen.

Der jüngere Agent gab einen kurzen Abriss, was sie über die Bisse herausgefunden hatten, wobei er darauf achtete, den Besuch bei Bunny-Witch auszulassen.

»Ich werde ihn darauf ansprechen. Noch etwas?«

»Wenn er alles abstreitet, präsentieren Sie ihm die Untersuchungsergebnisse der Retzius-Streifen, sprechen das gefundene Stück Plane in New York an und hauen alles auf den Tisch, was wir an Indizien haben. Lassen Sie es aber so aussehen, als wüssten wir bereits, dass er der *Beißer* ist. Fragen Sie ihn bitte außerdem, ob die sexuelle Ausrichtung seiner Opfer irgendetwas mit der Auswahl zu tun hatte.«

Collins nickte und wartete, ob noch etwas gesagt würde. Als dem nicht so war, klatschte er kurz in die Hände. »Dann wollen wir mal«, verkündete er und verließ den Beobachtungsraum.

Kurz darauf öffnete er die Tür zum Verhörzimmer und trat ein. Brewster, der bisher die glatte Tischplatte studiert hatte, sah auf und musterte Collins mit einer Mischung aus Interesse und Langeweile.

Die Kabine war schalldicht, wobei in allen vier Ecken des Zimmers Kameras mit Richtmikrofonen auf einer

Höhe installiert waren, die es unmöglich machte, an sie heranzukommen und sie zu beschädigen. Collins' Stimme wurde glasklar in den Beobachtungsraum übertragen.

»Guten Tag«, sagte der Spezialist und trat weiter in den Raum hinein.

Zur Antwort grunzte der als *Beißer* bekannt gewordene Brewster nur leicht.

»Entschuldigung, ich habe Sie nicht verstanden«, erwiderte Collins.

»Ich habe gesagt *Guten Tag*«, antwortete Brewster.

Seine Stimme war ruhig, angenehm moduliert und zeugte davon, dass er eine Sprechausbildung genossen haben musste.

»Mein Name ist Ethan Collins. Wie geht es Ihnen?«

»Mein Zuhause wurde von Polizisten gestürmt, ich wurde schwer verletzt und sitze gerade in einem Verhörzimmer, während zweifelsohne hinter diesem Spiegel jede Menge Leute stehen und mich mit Blicken durchbohren. Alles in allem also nicht ganz so gut. Wie geht es Ihnen?«

Collins lächelte freundlich und setzte sich Brewster gegenüber auf den zweiten Stuhl. Er faltete die Hände vor sich und legte sie auf die glänzend polierte Tischplatte. »Ich verstehe Ihren Gemütszustand. Aber ich denke, Ihnen ist klar, warum das alles passiert ist, oder?«

»Erklären Sie es mir«, verlangte der Hüne.

»Sie sind derjenige, der landesweit unter dem Namen *Der Beißer* bekannt ist. Sie haben fünf Morde begangen.«

»Sieben.«

»Wie bitte?«

»In den Nachrichten hieß es, dass es sieben waren.«

»Sie sind also mit dem Fall vertraut. Dann muss ich ja nicht ins Detail gehen. Also, warum haben Sie diese sieben Menschen getötet?«

Sowohl Collins als auch die Beobachter im Nebenraum hatten damit gerechnet, dass der über zwei Meter große Mann alles abstreiten würde, doch stattdessen sagte Brewster nur ein einziges Wort: »Rache.«

Der Verhörspezialist zog überrascht die Augenbrauen hoch, und Hancock stieß hörbar die Luft aus.

Collins fasste sich beinahe umgehend wieder. »Rache wofür?«

»Für das, was mir angetan wurde.«

»Was wurde Ihnen denn angetan?«

»Das ist eine längere Geschichte«, meinte der Hüne.

Der Spezialist breitete die Arme aus. »Ich habe Zeit.«

»Na gut«, sagte Brewster und lehnte sich zurück. Die Ketten an seinen Händen rasselten leicht. »Es begann alles vor etwa zweiundzwanzig Jahren. Mein Vater war Schlachter und führte ein gut gehendes Geschäft in Texas. Er hatte viele Kunden, nicht nur aus der Region, sondern aus den gesamten Vereinigten Staaten, die das gute Fleisch, das er produzierte, zu schätzen wussten. Er genoss in der Branche einen sehr guten Ruf, vor allem, weil er bei Verhandlungen immer fair war. Eines Tages kam der Besitzer eines konkurrierenden Großschlachthofs vorbei und bot meinem Dad an, seinen Betrieb aufzukaufen. Obwohl ich damals erst acht Jahre alt war, klang die angebotene Summe sehr hoch.«

»Wie hoch war sie denn?«, wollte Collins wissen.

»Fünfhunderttausend Dollar«, antwortete Brewster. »Ich erinnere mich noch daran, wie mein Vater kurz nachgedacht und das Angebot dann rundheraus abgelehnt hat. Daraufhin war der Bieter außer sich und beschimpfte meinen Dad aufs Heftigste.«

»Wie hat er Ihren Vater denn genannt?«

»Das waren Wörter, die ich hier lieber nicht sagen möchte, schließlich könnten auch Frauen anwesend sein«, entgegnete der Hüne und nickte in Richtung des Spiegelglases, welches die beiden Räume voneinander trennte.

»Wie hieß dieser Bieter?«

»Ruben Kowalski. Er war aus New York und einer von diesen reichen Schnöseln, die denken, dass sie sich alles erlauben können, wenn sie mit Geldscheinen rumwedeln.«

Bei dem Namen *Kowalski* hielt Hancock unwillkürlich die Luft an, denn eines der Opfer hatte diesen Nachnamen getragen, und sie war die Tochter eines inzwischen verstorbenen Großschlachters gewesen.

Der *Beißer* schwieg, als schien er sich bewusst zu sein, was die Nennung dieses Namens bewirkte.

»Fahren Sie bitte fort«, forderte ihn Collins auf.

»Irgendwann, als er fertig war mit seinen Tiraden, ging der Kerl dann endlich, und ich fragte meinen Vater, warum er das Angebot abgelehnt hatte. *Mark*, hatte er gesagt, *Geld ist nicht alles.*«

»Wie hat Ihre Mutter reagiert, als sie gehört hat, dass Ihr Vater das Geschäft nicht verkaufen wollte?«

»Sie hat es niemals erfahren, denn sie ist, als ich noch klein gewesen war, mit einem anderen Mann durchgebrannt. Jedenfalls hat mir das mein Vater immer erzählt, und ich habe ihm geglaubt.«

»Wissen Sie mittlerweile, was mit Ihrer Mutter passiert ist?«

»Nein, und ich will es auch nicht wissen. Sie hat mich und meinen Dad im Stich gelassen, also ist sie es nicht wert, dass ich nach ihr suche.«

»Klingt plausibel«, erklärte der Spezialist. »Was ist dann passiert?«

»Erst einmal ging alles ganz normal weiter. Ich hatte schon vergessen, dass Kowalski überhaupt bei uns gewesen war, aber eines Abends hat mir mein Dad erzählt, dass einer seiner wichtigsten Geschäftskunden von einem Auftrag zurückgetreten sei. In der nächsten Zeit wandten sich immer öfter langjährige Stammkunden von uns ab, ohne einen expliziten Grund zu nennen. Nach einiger Nachforschung fand Dad schließlich heraus, dass Kowalski dahintersteckte und sie abgeworben hatte. Ungefähr zur gleichen Zeit ging es mit den behördlichen Schikanen los. Das Gesundheitsamt kam immer wieder vorbei und behauptete, dass eine Verletzung der Hygienevorschriften gemeldet worden sei, und legte den Betrieb für mehrere Tage lahm. Später besuchte uns ein Buchprüfer von der Steuerbehörde und stellte fest, dass die Bücher angeblich manipuliert worden seien und er daher eine umfangreiche Prüfung durchführen müsse. Natürlich musste er dafür alle Aufzeichnungen mitnehmen, was uns im Anschluss einige Probleme bescherte. Obwohl Dad seine Mitarbeiter immer gut behandelte und überdurchschnittlich bezahlte, kündigten einige von ihnen und wechselten zu Kowalskis Firma. Irgendwann wurde es Dad zu bunt, und er besuchte den Mistkerl.«

»Und dann?«, fragte Collins, als Brewster nicht sofort weitersprach.

»Dad brach ihm das Nasenbein und wurde verhaftet. Normalerweise wäre er wegen Körperverletzung belangt worden und mit einem Bußgeld davongekommen, aber mit einigen schmutzigen Tricks und Falschaussagen schaffte es der gegnerische Anwalt, eine Verurteilung wegen versuchten Mordes zu erwirken. Dad wurde daraufhin zu sieben Jahren Knast verurteilt.«

»Das tut mir leid«, sagte der Spezialist mitleidig.

»Versuchen Sie nicht, sich mit mir zu verbrüdern«, erwiderte Brewster. »Sie und ich sind keine Freunde. Wenn wir welche wären, würden wir nicht gemeinsam hier sitzen.«

»Wie Sie meinen. Was ist mit Ihnen passiert, als Ihr Vater ins Gefängnis musste?«

»Ich kam bei meinem Onkel Buck unter, drüben in New Mexico.«

»Wie alt waren Sie da?«

»Elf.«

»Wie haben Sie sich gefühlt, als Ihr Vater verurteilt wurde und Sie zu Ihrem Onkel gebracht wurden?«

»Wie soll sich ein Elfjähriger da bitte fühlen? Denken Sie doch mal selbst nach!«

»Entschuldigung, ich habe die Frage vielleicht missverständlich formuliert«, antwortete Collins. »Lassen Sie mich stattdessen eine andere Frage stellen. Wie ist es Ihnen bei Ihrem Onkel Buck ergangen?«

»Er war ein Säufer. Wenn er betrunken war, hat er mich geschlagen, und wenn er nüchtern war, war er zumindest herrisch. Er hat mich oft zu seinen Hobbys mitgenommen.«

»Was für Hobbys waren das?«

»Hundekämpfe.«

»Soweit ich weiß, ist so etwas in den Staaten illegal«, erwiderte der Spezialist.

»Wollen Sie die Polizei dorthin schicken?«

»Ich denke, ich unterhalte mich lieber weiter mit Ihnen. Sind Sie gern mit Ihrem Onkel unterwegs gewesen?«

»Nein. Immer, wenn ich nicht mitgehen wollte, hat mich Buck gefragt, ob ich eine Tunte oder irgendwie minderbemittelt wäre, und hat mich gezwungen, ihn zu begleiten. Waren Sie schon einmal bei einem Hundekampf?«

»Nein«, erklärte Collins wahrheitsgemäß. »Ich habe nur mal eine Sendung darüber im Fernsehen gesehen.«

»Das ist gar nichts gegen die Realität. Hundekämpfe sind eine ziemlich blutige Angelegenheit. Zwei Köter, die von ihren Besitzern regelmäßig verdroschen und dazu erzogen werden, alles zu beißen, was ihnen zu nahekommt, werden gemeinsam in einen Käfig gesperrt und aufeinander losgelassen. Sie beißen sich so lange, bis einer von ihnen tot ist.«

»Klingt nach einer guten Unterhaltung für einen Heranwachsenden«, entgegnete Collins ironisch, woraufhin Brewster zustimmend nickte.

»Das Interessanteste kommt aber noch«, fuhr der Verhörte fort. »Der Hund, der gewonnen hat, wird nicht etwa freigelassen, sondern normalerweise noch im Käfig erschossen, denn nach so einem blutigen Kampf ist er in den meisten Fällen zu nichts mehr zu gebrauchen.«

»Wann war das letzte Mal, dass Sie bei so einem Schauspiel zugeschaut haben?«

»Das war kurz, bevor ich Onkel Buck tot am Küchentisch gefunden habe.«

»Wann war das?«

»Da war ich achtzehn.«

»Haben Sie ihn umgebracht?«

»Nein, das hat er selbst hingekriegt. Totgesoffen.«

»Sind Sie dann zu Ihrem Vater zurückgekehrt?«

»Nein«, sagte Brewster. »Als ich fünfzehn war, kam ein Polizist vorbei und hat mir erklärt, dass es in dem Gefängnis einen Unfall gegeben hatte und dass mein Dad dabei tödlich verletzt worden war. Ich war bei seiner Beerdigung.«

»Was haben Sie danach gemacht?«

»Ich habe mir einen Job als Fleischer gesucht. Ich hatte ja einiges von meinem Dad gelernt. Dann habe ich angefangen, meinen Racheplan zu formen.«

»Den Sie in den vergangenen Wochen ausgeführt haben.«

»Sie sind sehr scharfsinnig«, sagte Brewster in einem Tonfall, der es schwierig machte, zu unterscheiden, ob er es ironisch oder ernst meinte.

»Was hat es eigentlich mit Orion auf sich?«, fragte der Verhörspezialist nun im Plauderton.

»Warum fragen Sie mich das?«

»Beantworten Sie bitte einfach meine Frage.«

»Soweit ich mich erinnere, ist Orion ein Sternbild.«

»Sonst nichts?«

»Ich glaube, dass eine Porno-Firma auch so heißt.«

»Ist Ihnen bekannt, dass es auch einen Orion in der griechischen Mythologie gibt?«

»Ich stehe nicht so auf alte Sagen«, erklärte der Hüne. »Aber jetzt, wo Sie es erwähnen, glaube ich, dass das Sternbild Orion auf irgendeinen Mythos zurückgeht.«

»Fällt Ihnen wirklich nichts anderes dazu ein?«

»Nein«, erwiderte der Mann ruhig. »Warum fragen Sie?«

»Mister Brewster, bisher haben wir uns doch so gut unterhalten. Es ist schade, dass Sie jetzt so tun, als seien Sie dumm.«

»Warum sollte ich das tun? Was hätte ich davon?«

»Um mich auf eine falsche Fährte zu führen.«

»Das habe ich gar nicht nötig. Ich habe Ihnen schließlich bereits gesagt, dass ich diese sieben Menschen getötet habe. Aber wenn Sie unbedingt wollen, dann erleuchten Sie mich.«

»Wir wissen, dass, wenn man die Bissspuren an Ihren Opfern in einer gewissen Reihenfolge übereinanderlegt, diese das Sternzeichen Orion bilden, und wir wissen ebenso, dass Sie damit ausdrücken wollen, dass Sie wilde Tiere jagen, so wie es der griechische Held getan hat.«

Brewster lehnte sich ein wenig zurück und lächelte. »Ihre Ermittler sind ziemlich gewieft«, sagte er anerkennend. »Ich hätte nicht gedacht, dass sie tatsächlich dahinterkommen. Ich hatte eigentlich erwartet, dass das FBI es als Tat eines kranken Irren abtut, der auf Menschenfleisch steht.«

»Ich werde Ihr Lob gern weitergeben«, sagte Collins. »Warum ausgerechnet Orion?«

»Wie Sie schon treffend gesagt haben, hat es sich Orion zur Aufgabe gemacht, alle wilden Tiere des Erdkreises zu jagen und zu töten.«

»Ist das nicht ein sehr ambitioniertes Ziel?«

»Keine Sorge, ich will nicht die gesamte Erde reinigen. Dazu bin ich weder willens noch fähig. Ich konzentriere mich lediglich auf eine ganz bestimmte Auswahl.«

»Hat dabei die sexuelle Ausrichtung Ihrer Opfer die Wahl beeinflusst?«

»Wie kommen Sie denn darauf?«

»Weil mindestens zwei von ihnen homosexuell waren.«

Brewster lächelte noch breiter. »Vielleicht ist es Ihnen noch nicht bekannt, aber Homosexuelle gibt es seit Menschengedenken, und auch, wenn sich einige Leute davon gestört fühlen oder die Gleichgeschlechtlichkeit sogar verteufeln, so gehöre ich nicht zu diesen Menschen. Mir ist es vollkommen egal, welche sexuelle Ausrichtung jemand hat. Mir geht es ausschließlich um eines.«

»Um Rache«, antwortete Collins.

»Exakt.«

»Bisher haben Sie mir nur von Kowalski erzählt. Was ist mit den anderen Opfern? Die haben Sie doch auch ganz gezielt ausgewählt.«

»Das ist richtig. Wissen Sie, wie man wilde Tiere am besten zur Strecke bringt?«

»Verraten Sie es mir.«

»Man tötet ihren Nachwuchs. Die elterlichen Tiere sind dann so emotional außer sich, dass sie alle Vorsicht fahren lassen und sich blind auf denjenigen stürzen, der ihnen das angetan hat.«

»Warum aber genau diese Nachkommen?«

»Ruben Kowalski hat damals nicht allein gehandelt. Er hätte es nie allein geschafft, meinen Vater komplett zu ruinieren. Ich habe viele Jahre damit verbracht, herauszufinden, wer ihn damals unterstützt hat. Im Laufe der Zeit stieß ich auf eine ganze Reihe von Namen. William P. Fitzroy ... Francis Ford Delano ... Mary Rosenberg ... Walt J. Clemens ... Joseph Bridger ... Jackson Williams der Dritte. Sie alle kennen sich, sie alle haben gemeinsam intrigiert und meinen Dad schikaniert. Sie alle haben dafür gesorgt, dass er schließlich ins Gefängnis gehen musste. Obwohl ich es nicht einwandfrei beweisen kann, weiß ich, dass er auch auf ihr Wirken hin gestorben ist. Das war der Moment, in dem ich beschloss, dass ich es diesen Mistkerlen heimzahlen wollte.«

»Um diese Menschen, die Ihren Vater auf dem Gewissen haben, zu bestrafen, mussten sieben Unschuldige sterben?«

»Sie waren nicht unschuldig«, antwortete Brewster und hieb mit der flachen Hand auf den Tisch. »Sie waren zwar noch jung, aber auch sie haben dieses schmutzige Spiel schon beherrscht. Ich habe dafür gesorgt, dass sie nicht mehr dazu in der Lage sind, jemandem das anzutun, was mir angetan wurde.«

»Bevor wir fürs Erste Schluss machen, noch eine Frage, wenn Sie gestatten.«

»Schießen Sie los.«

»Wie kommt es eigentlich, dass Sie alles so freimütig gestehen? An Ihrer Stelle würde ich kein Wort sagen, sondern ausschließlich darauf plädieren, unschuldig zu sein.«

»Sie sind aber nicht an meiner Stelle, und ich erzähle Ihnen gerade alles, weil es jetzt sowieso egal ist.«

»Wie meinen Sie das?«

»Ich werde sterben«, stellte Brewster unumwunden fest.

»Nachdem alles, was wir hier besprechen, aufgenommen wird, wird es wahrscheinlich darauf hinauslaufen«, stimmte ihm Collins zu.

»Sie verstehen mich nicht«, antwortete der *Beißer* und beugte sich nach vorn. »Ich werde definitiv sterben, und es wird nicht mehr lange dauern.«

Hancock, der sich das Verhör bisher regungslos vom Nebenzimmer aus angesehen und aufmerksam zugehört hatte, saß mit einem Mal kerzengerade auf seinem Stuhl. Er sprang in dem Moment auf, als der Hüne nach vorne kippte und mit dem Kopf zuerst auf die Tischplatte fiel und dann von seinem Stuhl rutschte. Das Einzige, was ihn daran hinderte, schwer auf den Boden aufzuprallen, waren die gefesselten Hände und Füße.

»Fuck!«, schrie der ältere Agent und stürmte aus dem Beobachtungsraum heraus und in das Verhörzimmer hinein.

Er rempelte Collins beiseite und beugte sich über den Hünen.

»Er atmet nicht«, rief Hancock und versuchte umgehend, eine Mund-zu-Mund-Beatmung durchzuführen.

»Lösen Sie diese verfluchten Handschellen!«, forderte er zwischen zwei Atemzügen.

Einer der anderen Beobachter aus dem Nebenraum kam hinzu und suchte umständlich nach den passenden Schlüsseln. Schließlich fand er sie und öffnete die Schlösser. Brewster rutschte auf den Boden und blieb dort liegen, während Hancock weiterhin versuchte, ihn wiederzubeleben. Bernstein war inzwischen auch ins Verhörzimmer gekommen und unterstützte seinen Kollegen, indem er eine Herzdruckmassage durchführte. Kurz darauf stürmten zwei Sanitäter in den Raum hinein und übernahmen die Wiederbelebungsversuche.

Schließlich, nach einigen Minuten, sahen die beiden erst sich und dann Hancock an und schüttelten unisono den Kopf.

»Verfickte Hühnerscheiße!«, brüllte Hancock und trat vor Wut so fest gegen den Tisch, dass dieser erzitterte.

Danach holte er aus und schlug Brewster mehrfach so fest ins Gesicht, bis es schmatzend knackte. Als er schwer atmend auf der Brust des toten Mannes saß und seine Hände abwechselnd ballte und entspannte, trat sein Partner zu ihm und ging neben ihm in die Hocke.

»Sind Sie fertig?«, fragte er Hancock leise.

»Noch lange nicht. Aber mir tun die Pfoten weh.«

»Kommen Sie, lassen Sie uns einen Kaffee trinken gehen.«

»Ein Scotch wäre mir lieber.«

»Kriegen Sie.«

Widerstandslos ließ sich der ältere Agent von Bernstein hochziehen und aus dem Zimmer führen, während die anderen Polizisten den beiden hinterhersahen.

Epilog

Einige Tage später, nachdem sie Unmengen an Papierkram erledigt hatten, waren Hancock und Bernstein zurück nach Washington, D.C. geflogen und saßen nun seit zwanzig Minuten im Büro ihrer Vorgesetzten. Penske hatte sich bisher allerdings lediglich darauf beschränkt, in ihren Akten zu blättern und die beiden Agenten keines Blickes zu würdigen. Während Hancock regungslos dasaß und stur geradeaus blickte, rutschte sein Partner unruhig auf seinem Stuhl hin und her und wünschte sich irgendeine Reaktion seiner Abteilungsleiterin.

»Wie lange wollen Sie noch so tun, als seien wir nicht hier?«, ergriff Hancock schließlich ruhig, aber mit fester Stimme das Wort.

»Bis ich fertig bin«, antwortete Penske, ohne aufzusehen.

»Was ist denn so interessant? Lesen Sie gerade die Stellenanzeigen?«

Jetzt sah die Frau doch auf. »Wenn ich Ihre Kommentare hören will, dann frage ich danach. Ansonsten seien Sie still.«

»Nein, das bin ich nicht«, erwiderte er. »Dass er sich mit Rizin vergiftet hat, ist doch nicht unsere Schuld.«

»Ist denn niemandem aufgefallen, dass er Gift genommen hatte?«

»Das haben wir den behandelnden Arzt im Krankenhaus auch gefragt, als Brewster nach seinem Ableben dort untersucht wurde. Er meinte, er hätte sich nur auf die Atemwege konzentriert, und Gift sei nun mal nur dann feststellbar, wenn man genau danach sucht.«

»Also können wir dem Doc nicht mal wegen Stümperei ans Bein pissen«, stellte Penske fest. »Wenn wir niemanden finden, dem wir die Schuld an der Misere geben können, wird man uns hinhängen. Sie beide, aber auch mich.«

»Bleiben Sie mal ganz ruhig«, entgegnete der ältere Agent. »Wir haben den Kerl schließlich geschnappt und er hat alles gestanden. Er hat seine gerechte Strafe erhalten, und jetzt können wir absolut sicher sein, dass er nie wieder morden wird.«

»So einfach ist das aber nicht«, gab sie wütend zurück. »Es wäre sehr wichtig gewesen, dass er verurteilt und ins Gefängnis gesteckt wird, und zwar nicht in eines dieser modernen Hochglanz-Vorzeigedinger, sondern in ein Drecksloch wie San Quentin.«

»Als Abschreckung für andere? Ich bitte Sie, das hat doch noch nie funktioniert.«

Bernstein meldete sich nun auch zu Wort. »Haben Sie schon einmal darüber nachgedacht, dass man es so aussehen lassen könnte, als hätte er sich beim Verhör losgerissen und eine Geisel genommen? Und nur durch den heroischen Einsatz von Hancock und mir konnte Schlimmeres verhindert werden. Leider waren wir gezwungen, ihn zu erschießen. Damit wären wir doch alle aus dem Schneider.«

Hancock und Penske sahen den jungen Agenten erstaunt an.

»Habe ich mich gerade verhört?«, fragte die Vorgesetzte. »Schlagen Sie wirklich vor, dass wir eine Lügengeschichte erfinden, nur um unsere Haut zu retten?«

»Ich würde es nicht als Lüge bezeichnen, sondern als eine alternative Wahrheit«, antwortete Bernstein unsicher.

»Sie sind ziemlich ausgefuchst für einen Welpen«, sagte sein Partner grinsend. »Anscheinend haben Sie doch etwas von mir gelernt.«

»Ich bin mir nicht sicher, ob ich das als Kompliment werten soll«, erwiderte der jüngere Agent.

»Ich finde diese Idee jedenfalls gut«, sagte Hancock. »Natürlich benötigt sie noch etwas Feinschliff, aber das lässt sich bestimmt hinkriegen. Sarah, was meinen Sie?«

»Ich muss darüber nachdenken«, erklärte sie. »Bis dahin halten Sie sich aus allem raus. Offiziell sind Sie suspendiert, und ich will, dass Sie mit niemandem reden. Habe ich mich klar ausgedrückt?«

»Vollkommen klar«, antwortete Hancock.

Als Penske schwieg, wertete er dies als Aufforderung, zu gehen. Er stand auf und wollte gerade die Tür öffnen, als er merkte, dass Bernstein immer noch auf seinem Stuhl saß.

»Kommen Sie?«

»Einen kleinen Moment noch«, erwiderte sein Partner. »Gehen Sie schon mal vor, ich komme gleich nach.«

Hancock zuckte mit den Schultern und verließ das Büro.

»Was wollen Sie denn noch?«, fragte Penske den jungen Agenten.

Bernstein atmete kurz durch und beugte seinen Oberkörper dann leicht vor. »Wenn es darauf hinausläuft, dass einer von uns seinen Kopf hinhalten und öffentlich zugeben muss, einen Fehler gemacht zu haben, will ich derjenige sein. Hancock hat bereits zu viel auf dem Kerbholz. Er würde das nicht überleben, und das meine ich nicht nur im übertragenen Sinne. Bei mir können Sie es auf die fehlende Erfahrung schieben, einen Eintrag in meine Akte machen und mir auf die Finger hauen. Von mir aus können Sie mich auch zu einem anderen Fachbereich schicken. Aber lassen Sie ihn in Ruhe.«

»Meinen Sie das ernst?«

»Absolut«, sagte er und blickte Penske unverwandt in die Augen.

»Ich lasse es mir durch den Kopf gehen. Aber jetzt verschwinden Sie endlich aus meinem Büro.«

»Schönen Tag noch«, erwiderte Bernstein und ging nun ebenfalls.

Er holte Hancock am Aufzug ein und wartete neben ihm schweigend auf die Kabine. Dieses Mal fuhren sie nicht in die Tiefetage, sondern stiegen bereits im Erdgeschoss aus. Vor dem Haupteingang, wo sie die Sonne in ein helles und warmes Licht tauchte, holte der ältere Agent sein Päckchen Zigaretten hervor und zündete sich eine an.

»Das war es dann wohl«, stellte Bernstein fest. »Der Fall ist erledigt.«

»Fangen Sie jetzt bloß nicht an zu weinen.«

»Keine Sorge, nicht vor Ihnen, und erst recht nicht in aller Öffentlichkeit.«

»Haben Sie heute noch etwas vor?«

»Ich gehe nach Hause«, antwortete der junge Agent. »Charlene will mit mir die Lösung des Falls feiern.«

»Dann viel Spaß!«

»Hey ... ähm ... wollen Sie vielleicht mitkommen? Ich bin mir sicher, dass Charlene nichts dagegen haben wird.«

»Lassen Sie mal. Ich bin nicht der Typ für große Feiern. Ich wäre nur derjenige, der sich volllaufen lässt und dann zu lamentieren anfängt.«

»Ganz, wie Sie wollen. Wenn Sie doch noch Lust bekommen sollten, wissen Sie ja, wo ich wohne.«

Bernstein reichte Hancock die Hand, die dieser nach kurzem Zögern ergriff und fest schüttelte.

»Übrigens, Welpe: Gute Arbeit!«

»Dito.«

Die beiden Agenten sahen sich noch kurz an, ob einer von ihnen noch etwas sagen wollte, doch als keiner das Wort ergriff, trennten sie sich und gingen in entgegengesetzte Richtungen davon.

»Sind Sie betrunken?«, fragte Penske am anderen Ende der Leitung.

»Warten Sie, ich schaue kurz nach«, murmelte Hancock, der gerade zu Hause auf dem Bett lag.

Er legte den Telefonhörer zur Seite und betrachtete die zwei Flaschen Scotch, von denen eine bereits vollkommen leer auf dem Boden lag, während sich die andere bedenklich dem gleichen Schicksal näherte. Er nahm den Hörer wieder zur Hand.

»Yap, bin ich.«

»Schade, ich hatte gehofft, dass Sie für meine Nachricht empfänglich wären.«

»Ich bin immer noch aufnahmefähig, wenn Sie das meinen.«

»Na meinetwegen. Ich habe eine Entscheidung getroffen. Wir nehmen Bernsteins Vorschlag an. Da mir aber der Arsch aufgerissen werden würde, wenn ich Sie komplett ungeschoren davonkommen lassen würde, bekommen Sie einen Eintrag in Ihre Personalakte und eine ordentliche Rüge. Außerdem versetze ich Sie mit sofortiger Wirkung nach Wyoming. In der schönen Stadt Cheyenne ist nämlich eine Stelle frei, wo Sie sich sicher wohlfühlen werden.«

»Was ist mit Bernstein?«, fragte der ältere Agent.

»Was soll mit ihm sein?«

»Was machen Sie mit ihm?«

»Warum interessiert Sie das?«

»Weil er ein guter Junge ist. Zwar grün hinter den Ohren und naiv, aber er hat es verdient, bei uns zu sein. Er kann unglaublich nervig sein und einem auf den Geist gehen, aber er ist äußerst clever. Wenn er sich erst mal mit den Gepflogenheiten arrangiert hat, wird er ein wertvolles Mitglied Ihrer Truppe sein.«

»Er wird ebenfalls einen Vermerk in seine Akte bekommen, aber das war es auch schon.«

»Okay, damit kann ich leben.«

»Das freut mich aber«, antwortete Penske ironisch. »Übrigens haben Sie es ihm zu verdanken, dass Sie nicht öffentlich gekreuzigt werden.«

»Das habe ich mir schon fast gedacht«, antwortete Hancock.

»Packen Sie Ihre Sachen. Morgen geht Ihr Flug.«

Seine Vorgesetzte legte auf.

»Hancock, was machen Sie denn hier?«, fragte Bernstein, als er die Tür öffnete.

»Ich wollte mich von Ihnen verabschieden«, antwortete der ältere Agent. »Darf ich reinkommen?«

»Natürlich«, sagte der andere Mann und schob die Tür weiter auf.

Die Wohnung, die Hancock betrat, war sauber und aufgeräumt. Alles schien seinen Platz zu haben und zueinander zu passen. Wie sein ehemaliges Zuhause, als er noch verheiratet gewesen war. *Bevor sein Leben aus der Bahn geworfen worden war*, fügte er in Gedanken hinzu.

Bernstein lotste ihn in das Wohnzimmer, wo eine junge Frau auf einer Couch lag und ein Buch las. Als sie aufsah und den älteren Agenten erblickte, lächelte sie und stand auf.

»Sie müssen Pete Hancock sein«, sagte sie und ging mit ausgestreckter Hand auf ihn zu.

»Und Sie sind Charlene«, antwortete er und ergriff die Hand.

»In Person. Frank hat mir viel von Ihnen erzählt.«

»Ich hoffe, nur Gutes.«

»Manchmal«, erwiderte sie ehrlich. »Ich lasse euch Jungs allein, ich habe sowieso noch etwas zu erledigen.«

»Sie sieht wirklich gut aus«, sagte Hancock zu seinem Partner, als Charlene außer Hörweite war.

»Und sie hat einen umwerfenden Charakter«, ergänzte Bernstein. »Sie sagten, Sie wollen sich von mir verabschieden. Verreisen Sie?«

»Sozusagen. Penske hat mich gerade darüber informiert, dass ich in das hinterste Loch der Vereinigten Staaten versetzt werde.«

»Oh, das tut mir leid.«

»Mir nicht«, meinte der ältere Agent. »Eigentlich hat sie mir sogar einen Gefallen getan. Ihnen übrigens auch, falls sie Sie noch nicht angerufen hat.«

»Doch das hat sie«, bestätigte Bernstein. »Ich denke, mit dem Eintrag kann ich leben.«

»Auch damit, dass wir nicht mehr miteinander arbeiten werden?«

»Ich tue mein Bestes, um mit diesem Verlust klarzukommen.«

»Ich mag Ihre Ironie. Aber mal im Ernst. Auch, wenn es nicht so ausgesehen hat, ich habe die Zusammenarbeit mit Ihnen genossen.«

»Ist das wirklich so? Oder sind Sie nur betrunken?«

»Erste Frage: Ja. Zweite Frage: Nein. Zumindest nicht besonders. Ich denke, Sie haben etwas auf dem Kasten, und Sie werden es noch weit bringen. Aber bevor ich mich auf den Weg mache, möchte ich Ihnen noch einen letzten Rat geben.«

»Da bin ich aber mal schwer gespannt«, sagte Bernstein trocken.

»Wollen Sie ihn jetzt hören oder nicht?«, fragte Hancock.

»Sorry. Schießen Sie los.«

»Machen Sie nicht denselben Fehler, den ich gemacht habe. Seien Sie wachsam, was um Sie herum passiert, und um Himmels willen, stellen Sie niemals, und ich meine niemals, Ihren Job über Ihre Frau.«

Bernstein nickte. »Ich werde es mir merken.«

»Gut. Da ist noch etwas. Ich habe in der Vergangenheit schlecht über Charlene gedacht. Das tut mir leid. Richten Sie es ihr bitte aus.«

»Das werde ich.«

»Jetzt gehe ich wohl besser, bevor Sie noch sentimental werden und einen Heulkrampf kriegen.«

»Hancock?«

»Was denn?«

»Sie sind ein guter Kerl. Passen Sie auf sich auf.«

Der ältere Agent tippte sich mit zwei Fingern an die Schläfe und ließ sie dann lässig fallen. Danach zog er die Wohnungstür hinter sich zu und ging zu seinem Wagen, mit dem er zum Flughafen fahren und in den nächsten Lebensabschnitt aufbrechen würde.

Bevor er einstieg, zog er in einem Anfall von Spontaneität sein Handy aus der Tasche und blätterte in seinem Telefonbuch. Schließlich fand er die gewünschte Rufnummer und drückte die Wähltaste.

»Children's National Hospital, mein Name ist Nicole Samson. Wie kann ich Ihnen helfen?«

»Special Agent Pete Hancock. Kürzlich wurde bei Ihnen ein junges Mädchen eingeliefert, die an einem schweren Verkehrsunfall beteiligt gewesen ist. Sie ist etwa acht Jahre alt und heißt Sharon. Ihren Nachnamen weiß ich leider nicht.«

»Wir haben momentan nur eine Sharon hier. Ihr geht es den Umständen entsprechend gut. Sie hat keine schweren Verletzungen davongetragen, aber sie ist natürlich schwer traumatisiert.«

»Glauben Sie, dass es gut wäre, wenn ich sie besuche? Ich war derjenige, der sie aus dem Unfallwrack gezogen hat.«

»Das wäre möglich«, antwortete Samson. »Das müsste aber vorher mit dem Doktor und einem Psychologen besprochen werden. Rufen Sie bitte morgen Vormittag noch einmal an, dann kann ich Sie verbinden.«

»Okay, danke«, sagte Hancock und legte auf.

Er blätterte weiter in seiner Telefonliste, hielt bei dem Buchstaben *M* inne und blieb geschlagene fünf Minuten auf dem Gehsteig stehen, während er nachdachte und versuchte, alle möglichen Varianten der Zukunft durchzuspielen. Schließlich fasste er einen Entschluss und drückte auf den kleinen, unscheinbaren grünen Knopf unterhalb des Displays.

»Marquez«, meldete sich die weibliche Stimme, die er in den vergangenen Tagen oft gehört und noch öfter vermisst hatte.

»Ich bin's.«

»Hallo *Ich*.«

»Du hast bestimmt schon mitgekriegt, dass wir den *Beißer* drangekriegt haben, und ich dachte mir, dass jetzt vielleicht der richtige Zeitpunkt wäre, um ...«

»Wo und wann?«

»Bei dir. Heute Abend.«

»Pete, ich weiß nicht so recht.«

Sein Herz schlug schneller, und er spürte leichte Panik in sich aufsteigen. »Was ist los? Was willst du mir sagen?«

»Hey, das war nur ein Scherz«, antwortete sie und kicherte. »Heute Abend passt perfekt. Ich muss nur eine Orgie absagen, dann bin ich voll und ganz für dich da.«

»Du kannst die Orgie ruhig stattfinden lassen, ich mische mich dann einfach unter die Leute. Ich fahre gleich los und bin dann gegen zwanzig Uhr bei dir, okay?«

»Alles klar. Pete?«

»Was denn?«

»Ich freue mich auf dich.«

Hancock lächelte. Schon seit langer Zeit hatte niemand mehr gesagt, dass er sich auf ihn freuen würde, und noch länger war es keine Frau gewesen. »Ich mich auch. Bis dann.«

»Bye.«

Noch immer lächelnd, stieg er in sein Auto und brauste los. An der nächsten roten Ampel nahm er das Flugticket, das neben ihm auf dem Beifahrersitz lag, riss es in winzige Fetzen und warf es aus dem Fenster, wo es sich im Wind verteilte wie Konfetti.

ENDE